Karl-Heinz Brinkmann

… und still fließt die Oste

Ein Schwebefähren-Krimi

Danksagung

Die vielen Begegnungen mit Menschen am Fluss und auf der Schwebefähre haben mich zu diesem Buch inspiriert. Die Faszination für dieses besondere Bauwerk und der Umbruch, den die neue Schwebefähre 1909 für das Dorf bedeutete – später abgelöst von der festen Brücke im Jahr 1974 – haben mich nicht losgelassen. Was hat das für die Menschen damals geheißen, wie eng waren sie mit diesen Bauwerken verbunden?

Mein Dank gilt all denjenigen, die dazu beigetragen haben: den Arbeitern, die die Schwebefähre errichteten, und denen, die den Bau der Brücke möglich machten. Ohne ihre Arbeit und ihre Geschichten wäre dieses Buch nicht entstanden.

Mein ganz besonderer Dank gilt meiner Lektorin Katharina. Mit ihrem wachen Blick, ihrer direkten Art und ihrem feinen Gespür für Sprache hat sie diesem Buch den letzten Schliff gegeben. Sie hat mich gefordert, ermutigt und immer wieder den richtigen Ton getroffen. Ohne sie wäre vieles unausgesprochen geblieben – so aber durfte das Buch genau die Stimme finden, die es gebraucht hat.

Danke euch allen von Herzen!

Über das Buch

Osten an der Oste, 1973. Ein Dorf zwischen Vergangenheit und Aufbruch – und zwischen hartnäckigem Schweigen. Als der Fährmann auf der altehrwürdigen Schwebefähre eine Leiche entdeckt, gerät die beschauliche Ruhe ins Wanken. Ohne Ausweis, ohne Namen, nur ein Bahnticket von Hamburg nach Basbeck-Osten in der Tasche. Kriminalhauptkommissar Bernhard Kruse nimmt die Ermittlungen auf – doch schnell merkt er: In Osten hält man zusammen. Zu eng sind die alten Bande, zu tief sitzen die Geheimnisse. Als ein zweiter Toter im Schilf gefunden wird, führen die Spuren nicht nur über die nahe Baustelle der neuen Brücke, sondern auch tief in die Geschichte der Schwebefähre selbst. Mit Hilfe der Archivarin Theda Liebknecht stößt Kruse auf das Tagebuch der jungen Marie Schiller – und auf ein Jahrhundertgeheimnis, das bis in die Gegenwart nachwirkt.
Je tiefer er gräbt, desto deutlicher wird: Es geht nicht nur um einen Mord, sondern um Schuld, Stolz und eine alte Fehde, die nie wirklich verziehen wurde.
Ein atmosphärischer Kriminalroman über Loyalität, Verrat und die Macht der Vergangenheit – an einem Ort, wo die Oste still fließt und jedes Geheimnis seine Zeit braucht, um an die Oberfläche zu kommen.

Impressum

1. Auflage, 2025

Der Oestinger
Karl-Heinz Brinkmann
c/o IP-Management #47918
Ludwig-Erhard-Str. 18
20459 Hamburg

der@oestinger.de
www.der-oestinger.de

Druck: epubli – ein Service der neopubli GmbH,
Köpenicker Straße 154a, 10997 Berlin

Kontaktadresse nach EU-Produktsicherheitsverordnung:
produktsicherheit@epubli.com

… und still fließt die Oste

Ein Schwebefähren-Krimi

Karl-Heinz Brinkmann

1

Ein unerbittlicher Rhythmus schlug Tag für Tag in das friedliche Antlitz der Oste. Kaum hatte der erste Hahn seine Morgenhymne angestimmt, erhob sich an der gewaltigen Baustelle der neuen Schwebefähre ein ohrenbetäubendes Crescendo aus Stahl, Schweiß und Maschinenlärm. Dort, wo einst sanfte Brisen über das Wasser strichen, wuchs nun ein monumentales Bauwerk in den Himmel – mehr als nur eine Verbindung zwischen zwei Ufern. Es war das kühne Versprechen der Gemeinde an sich selbst: ein stählernes Ausrufezeichen des Fortschritts, das den Ort mit aller Macht in eine neue Ära katapultieren sollte.

Während die einen in der ungewohnten Dynamik eine düstere Vorahnung spürten, träumten andere bereits von goldenen Zeiten. In dem stählernen Giganten sahen sie eine sprudelnde Einnahmequelle für die Gemeindekasse. Hinter verschlossenen Türen der Amtsstuben rieben sich die Verantwortlichen die Hände: Ihr ambitionierter Plan, etwas Einzigartiges zu erschaffen, schien aufzugehen.

Die Sonne färbte den östlichen Horizont in zarte Rosatöne, während ein vielstimmiges Vogelkonzert den neuen Tag willkommen hieß. Über den taufrischen Feldern schwebte ein feiner Dunstschleier, der einen prächtigen Sommertag verhieß. An der beinahe vollendeten Schwebefähre trafen die ersten Maler ein – unter ihnen August Johannson und Alvin Malstedt, zwei ungestüme Glücksritter mit einem ständigen Schalk im Nacken.

»Na, wie war die Nacht, mein wackerer Zecher?«, fragte August mit einem breiten Grinsen, die Augenbrauen vielsagend hochgezogen.

Alvin erwiderte das Grinsen mit einem Augenzwinkern, das mehr sagte als tausend Worte. »Feuchtfröhlich wie immer. Meine Leber ist erneut einen Heldentod für die gute Laune gestorben.«

Lachend schlenderten sie auf die Baustelle zu – doch mitten auf dem Weg blieben sie abrupt stehen. Eine Erscheinung war ihnen entgegengekommen, so anmutig, dass selbst die Müdigkeit der frühen Stunde augenblicklich von ihnen abfiel. Langes, pechschwarzes Haar umrahmte ihr zartes Gesicht und tanzte leicht im Wind. Ihr knöchellanges Kleid verhüllte nicht, es betonte – geheimnisvoll und elegant. Die sattgrüne Kittelschürze setzte einen frischen, fast ländlich heiteren Akzent.

Ein Hauch von Verlegenheit glitt über ihre Lippen – ein kaum merkliches Lächeln, das mehr verriet, als sie vielleicht wollte. Als die beiden Männer näherkamen, senkte sie den Blick, ihre Wangen röteten sich leicht, und sie huschte an ihnen vorbei, als wollte sie mit dem Morgennebel verschmelzen.

»Holla die Waldfee – was für ein Anblick!«, entfuhr es Alvin, während er theatralisch seinen Hut lüftete.

August setzte nach, die Stimme rau vor ungestümer Neugier: »Schon Pläne für den Abend, holdes Fräulein? Vielleicht ein gemeinsames Studium des Sternenhimmels über der Oste?«

Doch die junge Frau schien sich von derlei Floskeln nicht beeindrucken zu lassen. Als sie an ihnen vorbeiging, fühlte sie das Prickeln im Nacken, diesen hauchdünnen Schleier von Aufmerksamkeit, der sich auf sie legte wie Morgentau auf die Felder. Und doch blieb sie ruhig. Ihre Schritte waren leicht, aber bestimmt, als gehörte der frühe Morgen allein ihr.

Sie wusste, sie würde ihnen wieder begegnen. Das war unausweichlich. Alles hier war unausweichlich – wie das Ziehen eines Sturms, lange bevor er die ersten Äste knicken ließ.

Ohne einen Blick zurück ging sie weiter, als hätten ihre Ohren sich verschlossen. Und doch – sie spürte die Blicke der beiden Männer in ihrem Rücken. Ganz tief in ihr regte sich ein leiser Funke stiller Freude darüber, begehrt zu werden. Nur die allzu direkte Art der beiden widersprach ihrem feinen Wesen.

August und Alvin blickten ihr noch hinterher, bis ihre schlanke Gestalt hinter der Glastür eines Ladens verschwand.

»Hast du gesehen, wo sie hineingegangen ist?«, fragte Alvin ungeduldig. »Folgte sie dem Duft frischer

Brötchen oder dem verheißungsvollen Klang klirrender Gläser?«

»Aber sicher doch, mein Freund«, entgegnete August mit einem selbstzufriedenen Grinsen, das Alvins Neugier nur weiter anfachte. August hatte einen entscheidenden Vorteil – welchen, das sollte sich bald zeigen.

»Und? Wirst du dein Geheimnis mit mir teilen?«, fragte Alvin drängend, während die Ungewissheit in ihm nagte.

»Warum sollte ich? Vielleicht will ich die Sterne ja doch lieber allein studieren«, erwiderte August mit einem schelmischen Grinsen und setzte seinen Weg zur Baustelle fort.

Alvin trottete hinter August her, doch seine Gedanken schienen auf eigenen Wegen unterwegs zu sein. Immer wieder tauchte ihr Gesicht vor seinem inneren Auge auf – diese Mischung aus Zartheit und einer unaussprechlichen Tiefe, als würde sie mehr wissen, als sie preisgab. Er hatte schon viele Frauen gesehen, viele flüchtige Flammen und vergängliche Liebeleien, doch sie…

Etwas an ihr ließ ihn innehalten, obwohl sie kaum ein Wort gesprochen hatte. Vielleicht war es genau das – das Schweigen. Es legte sich wie ein Schleier über sie, ein Rätsel, das ihn magisch anzog.

Wenn ich sie wiedersehe, muss ich anders sein, dachte er. Nicht der Witzbold, nicht der joviale Kumpeltyp. Nein, er würde ernst sein. Aufrichtig. Vielleicht zum ersten Mal.

Ein letzter Rest Vernunft hielt ihn davon ab, ihr einfach zu folgen. Nein, er würde warten. Auf eine zufällige Begegnung, einen günstigen Moment. Und dann – dann würde er all seinen Mut zusammennehmen und sie ansprechen. Mit Würde. Mit Stil. Auf eine Weise, die ihrer Anmut gerecht wurde.

August hingegen verfolgte längst einen eigenen Plan. »Du, Alvin… mir wird auf einmal ganz seltsam. Ich glaub, das letzte Bier gestern – das war wohl nichts mehr für Feinschmecker.« Er verzog das Gesicht und presste dramatisch die Hand auf den Bauch, gefolgt von einem überzeugenden Würgen.

»Ach du grüne Neune!«, rief Alvin erschrocken. »Ausgerechnet heute, wo wir endlich mit nach oben dürfen!«

»Tja, lässt sich nicht ändern. Stell dir mal vor, mir kommt das da oben hoch – das wäre kein Spaß für die Kollegen unter uns«, stöhnte August, nun gänzlich im Schauspiel versunken.

»Na gut, ich sag dem Bauleiter Pinette, dass du später nachkommst«, seufzte Alvin und ließ seinen angeblich leidenden Freund zurück. Die aufkeimende Verärgerung über Augusts plötzliche Schwäche mischte sich mit einer anderen Regung – einer brennenden Neugier auf die geheimnisvolle Fremde, deren Anblick ihm nicht mehr aus dem Kopf ging.

»Danke, mein Freund«, hauchte August mit übertriebener Schwäche und wedelte halbherzig zum Abschied mit seinem Hut.

Alvin beeilte sich, in den hämmernden Takt der Baustelle einzutauchen – jener eiserne Rhythmus, der den Tag bestimmte und jedes Zögern übertönen konnte.

August sah ihm noch einen Moment hinterher. Dann legte sich ein kaum merkliches, diabolisches Lächeln auf seine Lippen. Die gebeugte Haltung wich einer fast beschwingten Leichtigkeit. Mit federnden Schritten wandte er sich um – zurück zu jenem Ort, an dem das rätselhafte Fräulein verschwunden war.

Die Bäckerei, deren Duft bislang nur nach Mohnbrötchen und Hefegebäck gerochen hatte, trug für ihn nun eine neue, verheißungsvolle Bedeutung.

Ein zartes Glöckchen über der Tür kündigte Augusts Eintreten an. Die warme Luft der Bäckerei schlug ihm entgegen, durchtränkt von Vanille, Zimt und frisch gebackenem Brot. Hinter dem Tresen hantierte ein beleibter Mann mit mehlbestäubter Schürze, brummte ein altes Volkslied vor sich hin und schenkte August kaum Beachtung.

Aber sie war da. Marie.

Sie stand an der Seite, halb hinter einem Holzregal verborgen, gerade dabei, ein Tablett mit noch dampfenden Franzbrötchen von einem Blech zu schieben. Ihr Blick glitt kurz zu ihm – nur ein Augenblick – dann wieder zurück zur Arbeit. Kein Lächeln. Kein Wort. Und doch hatte August das Gefühl, dass sie ihn erkannt hatte.

Er räusperte sich. »Moin. Ich… also, ich dachte mir, ein Franzbrötchen könnte den Morgen noch retten.«

Der Bäcker lachte kehlig. »Na, dann haben Sie Glück. Die sind gerade aus dem Ofen.«

Marie trat nun hinter das Regal hervor. In der Hand ein Tuch, mit dem sie sich die Finger abwischte. Ihr Blick war offen, aber abwartend.

»Sie sind einer von den Malern an der Fähre, oder?«, fragte sie schließlich. Ihre Stimme war weicher, als August erwartet hatte, fast wie ein leiser Fluss im Morgendunst.

»August Johannson«, sagte er mit gespielter Förmlichkeit, lüftete den Hut. »Und Sie – Sie sind der Grund, warum ich mich krankgemeldet hab.«

Ein feines Lächeln zuckte über ihre Lippen, aber es hielt nicht lange.

»Das sollten Sie nicht sagen, Herr Johannson. Nicht jeder Mann, der sich nach mir umsieht, erlebt einen guten Tag.«

Er stockte, suchte in ihrem Ton nach Spott – fand aber etwas anderes. Eine Warnung?

»Vielleicht hab ich Glück. Vielleicht wär's sogar Glück, Sie heute Abend auf einen Spaziergang einzuladen. Nur ein Stück den Fluss entlang. Sternenhimmel, wie versprochen.«

Sie schwieg einen Moment. Dann: »Heute Abend bin ich nicht da. Aber wenn Sie mich wirklich wiedersehen wollen – kommen Sie morgen. Zur gleichen Zeit. Vielleicht.« Und damit drehte sie sich um, verschwand durch eine halb geöffnete Tür, aus der kurz der würzige Duft nach dunklem Kaffee und… etwas anderem drang.

August stand noch einen Moment da, das Franzbrötchen in der Hand, das plötzlich ganz nebensächlich wirkte.

Der Bäcker sah ihm nach. »Schöner Teig, was?«, murmelte er. Doch es war nicht klar, ob er das Gebäck meinte – oder Marie.

Erst als die Mittagssonne ihren Zenit längst überschritten hatte und der Duft von Schweiß und Pausenbrot langsam verflog, tauchte August wieder auf der Baustelle auf. Mit betont lässiger Miene schulterte er sein Werkzeug und stieg die provisorische Treppe zum Gerüst hinauf, wo Alvin bereits emsig mit dem Pinsel zugange war.

»Na, mein Magenrebell? Geht's dir wieder besser?«, rief Alvin, als er seinen Freund entdeckte. Ein Hauch von echter Besorgnis schwang in seiner Stimme mit.

»Blendend! Mir geht's prächtig!« Augusts Grinsen breitete sich über sein Gesicht aus wie ein Sonnenaufgang nach einem Gewitter.

»Das freut mich. Aber du hast einiges aufzuholen, du alter Faulpelz«, konterte Alvin und deutete mit dem Pinsel auf die noch blanken Streben aus Stahl.

»Ja, ja, wird schon«, brummte August und machte sich widerwillig an die Arbeit.

Die beiden Männer saßen hoch oben auf dem Fährwagen – einer schwindelerregenden Plattform, die ihnen erlaubte, das stählerne Skelett bis in den letzten Winkel zu erreichen. Alvin arbeitete rechts, den Blick auf die ferne Mündung gerichtet, während August sich auf der linken Seite mühte. Auf knappe Kommandos der Männer unten setzte sich die Gondel knarzend in Bewegung – das schwere Dröhnen der Antriebsräder hallte durch das filigrane Gerüst wie ein fernes Donnergrollen.

Eine Weile herrschte Schweigen, nur unterbrochen vom rhythmischen Kratzen der Pinsel auf Metall.

Dann sagte Alvin leise, den Blick weiterhin auf seine Arbeit gerichtet: »Sag mal, August… dieses Mädchen von heute Morgen… ist sie dir hier in der Gegend schon mal begegnet?«

August schüttelte den Kopf, ohne ihn anzusehen. »Nein. Noch nie.«

Alvin seufzte, seine Stimme nun fast zärtlich. »Ich muss sie unbedingt wiedersehen. Ich weiß, das klingt verrückt, aber – ich glaube, ich hab mich verliebt.«

August hob kurz die Augenbrauen. Ein Anflug von Unruhe flackerte in seinem Blick, verschwand jedoch rasch. »Na dann… viel Glück bei der Sternenbeobachtung«, sagte er trocken und senkte wieder den Blick.

Ein Lächeln huschte über seine Lippen, kaum sichtbar. Die Erinnerung an Maries verlegenes Lächeln wärmte ihm das Herz – und ein winziges, kaum hörbares Knirschen breitete sich in der Stille zwischen ihnen aus.

August beendete seinen Abschnitt und gab dem Fährmann unten ein kurzes Zeichen. Die Gondel setzte sich ächzend in Bewegung. Von Alvin nahm er kaum noch Notiz – seine Gedanken waren längst bei Marie, bei dem Abend, der vor ihnen lag, bei flüchtigen Berührungen und versprochenen Blicken unter Sternenlicht.

Dann zerriss ein markerschütternder Schrei die Stille wie ein Donnerschlag.

August fuhr herum – zu spät. Eines der tonnenschweren Antriebsräder hatte Alvins Bein erfasst. Das grauenvolle Knacken von splitterndem Knochen war dem Schrei vorausgegangen. Blut schoss in pulsierenden Strömen aus der aufgerissenen Wunde, färbte das matte Metall mit schockierendem Rot. Die Schlagader war durchtrennt.

»Wir brauchen hier oben sofort Hilfe!«, schrie August, seine Stimme überschlug sich vor Entsetzen.

Die Männer unten reagierten geistesgegenwärtig. Mit zitternden Händen und vereinten Kräften brachten sie den Schwerverletzten über das Gerüst nach unten. Jeder Handgriff war begleitet von der bangen Frage, ob Alvin noch lebte. Sie betteten ihn auf eine Trage, eine einfache Konstruktion aus Stangen und Laken, und rannten mit ihm in Richtung Bahnhof Basbeck-Osten – ihr einziger Hoffnungsschimmer.

Doch noch bevor sie das Gebäude erreichten, entwich das Leben aus Alvins Körper. Sein Blick war leer, der Brustkorb reglos.

August, bleich wie die Wand des Wartesaals, trat dem herbeigeeilten Bahnbeamten entgegen. Seine Stimme war kaum mehr als ein Flüstern, heiser vom Schreien, von der Schuld. »Er ist bewusstlos, zu viel Schnaps«, log er. Die Worte kamen automatisch, als hätte sein Innerstes beschlossen, die grausame Wahrheit für sich zu behalten – zumindest vorerst. Seine Hände, immer noch feucht vom Blut seines Freundes, zitterten.

Fortan lag ein bleierner Schatten über Augusts Dasein auf der Baustelle. Der Tod Alvins klammerte sich an ihn wie eine unsichtbare Krankheit, schwer und unerbittlich. Auch wenn die Bauleitung den tragischen Zwischenfall rasch und mit einer lakonischen Floskel – *»bedauerlich, aber nicht unüblich auf Großbaustellen«* – zu den Akten legte, ließ ihn das Geschehene nicht los. Das Bild des blutgetränkten Metalls verfolgte ihn bis in den Schlaf.

Trost fand seine gequälte Seele einzig in den flüchtigen Momenten mit Marie. Doch selbst dieses zarte Pflänzchen der Hoffnung stand unter einem finsteren Stern. Ihr Vater, der gestrenge Bäckergeselle Alfred Schiller, beäugte den jungen Mann aus Hamburg mit tiefem Misstrauen.

»Mädchen, lass dich nicht von so einem windigen Hallodri um den Finger wickeln«, hatte er ihr ins Gewissen geredet – mit einer Stimme, so rau wie die Kruste seiner Brote. Seine Worte zogen wie dunkle Wolken über das bescheidene Glück der beiden, ließen das heimliche Lächeln in Maries Gesicht immer seltener aufblühen.

Der Haussegen im Hause Schiller hing seither bedenklich schief.

Nur wenige Tage später war August Johannson wie vom Erdboden verschluckt. Ohne ein Wort des Abschieds, ohne eine Spur – er löste sich auf wie Nebel im Morgenlicht. Kein Bewohner der Gemeinde Osten hatte etwas gesehen, niemand wusste, wohin es ihn verschlagen haben mochte.

Auf der Baustelle und im Dorf begannen die Gerüchte zu blühen wie giftiges Unkraut. Die einen raunten von Schuld und Flucht, andere glaubten an einen Unfall, vertuscht und vergessen. Manche sprachen gar von dunkleren Dingen – von Stimmen im Nebel, von einem unheilvollen Blick in seinen Augen in den letzten Tagen.

In seiner Heimat Hamburg kam er nie an.

Und so wurde August Johannson zu einer weiteren rätselhaften Episode in der noch jungen Geschichte der modernen Schwebefähre – ein Name, den man mit einem Kopfschütteln erwähnte, wenn der Nebel sich an der Oste verdichtete und die Vergangenheit leise an die Tür klopfte.

***

»Was zum Teufel ist denn jetzt schon wieder los?« Ewald Gruneberg hämmerte frustriert auf den Hupenknopf seines blassgelben Opel Rekord – ein lautes, heiseres Aufbäumen gegen die bleierne Stille vor ihm. Mürrisch warf er einen Blick in den Rückspiegel: eine endlose Schlange stoisch wartender Fahrzeuge bis zum Horizont.

Fluchend öffnete er die Fahrertür. Die hitzige Luft des Sommers schlug ihm entgegen wie ein nasser Lappen. Er reckte den Hals, doch die Blechlawine vor ihm rührte sich keinen Millimeter.

»Das wird ja noch Stunden dauern, bis wir mit dieser verdammten Schneckenfähre über diesen Tümpel kommen! Und dann? Meinst du, wir kriegen die Elbfähre überhaupt noch?«, schnaubte er in Richtung seiner Frau Gertrud, die auf dem Beifahrersitz saß – gänzlich unbeeindruckt – und mit engelsgleicher Geduld Masche um Masche mit ihren Nadeln aus einem Wollknäuel formte.

»Ach, Ewald«, erwiderte sie mit der Gelassenheit eines bedachten Klosterschülers, »sich aufregen bringt doch nichts als Magengrimmen. Geh doch ins Wirtshaus und hol dir ein kühles Bier. Ich fahr den Wagen schon weiter, wenn's vorangeht.«

Ihre Stimme plätscherte so ruhig dahin wie die Oste selbst – und wie so oft gelang es ihr mit dieser sanften Beharrlichkeit, Ewalds Groll in Durst umzuwandeln.

»Wenn du meinst«, grummelte er kleinlaut und stapfte los, in Richtung der beiden Gasthäuser, die sich rechts und links am Fuße der monströsen Schwebefähre duckten.

Er schlängelte sich an den wartenden Autos vorbei. In einem klammerte sich ein Kind kreischend an ein leuchtend grünes Plastikauto, während das andere mit erstaunlicher Zielgenauigkeit versuchte, seinen Bruder mit einer Brezel zu bewerfen. Genervte Elternaugen folgten Ewalds pfeifender Silhouette – *»So ein Tag, so schön wie heute«* – während er sich an ihnen vorbeischob. In diesem Moment war Ewald sich sicher: Seine kinderlose Ehe war ein Geschenk.

Er bog auf das Gasthaus zur Rechten ein – das zur linken Hand wirkte auf ihn irgendwie – feindselig. Gerade wollte er die schwere Eichentür öffnen, als diese mit einem Schwung nach außen aufflog. Nur ein geistesgegenwärtiger Schritt zur Seite bewahrte ihn vor einer schmerzhaften Begegnung mit dem Türblatt.

Ein Mann in dunklem Anzug, den Trenchcoat lässig über den Arm geworfen, stürmte heraus wie von der Tarantel gestochen.

»Weg da, du Landei! Ich hab's eilig!«, schnauzte er Ewald an, der verdutzt einen Schritt zurückwich. Seine Augen weiteten sich – nicht wegen der Beleidigung, sondern wegen des Gesichts des Fremden.

Etwas daran war ihm seltsam vertraut.

Ewald rannte fluchend in Richtung Anleger, sein Bierbauch wippte empört bei jedem Schritt. Er war nicht gerade ein Sportler – eher der Typ, der beim Zusehen vom Schwitzen müde wurde –, doch jetzt trieb ihn der Schock, das alte Unrecht im Gesicht des Unbekannten gesehen zu haben, und der panische Gedanke, Gertrud könne mit dem Opel einfach ohne ihn verschwunden sein.

Die massive Schranke schwang langsam wieder zu, hinter ihm nur noch die letzten wartenden Autos. Die Fähre schob sich schon wieder zurück auf die andere Seite – seine Seite.

»Haben Sie Ihre Frau verloren?«, fragte ein älterer Herr mit Seemannsmütze und neugierigen Augen, der sich auf einen Spazierstock stützte.

Ewald blieb schwer atmend stehen.

»Meine Frau? Die Gertrud? Hat die jemand gesehen? Helles Haar, lila Bluse mit Katzen drauf? Strickt wie'n Weltmeister?«

Der Mann schüttelte bedauernd den Kopf. »Hier ist niemand mit Katzenbluse durch. Ich steh seit zwanzig Minuten hier. Die, die mit rüber sind – alles Männer. Und eine junge Frau mit einem Rucksack. Sonst keiner.«

Ewald schluckte. Ein unangenehmes Kribbeln breitete sich in seinem Nacken aus. »Das kann doch nicht sein…« Er schaute noch einmal zum Fluss, dann wieder zurück zur Straße. Sein Herz klopfte schneller – nicht wegen der Aufregung, sondern wegen des Gefühls, dass hier etwas ganz und gar nicht stimmte.

Dann fiel ihm etwas auf.

Der Trenchcoat-Mann.

Kurz bevor er verschwunden war – hatte er nicht etwas in der Hand gehabt? Eine alte, bräunliche Mappe? Und hatte er nicht gerufen: »Ich hab's eilig«?

Ewalds Blick wanderte zu einem kleinen Nebengässchen zwischen dem Gasthaus und dem alten Lagerschuppen, der seit Jahrzehnten leer stand. Die Tür war halb offen. Ein kalter Luftzug streifte seine verschwitzte Stirn, obwohl der Tag noch immer heiß war.

Was, wenn Gertrud nicht gefahren ist? Was, wenn sie ihm gefolgt ist?

Er trat einen Schritt auf die Gasse zu, dann noch einen. Irgendetwas zog ihn, wie ein Magnet. Vielleicht war es Neugier. Vielleicht war es Angst. Oder einfach nur die Ahnung, dass dies kein gewöhnlicher Nachmittag mehr war.

Ewald drehte sich auf dem Absatz um und rannte zurück zur Anlegestelle der Schwebefähre. Der Fährmann – ein wortkarger Geselle mit einem wettergegerbten Gesicht, das Geschichten von Sturm und Gezeiten zu erzählen schien – war gerade dabei, die rot-weiße Schranke zu schließen.

»Willst noch mit rüber?«, grunzte er und hielt sie einen Spalt offen.

Ewald schlüpfte hindurch, das Herz wild pochend – nicht nur vom Lauf, sondern auch wegen dieses nagenden Gefühls, dass der Tag ihm noch die eine oder andere unliebsame Überraschung bereithalten könnte.

»Ist 'n gelber Opel Rekord mit rüber?«, fragte er und musterte den Fährmann, der sich Hugo nannte und dessen Gesicht mehr Wind und Salz gesehen hatte als so mancher Leuchtturm.

Hugo schob die speckige Schiffermütze ein Stück in den Nacken – ein untrügliches Zeichen dafür, dass nun sein Gedächtnis in Gang kam – und strich sich langsam mit dem Handrücken über die Stirn.

»Nee«, brummte er schließlich, während er bedächtig die Pfeife vom linken in den rechten Mundwinkel verlagerte. Die Geste wirkte, als hätte er damit gerade eine finale Entscheidung gefällt.

»Dann bleib ich wohl hier«, murmelte Ewald und trat einen Schritt zurück, spürbar enttäuscht.

Hugo antwortete mit einem Schulterzucken, das mehr sagte als Worte – wortlos, schwer wie Nordseewind. Dann schloss er mit einem metallischen *»Klack«* die Schranke, verschwand im Führerstand und machte sich bereit, die stählerne Spinne gemächlich über den Fluss zu lenken.

Gerade als die Fähre in Bewegung geriet, fiel Ewald ein Gesicht ins Auge: der ungestüme Fremde aus dem Wirtshaus. Dort drüben stand er, lässig an die Reling gelehnt, den Blick ruhig und wachsam über das Treiben am Ufer gerichtet.

Drüben, nur wenige Hundert Meter weiter flussabwärts, schoben die Baufahrzeuge Sandberge wie riesige Ameisenhügel über das Gelände, als wollten sie einen neuen Landstrich erschaffen.

Eine Krähe krächzte lautstark, beschwerte sich über den Lärm. Weit entfernt rumpelte die Fähre über dem Wasser. Und plötzlich fühlte sich der warme Sommertag an wie ein vergilbtes Foto. Still, staubig, verloren. Und Ewald fragte sich zum ersten Mal an diesem Tag nicht mehr, was, sondern warum.

Er folgte dem Blick des Mannes und ließ seinen Augen über das imposante Bauareal schweifen. Die schiere Größe der Baustelle raubte ihm für einen Moment den Atem – ein labyrinthisches Geflecht aus Gerüsten, Kränen und emsig arbeitenden Menschen spannte sich entlang des Ufers wie ein gigantisches Spinnennetz aus Stahl und Staub.

»Bald is'se fertig, die schöne neue Brücke. Dann brauch'n wir uns hier nicht mehr die Haxen in den Bauch stehen«, raunte plötzlich eine Stimme neben ihm. Ewald fuhr zusammen. Neben ihm stand ein älterer Mann, dessen Gesicht aussah, als hätte der Nordseewind es in all den Jahrzehnten eigenhändig gezeichnet – Furchen, von der Sonne braungegerbt. Ein zahnloses Grinsen breitete sich über sein Gesicht wie die Flut über das Watt.

»Ach so, ‘ne Brücke«, murmelte Ewald, der die Information erst in seinem überhitzten Schädel sortieren musste. »Das ist ja… fantastisch«, setzte er hinzu, sein sarkastischer Unterton war kaum zu überhören. Ohne sich weiter mit dem Redseligen aufzuhalten, wandte er sich ab und schlenderte langsam die Schlange der wartenden Fahrzeuge entlang, deren Motoren knurrten und deren Fahrer mit zunehmender Ungeduld auf das Wiedererscheinen der Fähre warteten.

Und da stand er – sein blassgelber Opel Rekord. Genau an der Stelle, an der er ihn zurückgelassen hatte. Unversehrt. Offenbar unsichtbar.

Doch wo, zum Henker, war Gertrud?

Unzählige Fahrzeuge drängten sich hupend an seinem stillstehenden Wagen vorbei. Einige Fahrer gestikulierten wild, einer tippte sich vielsagend an die Stirn – jene universelle Geste, mit der die Menschheit seit jeher den Grad der geistigen Umnachtung ihrer Mitmenschen kommentiert.

Ewald riss die Fahrertür auf und spähte hinein. Und da lag sie – Gertrud. Friedlich ausgestreckt auf der Rückbank, die Stricknadeln fest umklammert, ein Lächeln auf den Lippen, als hätte sie von einer besseren Welt geträumt.

»So kommen wir heut wohl nicht mehr über die Elbe«, knurrte Ewald und spürte, wie sich die eben noch verpuffte schlechte Laune mit doppelter Wucht in seinem Inneren sammelte.

Mürrisch rüttelte er seine Frau wach, während draußen die Schwebefähre knarzend und stöhnend vom Basbecker Ufer ablegte – und mit ihr jede Hoffnung auf eine pünktliche Überfahrt gleich mit in den Fluss zog.

***

Die Schwebefähre wurde in Osten herbeigesehnt wie ein stählerner Messias im Kampf gegen die Stagnation. Der Fahrer eines knallgelben VW-Transporters der Deutschen Bundespost trommelte ungeduldig mit den Fingern aufs Lenkrad, die Augen starr auf die sich nähernde Erlösung gerichtet. Jeder Zentimeter, den sich die Gondel über das Wasser schob, rückte den Feierabend näher – und ließ den Geduldsfaden ein klein wenig nachgeben, der schon den ganzen Tag auf Spannung stand.

Mit einem dumpfen *»Dong«*, das wie ein metallischer Seufzer durch das Tal der Oste hallte, legte Hugo die Fähre an. Der Ruck, mit dem die Konstruktion zum Stillstand kam, war sanft – aber eindeutig. Für die Wartenden das lang ersehnte Zeichen, dass die Zeit des Stillstands nun vorüber war.

Routiniert, fast feierlich in seiner stoischen Ruhe, öffnete Hugo die Schranke. Ein kaum merkliches Kopfnicken entließ die Passagiere in die Freiheit des gegenüberliegenden Ufers. Der knallgelbe Postbus röhrte mit dem typischen Klang des Boxermotors los. Der Fahrer warf dem Fährmann im Vorbeifahren einen Daumen hoch zu.

Der Mann im dunklen Anzug – jener, der Ewald im Wirtshaus so unvermittelt zur Seite gestoßen hatte – war der Letzte, der die Gondel verließ. Mit federndem Schritt, aber gespannter Miene näherte er sich Hugo.

»Wie lange sind Sie heute noch im Dienst?«, fragte er, die Worte kamen hastig, fast atemlos über seine Lippen.

Hugo hob langsam den Blick, sein wettergegerbtes Gesicht wirkte unbeeindruckt, fast steinern. Die Pfeife hing schief im Mundwinkel, das Feuer darin war längst erloschen. »Bis Feierabend is', wie immer«, brummte er und schob seine Schiffermütze tiefer in die Stirn, als hätte er mit dieser Geste genug gesagt.

»Sehr witzig«, gab der Fremde zurück, ein gezwungenes Lächeln huschte über sein Gesicht, das seine Ungeduld kaum verbergen konnte. Ohne ein weiteres Wort verließ er die Gondel. Hugo sah ihm kurz nach: schnelle, zielstrebige Schritte, dann die Deichlücke, und schließlich bog der Mann links in die ruhige Deichreihe ein. Wenige Sekunden später war er verschwunden – verschluckt von der Dorfstille.

Im gemächlichen Takt rollte der knallgelbe Posttransporter auf die nun freie Gondel. Hans, der Fahrer mit dem glatten Gesicht, grüßte mit einem knappen »Moin« und einem flüchtigen Nicken.

Hugo erwiderte den Gruß wortkarg – ein stummer Dialog, wie ihn nur Männer führen, die gelernt haben, dass zwischen Elbe und Oste jedes überflüssige Wort bloß den Wind stört.

Hans stellte den Motor ab, ließ die Scheibe halb herunter und atmete tief durch. Die salzige Luft trug den Geruch von Schlick und fernen Wiesen mit sich, gemischt mit dem Öl und Eisen der Schwebefähre. Ein Geruch, den er mochte. Er gehörte hierher, war Teil dieser Landschaft wie die Deichschafe und das ewige Kreischen der Möwen.

Er beobachtete den alten Hugo, der mit stoischer Ruhe die letzten Handgriffe vollzog. Der Mann war wie die Fähre selbst – aus der Zeit gefallen, aber zuverlässig bis zum letzten Knarzen. Hans lächelte leise. In einer Welt, in der alles immer schneller wurde, war Hugo so etwas wie ein Anker.

Sein Blick wanderte im Rückspiegel zurück zum Ufer, dorthin, wo der Fremde eben verschwunden war. Dunkler Anzug, Trenchcoat, ein Gang, der zu wichtig für diese Gegend wirkte. Etwas an dem Kerl gefiel Hans nicht. Zu glatt, zu gehetzt. Als würde er in Gedanken ständig vor irgendetwas weglaufen. Oder auf etwas zu.

Hans hatte gelernt, auf solche Dinge zu achten. Nicht nur wegen des Berufs – ein Postbote bekam viel mehr mit, als den Leuten lieb war – sondern auch wegen seiner Jugend auf dem Hof seines Onkels. Dort hatte man ein Gespür für Menschen, einfach, weil man sie kannte. Und der Mann eben? Der war keiner von hier. Nicht mal ansatzweise.

Hugo gab ihm ein kurzes Zeichen. Hans nickte, die Fähre setzte sich quietschend in Bewegung. Noch bevor sie ablegte, warf er einen letzten Blick zurück zur Deichreihe. Nur eine Bewegung. Ein flüchtiger Schatten hinter einem Fenster. Oder hatte er sich das eingebildet?

Die Fähre ruckelte vorwärts. Hugo stand am Bug, stützte sich auf das Geländer, als wolle er das Wasser lesen wie eine alte Zeitung. Hans lenkte seinen Blick auf die Oste. Breit und träge floss sie dahin, aber in ihren Tiefen bewegte sich mehr, als man ahnte.

Er nahm sich vor, bei der nächsten Tour genauer hinzusehen. Irgendetwas stimmte hier nicht. Und er hatte das ungute Gefühl, dass die Geschichte dieses Tages noch lange nicht zu Ende erzählt war.

***

Auf der geschäftigen Baustelle wirkte der Mann im makellos dunklen Maßanzug wie ein Rabe im Schneegestöber – ein Fremdkörper inmitten der grob gehauenen Bauarbeiter und der hell aufragenden Sandberge. Seine Augen huschten rastlos umher, durchkämmten die Szenerie mit nervöser Präzision, als suchten sie fieberhaft nach etwas Verlorenem oder jemandem ganz Bestimmten.

Dann setzte er sich gemächlich in Bewegung. Mit prüfendem Blick umrundete er die massiven Fundamente, die eines Tages das Gewicht der gewaltigen Stahlkonstruktion zu tragen hätten. Ein kaum wahrnehmbares Lächeln zuckte über seine Lippen – offenbar war die Inspektion zu seiner Zufriedenheit verlaufen.

Bedächtig stieg er den steilen Sandwall hinab, ließ den Baulärm hinter sich und tauchte in den gemächlichen Trubel des Dorfes ein.

Seine Schritte führten ihn durch pittoreske Gassen, vorbei an krummen Fachwerkhäusern und windschiefen Laternen. Schließlich verschwand er unauffällig durch die schwere Holztür eines altehrwürdigen Geschäftshauses in der belebten Langen Straße.

Georg Johannson hasste Sand. Diese körnige Allgegenwart, dieses Knirschen zwischen den Sohlen, selbst wenn man meinte, alles bereits abgeschüttelt zu haben. Und doch hatte ihn dieser Baustellensand für einen Moment milde gestimmt. Der Anblick der wachsenden Brücke hatte etwas Beruhigendes, fast Tröstliches. Ordnung im Chaos. Struktur im Ungewissen.

Er stand nun am Ufer, stumm, regungslos, und starrte auf die sich nähernde Fähre, als könne er mit bloßem Willen den Übergang beschleunigen. Die Sonne hatte sich längst hinter den Horizont verzogen, der Fluss glitzerte noch in einem letzten Abglanz wie flüssiges Blei. Die Kälte der beginnenden Nacht kroch langsam durch die feinen Nähte seines Anzugs, doch er rührte sich nicht.

Nur noch eine Überfahrt. Dann war es getan.

Sein Herz schlug ein wenig zu schnell. Nicht vor Aufregung, das redete er sich ein. Es war die Luft. Die kühle, feuchte Abendluft hier an der Oste – sie ließ die Lungen arbeiten, zwang den Körper, sich zu spüren. Er hatte sich nicht in diese Angelegenheit drängen lassen. Nein. Er hatte sie gewählt. Er war vorbereitet. Alles war durchdacht, durchkalkuliert, mit der Präzision eines Mannes, der sich keinen Fehler leisten konnte.

Nicht noch einen.

Er dachte an das Geschäftshaus, das er zuvor betreten hatte. Die Gespräche dort – unter vier Augen, im Flüsterton, bei zu starkem Kaffee und schweigsamen Blicken – hatten eine alte Ordnung wiederbelebt. Alte Netzwerke, alte Schuldverhältnisse. Die Brücke mochte noch im Bau sein, aber das, was er dort drinnen wieder aktiviert hatte, spannte bereits seine eigenen Verbindungen über den Fluss. Unsichtbare, aber ebenso tragfähig wie Stahl.

Ein Geräusch riss ihn aus den Gedanken – Schritte. Fest, gleichmäßig. Jemand näherte sich von der Seite. Georg wandte den Kopf leicht. Nur ein Mann, etwa in seinem Alter, vielleicht jünger, mit diesem offenen Gesicht, das ihn an etwas erinnerte, das längst vergangen war. Ein Mensch, der wahrscheinlich kein einziges

Geheimnis mit sich herumtrug – oder es zumindest vortäuschte. Georg hasste es, wenn Menschen zu offen waren. Offenheit war ein Risiko.

Der andere nickte ihm freundlich zu. Georg erwiderte den Gruß mit einem angedeuteten Lächeln – höflich, kontrolliert. Es war nicht der Moment für Nähe.

Noch nicht.

In wenigen Minuten würde die Fähre anlegen. Dann nur noch ein kurzes Gespräch mit einem alten Bekannten am anderen Ufer. Ein Mann, der einst zu viel wusste. Vielleicht auch heute noch. Georgs Finger zuckten leicht in der Manteltasche, wo sich das alte Feuerzeug befand – Messing, schwer, ein Geschenk seines Vaters. Es war keine Waffe. Aber es erinnerte ihn daran, wer er geworden war. Und was er bereit war zu tun, damit alles so blieb, wie es war.

Die Fähre ächzte nun, stählerne Spannung, langsam werdender Stillstand. Gleich war sie da. Und mit ihr die nächste Entscheidung.

Der stählerne Koloss schob sich bedächtig näher, das Metall ächzte leise im Rhythmus der Strömung. Nur wenige Meter trennten ihn noch vom Anleger.

Mit dem vertrauten, metallischen *»Dong«* legte die Fähre sanft an. Hugo, dessen Schicht sich zwar dem Ende zuneigte, aber noch nicht ganz vorbei war, öffnete mit routinierter Gelassenheit die rot-weiße Schranke.

Wie oft er diesen Ablauf wohl schon wiederholt hat?, dachte der Mann im dunklen Anzug, während er die

Fähre betrat – noch bevor auch nur ein einziges Fahrzeug von Bord gerollt war. Hugo schüttelte stumm den Kopf, als hätte er es geahnt. Schließlich war er hier der unangefochtene Kapitän seiner stählernen Arche, und niemand widersprach ihm – weder Mensch noch Maschine.

Die Fähre war nun entladen, und die ersten wartenden Autos setzten knatternd über die Rampe auf das Deck. Mit ihnen kam auch der zweite Fußgänger, Oskar, der Mann mit dem offenen, freundlichen Gesicht. Er betrat die Fähre mit einem leichten Schwung, als sei sie ein alter Bekannter.

»Moin Hugo, die letzte Tour für dich heute?«

»Schön wär's«, knurrte Hugo und schob dabei die Mütze tiefer in die Stirn. Seine Vorfreude auf den Feierabend hatte sich bereits wie eine warme Decke über ihn gelegt – Oskars Frage machte ihn nur noch schwerer. Mit einem resignierten Seufzer schloss er die Schranke und wandte sich dem Führerstand zu, während der Ostestrom träge gegen die Pfeiler schlug und sich das stählerne Ungetüm langsam wieder vom Ufer löste.

Der Fluss unter ihr war ruhig, silbergrau im schwindenden Abendlicht.

Georg Johannson, der Mann im Maßanzug, hatte sich bereits in den kleinen Raum für Fußgänger zurückgezogen. Er ließ sich auf einer harten Holzbank nieder, die Hände verschränkt, den Blick starr auf das bullige Stahlgeflecht der Konstruktion gerichtet. Außen schabte der

Wind an den Wänden, innen schabte die Unruhe in seinem Kopf. Doch er blieb regungslos.

Draußen auf dem Deck hatten sich Hugo und Oskar in ihre gewohnte Position gebracht: Rücken an Reling, Blick zum Ufer, das sich langsam entfernte.

»Hast du das Spiel gesehen?«, fragte Oskar, während er die Hände in die Jackentaschen schob.

Hugo knurrte ein zustimmendes »Hmm«, das irgendwo zwischen Zustimmung und Mitleid rang.

»4:0. Ich mein, 4:0! Zu Hause!«, fuhr Oskar fort, der immer noch nicht recht glauben konnte, was er am Sonntag auf dem Sportplatz gesehen hatte. »Die aus der Börde haben wir regelrecht abserviert.«

»War auch nix los bei denen vorne. Der Junge von Brügge – wie heißt er gleich?«, fragte Hugo, der sich jetzt eine Pfeife aus der Jacke zog.

»Kalle. Kalle Brügge. Der hat gespielt, als wär er mit einem Bein im Schnapsfass hängen geblieben. Kein Zug, kein Biss.«

»Hat er vielleicht auch«, brummte Hugo und stopfte Tabak in die Pfeife. »War auf'm Sommerfest Samstag bis um vier, hat mein Neffe erzählt. Da muss man dann durch.«

Oskar lachte leise. »Und dann meckert der Trainer wieder über mangelnde Disziplin. Als ob das nicht jedes Jahr dasselbe wär.«

»Seit '69«, meinte Hugo trocken. »Aber wenigstens gab's Bier.«

Hinter der Scheibe saß Georg, scheinbar versunken in sich selbst. Doch sein Ohr hatte die Worte eingefangen wie ein Netz, das am Ufer treibt. TSV Osten, Börde Lamstedt, Kalle Brügge. Alles klang nach Dorfidylle, nach Unschuld – nach etwas, das ihm seltsam fern war.

Er warf einen flüchtigen Blick zu den beiden Männern auf dem Deck. Sie gehörten zu dieser Welt, mit ihrer lakonischen Wärme und der rauen Sprache, wie Schafe zum Deich. Er dagegen war nur auf der Durchreise. Und doch war es gerade diese Normalität, die ihn wachsam machte.

***

Still und unaufhaltsam zog die Oste ihr silbriges Band landeinwärts, die Flut schob träge ihr Wasser unter der Schwebefähre hindurch. Am westlichen Horizont hing die Sonne, tiefrot wie eine glühende Kohle, kurz vor dem Versinken. Die Fähre hatte gerade die letzten Fahrzeuge am Basbecker Ufer entlassen und trat nun, mit nur einer Handvoll Wagen an Bord, die kurze Rückfahrt nach Osten an.

Hugo, der alte Fährmann mit den derben Händen und den weisen Augen, spürte die nahende Ruhe seines Feierabends wie eine wohltuende Brise. Der Gedanke, bald keine Nachtschichten mehr schieben zu müssen, wärmte sein müdes Herz. Früher, als er noch ein junger Spund gewesen war, hatte er die nächtlichen Überfahrten sogar genossen. Die endlosen Stunden unter dem sternenübersäten Himmel hatten ihn nicht gestört – im Gegenteil, sie hatten ihm etwas gegeben, das er nie so recht in Worte hatte fassen können.

Im Sommer saß er oft auf der stählernen Gondel, ließ die Beine baumeln und sog die meditative Stille der Oste in sich auf, wie sie mal gemächlich in die eine, mal in die andere Richtung strömte. Im Winter zog er sich in die windschiefe Fährbude an der Deichlücke zurück, wo ein knisternder Ofen behagliche Wärme spendete. Manchmal bekam er Besuch von den jungen Leuten aus dem Dorf – neugierige Gesichter, rote Wangen, eine Mischung aus Respekt und Abenteuerlust in den Augen. Für ein kleines Trinkgeld überließ er ihnen gern das warme Plätzchen, stellte sich nach draußen, die Pfeife im Mundwinkel, das Gesicht dem Wind entgegengestreckt.

Doch diese unbeschwerte Zeit war vorbei. Vergangenheit. Klar und unbestechlich, wie das trübe Wasser der Oste nach einem Sturm, war ihm bewusst, dass seine Tage als Fährmann gezählt waren. Die neue Brücke – dieses stählerne Ungetüm, das sich am Horizont auftürmte – würde das Ende bedeuten. Er wusste es, und doch verbitterte es ihn nicht. Im Gegenteil: Er genoss jeden einzelnen Tag, an dem er noch seinen Dienst verrichten durfte. Atmete die salzige Luft tief ein. Lauschte dem vertrauten Knarzen und Ächzen der alten Stahlkonstruktion. Und ließ seine Gedanken treiben, zurück zu all den Begegnungen über die Jahre hinweg.

So viele Gesichter hatte er gesehen – manche freundlich, andere wortkarg, wieder andere zugeknöpft wie das Wetter im November. Menschen, die Zeit für ein kurzes Pläuschchen fanden. Und solche, die getrieben waren von einer Eile, als hinge ihr ganzes Leben davon ab, möglichst schnell ans andere Ufer zu gelangen.

Und immer, wenn Hugo in die leuchtenden Augen der Kinder blickte, die von diesem stählernen Ungetüm auf dem Wasser aufrichtig überwältigt waren, wurde ihm warm ums Herz. Für die Kleinen war die Schwebefähre kein Fortbewegungsmittel, sondern ein Wunderwerk – ein schwebender Riese, der die Ufer verband. Ganz besonders liebe Kinder durften dann auch mal in sein kleines Reich: das staubige, nach altem Öl duftende Führerhaus, das für sie wie die Brücke eines gewaltigen Schiffes wirkte.

An einen Jungen erinnerte er sich besonders gut. Heinzi wurde er von seiner Mutter genannt. Immer, wenn im tiefsten Winter die Oste unter einer dicken Eisschicht erstarrt war, kam dessen Mutter mit ihm zur Fähre. Der Junge, vielleicht vier oder fünf Jahre alt, stand dann mit riesigen Augen vor dem stählernen Koloss, stumm, die Pudelmütze tief im Gesicht, aber erfüllt von reiner Ehrfurcht.

Hugo hatte ihn damals an der Hand genommen, gemeinsam hatten sie die schwere Schranke geschlossen – und unter der wachsamen Aufsicht des erfahrenen Fährmanns durfte der kleine Heinzi sogar die Hebel bedienen, durfte mithelfen, die gewaltige Konstruktion in Bewegung zu setzen. Stolz wie ein kleiner König hatte er im Führerstand gestanden, seine Augen hatten vor Freude geglitzert, und sein Lächeln war für Hugo mehr wert gewesen als jedes Lob oder Trinkgeld.

Doch dann war wieder ein Winter gekommen. Der Fluss hatte sich unter bedrohlich wirkenden Eisschollen gestaut – aber Heinzi war nicht mehr erschienen. Kein Zucken kleiner Finger an der Schranke, kein strahlendes Kinderlachen zwischen Schnee und Metall. Hugo vermisste ihn. Der Junge war ihm ans Herz gewachsen wie ein eigener Enkel.

Er war gern Fährmann gewesen auf der Schwebefähre von Osten. Schon sein Vater hatte hier gedient, und auch sein Großvater, der einst noch mit den Händen die Taue des alten Fährprahms gespannt hatte. Hugo war wohl der Letzte seiner Familie, der diese Arbeit noch tun würde. Und Klaus, sein einziger Sohn, würde sich wohl oder übel etwas anderes suchen müssen. Die Brücke würde kommen, unausweichlich. Und sie würde all das – die Gespräche, die kleinen Wunder, die glitzernden Kinderaugen – überflüssig machen.

Gern ließ Hugo seine Gedanken zu den Geschichten seines Vaters schweifen, der einst selbst am Bau dieser einzigartigen Schwebefähre mitgewirkt hatte. Als kleiner Junge hatte Hugo stundenlang in der warmen Stube gesessen, gebannt den abenteuerlichen Erzählungen gelauscht, während draußen der Wind an den Fenstern rüttelte.

Eine seiner Lieblingsfragen war stets gewesen – und auch bei den Kindern aus dem Dorf erfreute sie sich bis heute großer Beliebtheit:

»Was hat die Schwebefähre hier in Osten eigentlich mit der berühmten Freiheitsstatue in New York gemeinsam?«

Natürlich kannten sie die Antwort längst. Und doch stellten sich die Kinder jedes Mal wieder unwissend, schauten mit großen Augen und zuckten ratlos mit den Schultern – nur um dem alten Mann die Freude nicht zu nehmen. Dann leuchtete in Hugos Gesicht das gleiche verschmitzte Lächeln auf, das schon sein Vater getragen hatte, und er sagte mit sonorer Stimme:

»Na, die Betonfüße! Beide kommen von der Portland-Zementfabrik aus Hemmoor!«

Ein kleiner Satz, der Hugo noch heute zum Schmunzeln brachte – ein Stück Weltgeschichte, verborgen in seiner stillen Heimat zwischen Deich und Fluss. Hier, wo die Zeit langsamer zu vergehen schien und doch voller Geschichten war, die weit über die Dorfgrenzen hinauswiesen.

Doch die absolute Lieblingsgeschichte seines Vaters – und die, die Hugo vermutlich hundert Mal gehört und doch nie überdrüssig geworden war – handelte vom sagenumwobenen, versunkenen Fährprahm, der durch Übermut in den Tiefen der Oste versank.

»Hör mal, mein Junge«, hatte sein Vater immer gesagt, »ich war damals beim Bau der Schwebefähre dabei. Das Mittelstück, ein tonnenschweres Stahlungetüm, sollte eingesetzt werden. Die Ostener hatten ihre Pfähle in den Schlamm gerammt, die Seitenteile ragten schon in den Himmel – fehlte nur noch dieses Schußstück.

Da kamen die Gustavsburger, eine Truppe hitziger Kerle, und wollten das Teil mit dem alten Fährprahm über die Oste bringen. Der Fährmann warnte sie, doch sie hörten nicht. Und was geschah? Mitten im Strom sackte das Ding ab, verschluckt von den Fluten. Plötzlich war alles still.

Ratlos standen sie am Ufer, bis ein Taucher aus Hamburg kam. Ein breiter Kerl, eiskalt, mit Augen wie Stahl. Am ersten Tag fand er nichts. Aber am zweiten ertastete er das Eisen im Schlamm, befestigte es mit Drahtseilen – und wir zogen es Zentimeter für Zentimeter nach oben. Schließlich hatten wir es.

Und als wäre das nicht schon genug gewesen, tauchte auch der Fährprahm wieder auf, taumelnd, als hätte ihn jemand zurück ans Licht gedrückt. Ohne diesen Taucher, mein Junge, gäbe es die Brücke heute nicht.«

Hugo hatte nie im Leben einen anderen Beruf in Erwägung gezogen als den des Fährmanns. Die Oste war sein Revier, die Fähre sein Zuhause, der Fluss sein ständiger Begleiter gewesen – bei Tag und bei Nacht, im

Nebel, bei Sturm und im goldenen Schein der Sommersonne.

Ein stilles Lächeln huschte über sein wettergegerbtes Gesicht, während sein Blick über das ruhige Wasser glitt. Die Erinnerungen an frühere Tage – an rutschige Stege, schwere Ketten, rußige Öfen und an das leise, zufriedene Brummen der alten Maschinerie – waren so lebendig, als hätte er sie erst gestern erlebt.

Nun aber richtete sich sein Blick zur Deichlücke. Die Abendsonne war schon lange hinterm Horizont im Meer versunken, und die Luft war erfüllt vom leicht salzigen Duft des nahen Watts. Wie ein Leichentuch legte sich dichter Nebel von der See über den Fluss.

Es war der Moment, auf den er sich jeden Tag aufs Neue freute – das Kommen der Ablösung, das langsame, gemächliche Auftauchen eines vertrauten Gesichts. Kein großes Aufheben, kein lautes Willkommen – nur ein Nicken, ein stummes Einverständnis: Dein Tagwerk ist getan. Ich übernehme.

Er lehnte sich an das Geländer und sog tief die frische Luft ein. Der Fluss glitt träge unter der Fähre hindurch, so verlässlich und ruhig wie eh und je. Bald würde er heimgehen, durch die schmale Gasse mit den alten Kopfsteinen, vorbei an der Bäckerei, deren Fenster längst dunkel waren, und dann in sein kleines Haus, wo der Ofen schon längst erloschen war, aber ein warmes Licht auf dem Küchentisch wartete.

Doch noch war er hier – Fährmann Hugo.

Im traulich-dunklen Fährkrug erloschen die letzten warmen Lichter hinter den Fenstern. Der Wirt hatte Feierabend gemacht, und die Stille der Nacht kroch langsam durch die Gassen von Osten.

Wird dann wohl nichts mehr mit einem gemütlichen Absacker, dachte Hugo und legte die Schwebefähre mit seiner gewohnten, sanften Routine am Ostener Ufer an.

»Dong.«

Mit müden Beinen, die das Gewicht eines langen Arbeitstages trugen, schlurfte er zur Schranke und öffnete sie. Die wenigen verbliebenen Autos rollten gemächlich von Bord. Ein freundlicher Fahrer winkte ihm im Vorüberfahren zu und wünschte einen ruhigen Feierabend.

Kein weiteres Fahrzeug wartete mehr auf Überfahrt – und auch drüben, am dunklen Basbecker Ufer, herrschte friedliche Stille. Zu sehen war nichts. Der Nebel wurde dichter.

Hugo holte tief Luft. Die kühle, feuchte Nacht tat seiner müden Lunge nicht gut. Noch einmal sog er die salzige Luft der Oste ein, dann wandte er sich dem Führerstand zu, bereit, die Abrechnung zu beginnen.

Doch da – ein Schatten im Fahrgastraum, kaum erkennbar im schwachen Licht. Ein Mann saß auf der Bank, tief zusammengesunken, den Kopf an die Wand gelehnt. Offenbar war er eingeschlafen.

»Ist ja auch kein Wunder«, murmelte Hugo leise, »bei dem gemächlichen Tempo unserer stählernen Schnecke –

das wirkt wie ein Schlaflied.« Ein müdes, fast zärtliches Lächeln huschte über sein wettergegerbtes Gesicht.

»Wir, die Gondoliere des Nordens – Tiefenentspannung erster Klasse«, flüsterte er, mehr zu sich selbst, als er langsam auf den erschöpften Fahrgast zuging. Die Schritte hallten leise auf dem Metallboden wider.

Sein Blick blieb für einen Moment an dem schlafenden Mann hängen – zu ruhig, zu reglos. Irgendetwas daran ließ ihn zögern.

Hugos Lächeln erstarb.

Der Mann saß reglos da, den breitkrempigen Hut tief ins Gesicht gezogen, als wolle er sich vor der Welt verbergen. Angelehnt an die kühle, feuchte Außenwand der Fähre, wirkte seine Haltung unbequem und merkwürdig unnatürlich – die Arme verschränkt, die Beine unter die hölzerne Bank geklemmt.

»Hallo? Aufwachen, mein Herr. Feierabend«, sagte Hugo mit ruhiger, beinahe väterlicher Stimme, wie er es oft getan hatte, wenn ein Fahrgast mal auf der letzten Tour eingenickt war.

Doch der Mann reagierte nicht. Keine Regung, kein Laut. Hugo trat einen Schritt näher, seine Stimme nun fester, durchzogen von einem Hauch Unbehagen:

»Feierabend!«

Stille.

Mit einer Mischung aus Pflichtgefühl und wachsender Beklommenheit beugte sich Hugo vor und stupste den Fremden leicht an der Schulter.

Wieder nichts.

Kein Zucken, kein Murren. Nur die unbewegte Gestalt in der Dämmerung des leeren Passagierraums.

Ein kalter Schauer kroch Hugo den Rücken hinauf. Widerwillig, aber entschlossen, hob er vorsichtig den dunklen Hut ein Stück an.

Dann wich er entsetzt zurück – ein heiserer Laut entrang sich seiner trockenen Kehle. Der Hut entglitt seinen zitternden Fingern und fiel lautlos aufs eiserne Deck. Zwei große, glasige Augen starrten ihn leblos an.

»Scheiße…«, stieß Hugo hervor, seine Stimme kaum mehr als ein Hauch.

Der grausige Anblick raubte ihm den Atem. Eben noch hatte er sich auf den wohlverdienten Feierabend gefreut – nun wich alle Wärme aus seinem Körper, die Nacht wurde mit einem Mal kälter, dunkler, schwerer.

Ohne ein weiteres Wort drehte sich Hugo um und floh von seiner geliebten Fähre. Seine Beine, eben noch träge vom langen Dienst, trugen ihn nun mit ungeahnter Geschwindigkeit durch die nächtliche Stille. Atemlos erreichte er die Tür des Fährkrugs, wo kein letzter Lichtschein mehr durch die Gardinen drang. Mit zitternden Fäusten trommelte er gegen das massive Holz der Tür.

»Willi! Mach auf! Willi!«

Die Schläge wurden schwächer, kraftloser. Hugos Brust hob und senkte sich stoßweise, seine Lungen brannten, sein Herz pochte wie wild.

Schließlich öffnete sich die Tür.

Der Wirt, Wilhelm Richter, stand in der Schwelle, die Augen vom Schlaf verquollen, ein deutliches Aroma von Korn in seiner Fahne.

»Hugo? Um Himmels willen, was soll der Lärm? Ist denn die Hölle los?«

Hugo klammerte sich an den Türrahmen, seine Stimme kaum noch ein Flüstern: »Willi... du musst sofort die Polizei rufen. Da... da liegt einer... auf meiner Fähre. Und der... der lebt nicht mehr.«

»Warum zum Teufel sollte ich das um diese gottverdammte Uhrzeit tun?«, brummte Wilhelm, während sein Geist längst wieder bei seiner warmen Frau und dem weichen Kissen weilte.

»Weil... weil da ein Toter auf meiner Fähre liegt«, stieß Hugo hervor. Die Worte kamen abgehackt, seine Stimme brüchig, als müsste er sich selbst erst vergewissern, was er da gerade gesagt hatte.

Wilhelm blinzelte, die Stirn gerunzelt. »Sag das noch mal – langsam.« Er konnte kaum glauben, was er da gehört zu haben glaubte.

»Nun mach schon, Willi! Ruf endlich die Polizei an!«, brauste Hugo auf, die Nerven blank wie angerostete Stahlträger im Salzwind.

»Jaja, ist ja gut, Hugo.« Wilhelm seufzte schwer, schob die Tür weiter auf. »Komm erst mal rein und beruhig dich. Einen Schnaps?«

Wortlos folgte Hugo ihm in die stickige Gaststube. Der abgestandene Geruch von Zigarettenrauch und altem

Bier hing wie ein müder Schleier über dem Raum. Er ließ sich schwer auf einen der wackeligen Holzstühle sinken, atmete tief durch, während sein Herz noch immer wie wild gegen die Rippen pochte.

Wilhelm zog zwei dickwandige Gläser aus dem Regal, stellte sie mit einem leisen Klirren auf den Tresen und füllte sie randvoll mit klarem Korn. »Prost«, sagte er beiläufig, hob sein Glas und kippte es in einem Zug runter, als wäre es Wasser aus dem Hahn.

Hugo rührte sein Glas nicht an. Der Alkohol drehte ihm schon beim bloßen Gedanken daran den Magen um.

Wilhelm zuckte mit den Schultern, schnappte sich Hugos Glas und ließ auch den zweiten Schnaps verschwinden. »Wäre ja schade drum«, murmelte er.

»Nun ruf endlich die Polizei, Willi!«, drängte Hugo, diesmal lauter, schärfer. Sein Blick war starr, die Hände fest um die Stuhlkante gekrallt.

»Ja, ja, wird ja nicht gleich davonlaufen, deine Leiche«, witzelte Wilhelm und goss erneut nach, als könne er das Unbehagen mit einem doppelten Korn wegsaufen.

Da schoss Hugo hoch.

Sein Stuhl kratzte über die alten Dielen, und er fixierte Wilhelm mit einem Blick, so finster und kalt wie die Oste bei Nacht.

»Dann eben nicht! Dann geh ich eben selbst zum Dorfsheriff!«, blaffte er.

Wilhelm hob gerade sein drittes Glas zum Mund, sah ihn dabei an wie einen störrischen Gast, der nicht wusste, wann es Zeit war zu gehen.

»Dann mach doch!«, rief der Wirt ihm grinsend hinterher, während Hugo bereits mit hastigen Schritten das Lokal verließ und die Tür krachend ins Schloss fiel.

Hugo wusste in diesem Moment selbst nicht so recht, worüber er sich mehr ärgern sollte: über die unheimliche Leiche auf seiner geliebten Fähre – oder über den saufseligen, ignoranten Wirt, dem offenbar jedes Gespür für die Realität fehlte.

Nur wenige Minuten später erreichte er die kleine Polizeistation in der Deichreihe. Das solide Backsteingebäude mit seinen hell erleuchteten Fenstern ragte wie ein tröstliches Bollwerk aus der Dunkelheit – ein stilles Leuchtfeuer der Ordnung in einer Nacht, die sich zunehmend fremd und unheimlich anfühlte.

Zaghaft klopfte Hugo an die schwere Holztür. Es dauerte nicht lange, bis sie sich knarrend öffnete.

Annegret, Günters resolute Ehefrau, blickte verschlafen in die Nacht hinaus. Ihr Blick wurde sofort wachsam, als sie Hugo erkannte.

»Herr Schulz? Um diese Uhrzeit? Ist etwas passiert?«

»Ist Günter da?«, fragte Hugo knapp, ohne auf ihre besorgte Stimme einzugehen. Seine Ungeduld und das Entsetzen über das, was er auf dem Deck entdeckt hatte, ließen ihm keinen Raum für Höflichkeiten.

Annegret nickte und rieb sich die Augen. »Ja. Er ist noch in der Amtsstube. Ich hol ihn.«

»'Tschuldigung«, murmelte Hugo nur, während er sich an der überraschten Annegret vorbeischob – ohne ihr auch nur einen Blick zu schenken.

Sie blieb wie angewurzelt stehen, sah ihm hinterher, wie er, ohne zu zögern und ohne anzuklopfen, die Tür zur Amtsstube aufriss, getrieben von einer Unruhe, die sich wie ein Sturm in seinem Inneren zusammengebraut hatte.

»Günter, es ist was Schreckliches passiert!«, rief er atemlos, kaum dass er die Schwelle überschritten hatte. Die Worte stolperten über seine Lippen, überhastet und schwer verständlich in ihrer Panik.

Günter Dunkelmann, der in aller Seelenruhe an seinem Schreibtisch saß und gerade eine Tasse Pfefferminztee abstellte, hob nur leicht die Brauen. Er war ein Mann, der selbst bei Orkanstufe zehn kaum ein Stirnrunzeln zeigte.

»Ganz ruhig, Hugo. Immer mit der Ruhe. Eins nach dem anderen«, sagte er mit seiner gewohnten stoischen Gelassenheit – eine Ruhe, die in Hugos Zustand fast noch beunruhigender wirkte als die Nachricht selbst.

»Setz dich erst mal. Und dann erzähl mir, was los ist.«

Hugo nickte fahrig, ließ sich schwer auf den nächstbesten Stuhl sinken und rang nach Fassung.

»Auf der Fähre…«, begann er, seine Stimme brüchig wie morsches Holz. »Da liegt ein Toter. Einfach so. Tot. Im Fahrgastraum.«

Günters Blick wurde scharf, sein Körper blieb reglos.

»Nicht dein Ernst, Hugo?«, fragte er leise, den Fährmann nun mit einem prüfenden Blick musternd – als wolle er aus dessen aufgewühltem Gesicht die Wahrheit wie eine Spur im Schlick lesen.

»Doch, Günter, ganz sicher. Im Fahrgastraum, angelehnt an der Wand. Ein feiner Pinkel, würde ich sagen – Anzug, Lederschuhe, alles vom Feinsten«, bekräftigte Hugo seine Beobachtung mit Nachdruck. Nach all den Jahren auf der Fähre hatte er ein sicheres Gespür für Menschen entwickelt – ihre Herkunft, ihre Stimmung, ihre Absichten.

Günter seufzte leise.

»Schön. Oder eben auch nicht. Komm, Hugo, wir gehen zur Fähre.«

Mit einem leisen Ächzen erhob sich der Polizist aus seinem knarrenden Schreibtischstuhl. In bedächtiger Routine legte er die Lesebrille ab, griff nach der grünlichen Uniformjacke, die stumm am alten Garderobenhaken hing, und holte anschließend seine betagte Dienstwaffe aus der Schreibtischschublade. Mit geübtem Griff steckte er sie in das abgewetzte Holster seines breiten Ledergürtels.

»Liebling, bin noch mal kurz weg!«, rief er in Richtung Flur, bevor er die Haustür öffnete und sich im Gehen seine speckige Dienstmütze aufsetzte.

Auf dem kurzen Weg zur Fähre stellte Günter gezielte Fragen: *'Wann Hugo den Mann bemerkt hatte, ob es zuvor Auffälligkeiten gegeben hatte, seltsame Fahrgäste, ungewöhnliches Verhalten'.*

Hugo mühte sich, die Fragen zu beantworten – doch der Abend war bis zu jenem Moment so normal gewesen wie unzählige davor.

»Ehrlich, Günter, es war nichts Besonderes. Kein Streit, kein Ärger. Alles ganz ruhig.«

Die dunkle Silhouette der Schwebefähre tauchte vor ihnen auf – stumm über dem schwarzen Band der Oste. Der Fährkrug lag längst wieder im nächtlichen Schlummer, nur ein einsames Licht im Obergeschoss flackerte träge hinter einem Gardinenschlitz.

»Der Willi hat jetzt wohl endgültig den Kanal voll«, murmelte Hugo und schüttelte leicht den Kopf. Ein bitterer Unterton mischte sich in seine Stimme – eine Mischung aus Enttäuschung und Wut.

Am Anleger angekommen, trat ihnen Karl entgegen, Hugos Ablösung – nervös und aufgewühlt. Er lief unruhig hin und her, seine Schritte hallten unnatürlich laut über das eiserne Deck.

»Mensch, Hugo, endlich!«, rief er ihnen entgegen, sichtlich erleichtert, als er den Polizisten an Hugos Seite erkannte.

»Auf der Fähre liegt ‘ne Leiche! Ich dachte schon, ich wär verrückt geworden! Wo warst du denn so lange?«

Seine Anspannung fiel mit einem Mal von ihm ab, während sich die Nacht weiter über den Fluss senkte – schwer, still, und voller Fragen.

Günter Dunkelmann, seit Jahrzehnten der ruhige Fels in der Brandung des beschaulichen Dorfes, näherte sich dem leblosen Körper mit beinahe andächtiger Abgeklärtheit. Im fahlen Schein seiner klobigen Taschenlampe beugte er sich über den Toten und musterte ihn aus verschiedenen Winkeln, die Stirn tief gefurcht.

»Hm«, brummte er nachdenklich. »Auf den ersten Blick würde ich sagen: Herzstillstand. Vielleicht ein Infarkt.« Doch etwas in Günters Blick blieb wachsam, misstrauisch – seine berufliche Intuition ließ ihn nicht los.

Er begann, systematisch die Taschen des Mannes zu durchsuchen, jede Bewegung präzise, fast rituell. In der Innentasche des eleganten Anzugs fand er lediglich einen zerknitterten Fahrschein – erste Klasse, Hamburg Hauptbahnhof nach Basbeck-Osten und zurück. Kein Portemonnaie. Keine Papiere. Kein Ausweis. In der Außentasche ein Feuerzeug, das Günter unauffällig in seine Tasche gleiten ließ.

»Seltsam. Kein Geldbeutel, kein Ausweis, nichts«, murmelte Günter mit wachsender Ernüchterung. »Wer bist du, mein Freund, und was hast du in unserem kleinen Osten gesucht?« Seine Worte hallten leise durch die Nacht – laut genug, dass Hugo und Karl sie vernehmen konnten, obwohl sie lieber mit etwas Abstand warteten.

»Ich hab ihn heute Nachmittag mit rübergenommen«, warf Hugo zögerlich ein. »Er ist dann in Richtung Deichreihe verschwunden, mehr hab ich nicht gesehen.«

»Na, das ist doch schon mal ein Anfang.«

Günter fuhr mit seiner Untersuchung fort. Als er den Körper leicht anhob, kippte der Kopf des Mannes unnatürlich nach vorn. Der Polizist hielt inne, ließ den Lichtkegel seiner Lampe über Nacken und Schultern gleiten. Dann schnaubte er leise, eine Mischung aus Entdeckung und Unmut.

»Genickbruch«, stellte er trocken fest, sein Tonfall hatte sich verändert – kühler, ernster. »Verdammt. Das sieht ganz und gar nicht nach einem natürlichen Tod aus.«

»Aber… wer bringt denn auf meiner Fähre jemanden um?«, hauchte Hugo, erschüttert, mit bebender Stimme.

»Deine Fähre?«, wiederholte Karl ungläubig.

»Unsere Fähre«, verbesserte sich Hugo leise. Die Worte kamen nur schwer über seine Lippen, als hätte der Gedanke, dass dieses ruhige, schwankende Zuhause nun zum Tatort geworden war, ihn körperlich getroffen.

Die stille Nacht, eben noch voller Frieden und dunkler Wasser, war nun von einem unheilvollen Schatten durchdrungen.

»Und genau das«, sagte Günter bestimmt, während er sich den beiden Männern zuwandte, »ist jetzt die alles entscheidende Frage. Wer hatte etwas gegen diesen Mann – und wer hatte Zugang zur Fähre?«

Er zückte seinen zerfledderten Notizblock, der schon viele Geschichten der kleinen Gemeinde aufgenommen hatte, und blickte Hugo eindringlich an.

»Ist dir irgendjemand aufgefallen? Jemand, der sich auffällig in der Nähe des Mannes aufgehalten hat? Jemand, der sich gedrückt hat oder sich merkwürdig benommen hat?«

Hugo schwieg einen Moment, dann schüttelte er langsam den Kopf. Seine Gedanken rasten. Zu viele Fragen, die sich wiederholten. Die sanften Wellen der Oste wirkten plötzlich wie das bedrohliche Flüstern eines dunklen Geheimnisses. »Ich... ich habe ja nicht einmal gemerkt, dass der Mann überhaupt noch an Bord war«, gestand Hugo leise, seine Stimme kaum mehr als ein Hauch. Die Scham stand ihm deutlich ins müde Gesicht geschrieben.

»Wie bitte? Du hast ihn mitgenommen und nicht gesehen, dass er in Basbeck gar nicht abgestiegen ist?«, fragte Karl ungläubig. Er schüttelte langsam den Kopf, fassungslos über die Nachlässigkeit seines älteren Kollegen.

»Bin eben auch nicht mehr der Jüngste«, murmelte Hugo zur Verteidigung, ein Hauch von Selbstironie in seiner Stimme, der seine Entschuldigung kaum zu kaschieren vermochte.

»Nach so einer langen Schicht ist das kein Wunder. Geht mir manchmal genauso«, warf Karl versöhnlich ein, legte Hugo eine Hand auf die Schulter – ein stiller Akt der Solidarität.

Günter ließ den Moment wirken, bevor er weiter bohrte. »Wann genau hast du ihn entdeckt?« Seine Augen ruhten fest auf Hugo.

»Als ich zum Feierabend die Abrechnung machen wollte. Da hab ich ihn da sitzen sehen, ganz still. Ich dachte, er schläft einfach nur tief und fest.« Hugo deutete mit einer zittrigen Hand auf den Fahrgastraum, in dem der Tote nach wie vor unheimlich und regungslos lehnte.

»Gut, Hugo«, sagte Günter ruhig, »aber noch mal zu meiner eigentlichen Frage: Ist dir irgendjemand aufgefallen, der sich vor dem Fund in der Nähe des Mannes aufgehalten hat? Irgendein Fahrgast, der auffällig war oder sich merkwürdig benommen hat?«

Hugo schwieg einen Moment, starrte auf das dunkle Wasser unter der Fähre, als könnte es ihm die Erinnerung zuflüstern. Dann plötzlich hob er den Kopf. »Doch… jetzt, wo du's sagst – da war jemand. Einer ist auch in den Fahrgastraum gegangen.«

»Und? Kanntest du die Person?«, fragte Günter, seine Stimme scharf wie das Knirschen von Kies unter Stiefeln.

»Ja, das war der Oskar. Der fährt eigentlich immer um dieselbe Zeit rüber nach Basbeck. Ein Gewohnheitsmensch, der kommt fast jeden Tag.«

»Der Oskar also. Gut. Dann fangen wir da an.« Günter nickte langsam, die Hand mit dem Stift bereits wieder am Block. »Sehr gut, danke, Hugo. Die Fähre bleibt vorerst geschlossen, bis die Spezialisten der Kriminalpolizei den Tatort morgen früh begutachten«, ordnete Günter mit ruhiger Bestimmtheit an und wandte sich zum Gehen. »Habt ihr das verstanden? Schranken runter und Feierabend, meine Herren.«

»Aber… wir können die Fähre doch nicht einfach so alleine lassen. Mit dem Toten da drin!«, warf Karl ein, ein mulmiges Gefühl breitete sich in seiner Magengegend aus.

»Stimmt«, nickte Günter und legte Karl die linke Hand auf die Schulter – fest, aber freundlich. »Dann wirst du eben die ehrenvolle Aufgabe übernehmen, die Fähre bis morgen zu bewachen. Du packst das, Karl.«

»Ja, Günter. Ich passe auf«, versprach Karl mit einem hörbaren Schlucken, aber auch einem Hauch Stolz in der Stimme.

Günter und Hugo verließen den Fährvorplatz durch die dunkle Deichlücke. Der Polizist bog links in die Deichreihe ab, der Fährmann rechts in die stille Deichstraße.

Hugos Schritte waren schwer wie Blei, seine Knie fühlten sich noch immer an, als bestünden sie aus nassem Papier. Zu Hause angekommen, steuerte er ohne Umwege auf den Kühlschrank zu. Sein Magen knurrte, seine Kehle war staubtrocken. Auf dem Herd stand das Abendessen, unberührt, wie sie es zurückgelassen hatte. Edeltraut, seine sanfte Frau, lag längst im warmen Bett.

Mit einem leisen Zischen öffnete Hugo eine Flasche Bier und ließ sich erschöpft auf einen der vier Küchenstühle fallen. Die unheimlichen Bilder des Abends flimmerten vor seinem inneren Auge ab wie ein düsterer Stummfilm.

»Nein«, murmelte er schließlich und schüttelte kaum merklich den Kopf, »das war nicht Oskar – der kann doch keiner Fliege was zuleide tun.«

In langsamen, fast mechanischen Bewegungen stand Hugo auf, warf einen gequälten Blick in den dampfenden Kochtopf. Kartoffelsuppe. Eigentlich mochte er sie, nur heute nicht. Heute war ihm der Appetit auf Suppe vergangen.

Er schnitt sich eine dicke Scheibe Graubrot ab, bestrich sie großzügig mit würziger Leberwurst. Der vertraute, salzige Duft erfüllte die kleine Küche – und lockte Paula an.

Die Katze, die sonst nie etwas vom Tisch bekam, saß plötzlich auf der Stuhlkante, ihre smaragdgrünen Augen groß und bittend auf ihn gerichtet.

»Na gut, aber nur heute, Paula«, murmelte Hugo mit einem müden Lächeln und reichte ihr ein kleines Stück vom Rand.

***

Karl stand fröstelnd vor der verlassenen Fährbude, die Schultern hochgezogen, die Stirn in Falten gelegt. Sein Blick verlor sich im Dunkel der Nacht, während ihm immer wieder dieselbe Frage durch den Kopf ging: »Warum ausgerechnet auf der Fähre?«

Er sprach die Worte leise aus, fast flüsternd – als könnte das alte graue Holz der Hütte ihm eine Antwort geben.

Mit einem Seufzer griff er in die abgewetzte Tasche seines Arbeitskittels und förderte eine zerdrückte Schachtel Reval zutage. Das kräftige Orange des Papiers wirkte im fahlen Licht der Laterne beinahe trotzig, wie ein letzter Farbtupfer gegen das Schwarz der Nacht.

Er zog eine Zigarette hervor, steckte sie sich mit geübtem Griff zwischen die Lippen. Das Sturmfeuerzeug zündete mit einem kratzenden Geräusch, die Flamme flackerte kurz, dann stieg der erste Rauchzug in seine Lungen – vertraut, trügerisch beruhigend.

Er blies den Rauch langsam aus, wischte mit dem Finger einen winzigen Tabakkrümel von seiner Unterlippe und lauschte in die Stille, die nur vom entfernten Gluckern des Wassers unterbrochen wurde.

Da durchbrach eine sonore Stimme die Nacht: »Fährmann, hol över!«

Karl zuckte kaum merklich zusammen, zog noch einmal an seiner Zigarette, der Glutpunkt leuchtete rot im Dunkeln.

»Jo«, rief er zurück, »hast du'n Fahrzeug dabei?«

»Nee, bin zu Fuß«, schallte es vom Basbecker Ufer zurück – eine klare, ruhige Stimme, ohne Hast.

Karl schnippte die glühende Kippe in die träge dahinfließende Oste, wo sie mit einem leisen *»Zisch«* im Wasser erlosch. Ohne Eile stieg er in das kleine Paddelboot, das für nächtliche Notfälle am Steg vertäut lag. Die Leine war rasch gelöst. Mit einem kurzen Stoß des Paddels entfernte er sich vom Ufer. Nur das sanfte Plätschern des Wassers begleitete ihn durch die fast völlige Dunkelheit.

Am gegenüberliegenden Ufer trat eine dunkle Gestalt aus dem Schatten.

»Warum kommst du denn mit dem Boot?«, fragte der nächtliche Fahrgast ungeduldig, während Karl das Boot festmachte.

»Deine Kollegen nehmen doch sonst die große Fähre.«

»Die ist außer Betrieb«, antwortete Karl knapp, seine Augen hafteten prüfend an der Silhouette. Erst jetzt erkannte er im fahlen Licht des Mondes das Gesicht. Oskar.

Ein flüchtiger Schauder kroch Karl den Rücken hinauf. Er zwang sich zur Ruhe, doch etwas an Oskars Anwesenheit in dieser Nacht ließ ihn nicht los. War das wirklich der freundliche Stammgast von früher? Oder war er – etwas anderes?

»Warum denn? Was ist los?«, hakte Oskar nach, die Ungeduld schwang nun deutlich in seiner Stimme mit.

Karl schwieg einen Moment. Er hörte das leichte Knarren des Bootsrumpfs, das leise Gluckern unter den Planken. Dann, während Oskar sich bereits unsicher in dem schaukelnden Boot niederließ, sprach er mit belegter Stimme:

»Die Fähre – ist jetzt ein Tatort.«

»Ach komm schon, Karl, rück endlich raus mit der Sprache – was ist denn wirklich los?«, drängte Oskar, die Stimme gespannt vor unheiliger Neugier.

Karl sog hörbar die Luft ein. Dann, mit einem Schulterzucken, das mehr Unsicherheit als Gleichgültigkeit verriet, sagte er leise: »Na schön… auf der Fähre wurde jemand ermordet.«

»Was? Im Ernst jetzt?«, Oskar starrte ihn an, seine Augen bohrten sich tief in Karls Blick, und der spürte plötzlich eine Kälte in sich aufsteigen – eine beklemmende Unruhe, die ihm selbst nicht geheuer war.

»Ja. Im Fahrgastraum. Hugo hat ihn gefunden«, sagte Karl stockend, als wolle er die Worte nicht wirklich aussprechen.

»Und, wen hat's erwischt? Wer war der Unglückliche?«, bohrte Oskar weiter. Ein seltsames Funkeln lag in seinem Blick, kaum sichtbar, aber genug, um Karls Nackenhaare aufzustellen.

»Was weiß ich?«, fuhr Karl ihn ungehalten an. Seine Stimme war rau, schärfer als beabsichtigt. Die Art, wie Oskar nachhakte, gefiel ihm nicht – gar nicht. Und er wollte, nein, musste dieses Gespräch beenden.

Ohne ein weiteres Wort löste er die Leine des Bootes vom Basbecker Ufer. In schweigendem Einvernehmen – oder eher Misstrauen – überquerte er mit seinem unheimlichen Passagier das dunkle, träge Wasser der Oste. Nur das leise Schlagen des Paddels und das Glucksen der Wellen begleiteten ihre stumme Überfahrt.

»Schönen Abend noch, Karl«, sagte Oskar zum Abschied. Seine Stimme klang ruhig – fast zu ruhig.

Karl nickte nur wortlos. Seine Gedanken wirbelten durcheinander wie die dunklen Strömungen unter dem kleinen Boot.

Für einen flüchtigen, unheimlichen Moment glaubte er, im flackernden Licht des Mondes eine Gestalt an der Reling der verlassenen Fähre zu erkennen. Starr und reglos stand sie da – das blasse Gesicht des toten Mannes dem schwarzen Wasser zugewandt.

Der Nebel löste sich auf.

Ein kalter Schauer jagte Karl über den Rücken.

Seine Finger zitterten, als er in die Tasche griff und mit fahrigen Bewegungen eine Zigarette aus der zerknitterten Schachtel fischte.

»Was zum Teufel geht hier vor?«, murmelte er in die lautlose Nacht hinein.

Die Oste schwieg.

Und in ihrem Schweigen lag ein Versprechen – dass dies erst der Anfang sein wird.

2

Noch bevor die ersten zarten Rosatöne des Morgengrauens den östlichen Horizont berührten, trafen die Beamten der Kriminalpolizei an der verlassenen Schwebefähre ein. Blaulichter blitzten gespenstisch über das dunkle Wasser, warfen irrlichternde Reflexe auf die nass glänzenden Bohlen des Anlegers.

Neugierig wie ein altes, aufgescheuchtes Eichhörnchen lugte Wilhelm Richter, der beleibte Wirt des Fährkrugs, aus dem geöffneten Fenster seiner Gaststube. Der Morgenwind blähte seinen fleckigen Vorhang zur Seite. »Na, was ist denn hier schon wieder los?«, rief er mit heiserer Stimme hinunter zu Karl, dessen Miene im flackernden Licht der Einsatzfahrzeuge noch finsterer wirkte als sonst.

Doch Karl reagierte nicht. Tat so, als hätte er den Wirt oben gar nicht gehört. Er konnte den selbstgefälligen Kerl nicht ausstehen – diesen selbsternannten König auf seinem Hügel, der sein Gasthaus wie eine uneinnehmbare Burg über dem Fluss thronen ließ.

Zwischen ihnen herrschte seit Jahren ein stummer Kleinkrieg, der sich wie Eiter in jede ihrer Begegnungen gefressen hatte. Keiner war bereit, dem anderen auch nur einen Millimeter entgegenzukommen. Wilhelm hatte

Karl einst bei der Gemeinde angeschwärzt – dem Betreiber der Schwebefähre –, und behauptet, er würde heimlich Fährgelder in die eigene Tasche wirtschaften.

Diese infame Anschuldigung war sogar vor dem Amtsgericht gelandet. Als sei das nicht genug gewesen, hatte der Wirt auch noch dreist behauptet, Karl würde Fahrkarten nachdrucken. Doch Beweise gab es keine – nur boshafte Worte. Am Ende war es Wilhelm selbst, der eine saftige Strafe wegen übler Nachrede kassierte. Eine Rechnung, an der er noch immer schwer zu kauen hatte.

»Karl, ich hab dich was gefragt!«, rief Wilhelm nun lauter, die Ungeduld kroch in seine Stimme wie kalter Wind durch einen schlecht isolierten Türspalt.

Doch Karl rührte sich nicht. Sein Blick blieb stur auf die Anlegestelle gerichtet. Als einer der Kriminalbeamten gerade höflich zur Antwort ansetzen wollte, hob Karl kurz die Hand und winkte ihn mit einem unauffälligen Fingerzeig zurück. »Der da oben muss nicht alles wissen«, murmelte er leise mit einem vielsagenden Zwinkern.

Mit stoischer Ruhe zog er eine Reval aus der grellen Packung, zündete sie an und stieß den ersten Zug in die klare Morgenluft. Das Blaulicht der Einsatzfahrzeuge warf gespenstische Schatten auf sein wettergegerbtes Gesicht, während er den verdutzten Beamten schließlich die Schranke zur Fähre öffnete.

»Dort hinten, im Fahrgastraum. Da liegt er«, sagte er knapp und trat dann wieder zurück, wie ein Wachposten, der sich nicht einmischt – aber alles sieht.

»Wer hat ihn gefunden?«, fragte einer der Beamten, während er bereits seine Handschuhe überstreifte und mit geschultem Blick die Szenerie musterte.

»Hugo. Mein Kollege von der Tagschicht«, erwiderte Karl, der ruhig an seiner Zigarette zog, als sei das alles hier nur eine unangenehme Pflicht, nicht mehr.

»Und wo finden wir ihn?«

»Machen Sie sich keinen Stress. Gegen zehn ist er hier – Schichtbeginn. Wie jeden Tag.«

Der Beamte nickte knapp. Dann stellte er sich mit einem müden Lächeln vor: »Kriminalhauptkommissar Bernhard Kruse.«

»Reval, Herr Kruse?«, fragte Karl und hielt ihm ohne Umschweife die orangefarbene Packung hin.

»Wenn Sie so fragen… sehr gerne«, sagte Kruse. Er nahm sich eine Zigarette, ließ sie sich von Karl anzünden und zog tief daran, als sei es das erste Mal seit Tagen.

»Musste wohl schnell gehen heute früh, was?«, flachste Karl, sein Blick noch immer auf das dunkle Wasser gerichtet, der Tonfall in seiner Stimme trocken wie norddeutscher Humor nach drei Tagen Regen.

Kruse grinste nur.

»Tja, wenn es für jemanden die letzte Fähre ist – da bleibt der Frühstückskaffee schon mal stehen, was Herr Kommissar?«

»Ja, und meiner ist nun kalt, wie unser Freund hier«, gab Kruse mit einem gequälten Lächeln zurück.

»Kaffee… na ja«, brummte Karl. »Der da oben nennt seine Plörre jedenfalls so.« Mit einem kaum verhohlenen Seitenblick deutete er auf Wilhelm, dessen roter Schädel noch immer wie ein wettergegerbter Wetterhahn aus dem Fenster der Kneipe ragte.

»Ich nehme an, Sie beide verstehen sich nicht besonders gut?«, fragte Kruse, dem als erfahrener Ermittler die angespannte Haltung nicht entgangen war. Zwischen Karl und dem Wirt lag spürbar mehr als nur die Müdigkeit eines langen Morgens.

»Kann man wohl sagen«, knurrte Karl und zertrat mit der abgewetzten Spitze seines Arbeitsschuhs die glimmende Kippe – als wolle er damit auch die alten Kränkungen endgültig begraben.

Kruse wartete einen Moment, ehe er behutsam nachhakte. »Wollen Sie mir erzählen, was damals vorgefallen ist?« Seine Stimme war ruhig, sein Blick aufmerksam – nicht drängend, aber offen für jedes Wort.

»Nein, wozu auch? Sind doch olle Kamellen – längst kalter Kaffee«, entgegnete Karl schroff und vergrub die rauen Hände tief in den Taschen seines Arbeitskittels, als wollte er sich damit gegen weitere Fragen wappnen.

»Verstehe. Dann mache ich mich mal wieder an die Arbeit«, sagte Kruse mit einem knappen Nicken und ließ den wortkargen Fährmann an der Schranke zurück, während er sich seinen Kollegen auf der Fähre anschloss.

»Die Herren von der Kripo – vielleicht ein Frühstück? Frische Brötchen, ein Schinkenbrot?«, rief Wilhelm plötzlich mit übertrieben freundlicher Stimme aus dem Fenster seiner Gaststube hinunter.

Karl verzog kaum merklich den Mund. »Aha, der alte Fuchs ändert also die Taktik. Jetzt will er sich Informationen mit bestem Schinken erkaufen«, murmelte er leise, halb amüsiert, halb verärgert.

Dabei hätte auch er selbst nichts gegen etwas zwischen den Zähnen einzuwenden gehabt – und eine kräftige Tasse dampfenden Kaffees wäre in diesem Moment pures Gold gewesen.

»Nein, danke! Wir sind bestens versorgt!«, rief eine wenig begeisterte Stimme von der Fähre zurück. Die Abfuhr klang deutlich – und tat Karl hörbar gut.

Ein Grinsen huschte über sein Gesicht, das er sogleich hinter einem Räuspern zu verbergen suchte. Dann schlenderte er hinüber zu Kruse, der mit einem Kollegen in ein Gespräch vertieft war.

»Wenn Sie möchten, könnte ich für Sie und Ihre Kollegen frische, knusprige Brötchen vom Bäcker gegenüber holen – und heißen Kaffee dazu. Keine Plörre, echtes Zeug«, bot Karl überraschend hilfsbereit an, fast schon verschwörerisch.

»Das klingt hervorragend!«, sagte Kruse mit einem dankbaren Lächeln. Auch seine Kollegen auf der Fähre nickten zustimmend – die Aussicht auf ein ordentliches Frühstück ließ die letzte Müdigkeit wie Nebel in der Morgensonne verfliegen.

»Bin gleich wieder da«, versprach Karl knapp, drehte sich um und überquerte den Fährplatz mit zielstrebigen Schritten. Ein feiner Duft nach frischem Brot lag in der Luft – der Bäcker gegenüber hatte gerade die ersten Bleche aus dem Ofen geholt.

Währenddessen nahm auf der Fähre die kriminalistische Routine ihren Lauf.

»Wir haben weder eine Brieftasche noch andere persönliche Gegenstände bei ihm gefunden, nichts, was Rückschlüsse auf seine Identität zulassen würde«, berichtete ein junger Kollege und reichte Kruse einen transparenten Beutel. Darin lag lediglich ein unscheinbarer Fahrschein der Deutschen Bundesbahn, leicht geknickt, von Hamburg nach Basbeck-Osten – und zurück.

Kruse betrachtete das Fundstück mit gerunzelter Stirn. »Nicht gerade ergiebig«, murmelte er und ließ seinen Blick zu dem leblosen Körper wandern. »Wer bist du, mein unbekannter Freund? Und was hat dich ausgerechnet hierher verschlagen – in dieses stille Nest am Ende der Welt?«

Sein Kollege Manfred trat näher, kniete sich neben die Leiche und fuhr prüfend mit dem Blick über das feine Tuch der Kleidung. »So wie der gekleidet ist – Maßanzug, hochwertige Schuhe, tadelloses Äußeres, würd ich sagen: kein armer Teufel. Der hat was dargestellt. Der kommt nicht von hier, das steht fest.«

Kruse nickte langsam, die Gedanken schienen schwerer als die feuchte Morgenluft über der Oste.

»Und schau dir mal seine Hände an«, sagte Kruse leise, fast mehr zu sich selbst, während sein Blick auf den makellosen Fingern des Toten ruhte. »Keine Schwielen, keine Hornhaut. Der Mann hat in seinem Leben noch nie körperlich gearbeitet.«

»Wir sollten umgehend die Kollegen in Hamburg kontaktieren und ihnen eine Beschreibung oder, besser noch, ein Bild schicken«, schlug Manfred vor, während er eilig in seinen Notizblock schrieb. »Vielleicht passt er auf eine der aktuellen Vermisstenanzeigen.«

»Gute Idee. So machen wir's«, bestätigte Kruse knapp. »Im Moment ist das wohl unser vielversprechendster Anhaltspunkt, um ein wenig Licht ins Dunkel zu bringen.«

Manfred trat einen Schritt zurück und ließ den Blick noch einmal durch den Fahrgastraum schweifen. »Hier an Bord sind wir so weit durch. Alle relevanten Fotos sind im Kasten, bereit, im Labor entwickelt zu werden«, erklärte er, während sein Blick an den Griffen, Haltestangen und Fensterscheiben hängen blieb. »Nur mit den

Fingerabdrücken werden wir kaum Glück haben. Die Gondel ist übersät mit alten Spuren – alles ein heilloses Durcheinander.«

»Da müssten wir schon auf ein Wunder hoffen, um etwas wirklich Belastbares zu finden«, murmelte er und klappte das Notizbuch zu, während draußen über der Oste langsam das erste fahle Licht des Tages den Nebel durchdrang.

Genau in dem Moment, als die Kriminalbeamten ihre Utensilien zusammenpackten und sich zum Abmarsch rüsteten, watschelte die mollige Bäckersfrau durch die Deichlücke – ein Tablett mit dampfendem Kaffee und goldbraunen, knusprig duftenden Brötchen balancierend. Die Morgenluft trug den verheißungsvollen Duft über den Fährplatz wie ein Friedensangebot an einen aufgewühlten Tag.

Kruses bis dahin verkniffene Miene hellte sich schlagartig auf. Ein Anflug von echter Dankbarkeit huschte über sein müdes Gesicht.

»Frühstück, meine Herren! Frisch aus dem Ofen!«, rief Magda mit ihrer sonoren Stimme in Richtung der Gondel.

»Lebenselixier! Und das zum perfekten Zeitpunkt!«, entgegnete Kruse mit neu geweckter Energie und einem breiten Grinsen, das beinahe jugendlich wirkte.

Inzwischen begann auf beiden Seiten der Oste der morgendliche Verkehr unruhig zu werden. Einige der Wartenden schienen mit erschreckender Zielsicherheit den Hupeknopf gefunden zu haben – ein vielstimmiges Hupkonzert unterbrach die morgendliche Idylle.

»Sie können die Fähre jetzt wieder freigeben«, meinte Kruse zwischen zwei Bissen eines üppig belegten Käsebrötchens, dessen Duft offenbar seine Lebensgeister vollständig zurückgeholt hatte.

»Und der Tote?«, fragte Karl trocken, die Stirn in skeptische Falten gelegt.

»Ach ja, richtig, der liegt ja noch an Bord«, stellte Kruse bemerkenswert gelassen fest. Er kaute genüsslich weiter, als hätte die Leiche an Bord eher den Rang einer unglücklichen Gepäckpanne als den eines Kapitalverbrechens.

»Dann müssen sich die motorisierten Frühaufsteher eben noch ein wenig gedulden, bis unser unliebsamer Fahrgast abgeholt wurde«, fügte er mit einem leicht ironischen Unterton hinzu.

Karl hob fragend eine Braue. »Kann das nicht unser Bestatter erledigen? Der hat doch sonst auch nix zu tun.«

Kruse schüttelte den Kopf. »Leider nein, mein Lieber. Der Mann muss zur Gerichtsmedizin – weitere Untersuchungen, Sie verstehen? Vorschrift.«

Mit einem Wink rief er den gemütlich schlürfenden Dorfpolizisten Günter Dunkelmann herbei. »Kollege Dunkelmann, seien Sie so gut und erklären Sie bitte den Wartenden, dass es noch ein wenig dauern wird. Sagen

Sie ihnen…«, Kruse machte eine ausholende Geste mit dem Kaffeebecher, »… wir hätten ein etwas verzögertes Boarding mit ungewöhnlicher Fracht.«

»Ach so, Chef«, meldete sich Manfred und deutete mit einem leicht irritierten Blick auf die Füße des Toten, »an den Schuhen des Unbekannten haben wir eine ganze Menge Sand gefunden. Und zwar ziemlich frischen.«

»Sand?«, wiederholte Kruse, während er sich den letzten Bissen seines Brötchens in den Mund schob. Er spülte ihn mit einem kräftigen Schluck heißen Kaffees hinunter, der mehr nach Leben schmeckte als nach Bohne. »Interessant. Gibt's hier irgendwo in der Nähe 'ne Baustelle oder sonst einen Ort, wo jemand Sand in derartigen Mengen an den Schuhen mitnehmen könnte?«, fragte er schließlich, den Blick auf Karl gerichtet.

Karl kratzte sich bedächtig am Hinterkopf, ehe er mit einem schiefen Grinsen antwortete: »Wenn Sie mal da drüben über die Oste schauen, Herr Kriminalbeamter – dort drüben ist gerade eine Baustelle, gegen die der Hamburger Hafen wie ein Planschbecken wirkt. Mehr Sand als in der Wüste Gobi.«

Kruse hob eine Augenbraue.

»Na, das klingt ja verheißungsvoll.«

Währenddessen hatte sich die Nachricht vom Toten auf der Schwebefähre wie ein Lauffeuer durch das beschauliche Dorf Osten gefressen. Eine wachsende Traube Neugieriger drängte sich bereits auf dem Deich.

Einige hielten sich diskret hinter tief ins Gesicht gezogene Mützen und Sonnenbrillen verborgen, als wären sie selbst Teil einer Verschwörung, andere standen einfach nur da – regungslos, mit verschränkten Armen und offenen Mündern, als wären sie Zuschauer einer makabren Theateraufführung.

Das Flüstern, das durch die Reihen der Schaulustigen ging, vermischte sich mit dem Rauschen des Flusses und dem fernen Hupen der wartenden Autofahrer zu einem eigentümlichen Klangteppich, in dem sich Neugier, Faszination und eine leise, aber wachsende Unruhe breitmachten.

Kruse trat einen Schritt zur Seite und sah noch einmal hinüber zur Baustelle jenseits des Flusses. Seine Stirn legte sich in Falten.

»Dann schauen wir uns die mal genauer an – vielleicht liegt dort mehr begraben als nur Sand.«

»Manni!«, rief Kruse mit scharfem Ton und winkte seinen jüngeren Kollegen energisch zu sich.

»Ja, Chef?«, antwortete Manfred und schielte im Gehen verstohlen auf das Tablett mit den übrig gebliebenen Brötchen.

»Wir sollten uns die aufgeregte Meute da oben mal etwas genauer ansehen«, sagte Kruse leise, aber bestimmt. Mit einem kaum merklichen Kopfnicken deutete er auf die immer größer werdende Menschentraube auf dem Deich. »Vielleicht hat einer von denen den

Toten vor seinem Ableben gesehen. Oder kennt ihn sogar.«

»Ein Versuch ist es wert«, nickte Manfred zustimmend und stapfte zielstrebig die Böschung hinauf, das Notizbuch griffbereit. Doch kaum hatte er begonnen, erste Fragen zu stellen, geschah etwas Unerwartetes: Die zuvor so neugierige Menge begann sich fluchtartig aufzulösen. Einzelne Dorfbewohner senkten die Blicke, murmelten etwas von Terminen oder verschwanden eilig in Richtung Dorfkern. Die plötzliche Scheu wirkte beinahe verschwörerisch.

Kruse beobachtete das Schauspiel mit verschränkten Armen und einem schmalen Grinsen. »Na, geht doch«, murmelte er halblaut. »Plötzlich hat ganz Osten was vor.«

Die Arbeit der Spurensicherung neigte sich dem Ende zu, der leblose Körper wurde abtransportiert – diskret, aber nicht unbemerkt. Und mit ihm wich die bedrückende Schwere, die sich über den Fähranleger gelegt hatte.

Karl durfte endlich die Schranke wieder öffnen. Die ersten wartenden Autos rollten nervös an die Kante des Anlegers, ihre Fahrer warfen ungeduldige Blicke zur Fähre, doch keiner stieg aus. Keiner sprach ihn an.

Er trat an das Steuerpult, doch seine Hand zögerte einen Moment über dem Startknopf. Es war, als würde der Tod noch immer auf dem Deck liegen – ein Schatten, den auch das grelle Morgenlicht nicht vertreiben konnte.

Und der Fahrgastraum, in dem der Unbekannte gefunden worden war, blieb leer. Keiner der Passagiere wagte sich hinein. Die Stille dort schien fast greifbar, erfüllt von einem unheimlichen Echo des gestrigen Schreckens.

Karl stand an der Reling, den Blick auf das träge dahinfließende Wasser gerichtet, doch seine Gedanken waren weit weg. Etwas hatte sich in ihm verschoben – leise, aber endgültig. Die Nacht hatte Spuren hinterlassen, nicht nur auf der Fähre, sondern tief in ihm selbst. Da war dieses Gefühl, als hätte die Dunkelheit ein Stück von ihm mitgenommen, ein Stück Ruhe, das so schnell nicht zurückkehren würde.

Er kannte den Fluss. Jeden Strudel, jede Laune, jedes Spiel von Licht und Schatten auf der Oberfläche. Und doch war ihm die Oste plötzlich fremd geworden, so, als hätte sie ihm etwas zeigen wollen – etwas, das er nicht verstehen konnte, oder vielleicht nicht wollte.

Ein Schauder lief ihm über den Rücken. Nicht wegen der Kälte. Sondern wegen der Ahnung, dass dies nicht das Ende war. Dass dieser Tote mehr in Bewegung gesetzt hatte, als ihm oder den Kripobeamten bisher klar war.

Er atmete schwer durch. Bald, bald würde Hugo kommen. Dann könnte er endlich nach Hause, sich unter die Dusche stellen und das Grauen dieser Nacht aus den Poren spülen.

Vielleicht auch aus dem Kopf.

Vielleicht.

3

Schnaufend und hochrot im Gesicht saß Wilhelm in seiner dunklen Gaststube und kochte innerlich vor Zorn. »Dieses verdammte, blöde Pack!«, knurrte er durch die zusammengebissenen dritten Zähne. Tief gekränkt in seiner Eitelkeit, die ihm fast ebenso heilig war wie der prall gefüllte Geldbeutel unter der Theke, wuchtete er seinen massigen Körper hinter den Tresen und griff entschlossen nach der staubigen Flasche mit dem goldenen Etikett.

Auf ein Glas verzichtete er großzügig. Mit einem geübten Ruck setzte er die Flasche an die Lippen und stürzte den Hochprozentigen hinunter wie ein ausgedörrter Wanderer, der endlich eine Oase gefunden hatte. Gluckernd floss der Schnaps seine Kehle hinab. Anschließend wischte er sich mit dem Handrücken den feuchten Mund ab und atmete tief durch – als könne er damit den aufsteigenden Groll und den beißenden Alkoholdampf zugleich vertreiben.

Mit einem dumpfen Gefühl kurzzeitiger Betäubung schleppte er sich zurück an seinen angestammten Platz am Fenster und starrte hinaus – finster, wie nur ein Mann starrt, dem das Leben in diesem Moment eine unerwartete Rechnung präsentiert.

Die Schwebefähre bewegte sich träge über den Fluss. Der tote Mann, eingepackt in einen schmucklosen, grauen Sarg, der unheimlich an kaltes Blech erinnerte, wurde gerade abtransportiert. Polizisten in Uniform bemühten sich energisch, die gaffende, sensationshungrige Meute auf dem Deich auseinanderzutreiben.

Wilhelm verzog missmutig das Gesicht. Mit einem Anflug bitterer Eifersucht sah er Magda, die korpulente Bäckersfrau, wie sie zufrieden mit dem nun leeren Brötchentablett in ihre duftende Backstube zurückkehrte. Der unverhoffte, lukrative Nebenverdienst hatte ihr ein ungewohnt zufriedenes Lächeln ins sonst so ernste Gesicht gezaubert – ein Lächeln, das Wilhelm nur noch mehr in Rage brachte.

Wütend auf sich selbst, auf seine Ungeschicklichkeit, auf sein loses Mundwerk, schüttelte er den Kopf. Jetzt blieb ihm nichts anderes übrig, als bis zum Abend zu warten, bis sich endlich der Stammtisch im Fährkrug einfand – zum Glück gehörte auch der Dorfpolizist Günter Dunkelmann dazu. Vielleicht, so hoffte Wilhelm zähneknirschend, ließ sich aus dem Kerl doch noch die ein oder andere brisante Information herausquetschen.

Während Wilhelm noch in seiner selbst gebrauten Galle-Soße schmorte, kehrte auf dem Fährplatz und der Schwebefähre allmählich wieder der gewohnte Alltag ein. Die neuen Fahrgäste, die Hugo nun mit seiner stählernen Arche über die Oste setzte, hatten keine Ahnung von dem unheimlichen Vorfall der vergangenen Nacht. Doch diese Ahnungslosigkeit würde nicht von Dauer sein – spätestens am nächsten Morgen, wenn sie die Lokalzeitung aufschlugen, würde sich das ändern. Dann würde auf der Fähre eine neue Runde neugieriger Fragestunden beginnen, und Hugo graute es schon jetzt vor den sensationslüsternen Blicken und den meist wenig durchdachten Fragen.

Im Dorf selbst sah es indes ganz anders aus. Die Nachricht vom Leichenfund hatte den verschlafenen Alltag mit einem Mal zerrissen wie ein Sturm das Reetdach einer Kate. Überall – in den Läden, auf der Straße, hinter zugezogenen Gardinen – wurde getuschelt, diskutiert, wild spekuliert. Die Gerüchte schossen wie Unkraut aus dem feuchten Marschboden, und aus einem kaum greifbaren Nebel der Mutmaßungen schälte sich schon bald ein Name heraus. Ein Name, der plötzlich in aller Munde war, als sei er mit roter Farbe an jede Wand geschrieben:

»Alfons.«

Alfons Radzik, ein Mann Mitte vierzig, sportlich, mit verschlossenem Wesen, lebte seit über zwanzig Jahren unauffällig in einem der kleinen Tagelöhnerhäuser in der stillen Deichreihe. Er galt als fleißig und hilfsbereit, verdiente seinen kargen Lohn in einer der örtlichen Fleischereien. Kontakte zu den übrigen Dorfbewohnern hielt er auf Abstand – nicht unfreundlich, aber wortkarg. Und dennoch – oder gerade deshalb – war er nie völlig unbeachtet geblieben. Besonders bei den Frauen. Wenn er mit seinen bedächtigen Schritten durchs Dorf ging, die kräftigen Schultern unter dem schlichten Hemd, die rußgeschwärzten Hände locker in den Taschen, flackerten in manch müden Augen ein paar Funken auf. Das männliche Umfeld sah das mit wenig Begeisterung.

Doch Alfons schenkte den verstohlenen Blicken ebenso wenig Beachtung wie dem spitzen Getuschel hinter seinem Rücken. Er liebte die Stille hinter dem schützenden Deich, die Abgeschiedenheit, seine einfachen Rituale – und vor allem den Frieden.

Bis zu jener Nacht.

Über Nacht wurde aus dem unscheinbaren Einzelgänger ein Verdächtiger. Die Blicke, die ihm einst gefolgt waren, wurden schneidend. Die freundlichen Gesichter der Frauen froren zu, die Männer wechselten demonstrativ die Straßenseite. Wo zuvor nur Schweigen war, fielen nun Worte.

»Mörder«, zischte es hinter ihm, gehaucht, gehöhnt, geworfen wie ein Stein.

Alfons verstand die Welt nicht mehr. Die vertraute Ruhe war zerborsten wie dünnes Eis unter schweren Schritten. Seine Existenz – ein stilles Leben zwischen Fleischerei, Deich und abendlichem Tee – lag plötzlich in Scherben. Und niemand im Dorf machte sich die Mühe, sie aufzuheben.

»Mörder?«, fragte sich Alfons immer wieder, während sich seine Stirn in tiefe Falten legte. Das Wort hallte in seinem Kopf nach wie ein falscher Ton in einer stillen Kirche. *Warum nur? Warum ist mein friedliches Leben, meine stille Arbeit auf einmal ein Problem für all diese Leute?*

Er war zutiefst irritiert, verunsichert bis ins Mark. Nie hatte er sich etwas zuschulden kommen lassen. Tag für Tag hatte er sein Pensum erfüllt, war früh aufgestanden, hatte geschuftet, geackert – wortlos, zuverlässig. Und doch reichte ein Gerücht, ein Hauch von Verdacht, und das ganze Dorf stellte ihn ins Abseits.

Nur zwei Menschen hielten zu ihm. Der Fleischermeister, ein Mann mit wettergegerbtem Gesicht und klarem Sinn, der Alfons seit Jahren kannte und dessen ruhiges Wesen zu schätzen wusste. Und Oskar – sein Kollege aus dem Schlachthof. Zwischen ihnen war über die Jahre eine stille, unaufgeregte Freundschaft gewachsen. Ohne viele Worte, aber mit Substanz. Oskar war für die Beschaffung des Schlachtviehs zuständig, legte im Schlachthaus oft selbst mit Hand an, kannte die Betriebsabläufe wie seine Westentasche – und kannte Alfons' besonnenes Gemüt ebenso gut.

»Du, Oskar«, begann Alfons eines Abends, während sie nebeneinander in der Umkleide saßen, »stell dir das mal vor – die Leute hier im Dorf tuscheln, ich soll jemandem auf der Schwebefähre das Genick gebrochen haben.« Er schüttelte den Kopf, ein schiefes Lächeln zuckte über seine Lippen – bitter, wie kalter Kaffee.

»Und dabei bin ich mit dem Ding vielleicht ein einziges Mal gefahren – und das ist gefühlt Ewigkeiten her.«

Oskar schnaubte leise. »Ach, Alfons, was die Leute hier so reden, das hatte doch noch nie auch nur ‘n Hauch von Wahrheit.« Er klopfte ihm mit der flachen Hand auf die Schulter, fest, aber nicht aufdringlich. »Komm, heute Abend, nach Feierabend, trinken wir ‘n gemütliches Bier im Fährkrug. Geht auf meinen Deckel. Ein bisschen Ablenkung kann dir nicht schaden.«

Alfons nickte langsam. Vielleicht war es wirklich das Beste, den Stimmen im Kopf wenigstens für einen Abend zu entkommen – und stattdessen den Stimmen am Tresen zu lauschen.

An diesem Abend zog sich Alfons’ Arbeitstag länger hin als gewöhnlich. Oskar lief bereits ungeduldig vor der Schlachterei auf und ab, die Hände tief in den Hosentaschen vergraben. Sein Hals war trocken, seine Gedanken kreisten nur noch um ein frisch gezapftes Bier und den beruhigenden Blick auf die langsam dahinströmende Oste.

»Na endlich«, zischte er, kaum hörbar, als Alfons endlich durch den unscheinbaren Hinterausgang trat und die schwere Tür krachend ins Schloss fiel.

»Musste noch ordentlich sauber machen«, murmelte Alfons zur Erklärung. Seine Schritte wirkten schwer, getragen vom langen Tag und einem unsichtbaren Gewicht, das tiefer saß als bloße Müdigkeit.

Wortlos setzten sie sich in Bewegung. Ihre Schritte hallten gedämpft durch die beginnende Dämmerung. Die Sonne hing bereits tief im Westen, ein letztes, trügerisches Glimmen am Horizont, während sich über dem Land dunkle Wolken auftürmten. Sie sahen aus wie schwere Gedanken am Himmel, unheilvoll und drängend. Aus der Ferne grummelte bereits ein erstes Donnern – ein dumpfes Versprechen dessen, was noch kommen sollte.

»Bin mal gespannt, ob das Gewitter auch über die Elbe kommt«, sagte Oskar nach einer Weile, den Blick auf die tanzenden Schatten am Himmel gerichtet.

»Haben wir Ebbe oder Flut?«, fragte Alfons, der den Kopf leicht schräg legte, während sein Blick ebenfalls suchend in den nordöstlichen Himmel wanderte.

»Ebbe«, antwortete Oskar knapp.

»Dann wird der Spuk wohl drüben bleiben«, sagte Alfons leise, fast so, als wolle er sich selbst beruhigen. Seine Augen hingen an den dunklen Wolken, die wie gewaltige Wattebäusche vom Wind über das Land geschoben wurden – drohend und schön zugleich. Er hätte ihnen stundenlang zusehen können, gefesselt von der stillen Dramatik, die über der weiten Marsch lag.

»Wenn du meinst«, brummte Oskar, doch seine Stimme verriet Zweifel. Er traute dem Himmel nicht – und vielleicht auch nicht ganz Alfons' Gelassenheit.

Die schmalen Straßen und Gassen des kleinen Dorfes lagen wie ausgestorben da. Eine unheimliche Stille hatte sich über den Ort gelegt – als hätte selbst der Wind den Atem angehalten. Es wirkte, als hätten sich alle Einwohner im warm flackernden Licht des Fährkrugs versammelt, wo die Gerüchte des Tages sich wie heißer Dampf über dampfenden Suppentöpfen zu immer neuen Spekulationen verdichteten. Selbst vom Fährplatz unten konnte man das gedämpfte Murmeln und gelegentliche Lachen hören, das aus dem Inneren des Lokals sickerte wie Licht durch schmale Ritzen.

»Wollen wir da wirklich rein?«, fragte Alfons leise. Ein mulmiges Gefühl kroch ihm den Rücken hinauf – die Vorstellung, all den tuschelnden Stimmen, den neugierigen Blicken ausgeliefert zu sein, ließ ihn frösteln.

»Klar doch! So leicht lassen wir uns doch nicht unterkriegen, mein bester Freund!«, rief Oskar und nahm zwei Stufen auf einmal. Mit dem Elan eines Mannes, der einem Orkan die Stirn bietet, stand er kurz darauf oben auf dem Deich. Der Abendwind zerrte an seinem Mantel, spielte mit seinem Haar, während er Alfons sein breitestes, beinahe trotziges Grinsen zuwarf. Mit erhobenen Armen reckte er sich gegen den dunkler werdenden Himmel und rief mit einer Stimme, die dem nahenden Gewitter trotzen wollte: »Auf ins Getümmel, mein Freund! Zeigen wir diesen Klatschmäulern, dass wir mehr sind als ihre dummen Gerüchte!«

Alfons folgte, Schritt für Schritt, zögerlich, fast andächtig. Seine schweren Schuhe knirschten auf den alten Ziegelsteinen des Deichwegs, und für einen

Moment glaubte er, die ganze Welt hielte den Atem an, nur um ihren Eintritt zu beobachten.

Oskar legte die Hand auf den massiven, messingfarbenen Türgriff des Fährkrugs. Mit einem leichten Ruck öffnete sich die schwere Eichentür – ein zartes, beinahe vergessenes Glöckchen über dem Eingang ließ ein feines *»Bing«* ertönen. Inmitten des Stimmengewirrs, des Gläserklirrens und des prasselnden Ofens hätte dieses leise Geräusch niemand wahrnehmen können.

Niemand – außer Wilhelm.

Wie ein uraltes Tier, das auf den leisesten Schritt seines Feindes lauerte, hatte der Wirt scheinbar genau diesen Ton verinnerlicht. Noch ehe Oskar und Alfons über die Schwelle treten konnten, schwang die Tür zum Schankraum wie von Geisterhand auf. Eine dicke, blaugraue Wolke aus Zigarrenqualm wälzte sich heraus, gefolgt von einem finsteren Kopf, der aus der Tiefe der Rauchschwaden herauslugte – Wilhelms Kopf. Grimmig wie eine Schildkröte, die sich aus ihrem Panzer schiebt, musterte er die Neuankömmlinge mit zusammengekniffenen Augen.

»Was zum Teufel wollt ihr denn hier?«, schnappte Wilhelm den beiden entgegen, kaum dass sie einen Fuß über die Schwelle gesetzt hatten. Seine Augen blitzten vor unverhohlener Feindseligkeit, als hätten sie mit dem Wind selbst den Ärger hereingetragen.

»Ein Bier, vielleicht auch zwei?«, erwiderte Oskar mit einem Schulterzucken, das betont gelassen wirken sollte, jedoch leicht überspielt war – zu laut, zu locker, fast trotzig.

»So, ein Bier wollt ihr also«, knurrte Wilhelm und lehnte sich provokant gegen den Tresen. Seine Stimme war rau wie Schmirgelpapier, und in seinem Blick lag unverhohlene Abneigung. »Wir sind voll bis unters Dach«, fügte er mit einem spitzen Unterton hinzu, ohne sich die Mühe zu machen, auch nur einen Blick in den angeblich überfüllten Schankraum zu werfen.

»Na gut, dann gehen wir eben rüber in den Lindenhof. Da sind wir wenigstens willkommen«, konterte Oskar mit einem schiefen Grinsen. Die Worte waren harmlos, doch sie trafen Wilhelm wie ein Schlag in die Magengrube – der Lindenhof, dieses verhasste Konkurrenzlokal, das er stets nur *»die Resterampe«* nannte.

»Dann haut ab – und lasst euch hier nie wieder blicken, klar?«, fauchte Wilhelm und donnerte die Tür zum Schankraum zu, als wolle er ein Urteil vollstrecken. Er blieb noch einen Moment hinter der Tür stehen, den Türdrücker fest in der Hand, als müsse er sich selbst vergewissern, dass sie auch wirklich gegangen waren. Erst als das Türglöckchen erneut leise bimmelte und die schwere Eingangstür mit einem dumpfen *»Klack«* ins Schloss fiel, ließ er sie endgültig los.

Mit finsterer Miene kehrte er zu seinem Stammplatz zurück, wo die Luft bereits nach Rauch, Bier und angespannten Erwartungen roch. In geübter Hand balancierte er ein kleines, silbernes Tablett, auf dem winzige

Schnapsgläser klirrten wie Miniaturwaffen kurz vor dem Gefecht. Die Männer am Tisch – seine Getreuen, seine täglichen Mitverschwörer – sahen ihm entgegen wie Soldaten dem Nachschub. Wilhelm stellte das Tablett mit demonstrativer Ruhe ab, zog sich einen Stuhl heran und ließ sich schwer nieder. Doch selbst während er die Gläser verteilte, schweifte sein Blick immer wieder zur Tür. Als rechne er damit, dass sie sich gleich wieder öffnet.

Am runden Stammtisch saßen sie alle – die Säulen des Dorfes, wie Wilhelm sie insgeheim nannte. Neben dem Polizisten Günter Dunkelmann hatten sich der besonnene Landarzt Doktor Meinhard Steffen, der wortkarge Apotheker Rupert Möller, die beiden altgedienten Großbauern aus Altendorf, Fritz Fuhrmann und Klemens Ungar, sowie Pastor Lukas Altmann eingefunden, dessen bedächtige Art ihm in der Gemeinde einen fast ehrfürchtigen Respekt eingebracht hatte.

Man diskutierte lautstark und mit wachsender Erregung über das drohende Ende der geliebten Schwebefähre, jenes rostigen Relikts aus einer vergangenen Zeit, das wie ein schwebender Traum zwischen den Ufern hing. Nur ein Platz blieb leer – der Stuhl, auf dem sonst der gewichtige Sparkassendirektor Werner Kuschinski thronte. Seit Tagen war er verschwunden. Niemand sprach es laut aus, aber sein Fehlen lag wie ein Schatten über dem Tisch.

»Wird höchste Zeit, dass die verdammte Brücke endlich fertig wird«, brummte Klemens Ungar und stürzte seinen Schnaps in einem einzigen, geübten Zug hinunter.

»Euch da drüben in Altendorf kann das doch schnuppe sein!«, konterte der Landarzt trocken, ohne die Stimme zu heben. »Ihr seid doch eh mehr Kehdinger als Oste-Leute.«

»Ach, Unsinn, Doktor!«, rief Fritz Fuhrmann dazwischen. »Was meinst du, was wir jedes Mal blechen müssen, wenn wir unser Vieh über die Oste zur Bahn karren wollen? Die Preise auf der Fähre sind ein Witz – oder besser gesagt: ein teurer Witz.«

Er kratzte sich langsam am Kinn, seine wettergegerbte Stirn in tiefe Falten gelegt. »Die Gemeinde zieht uns das Fell über die Ohren.«

»Ihr habt ja nicht ganz unrecht«, meldete sich jetzt der stille Rupert Möller zu Wort, seine Stimme wie immer ruhig und trocken. Er hatte die Hände fein säuberlich ineinandergelegt, als hielte er ein unsichtbares Rezeptbuch fest. »Die gute alte Fähre ist müde. 64 Jahre hat sie auf dem Buckel – das ist mehr als so mancher Mensch verträgt. Vielleicht wird's wirklich Zeit für den Ruhestand.«

Ein kurzes Schweigen senkte sich über die Runde, nur das Klirren eines Glases auf der hölzernen Tischplatte unterbrach den Moment.

Dann sagte der Pastor mit seiner sanftmütigen Stimme: »Man kann Altgedientes auch ehren, ohne es zwanghaft zu erhalten. Nicht alles, was vergeht, ist verloren. Manche Dinge leben im Herzen weiter – auch wenn sie nicht mehr über den Fluss ragen.«

Dunkelmann schnaubte leise. Ihm waren Sentimentalitäten fremd, besonders wenn sie auf Kosten der Sicherheit gingen. »Mir ist egal, ob das Ding im Herzen oder auf dem Grund der Oste landet. Hauptsache, keiner fällt vorher runter.«

Wilhelm stellte sich wieder breitbeinig hinter den Tresen, als hätte er gerade mit letzter Kraft einen unsichtbaren Angriff abgewehrt. Noch immer funkelten seine Augen, und seine Nasenflügel blähten sich leicht, wie bei einem Stier kurz vor dem Angriff. Doch der kleine Funke Stolz, den ihm seine spontane Museumsidee eingepflanzt hatte, brannte noch nach – auch wenn die anderen nur spöttisch gelächelt hatten.

»Ein Technikmuseum – das man noch benutzen kann«, murmelte er, mehr zu sich selbst als zu den anderen. Dann griff er mit einem energischen Ruck zum Flaschenhals der klaren Doppelkornflasche und ließ die Gläser mit einem geübten Schwung vollaufen. Das silberne Tablett wackelte kurz, als er es auf den Tisch stellte.

»Na dann, Prost… auf die gute, alte Kaiserzeit!«, grummelte er.

»Und auf deine kaiserlichen Eintrittspreise, wenn du erst mal Museumsdirektor bist«, neckte der Apotheker

Rupert Möller trocken, woraufhin am Tisch schallendes Gelächter ausbrach.

Pastor Altmann nippte an seinem Glas, sein Blick jedoch blieb am Gesicht des Wirts hängen. Er war der Einzige, der Wilhelms Aufrichtigkeit wirklich wahrzunehmen schien. »Vielleicht ist ja mehr dran an deiner Idee, Wilhelm, als du selbst gerade glaubst«, sagte er leise, fast nachdenklich.

Doch bevor Wilhelm etwas erwidern konnte, wurde die Stimmung am Tisch jäh unterbrochen.

»Wisst ihr eigentlich, dass der Werner gar nicht in Bad Pyrmont angekommen ist?«, warf plötzlich Günter Dunkelmann in die Runde, seine Stimme ungewohnt ruhig, aber mit einem gefährlich unterkühlten Unterton.

Die Gläser in den Händen der Männer blieben für einen Moment in der Luft stehen, das Lachen erstarb abrupt.

»Wie meinst du das?«, fragte Doktor Meinhard und stellte sein Glas langsam ab.

»Genau das, was ich gesagt hab.« Günter sah reihum in die Gesichter. »Er ist nicht da angekommen. Keiner weiß, wo er ist. Sein Auto steht noch immer hinterm Rathaus. Und das Letzte, was man von ihm gesehen hat, war – nun ja, die Fähre.«

Ein schweres Schweigen senkte sich über den Tisch. Nur draußen zischte der erste Regenschauer über das Kopfsteinpflaster wie ein Flüstern der Wahrheit, das keiner hören wollte.

Nur widerwillig erhob sich Wilhelm von seinem angestammten Platz. Sein Blick glitt zum Fenster, verharrte einen Moment lang besorgt auf dem sich bedrohlich verdunkelnden Himmel, ehe er zur Schwebefähre wanderte, die sich träge dem Ostener Ufer näherte. An Bord: ein dunkelblauer BMW – jener Wagen, der ihm bereits am Vormittag durch sein auffällig langes Verweilen auf dem Fährplatz aufgefallen war.

»Was zum Teufel wollen die Zivilbullen schon wieder hier?«, murmelte er, mehr zu sich selbst, während ein flaues Gefühl in seiner Magengegend aufstieg. Rasch zog er die schweren, gestreiften Vorhänge zu und schlurfte missmutig zurück zum Tresen.

»Letzte Runde, meine Herren… geht auf's Haus!«, rief er schließlich mit ungewohnter Großzügigkeit, die von der angebrochenen Kornflasche in seiner Hand noch unterstrichen wurde. Mit gemächlichen Schritten trat er zurück an den Stammtisch.

»Nun ja«, meinte Günter Dunkelmann trocken und hob sein kleines Schnapsglas, »dieser Mord an dem unbekannten feinen Herrn dürfte die Kripo noch eine ganze Weile beschäftigen.«

Kaum hatte er ausgesprochen, zuckte ein greller Blitz durch die pechschwarzen Wolken. Im selben Moment krachte ein Donnerschlag nieder, so laut und wuchtig, als würde ein riesiger Hammer auf das kleine Dorf niedersausen. Die Gläser im alten Schrank zitterten gefährlich

– dann, wie auf Knopfdruck, völlige Dunkelheit. Der Strom war weg.

»Der Blitz ist wohl ganz in der Nähe eingeschlagen«, stellte Doktor Meinhard nüchtern fest, ohne eine Miene zu verziehen.

»Dann hocken die verdammten Zivilbullen jetzt mitten auf der Oste fest!«, entfuhr es Wilhelm mit kaum verhohlener Genugtuung.

»Wer weiß schon, wo genau der Einschlag war«, brummte Klemens mit einem schiefen Grinsen. »Könnte dauern, bis sie die Schadensstelle finden. Aber keine Sorge, verdursten werden wir hier bestimmt nicht.«

Der Pastor, still und in sich gekehrt, hatte die Hände gefaltet, den Blick gen Himmel gerichtet. Leise sprach er ein inständiges Gebet, das in der stickigen, nun unheimlich stillen Luft wie ein ferner Hauch zu schweben schien. Der donnernde Himmel war plötzlich verstummt – als hielte die Welt den Atem an. »Das ist Gottes Zorn«, murmelte er schließlich kaum hörbar, seine Worte wie ein dunkles Omen inmitten der Finsternis, die das Dorf fest im Griff hatte.

»Wenn's hilft«, murmelte der Apotheker Möller trocken und griff zur Flasche Korn, deren dunkler Schatten im flackernden Kerzenlicht gespenstisch über die grobe Tischplatte glitt.

***

»Ich hab aber auch ein Pech«, klagte Karl mit dünner Stimme. Im schwachen Schein der Notbeleuchtung wirkte sein Gesicht beinahe fahl, geisterhaft – gerade in dem Moment, als die Schwebefähre mit einem leisen Ruck mitten auf der Oste zum Stillstand kam. Sein Blick glitt nervös zum Himmel, wo sich die Unwetterfront nun bedrohlich zusammenzog, als würde sie jeden Moment über sie hereinbrechen. Der geübte Blick des alten Fährmanns auf das träge dahinfließende Wasser genügte – die Flut war im Kommen, das Gewitter nicht mehr weit. Und beides zusammen konnte richtig ungemütlich werden.

»Warum zum Teufel steht die Fähre jetzt?«, fragte der Kriminalbeamte Bernhard Kruse ungeduldig.

»Stromausfall«, gab Karl knapp zurück, ohne ihn eines Blickes zu würdigen. Seine Gedanken waren längst woanders – bei Wind, Strömung und Blitzgefahr.

»Habt ihr keinen Notstrom? Kein Aggregat?«, fragte Kruse weiter, hörbar irritiert.

Karl schnaubte leise, der Spott in seiner Stimme war nicht zu überhören. »Nö. Da hat die Gemeinde wohl mal wieder den Rotstift angesetzt.«

Einen Moment herrschte Schweigen, nur das entfernte Grollen des Donners war zu hören, wie ein unheilvolles Raunen.

Dann hob Karl die Hand, als wolle er ein unsichtbares Publikum um Aufmerksamkeit bitten. »Aber keine Sorge«, sagte er gelassen, fast schon liebevoll, »die alte

Dame lässt sich auch von Hand sicher nach Hause bringen.«

»Dann machen Sie das am besten«, knurrte Kruse und bedeutete dem widerwilligen Fährmann, endlich zur Tat zu schreiten.

»Allein schaff ich das nicht, da brauch ich ein, zwei kräftige Hände zur Hilfe. Mein Rücken – Sie verstehen«, erwiderte Karl, während er sich mühsam aufrichtete und dabei das Gesicht zu einer schmerzhaften Grimasse verzog.

Kruse seufzte.

»Schon gut, hab's kapiert. Und wo, verdammt noch mal, ist diese Kurbel?«

Karl zuckte nur mit den Schultern und wies mit einem schlichten Nicken nach oben – dorthin, wo der betagte Antrieb in schwindelerregender Höhe auf einem Stahlträger thronte, gut dreißig Meter über dem Deck.

»Und da soll ich jetzt raufklettern?«, fragte Kruse und starrte in die Höhe, als hätte man ihm gerade befohlen, den Glockenturm zu besteigen.

»Oder Sie warten einfach ganz bequem auf den Strom. Da hinten gibt's ein trockenes Plätzchen – kennen Sie vielleicht schon. Da lag gestern noch der Tote drin.« Karls Mundwinkel zuckten kaum merklich. Sein Galgenhumor war so trocken wie das Salz im Nordseewind.

Kruse verzog keine Miene.

»Sie haben ja einen ganz entzückenden Humor«, murmelte er, wandte sich ab und marschierte zurück zu seinem BMW. Ohne Hast ließ er sich in den Fahrersitz gleiten, stellte die Rückenlehne auf Liegeposition und schloss die Augen, als würde ihn das Unwetter draußen ebenso wenig interessieren wie die über ihm grollenden Wolken oder die festgefahrene Fähre mitten auf der Oste.

Die dunklen, tief hängenden Wolken über Osten öffneten ihre Schleusen und ergossen ihre nasse Fracht in einem sintflutartigen Guss. Binnen Minuten verwandelten sich die stillen Straßen des Schwebefährendorfs in reißende, grau-braune Ströme. Besorgt und mit bangem Blick spähten die Bewohner hinter beschlagenen Fensterscheiben auf das heraufziehende Chaos. Blitz und Donner folgten einander in beängstigenden Sekundenbruchteilen. Der Sturm tobte wie ein wütendes Tier, rüttelte an den Fachwerkhäusern, als wolle er sich gewaltsam Zutritt verschaffen, auf der Flucht vor dem eigenen Zorn.

Zweige, Äste und unbefestigte Gegenstände wirbelten wie rastlose Geister durch die Gassen. Fensterläden klapperten, Dachpfannen schepperten im Takt des Unwetters – eine düstere, schaurige Sinfonie. Menschen duckten sich in die hintersten Winkel ihrer Häuser, während verirrte Tiere Schutz in Spalten und unter Vorsprüngen suchten.

Und dann – plötzlich – wurde es still.

Der Regen verstummte abrupt, als hätte jemand ihn einfach abgeschaltet. Eine gespenstische Ruhe senkte sich über das verwüstete Dorf, schwer und drückend wie ein dichter Nebel.

Im Fährkrug saßen die Stammgäste dicht beieinander, die letzte Runde Korn längst getrunken, die Spannung in der Luft greifbar wie der Staub alter Geschichten.

»Wenn das so weitergeht, können wir bald wieder rudern wie zu Opa Hinrichs Zeiten«, brummte Klemens und zündete sich unbeirrt eine Pfeife an, obwohl der Rauch längst im Husten von Doktor Meinhard unterging.

»Der Blitz hat was losgetreten«, murmelte Pastor Lukas Altmann und strich sich über die feuchten Hände. »Ich hab es gespürt. Da ist mehr im Gange, als wir begreifen.«

Wilhelm stand hinter dem Tresen, die Flasche leer, die Gedanken schwer. Sein Blick ging wieder zum Fenster – zugezogen, aber er wusste genau, was sich draußen abspielte.

»Die Fähre ist stehen geblieben«, sagte er schließlich. »Mitten auf dem Fluss. Und mit ihr – vielleicht auch die Wahrheit.«

Der Satz blieb in der Luft hängen, schwer wie Blei.

Günter Dunkelmann nickte gelassen, als würde er etwas längst Geahntes bestätigt sehen. »Und der feine Herr, der da gefunden wurde – der ist nicht einfach so gestorben, wie sie sagen.«

»Natürlich nicht«, antwortete Wilhelm. »Er kam wegen etwas. Und jetzt ist jemand hier, der nicht gefunden werden will.«

Die alte Dame – so nannten sie die Schwebefähre liebevoll – ächzte leise im Sturm, hielt sich jedoch standhaft zwischen Himmel und Wasser. Wie ein trotziges Relikt aus einer anderen Zeit spannte sie sich über die aufgewühlte Oste, als wolle sie dem modernen Elend und der wütenden Natur gleichermaßen die Stirn bieten.

Karl stand noch immer im Führerstand, starrte in das fahle Licht, das sich wie ein Trugbild über die Wasseroberfläche legte. Das Auge des Sturms – ein Moment der trügerischen Ruhe, in dem selbst der Wind den Atem anhielt. Und doch spürte er: Dies war nicht vorbei. Nicht einmal annähernd.

Ein Donnergrollen in weiter Ferne kündigte bereits die zweite Welle an. Und mit ihr, da war sich Karl sicher, würde mehr kommen als Regen und Wind.

Er drehte sich langsam zu den Fahrgästen um. Im Licht der Notbeleuchtung sah er die Umrisse vom Kriminalbeamten Kruse im BMW. Der Mann schlief nicht, das wusste Karl. Er lag nur da, mit geschlossenen Augen, den Kiefer angespannt – einer, der wartete. Womöglich nicht nur auf Strom.

Plötzlich flackerte das Licht erneut. Ein kurzes Aufglimmen, ein sirrendes Geräusch, dann Dunkelheit. Nur der matte Schein der Taschenlampe, die Karl an einem

Draht befestigte, blieb als einziger Orientierungspunkt. Ein Geräusch – kaum hörbar – drang durch das Heulen des Sturms: ein metallisches Klirren, weit hinten auf der Plattform.

Karl horchte auf.

Jemand war aus einem Fahrzeug gestiegen. Oder? Er tastete nach dem Lichtschalter der Notbeleuchtung, doch da war nichts mehr zu machen. Ein Schalter ohne Wirkung, wie so vieles in dieser Nacht.

Wieder dieses Klirren. Näher diesmal. Und dann das leise Knacken von Schritten auf nassem Metall.

Er griff zur Taschenlampe, leuchtete vorsichtig in die Richtung, aus der das Geräusch gekommen war – doch der Lichtkegel tanzte nur auf den Regenpfützen, die sich über den Boden der Fähre ergossen hatten.

Niemand zu sehen.

Ein kalter Schauer kroch ihm den Rücken hinauf.

Seine Hand griff wie von selbst zur zerdrückten Zigarettenschachtel. Nur noch eine. »Natürlich. Wie passend«, murmelte er bitter und schob sie widerwillig zurück. »Wer weiß, wie lange dieses verfluchte Spektakel noch tobt.«

Sein Blick schweifte hinüber zu den Fahrgästen, die in ihren Wagen kauernd auf bessere Zeiten warteten. Wenigstens waren keine Kinder an Bord – ein schwacher Trost in dieser ausweglos erscheinenden Lage.

Da brauste der Sturm erneut auf, als hätte er sich nur für den nächsten Schlag gesammelt. Mit voller Wucht rüttelte er an der gewaltigen Stahlkonstruktion, die ächzte, aber nicht nachgab. Die alte Dame hielt stand – ein Bollwerk aus Eisen, das unbeirrbar, wie eine riesige Klammer, beide Ufer der tosend aufgewühlten Oste zusammenhielt.

Als Karl beiläufig zum eleganten, dunkelblauen BMW des Kriminalbeamten Bernhard Kruse hinübersah, trafen sich ihre Blicke. Der Polizist winkte ihn mit einer knappen, unmissverständlichen Geste heran und deutete auf den freien Beifahrersitz. Karl verstand sofort. Mit schnellen, entschlossenen Schritten näherte er sich dem Wagen und ließ sich auf den weichen Ledersitz sinken.

»Hier drin ist es wenigstens ein bisschen erträglicher als in Ihrer feuchten Blechbüchse«, bemerkte Kruse mit einem gequälten Lächeln und bot Karl wortlos eine seiner kostbaren Zigaretten an. Dankbar nahm Karl das Angebot an, klemmte sich die raue Papiertülle zwischen die Lippen und beugte sich vor, um sie am Feuerzeug des Polizisten zu entzünden.

In dem Moment, als die kleine Flamme das Ende der Zigarette erfasste, wurde es draußen für einen flüchtigen, unheimlichen Augenblick taghell – als hätte jemand einen gigantischen Scheinwerfer über ihnen eingeschaltet. Doch der erwartete Donnerschlag blieb aus. Es war, als habe sich das Unwetter mit einem letzten, grellen Aufblitzen verabschieden wollen, bevor es mit seiner zerstörerischen Wut weiter ins Land zog.

Wie versteinert saßen die beiden Männer in dem engen Innenraum, die Augen weit aufgerissen. Kruse hielt das Feuerzeug noch immer in der zitternden Hand, die kleine Flamme flackerte nervös in der Stille.

»So etwas… so etwas habe ich in meinem ganzen Leben noch nicht erlebt«, flüsterte Karl fassungslos.

»Ich auch nicht«, entgegnete Kruse leise, während er seine Zigarette an der zitternden Flamme entzündete. Er pustete die kleine Flamme anschließend aus, und ein dünner Rauchfaden stieg langsam auf. Schon nach wenigen Zügen hatte sich das Innere des Fahrzeugs in eine provisorische Räucherkammer verwandelt. Kruse kurbelte hastig das Seitenfenster ein Stück hinunter. Die kühle, feuchte Luft strömte herein und sog den bläulichen Dunst träge hinaus. Der Wind erfasste den aufsteigenden Rauch, zerrte an ihm, bis er sich lautlos in der nassen Dunkelheit auflöste.

»Im Dorf ist es immer noch stockdunkel«, stellte Karl mit einem Anflug von Besorgnis fest, während er zum gegenüberliegenden Ufer hinübersah. Die Häuser dort lagen wie verschluckt im schwarzen Nichts, nur schemenhaft hob sich das Dorfbild gegen den zuckenden Horizont ab.

»Was meinen Sie, wie lange das wohl noch dauert? Bis der Strom zurück ist?«, fragte Kruse, seine Stimme klang ungeduldig. Auch sein Blick haftete nun auf der dunklen Silhouette des Dorfes.

»Schwer zu sagen«, murmelte Karl, ohne den Blick abzuwenden. Die drückende Ungewissheit legte sich wie ein schwerer Mantel über ihn. In seinem Magen rumorte es – nicht vor Hunger, sondern vor einem unbestimmten Gefühl, das er nur allzu gut kannte: Vorahnung.

Oskar und Alfons hatten es in allerletzter Minute und völlig durchnässt bis zum schützenden Lindenhof geschafft. Draußen tobte bereits das Unwetter, das ohne Vorwarnung über das kleine Schwebefährendorf hereingebrochen war. Drinnen war es dämmrig und überraschend ruhig – nur wenige andere Gäste hatten rechtzeitig Zuflucht in dem gemütlichen Gasthaus bei der Kirche gefunden.

Die beiden Freunde steuerten zielsicher einen Tisch in der hintersten Ecke an, möglichst weit entfernt von den großen Fensterscheiben, hinter denen der Sturm unaufhörlich gegen das Glas peitschte. Das Bier kam gerade, frisch gezapft und schäumend, als das Licht zu flackern begann – und im nächsten Moment gänzlich erlosch.

»Auch das noch!«, zischte Oskar in die plötzliche Finsternis hinein, sein Ärger vibrierte zwischen den Tönen des Donners.

»Wird bestimmt gleich wieder gehen«, murmelte Alfons beschwichtigend, doch seine Gedanken waren längst woanders. Draußen, irgendwo im peitschenden Regen, irrten seine beiden Katzen durch das Chaos.

Allein. Schutzlos. Der Gedanke daran ließ ihm keine Ruhe. Er starrte in die Dunkelheit, als könne er sie dort draußen erkennen.

Plötzlich stand er auf, die Entschlossenheit in seiner Bewegung war nicht zu übersehen. »Ich muss los!«

Oskar sah ihn entgeistert an. »Bei diesem Wetter? Bist du übergeschnappt?«, rief er, wollte ebenfalls aufspringen, hielt dann aber inne. Ein kurzer Moment der Erkenntnis flackerte auf, als er Alfons' Gesicht sah – die Mischung aus Sorge und Pflichtgefühl.

»Die Katzen, nicht wahr?«, fragte er leiser, nun eher besorgt als spöttisch.

Alfons nickte nur stumm, setzte sich wieder. Ein Blitz zuckte über das Dorf, tauchte den Raum für einen Augenblick in ein gespenstisches Licht.

»Ja, sie sind noch draußen. Die armen kleinen Tierchen«, sagte Alfons leise. Die Sorge um seine vierbeinigen Freunde war ihm deutlich ins Gesicht geschrieben.

»Dann geh lieber«, meinte Oskar, seine Stimme war plötzlich weich und fast ein wenig drängend. Er deutete auf die dunkle Ausgangstür, hinter der der Sturm unvermindert tobte.

Alfons hielt inne, sein Blick verengte sich misstrauisch. »Warum forderst du mich so plötzlich dazu auf?«, fragte er, sein Ton mischte Verwunderung mit einem Hauch Misstrauen. Oskar zögerte mit der Antwort, zu lange – und Alfons' Zweifel wuchsen. »Du führst doch irgendetwas im Schilde, oder?«

»Wie lange das wohl noch dauern wird, bis der Strom wieder da ist…«, murmelte Oskar, sichtbar bemüht, das Thema zu wechseln.

Doch Alfons ließ nicht locker. »Warum wolltest du mich eben so schnell fortschicken?« Seine Stimme klang nun schärfer, fordernder. Die Unruhe in seinem Blick wich einer unbequemen Entschlossenheit.

»Du hast doch selber gesagt, dass deine Katzen draußen sind – und Angst haben. Willst du etwa, dass sie da draußen ersaufen oder vom Baum erschlagen werden?«, konterte Oskar und sah ihm fest in die Augen. Sein Blick war stechend, beinahe bohrend.

»Ja, schon… aber die beiden kennen sich aus. Die haben bestimmt ein trockenes Versteck unter irgendeinem Busch gefunden. Und ganz ehrlich: Wenn heute einer vom Blitz erschlagen wird, dann will ich verdammt noch mal nicht derjenige sein.« Alfons' Stimme schwankte zwischen Ironie und Ernst. Er starrte Oskar direkt an – doch der blieb regungslos. Kein Zucken im Gesicht, kein Ausweichen. Nur Stille.

»Was… was geht in deinem Kopf vor, Oskar?«, fragte Alfons schließlich, leise, fast beschwörend. »Bist du nicht gestern Abend noch mit der Fähre übergesetzt?«

In diesem Moment fuhr Oskar wie von der Tarantel gestochen vom Stuhl hoch. Sein Stuhl kippte krachend nach hinten. Seine Stimme schnitt wie ein Messer durch die dunkle Stille des Raumes: »Halt endlich dein verdammtes Maul!«

Alfons zuckte heftig zusammen, sagte jedoch kein Wort. Stattdessen stand er langsam auf und ging mit festem Schritt zu einem kleinen Tisch am großen Fenster. Schweigend ließ er sich nieder, nahm einen kräftigen Schluck aus seinem Bierglas und richtete seinen Blick hinaus in den unheilvollen Himmel.

Draußen zuckten die Blitze im Sekundentakt. Bei jedem grellen Aufleuchten glühte die mächtige St. Petri-Kirche, das Wahrzeichen des Dorfes, für einen flüchtigen Moment wie eine gespenstische Erscheinung auf – wie aus einer anderen Welt.

Alfons faltete seine rauen Hände. Seine Lippen bewegten sich kaum sichtbar, während er mit leiser Stimme zu sprechen begann:

»Oh Herr im Himmel, verschone uns mit deinem Zorn. Säe keine unheilvolle Angst in unsere Herzen. Gib den Menschen Hoffnung – und beschütze meine kleinen, hilflosen Freunde. Amen.«

Kaum hatte er das letzte Wort gehaucht, grollte ein tiefer, lang gezogener Donner über das Dorf hinweg – wie eine ferne, feierliche Antwort aus dunklen Höhen. In Alfons' aufgewühlter Stimmung wirkte dieses Grollen wie eine himmlische Bestätigung seines stillen Flehens.

Ein zartes, beinahe kindliches Lächeln huschte über sein Gesicht. Für einen kurzen, trostreichen Moment war er fest davon überzeugt, dass seine geliebten Katzen und das ganze Dorf Osten dem Zorn des Himmels entkommen würden.

Oskar saß reglos auf seinem Stuhl, die Ellenbogen auf die Tischplatte gestützt, die Hände zu Fäusten geballt. Seine Augen klebten an Alfons, der am Fenster saß, betend, scheinbar versöhnt mit sich und der Welt. Ein verächtliches Zucken ging durch Oskars Gesicht, kaum merklich – aber tief aus seinem Innersten kommend.

Dieser verdammte Schwätzer!

Er hatte nicht ahnen können, dass Alfons so schnell eins und eins zusammenzählen würde. Die beiläufige Frage nach der Fähre… dieser Blick… das Misstrauen, das sich langsam, aber unaufhaltsam in dessen Gesicht gefressen hatte. Alfons war kein Dummkopf, das war das Problem.

Oskar starrte in sein Bier, als könnte er darin die Lösung für das drohende Unheil finden, das sich nicht nur am Himmel, sondern auch in seinem Leben zusammenbraute.

Er weiß es nicht genau... noch nicht. Aber wenn er redet, wenn er zur Polizei geht...

Oskar schluckte schwer.

Die Erinnerungen an die Nacht auf der Fähre schoben sich wie träge Nebelschwaden in sein Bewusstsein. Der metallische Geruch, das leise Platschen, das dumpfe Aufprallen… nein. Das darf niemand wissen. Schon gar nicht Alfons, der mit seiner nervigen Tierliebe und dem moralischen Kompass eines Pfarrers nie den Mund halten würde.

Ich muss ihn loswerden. Bald. Am besten noch heute Nacht.

Ein Plan nahm langsam Gestalt in seinem Kopf an. Etwas, das wie eine Lösung aussah. Kein Blut, kein Lärm – das würde nicht gehen, nicht hier, nicht jetzt. Aber vielleicht… ein Unfall? Bei diesem Wetter würde niemand Fragen stellen, wenn einer im Sturm das Gleichgewicht verlor.

Ein kalter Schauer lief ihm über den Rücken – nicht vom Regen, nicht von der Kälte, sondern von dem, was er dachte. Doch sein Gesicht blieb regungslos. Draußen schlug ein Ast gegen die Scheibe, Alfons zuckte leicht zusammen, warf aber keinen Blick zurück.

Noch glaubt er, er hätte einen Freund vor sich sitzen.

Oskar nahm einen letzten Schluck von seinem Bier, stellte das Glas leise auf den Tisch und stand auf. Die Geräusche im Lindenhof waren gedämpft, fast ehrfürchtig. Hinter ihm blitzte es erneut, der Donner ließ die Scheiben erzittern.

Er ging langsam auf Alfons zu, seine Schritte ruhig, bedacht. Ein sanftes Lächeln huschte über seine Lippen.

»Weißt du was, Alfons? Ich bring dich heim. Kein Mensch soll in diesem Wetter alleine raus müssen. Schon gar nicht du – wegen ein paar Katzen.«

Alfons drehte sich überrascht um, als Oskar plötzlich neben ihm stand. Das Lächeln auf dessen Gesicht wirkte in dem zuckenden Licht der Blitze seltsam fremd, fast aufgesetzt.

»Du willst mich nach Hause bringen?«, fragte er und versuchte, seine Skepsis zu verbergen.

»Natürlich«, erwiderte Oskar schnell. »Wegen deiner Katzen. Und weil du ja vorhin meintest, du willst unbedingt los. Da dachte ich mir… ich geh mit. Zwei schaffen es sicher besser durch den Sturm als einer.«

Alfons nickte langsam, ließ aber Oskar nicht aus den Augen. Da war etwas. Eine feine, kaum greifbare Verschiebung in dessen Tonfall, in seiner Körperhaltung. Noch vor wenigen Minuten hatte Oskar ihn angeschrien, als hätte er den Verstand verloren. Und jetzt? Plötzlich der besorgte Freund?

Irgendetwas stimmt hier nicht.

Alfons fühlte, wie sich seine Nackenhaare aufrichteten, ein dumpfer Druck legte sich auf seine Brust. Seine Intuition, oft belächelt, war selten falsch gewesen – nicht bei Menschen, nicht bei Wetterumschwüngen und ganz sicher nicht bei Dingen, die sich zwischen den Zeilen abspielten.

Er warf einen Blick hinaus auf die Straße. Der Regen hatte nachgelassen, aber der Wind blies noch immer mit solcher Kraft, dass die Äste der alten Linden vorm Haus bedrohlich ächzten.

»Ich… ich weiß nicht, Oskar. Ich dachte, ich warte vielleicht doch noch ein bisschen. Vielleicht beruhigt sich das Wetter ja gleich ganz«, sagte Alfons zögerlich, während er langsam aufstand.

Oskar legte ihm eine Hand auf die Schulter. Die Berührung war fest. Zu fest.

»Komm schon. Ich kenn doch den Weg zu dir fast im Schlaf. Wir nehmen die Abkürzung über den alten Kirchpfad. Da sind wir in zehn Minuten durch.«

Der alte Kirchpfad. Dunkel, schlammig, abgelegen. Alfons' Magen zog sich zusammen. Er blickte in Oskars Augen, versuchte, darin etwas zu lesen. Da war nichts. Kein Zorn. Kein Mitgefühl. Nur Leere – und vielleicht etwas, das zu schnell wieder verschwand, um sicher zu sein: Berechnung.

»Ich… muss vorher noch mal auf die Toilette«, sagte Alfons schließlich und machte einen Schritt rückwärts. »Kannst ja schon mal draußen schauen, ob's noch stark regnet.«

Oskar sah ihn kurz an, dann zuckte er mit den Schultern. »Mach hinne!«

Er drehte sich um und verschwand durch die Tür hinaus in die feuchte Dunkelheit.

Kaum war er draußen, hetzte Alfons in Richtung Tresen, hinter dem die Wirtin mit einem Stapel Kerzen hantierte.

»Funktioniert Ihr Telefon? Ich muss dringend jemanden anrufen… vielleicht die Polizei.«

»Was ist denn los, Alfons?«

Er beugte sich nah zu ihr und flüsterte: »Ich glaub, Oskar… ich glaub, er will mir was antun.«

Draußen vor der Tür stand Oskar reglos unter dem schwankenden Vordach des Lindenhofs. Der Regen hatte sich zu einem feinen, kalten Nieseln beruhigt, doch der Wind fuhr ihm schneidend durch die durchnässte Kleidung. Er schien es kaum zu bemerken. Seine Augen hafteten an dem schmalen Weg, der sich vom Gasthaus aus Richtung der alten Kirche und darüber hinaus zum abgelegenen Haus von Alfons wand – der Kirchpfad.

Oskars Gesicht war hart, die Kiefer angespannt. Er rieb nervös die klammen Hände aneinander, als wolle er nicht nur die Kälte vertreiben, sondern auch einen Gedanken loswerden, der sich wie ein dunkler Fleck in sein Bewusstsein gebrannt hatte.

Alfons weiß es!

Er wusste es nicht mit Sicherheit, aber er spürte es. Dieser bohrende Blick vorhin, die gezielte Frage nach der Fähre, sein Misstrauen – Alfons war näher an der Wahrheit, als gut für ihn war.

Oskar atmete tief durch. Sein Blick wanderte zu den dichten Schatten, die der Pfad zwischen den alten Bäumen warf. Dort hinten, wo der Wind heulte wie ein einsamer Hund, wäre niemand unterwegs. Dort konnte man reden. Und wenn es hart auf hart kam… auch schweigen. Für immer.

Er schloss kurz die Augen, versuchte, seinen pochenden Puls zu beruhigen. Es war nicht das erste Mal, dass er so weit denken musste. Damals, bei der Sache an der Fähre… da hatte er auch keine Wahl gehabt. Und jetzt war da Alfons – ein guter Kerl, ja, aber mit einer gefährlich genauen Erinnerung.

Oskar trat unruhig von einem Fuß auf den anderen, warf einen schnellen Blick zurück durch die Scheiben des Lokals. Alfons war noch nicht zu sehen.

Warum zögert er? Hat er was gemerkt?

Ein schaler Kloß legte sich ihm in den Hals.

Plötzlich trat jemand hinter ihm ins Licht der Tür – es war nicht Alfons. Es war nur ein älterer Gast, der sich eine Zigarette ansteckte, ihm zunickte, und wortlos stehen blieb.

Oskar trat ein paar Schritte weiter in die Dunkelheit, versteckte sich hinter dem knorrigen Lindenbaum am Wegesrand. Er musste nachdenken. Einen neuen Plan fassen, falls Alfons wirklich Verdacht geschöpft hatte.

Vielleicht war es noch nicht zu spät, ihn zu beruhigen. Vielleicht konnte man ihn noch auf seine Seite ziehen. Oder… man musste eine andere Lösung finden.

Er griff in die Manteltasche und spürte das kühle Metall des kleinen, rostigen Werkzeugs, das er immer noch bei sich trug. Aus alter Gewohnheit. Aus Vorsicht. Nur für den Fall.

Sein Blick glitt zurück zum Eingang. Noch immer kein Alfons.

»Komm schon, alter Freund«, murmelte Oskar in die Nacht. »Enttäusch mich jetzt nicht.«

4

Kriminalhauptkommissar Bernhard Kruse saß in seinem schmucklosen Büro und starrte mit finsterer Miene auf das blasse Foto des ermordeten Mannes. Es zeigte den Toten, aufgenommen an Bord der Schwebefähre von Osten – ein regloser Körper, der auf grausame Weise aus dem Leben gerissen worden war. Das Genick gebrochen, kalt und endgültig. Die halb volle Tasse Kaffee auf Kruses aufgeräumtem Schreibtisch war inzwischen längst erkaltet, die dunkle Flüssigkeit darin so leblos wie das Gesicht auf dem Bild.

»Wer zum Teufel bist du?«, murmelte er, als könne er durch diese leise Beschwörung hinter die letzten Geheimnisse des Toten blicken.

Auf dem Flur vor seiner Tür herrschte plötzlich eine seltsame Betriebsamkeit. Schritte eilten hin und her, Stimmen hallten von den kahlen Wänden wider, das Geräusch hektischen Kommens und Gehens. Und doch: Niemand klopfte. Seine eigene Tür blieb wie ausgespart vom Treiben draußen – verschlossen, unberührt, fast feindlich in ihrer Stille.

Kruse stieß hörbar die Luft aus und zwang sich, den Blick wieder auf das Foto zu richten. Trotz aller Mühe, trotz tagelanger Ermittlungsarbeit, war er keinen nennenswerten Schritt weitergekommen. Der Fall schien festgefahren, zäh wie Moorboden nach tagelangem Regen. Es war nicht nur frustrierend – es nagte an seinem Selbstverständnis. So viele ungeklärte Tötungsdelikte hatte er in seiner gesamten Laufbahn nicht erlebt. Und ausgerechnet dieser Fall, dieser tote Mann aus dem Nirgendwo, ließ ihn nicht mehr los.

Vor Ort in Osten hatte er sich mehr erhofft. Doch die verschlossene Dorfatmosphäre wirkte wie ein schwerer, undurchdringlicher Nebel. Jeder sprach mit Bedacht, manche gar nicht – als hätten sich alle in stillschweigendem Einverständnis darauf geeinigt, einander zu decken. Und der sonst so hilfsbereite Dorfpolizist Günter Dunkelmann? Auch er hatte sich als überraschend farblos erwiesen. Freundlich, ja, aber seine Auskünfte blieben vage, ausweichend – fast, als wüsste er mehr, als er zu sagen bereit war.

Kruse lehnte sich zurück, rieb sich müde über die Stirn. »Welche finstere Leiche haben die wohl in ihren Kellern versteckt?«, murmelte er, halb spöttisch, halb resigniert.

Er griff nach seiner Kaffeetasse, hob sie prüfend an, nahm einen Schluck – und verzog angewidert das Gesicht. Kalter Kaffee. Kruse hasste kalten Kaffee. Schon lauwarm war für ihn eine Zumutung. Doch das hier war bitter, abgestanden, ein Symbol seiner zähen Ermittlungen.

Mit einem dumpfen Geräusch stellte er die Tasse zurück. Dann blieb er sitzen. Starrte weiter auf das Bild. Und wartete – auf einen Impuls, einen Hinweis, einen Durchbruch.

Irgendetwas.

Er warf einen Blick auf seine schlichte Armbanduhr. »Halb sechs«, murmelte er, kaum hörbar, und beschloss, den längst überfälligen Feierabend einzuläuten. Mit einem Griff hatte er die kalte Klinke seiner Bürotür in der Hand – da begann das Faxgerät in der Ecke plötzlich laut zu rattern. Es spuckte mit mechanischem Röcheln ein einzelnes Blatt aus.

»So ein verdammter Mist«, knurrte Kruse und blieb einen Moment reglos stehen, den Blick auf die schnarrende Maschine gerichtet. Einen winzigen Augenblick lang überlegte er, ob er das Ding nicht einfach sich selbst überlassen sollte – als stillen Protest gegen die ewige Unterbrechung des Feierabends durch späte Eingebungen der Bürokratie.

Aber die Neugier war stärker. Immer.

Und die Pflicht.

Mit einem leichten Seufzen trat er zurück, griff nach dem frisch bedruckten Papier, das jetzt ordentlich im kleinen Ausgabefach lag. Der Absender: die Kollegen aus Hamburg. Kruse überflog die knappen Zeilen mit prüfendem Blick – und sein Ausdruck veränderte sich.

»Na also«, sagte er leise, fast zufrieden. »Jetzt weiß ich endlich, wer zum Teufel du bist.«

Er setzte sich noch einmal, schwerfällig, auf seinen Stuhl. Las die Zeilen erneut, diesmal langsamer. In dem Fax wurde die postalische Zusendung der vollständigen Akte angekündigt – inklusive Fotos, Berichte, früherer Verdachtsmomente. Endlich ein Name, eine Geschichte. Vielleicht sogar ein Motiv.

Kruse legte das Blatt sorgsam zur Seite, erhob sich erneut – diesmal endgültig. Er schaltete das Licht aus, trat aus dem Büroflur in die fahle Dämmerung und verließ das schmucklose Polizeigebäude mit langsamen, bedächtigen Schritten.

Ein Hauch von Zufriedenheit – verhalten, fast versteckt – lag auf seinem Gesicht. Kein Grund zum Jubel. Aber doch ein erster, echter Schritt aus dem Nebel.

Der Wind war kühl. Die Straßen menschenleer. Und irgendwo im Hinterkopf formte sich bereits der nächste Gedanke, das nächste Fragezeichen.

Normalerweise schaltete sein Geist automatisch in den Feierabendmodus, sobald die schwere Tür der Dienststelle mit einem satten Klicken ins Schloss fiel. Doch dieser Fall – düster, unergründlich – klebte an ihm wie nasser Matsch. Unablässig, schwer abzuschütteln. Ein Schatten, der ihn begleitete.

Wie kann jemand so abgebrüht sein? So skrupellos?

Mitten am Tag, auf einer belebten Schwebefähre – einem Ort, der zur Routine gehörte, zur stillen Ordnung des dörflichen Lebens – einem Mann auf so brutale Weise das Genick zu brechen. Diese Frage brannte sich wie eine heiße Nadel in seinen Schädel, stach immer wieder an derselben Stelle.

Ein Gedanke, so hartnäckig wie ein Schwarm Fliegen über einem frischen Pferdeapfel.

»Georg Johannson«, murmelte Kruse. Immer wieder.

Der Name klang wichtig, nach Gewicht und Geschichte. Und doch... er blieb fremd. Als sähe man einen bekannten Menschen im Traum und wüsste beim Erwachen nicht, woher man ihn kannte.

»Wo habe ich diesen Namen schon mal gehört?«

Die Antwort schwebte irgendwo jenseits der greifbaren Erinnerung, ein Schatten am Horizont seines Bewusstseins.

Das Fax hatte nur wenig preisgegeben: Georg Johannson – Senator in Hamburg, zuständig für Finanzangelegenheiten. Respektierter Mann, keine Vorstrafen. Saubere Weste. Und jetzt: tot. Gebrochen. Weggeworfen wie ein Stück altes Holz.

Kruse versuchte, die kreisenden Gedanken abzuschütteln. Warten. Er würde auf die vollständige Akte warten müssen. Und dennoch: Die Bilder vom Tatort, das leere, verstummte Gesicht des Toten – sie verfolgten ihn. Ließen ihn nicht los.

Ohne lange nachzudenken kehrte er um. Schloss seine Bürotür wieder auf, trat in den stickigen Raum, der noch seine Müdigkeit atmete. Er griff das verblasste Foto vom Schreibtisch, steckte es sich in die Jackentasche – und verließ das Gebäude ein zweites Mal.

Diesmal nicht in Richtung zu Hause.

Sondern nach Osten.

Dorthin, wo hinter den ruhigen Fassaden, den schweigenden Dorfbewohnern, mehr verborgen lag, als es den Anschein hatte.

***

Erneut musste er sich zähneknirschend in die lange Schlange der wartenden Autos vor der Schwebefähre einreihen, was ihn zu dieser fortgeschrittenen Stunde doch einigermaßen überraschte. Für den Bruchteil einer Sekunde zuckte seine Hand wie von selbst zu dem unauffälligen Blaulicht, das er im Handschuhfach seines zivilen BMWs verstaut hatte, um es diskret auf das Dach zu platzieren und sich so den unliebsamen Stau zu ersparen. Er überlegte es sich jedoch im letzten Moment anders und zog die Hand wieder zurück. Stattdessen scherte er mit einer abrupten Lenkbewegung aus der zäh fließenden Schlange aus und lenkte seinen Wagen auf den kleinen, unbefestigten Parkplatz der unscheinbaren Gastwirtschaft direkt vor der Schwebefähre. Er hatte einen knurrenden Magen und einen trockenen Hals, Bedürfnisse, die keinen weiteren Aufschub duldeten. Und in dem verrufenen Fährkrug einkehren, war für den pflichtbewussten Ermittler natürlich überhaupt keine Option.

Kruse betrat das schlichte Lokal und war angenehm überrascht, dass er der einzige Gast an diesem Abend war. Die Stille wirkte wohltuend nach dem hektischen Treiben des Tages.

»Moin«, begrüßte ihn eine füllige Dame mit sorgfältig zu einem grauen Dutt aufgesteckten Haaren, der auf ihrem Haupt wie eine schiefe Krone thronte.

»Moin«, erwiderte Kruse den norddeutschen Gruß knapp und trocken.

»Hamburger Gedeck?«, fragte die Wirtin mit einem erwartungsvollen Blick.

»Hamburger Gedeck?« Kruse verstand die Frage der freundlichen Frau nicht.

»Köm und Bier oder auch Lütt'un'lütt«, erklärte die Wirtin geduldig.

»Ach so, nein, danke. Einen schwarzen Kaffee bitte, und haben Sie vielleicht auch etwas Deftiges zu essen?«, wollte Kruse wissen.

»Kaffee, sehr gern. Zu essen haben wir heute unseren Klassiker: Schmackhafte, knackige Würstchen und unseren hausgemachten, besonders cremigen Kartoffelsalat«, meinte die Wirtin und lächelte den Kommissar warmherzig an.

»Schön, dann bitte einen großen Kaffee und eine ordentliche Portion Kartoffelsalat mit zwei von Ihren leckeren Würstchen.« Kruse suchte sich einen freien Platz direkt am Fenster aus, von wo aus er die viel befahrene Deichlücke und das geschäftige Treiben beobachten konnte. Er wusste zwar nicht genau, worauf er eigentlich achten sollte, aber er tat es trotzdem – instinktiv.

»Sehr gern«, sagte die Wirtin namens Adele und verschwand geschäftig durch eine für ihre üppige Figur beinahe zu schmale Tür, hinter der Kruse die Küche vermutete.

Nur wenige Minuten später kam sie mit dem dampfenden Kaffee, dem reichhaltigen Kartoffelsalat und den appetitlich aussehenden Würstchen an seinen Tisch zurück. »Mahlzeit«, meinte sie freundlich und verschwand sogleich wieder hinter der Küchentür.

Für einen kurzen Augenblick blitzte in Kruses Gedanken die warme Erinnerung an Heiligabend bei seinen Eltern auf. Kartoffelsalat und Würstchen gehörten einfach untrennbar zu diesem besonderen Tag, dieses einfache Gericht gab es bei ihnen traditionell nur am 24. Dezember.

Gierig biss Kruse in das knackige Würstchen, nachdem er es großzügig in den scharfen Senf getunkt hatte, und schob sogleich eine volle Gabel von dem cremiggelben, hausgemachten Kartoffelsalat nach. »Verdammt, viel zu viel Essig«, zischte er leise. Aber der knurrende Magen trieb ihn unerbittlich an, weiter zu essen. Jeden widerwilligen Bissen spülte er hastig mit einem großen Schluck seines schwarzen Kaffees hinunter, was unweigerlich dafür sorgte, dass der einst so aromatische

Kaffee nunmehr wie abgestandenes Waschwasser schmeckte.

»Entschuldigung!«, rief er schließlich in Richtung der Küchentür, seine Stimme klang leicht gequält.

»Ja, bitte?«, kam die prompte Stimme der Wirtin zurück.

»Könnte ich vielleicht noch eine Tasse Kaffee bekommen?«, fragte Kruse höflich, aber mit einer gewissen Dringlichkeit in der Stimme.

»Dann müsste ich jetzt extra noch eine frische Kanne aufsetzen, der Kaffee braucht schon noch eine Weile, bis er durchgelaufen ist«, meinte Adele und stand nun mit vor der voluminösen Brust verschränkten Armen in der Tür.

»Dann machen Sie das bitte«, forderte Kruse sie auf und hob seine leere Kaffeetasse demonstrativ in die Luft.

»Klar doch, der Gast ist König, auch wenn er manchmal etwas ungeduldig ist«, maulte Adele leise vor sich hin und verschwand mit einem vielsagenden Blick wieder hinter der Küchentür.

In diesem Moment trat ein neuer Gast in das schlichte Lokal. »Moin«, sagte er knapp und ließ sich mit einem leisen Stöhnen auf einem der hölzernen Barhocker am Tresen nieder. Er brachte unverkennbar einen starken, erdigen Geruch von Kuhstall mit in den ansonsten neutralen Raum.

Kruse erwiderte den knappen Gruß mit einem ebenso einsilbigen *»moin«* und schenkte dem müde wirkenden

Mann keine weitere Beachtung. Seine Gedanken kreisten weiterhin um den rätselhaften Mordfall.

»Wullste uk röber?«, fragte der unbekannte Mann unvermittelt und blickte Kruse mit müden Augen an.

Kruse zog es in seiner angespannten Stimmung vor, auf diese seltsame Frage nicht zu antworten.

»Häst all hört, de hebbt güstern een ob de Fähr abmurkst?« Mit diesen unvermittelten Worten erhob sich der Mann von seinem hölzernen Barhocker und kam mit langsamen Schritten zu Kruses kleinem Tisch. Er rückte sich einen freien Stuhl zurecht und setzte sich schwerfällig. »Oskar«, stellte sich der Mann mit einer knappen Kopfbewegung vor. »Un keen een bis du?«, wollte er dann wissen, seine müden Augen fixierten Kruse neugierig.

Kruse zog genüsslich seinen Dienstausweis aus der Innentasche seines Jacketts und legte ihn wortlos vor Oskar auf die abgewetzte Tischplatte.

Jetzt erkannte Oskar den Fremden als Polizisten und sah sich den kleinen Ausweis gewissenhaft an, die Augenbrauen leicht zusammengezogen. »Oh, een Zivilsheriff. Ik mutt wedder«, sagte er für Kruse völlig unerwartet, aber insgeheim erhofft. Er sprang beinahe fluchtartig von seinem Stuhl auf und verließ mit eiligen Schritten die nun wieder still gewordene Gastwirtschaft. Kruse sah ihm nach, bis ihm die dunkle Deichlücke im trüben Dämmerlicht der spärlichen Straßenlaterne endgültig verschluckte.

Die Wirtin Adele kehrte mit dem dampfenden, frischgebrühten Kaffee zurück an Kruses Tisch und rümpfte unwillkürlich ihre breite Nase. »Was riecht denn hier so komisch?«

»Ein Mann namens Oskar war kurz hier«, antwortete Kruse knapp und deutete mit dem Kopf in Richtung der verschwundenen Gestalt.

»Ah?«, meinte sie nur, ohne weitere Fragen zu stellen, und diesmal verschwand sie nicht wieder hinter der Küchentür, sondern begann geschäftig, hinter dem Tresen mit den gläsernen Bierkrügen und Schnapsgläsern zu hantieren.

»Ihr Kaffee ist wirklich sehr gut«, lobte Kruse aufrichtig.

»Danke«, antwortete die Wirtin, ohne ihre Arbeit zu unterbrechen oder Kruse anzusehen.

»Sagen Sie mal«, Kruse stand nun auf und trat an den Tresen heran, das ausgedruckte Foto von Georg Johannson in der Hand. »Kennen Sie diesen Mann hier?«

Adele hielt sich überrascht eine dicke Hand vor den leicht geöffneten Mund. Ihre kleinen Augen vergrößerten sich unmerklich. »Ist… ist das der Tote von der Fähre?«

»Ja, genau. Kennen Sie den Mann?«, wiederholte Kruse seine dringende Frage.

»Das ist… war… Reinhold Barenfeld«, stammelte sie leise, ihre Stimme klang unsicher.

»Reinhold Barenfeld?«, wiederholte Kruse den fremden Namen, die Stirn in tiefe Falten gelegt. »Dieser

Mann hier heißt Georg Johannson«, stellte der Polizist die Information aus dem Fax richtig.

»Mir... mir hat er sich als Reinhold Barenfeld vorgestellt. Er war gelegentlich Gast in meinem Hause«, meinte die Wirtin und blickte Kruse nun direkt in die Augen.

»Was genau heißt gelegentlich?«, bohrte Kruse unnachgiebig weiter.

»Nun ja, so alle paar Wochen mietete er sich für ein paar Tage hier bei uns ein. Wir haben oben im ersten Stock vier einfache Zimmer, die wir an Monteure und Reisende vermieten«, erklärte Adele bereitwilliger.

»Verraten Sie mir bitte Ihren Namen?«, fragte Kruse nun höflich, aber bestimmt.

»Warum sollte ich das tun?«, konterte Adele misstrauisch, ihre Augen verengten sich leicht.

»Darum«, meinte Kruse ruhig und zog zum zweiten Mal innerhalb dieser kurzen Zeit in dem beschaulichen Lokal seinen Dienstausweis aus der Innentasche seines Jacketts und hielt ihn Adele entgegen.

»Oh«, entwich es der Wirtin überrascht, »natürlich, mein Name ist Adele Kramer.«

»Wann genau war Herr Barenfeld das letzte Mal bei Ihnen abgestiegen?«, wollte Kruse nun mit Nachdruck wissen.

»Vorgestern ist er angekommen«, sagte Adele bereitwillig. »Er hatte gesagt, er wolle vier Nächte bleiben.«

»Dann würde ich sein Zimmer gern sehen, wenn Sie gestatten«, bat Kruse höflich, steckte seinen Dienstausweis und auch das verräterische Foto wieder ein und freute sich innerlich über diesen unerwarteten, aber vielversprechenden Ermittlungserfolg.

»Kommen Sie mit«, forderte Adele den Polizisten auf und deutete mit einer Kopfbewegung zur Treppe. Sie verließen die noch immer leere Gaststube und stiegen eine breite, dunkelbraun gestrichene Holztreppe hinauf. Der glänzende Lack schimmerte samtig im diffusen Licht des Treppenaufgangs. Bei jedem Schritt knarrte das alte Holz vernehmlich unter ihren Füßen. Die Treppe endete in einem schmalen und dunklen Flur. Adele griff zielsicher nach einem vergilbten Lichtschalter an der Wand, und eine schwache Glühbirne tat sich sichtlich schwer, den Flur in ein ausreichendes Licht zu tauchen. Adele bog oben angekommen nach rechts ab und blieb vor der letzten Tür auf der linken Seite stehen. Sie zog einen alten, abgenutzten Schlüssel aus ihrer mit unzähligen Fettflecken übersäten weißen Kittelschürze und schloss die knarrende Tür auf. »Bitte sehr«, sagte sie und warf einen kurzen, prüfenden Blick in das spärlich eingerichtete Zimmer.

»Vielen Dank«, sagte Kruse und betrat den Raum und schloss die Tür hinter sich. Das Zimmer war einfach, aber zweckmäßig eingerichtet. Neben einem breiten, etwas durchgelegenen Bett gab es einen kleinen, hölzernen Kleiderschrank. In der Ecke stand ein abgewetzter Sessel, der seine besten Zeiten sichtlich hinter sich hatte, aber bestimmt einmal bequem gewesen war. Über einen Tisch oder einen dazugehörigen Stuhl verfügte das Zimmer nicht. Dafür hing an der Wand ein schlichtes Waschbecken mit einem kleinen, beschlagenen Spiegel darüber. Ein Blick aus dem einzigen Fenster offenbarte dem Ermittler einen weitläufigen Apfelhof eines benachbarten Obstbauern. An einigen Stellen hatte der alte Tapetenkleister seine einstige Klebkraft längst eingebüßt, und die Tapete wellte sich unansehnlich von der Wand.

Bis auf eine kleine, abgenutzte Reisetasche, in der ordentlich ein gefalteter Pullover und ein Paar frische Socken lagen, waren keine weiteren persönlichen Gegenstände von Georg Johannson, alias Reinhold Barenfeld, in dem einfachen Zimmer zu finden.

Kruse kehrte zu Adele in den Gastraum zurück. In der Zwischenzeit waren neue Gäste eingetroffen, die nun seinen Fensterplatz in Beschlag genommen hatten. *Wie früher in der Schule, wer weggeht, verliert seinen Platz*, dachte er leicht genervt und nahm stattdessen auf einem freien Barhocker am Tresen Platz. Es dauerte nicht lange, bis Adele geschäftig aus der Küche kam und den neuen Gästen die Spezialität des Hauses, fettigen Kartoffelsalat mit zu viel Essig und knackige Würstchen, servierte.

»Und, haben Sie etwas in dem Zimmer gefunden, das Ihnen bei Ihren Ermittlungen weiterhilft?«, wollte sie neugierig von Kruse wissen.

»Nein, leider nichts wirklich Aufschlussreiches. Dieser Mann ist mir nach wie vor ein einziges Rätsel«, antwortete Kruse ehrlich.

»Mir kam er auch immer… irgendwie merkwürdig vor«, schob Adele nachdenklich hinterher.

»Inwiefern merkwürdig?« Kruses kriminalistisches Interesse war geweckt.

»Na ja, viel geredet hat der feine Herr ja nicht, der Pfeffersack«, meinte Adele und polierte mit einem sauberen Geschirrtuch sorgfältig auf einem leeren Bierglas herum.

»Sie wussten also, dass er aus Hamburg kam?«, fragte der aufmerksame Ermittler.

»Ich habe es zumindest vermutet, zumindest klang er so. Sie wissen schon, diesen typischen hamburger Einschlag, wie nennt man das noch gleich? Slang, oder so ähnlich«, versuchte Adele, ihre vage Vermutung zu untermauern.

»Verstehe. Und sonst, was hat er gesagt, wenn er denn mal seinen Mund aufgemacht hat?« Kruse ließ nicht locker. Adele war für ihn in diesem zunehmend verworrenen Mordfall zu einer unerwartet wichtigen Zeugin geworden.

»Na ja, das Übliche eben, wenn jemand etwas zu essen oder trinken bestellt«, meinte die Wirtin achselzuckend.

»Sonst wirklich nichts?« Kruse konnte kaum glauben, dass ein Mensch so wortkarg sein konnte.

»Doch!« Plötzlich bekam Adele große, nachdenkliche Augen. »Er wollte einmal wissen, ob es in Osten noch die Bäckerei Schiller gibt. Um ehrlich zu sein, ich habe in all den Jahren noch nie etwas von dieser Bäckerei drüben im Dorf oder in der näheren Umgebung gehört.« Adele stellte das frisch polierte Bierglas sorgfältig ins Regal und griff nach dem nächsten, das darauf wartete, seinen Glanz wiederzuerlangen und von der zarten Hand der Wirtin gestreichelt zu werden.

»Bäckerei Schiller in Osten«, flüsterte Kruse leise vor sich hin und kramte hastig sein kleines Notizbuch aus der Innentasche, um sich diesen möglicherweise entscheidenden Namen zu notieren. »Vielen herzlichen Dank, Frau Kramer, Sie haben mir damit sehr geholfen«, sagte Kruse zum Abschied, legte einen gefalteten Zehnmarkschein auf den blank polierten Tresen und machte sich eilig auf den Weg zur Tür.

»Warten Sie doch, Ihr Wechselgeld!«, rief Adele ihm noch hinterher, doch der in Gedanken versunkene Ermittler war bereits auf der Straße verschwunden und konnte ihre Worte nicht mehr hören.

Plötzlich hatte er es eilig, wieder über den Fluss zu gelangen. Wieso in aller Welt wollte dieser Georg Johannson, alias Reinhold Barenfeld, wissen, ob es hier in Osten eine Bäckerei Schiller gibt oder jemals gegeben hat? Während der gesamten kurzen Überfahrt mit der gemächlich dahinziehenden Schwebefähre ratterte nur diese eine, scheinbar unbedeutende Frage unaufhörlich durch Kruses aufgewühlten Kopf. Er kurbelte die Seitenscheibe seines Wagens herunter und fragte den ihm bisher unbekannten Fährmann, der gerade mit dem Kassieren beschäftigt war: »Entschuldigen Sie bitte, könnten Sie mir vielleicht sagen, ob es hier in Osten eine Bäckerei Schiller gibt oder jemals gegeben hat?«

Der Fährmann, ein Mann mittleren Alters mit einem akkurat glatt rasierten Gesicht und scheinbar immer einen flotten Spruch auf den Lippen, zuckte nur mit den Achseln und meinte lässig: »Nee, kenn ich nich'. Wieso willste das denn so genau wissen?«

»Wo finde ich denn Ihre Kollegen, Karl Schreiber und Hugo Schulz?«, schob Kruse ungeduldig nach, seine Augen fixierten den unbekannten Fährmann.

»Und, wer genau will das denn wissen?«, grinste der Fährmann ihn mit einem breiten, selbstgefälligen Lächeln an, und Kruse fragte sich unwillkürlich, ob der Mann durch die markante Zahnlücke in seinem breiten Grinsen wohl das Lied 'La Paloma' pfeifen konnte. Er hasste diese selbst ernannten Sonnyboys, die sich für die Größten hielten und ihre vermeintliche Lässigkeit wie eine unüberwindbare Mauer vor sich hertrugen. Genüsslich zog Kruse zum dritten Mal an diesem Abend seinen Dienstausweis hervor und hielt ihn dem grinsenden Fährmann demonstrativ direkt vor die Nase. »Und?«

Augenblicklich stand der zuvor so lässige Fährmann stramm wie ein Rekrut im ersten Ausbildungsjahr. »Oh… äh… Verzeihung, Herr Kommissar«, stammelte er plötzlich kleinlaut und gab Kruse die gewünschte Auskunft mit einer überraschenden Eilfertigkeit.

»Geht doch, vielen Dank«, sagte der genervte Ermittler knapp und kurbelte die Seitenscheibe seines Wagens wieder hoch.

Der nun sichtlich eingeschüchterte Fährmann ging mit einem versteinerten Gesichtsausdruck zurück in seinen kleinen Führerstand und bereitete wortlos das Anlegemanöver vor. Seine plötzliche Ehrfurcht vor der Autorität war beinahe greifbar.

***

»Bäckerei Schiller«, wiederholte Hugo die Frage des Kommissars am nächsten Tag mit nachdenklich gerunzelter Stirn. »Puh… da muss ich erst mal tief in meinem Gedächtnis graben.«

Der alte Fährmann kramte gemächlich in der abgewetzten Jackentasche nach seiner geliebten Pfeife. Mit zwei geübten Schlägen klopfte er die erkaltete Asche aus dem braunen Kopf in den gläsernen Aschenbecher – eine Bewegung, so routiniert wie das Ein- und Ausatmen. Äußerlich schien er die sprichwörtliche Ruhe in Person zu sein, doch hinter seiner wettergegerbten Stirn tanzten die Gedanken wie aufgepeitschte Wellen bei aufkommendem Sturm.

Bedächtig griff er in eine kleine, silberfarbene Blechdose, deren Oberfläche von unzähligen feinen Kratzern und kleinen Dellen übersät war, und holte eine Prise grob geschnittenen Tabak heraus. Mit ruhiger Hand stopfte er den Pfeifenkopf und entzündete den »Rotzkocher« mit einem knisternden Streichholz. Ein paar tiefe Züge, dann entwich eine dichte, süßlich-herbe Rauchwolke aus seinem Mund, die sich gemächlich zwischen den beiden Männern ausbreitete.

Kruse verzog unmerklich das Gesicht und wedelte mit der Hand vor seiner Nase, um sich notdürftig Luft zu verschaffen.

»Jo… früher gab's hier tatsächlich mal einen Bäcker mit dem Namen Schiller. Glaube ich zumindest, mal irgendwo gehört zu haben«, murmelte Hugo schließlich, langsam und vage, als würde er durch Nebel hindurch an eine ferne Erinnerung tasten.

»Und wissen Sie vielleicht auch noch, wo genau diese Bäckerei war?«, hakte Kruse nach, die Ungeduld bereits spürbar in seiner Stimme.

»Vielleicht… vielleicht in der Rosenstraße. Die heißt heute Fährstraße, wenn ich mich nicht irre. Oder war es die Poststraße?«, antwortete Hugo langsam. »Aber eine genaue Hausnummer? Nee, die hab ich nicht mehr im Kopf. Ich könnte Sie aber hinbringen, wenn Sie möchten.«

»Das ist nicht nötig, trotzdem danke für das Angebot«, winkte Kruse ab. »Wissen Sie denn zufällig, ob es diese Bäckerei heute noch gibt? Und wer sie betreibt?«

»Ja, ja, die gibt's noch. Wird seit vielen Jahren von den Dresslers geführt«, sagte Hugo, bevor er erneut eine dicke, nach altem Tabak duftende Rauchwolke in die Luft stieß.

Kruse verzog das Gesicht. Für einen Moment kam es ihm so vor, als wolle der alte Mann ihm nicht nur Geschichten erzählen, sondern mit seinen Rauchzeichen auch Botschaften senden – vielleicht sogar jemanden unauffällig warnen. Ein leiser Verdacht keimte in ihm auf.

»Vielen Dank, Herr Schulz. Sie haben mir wirklich weitergeholfen«, sagte Kruse schließlich und verabschiedete sich knapp, aber höflich.

Er trat hinaus in den feuchten Vormittag, wo feiner Regen vom grauen Himmel nieselte. »Jetzt suche ich also nach einer alten Bäckerei, anstatt nach dem verdammten Mörder«, murmelte er missmutig. »Dieses verschlafene Kaff macht mich noch ganz irre.«

Kruse stieg in seinen Wagen, schloss die Tür mit einem dumpfen Schlag und fuhr langsam die schmale Fährstraße entlang. Der Blick des Kommissars glitt über die hohen, aus rotem Backstein gemauerten Häuser, die dicht an dicht an der Straße standen.

Und dann tauchte es vor ihm auf – ganz unscheinbar und doch sofort ins Auge springend: »Steinofenbäckerei« stand in kunstvoll geschwungenen Lettern auf einem schmiedeeisernen Nasenschild, das leicht im Wind schwankte und an der verwitterten Hauswand befestigt war.

»Das muss sie sein«, dachte Kruse mit einem Anflug stiller Genugtuung und lenkte seinen BMW an den Straßenrand.

Kaum hatte Kruse den ersten, vorsichtigen Schritt in den nach frischem Brot und Zimt duftenden Laden gesetzt, da empfing ihn bereits das warme Lächeln einer älteren Dame. Ihre freundlichen, grauen Augen funkelten hinter einer schlichten Brille, und über ihrer sauberen, weißen Schürze lag eine natürliche Herzlichkeit, wie man sie nur noch selten fand.

Etwas an ihr – vielleicht das ruhige Wesen, vielleicht der sanfte Tonfall – erinnerte ihn für einen flüchtigen Moment an seine Großmutter. An eine Zeit, die längst vergangen war und doch nie ganz verschwunden.

»Was darf es denn für Sie sein, mein lieber Herr?«, fragte sie mit einer Stimme so weich wie ein frisch gebackenes Franzbrötchen. Ihr Lächeln ließ den kleinen Laden aufleuchten, als hätte jemand eine verborgene Lampe entzündet.

Kruses Blick glitt verlegen über die liebevoll bestückte Auslage hinter dem gläsernen Tresen – goldene Krusten, duftende Backwaren, alles wirkte ein wenig zu friedlich für den Grund seines Besuchs.

»Äh… geben Sie mir bitte zwei von den… da«, sagte er schließlich und deutete mit dem Finger auf zwei glänzende Franzbrötchen, die in der Ecke des Blechtabletts lagen – ein flüchtiger Vorwand, um das Gespräch einzuleiten, das er eigentlich zu führen gedachte.

»Sehr gerne, eine ausgezeichnete Wahl!«, sagte die freundliche Verkäuferin – oder war sie vielleicht sogar die Bäckersfrau persönlich?

Kruse wollte es genau wissen.

Mit der Zurückhaltung eines Mannes, der sich noch nicht ganz sicher ist, ob er gerade ein Brötchen oder ein Geheimnis bestellt, fragte er vorsichtig: »Sagen Sie, arbeiten Sie hier, oder…?«

Die ältere Dame unterbrach ihn mit einem Lächeln, das so entwaffnend war wie eine offene Haustür an einem warmen Sommerabend. »Diese kleine Bäckerei gehört mir«, sagte sie mit leiser Würde und streckte ihren von jahrzehntelanger, ehrlicher Arbeit gezeichneten Körper ein wenig in die Höhe. In ihrer Haltung lag Stolz, aber kein Hochmut – eher das stille Selbstbewusstsein einer Frau, die mehr erlebt hatte, als sie preisgab.

»Oh, das ist ja schön. Vielleicht könnten Sie mir dann weiterhelfen«, setzte Kruse an.

»Wenn es um unsere Backwaren geht, ganz bestimmt«, entgegnete sie mit trockenem Humor – ein feines Spiel zwischen Freundlichkeit und Distanz. Doch Kruse bemerkte, dass ihr Lächeln nicht mehr ganz die Augen erreichte. Etwas hatte sich verändert.

Die Frau war aufmerksam, zu aufmerksam vielleicht. Ihre Pupillen flackerten wie eine Kerzenflamme im Zugwind, auf der Suche nach einem festen Punkt. Sie schien innerlich bereits auf dem Sprung, als könnte seine nächste Frage etwas enthüllen, das lange unter Mehl und Erinnerung vergraben lag.

Kruse spürte es: Diese Frau wusste etwas. Oder sie ahnte zumindest, worauf er hinauswollte.

»War dieses Geschäft hier früher einmal die Bäckerei Schiller – oder gab es hier in Osten einen Bäcker mit diesem Namen?«, fragte Kruse nun direkt, ohne Umschweife.

Die Bäckersfrau hob überrascht die Augenbrauen. »Das ist aber merkwürdig. Sie sind tatsächlich schon der Zweite, der mir diese Frage stellt.«

Kruse wurde augenblicklich hellhörig. »Ach ja? Und könnten Sie mir diese Frage vielleicht auch beantworten?«, hakte er nach, nun mit geschärftem Ton.

Die Dame musterte ihn aufmerksam, ihr Blick prüfend, das Lächeln auf den Lippen nicht mehr ganz so offenherzig wie noch zuvor. »Wenn Sie mir freundlicherweise verraten, wer Sie sind – und vor allem, warum Sie sich nach dieser alten Bäckerei erkundigen«, entgegnete sie, nun deutlich zurückhaltender. Die Wärme in ihrer Stimme war einem abwägenden Ernst gewichen. Nur ein feines Zucken ihrer Mundwinkel ließ erahnen, dass sie noch immer bereit war, freundlich zu bleiben – aber nicht mehr bedingungslos.

Kruse zögerte keine Sekunde.

Routiniert griff er in die Innentasche seines gut sitzenden Mantels, zog das schlichte, dunkelbraune Lederetui hervor und klappte es mit geübter Geste auf. Der Dienstausweis funkelte in der gedämpften Ladenszenerie wie ein offizieller Paukenschlag.

»Oh – das… das wusste ich ja nicht, Herr Kommissar Kruse«, sagte die Frau leise, während sich ihre Haltung unmerklich veränderte. In ihren wachen Augen spiegelte sich nun das beginnende Begreifen. »Geht es etwa um den Mann, der… der auf der Schwebefähre gefunden wurde?«

Kruse nickte knapp. »War er es, der Sie ebenfalls nach der Bäckerei Schiller gefragt hat?«

Er griff erneut in seine Manteltasche und legte das Foto von Georg Johannson, das er aus Hamburg erhalten hatte, auf die gläserne Theke. Ihre Reaktion ließ nicht lange auf sich warten.

»Ja, genau – das ist der Mann«, sagte sie nach einem kurzen, zögernden Nicken.

»Und was genau haben Sie ihm auf seine Frage geantwortet?«, fragte Kruse und schob das Foto wortlos zurück in seine Tasche. Dann bezahlte er die beiden Franzbrötchen, die noch immer appetitlich in ihrer Tüte auf ihn warteten.

»Er wollte von mir wissen, wohin die Schillers damals gezogen sind, nachdem sie ihre Bäckerei hier aufgegeben hatten«, sagte Frau Dressler und schüttelte leicht den Kopf. »Aber wie soll ich das wissen? Wohin all die Bäckergesellen verschwunden sind, die vor beinahe siebzig Jahren bei meinen Vorfahren gearbeitet haben?«

Ihr Blick verlor sich kurz in der Vergangenheit, während sich langsam wieder das milde Lächeln auf ihrem Gesicht ausbreitete – wie Sonnenlicht, das zaghaft durch eine Regenwolke bricht. Dann fügte sie in sanfterem Ton hinzu: »Wenn man den alten Geschichten Glauben schenken mag, dann brachte der Bau dieser imposanten Schwebefähre der Familie Schiller jedenfalls kein Glück.«

Kruse beugte sich ein wenig näher, sein kriminalistischer Spürsinn hellwach. »Was genau meinen Sie damit?«, fragte er ruhig, doch mit hörbarem Nachdruck.

Frau Dressler nickte langsam, als sortiere sie innerlich ihre Worte. »Nun ja, es wurde sich hier im Dorf immer erzählt, dass einer der Bauarbeiter damals ein heimliches Verhältnis mit der Tochter des Bäckergesellen Schiller hatte – ein hübsches, junges Ding, wie man sagt. Kurz darauf soll der Bauarbeiter spurlos verschwunden sein. Einfach weg. Keiner hat ihn je wieder auf der Baustelle gesehen. Natürlich war das nie offiziell – es wurde nur getuschelt. Aber solche Geschichten halten sich hier eben hartnäckig.« Sie zuckte leicht mit den Schultern, der Blick nun ein wenig verlegen. »Mehr weiß ich wirklich nicht, Herr Kommissar.«

Kruse nickte dankend. »Vielen Dank für Ihre Zeit, Frau Dressler. Und für die Franzbrötchen. Auf Wiedersehen.«

Mit schnellen Schritten verließ er die kleine Bäckerei und trat hinaus, die Straßen glänzten noch immer von dem andauernden Nieselregen. Die Andeutungen der Bäckerin wirbelten in seinem Kopf wie lose Blätter im Wind. Irgendetwas an dieser alten Geschichte war mehr als bloß Dorfklatsch – das spürte er.

»Warum in aller Welt wollte dieser Georg Johannson nach all den Jahren wissen, wo die Familie Schiller geblieben ist?«, murmelte Kruse nachdenklich, während er in seinen Wagen stieg.

Er griff in die Papiertüte, zog eines der noch warmen Franzbrötchen hervor und biss hinein. Der süße Zimt, die Butter, der zarte Knusper – ein köstlicher, beinahe tröstlicher Kontrast zu den düsteren Gedanken, die ihn umtrieben. Für einen flüchtigen Moment schien es, als hätte dieses Gebäck die Kraft, selbst einen gequälten Kriminalhauptkommissar wieder auf Kurs zu bringen.

***

»Es muss also irgendeine Verbindung geben zwischen Georg Johannson, der Tochter des damaligen Bäckergesellen Schiller und einem der Bauarbeiter von der Schwebefähre im Jahr 1909«, sinnierte Kruse laut. Seine Stimme hallte leicht in der kargen Amtsstube wider, deren schlichte Holzmöbel von Jahrzehnten provinzieller Routine zeugten.

Günter Dunkelmann, der ortsansässige Dorfpolizist, saß ihm gegenüber, die Stirn in Falten gelegt. »Vielleicht«, murmelte er zögernd, »aber das ist verdammt lange her, Herr Kommissar. In der Zeit ist viel Wasser die Oste rauf- und wieder runtergeschwappt.«

Kruse ließ seinen Blick nicht von ihm weichen. »Sie kommen doch von hier, Herr Dunkelmann. Sie kennen Land und Leute wie Ihre eigene Westentasche, nicht wahr?«

Günter nestelte verlegen an seinem Krawattenknoten, als wolle er sich an ihm festhalten. »Ja, das stimmt wohl. Aber von einem Bäckergesellen namens Schiller habe ich noch nie gehört – ehrlich gesagt, bis heute kein einziges Mal.«

Er hielt kurz inne, dann schob er beinahe entschuldigend hinterher: »Meine Familie stammt ursprünglich aus Freiburg an der Elbe. Erst nach dem Krieg sind wir endgültig nach Osten gezogen. Da war die Geschichte mit der Fähre schon längst Dorflegende.«

Kruse nickte langsam. »Das glaube ich Ihnen gern. Woher sollten Sie auch die Namen all jener kennen, die damals hier als Gesellen, Tagelöhner oder Bauarbeiter ihr Leben fristeten – besonders, wenn Sie zu der Zeit noch nicht einmal geboren waren.«

Sein Ton war verständnisvoll, aber sein Blick blieb forschend. Er musterte Dunkelmann genau, achtete auf jedes Zucken im Gesicht, jede Unsicherheit in der Haltung. In einem Fall wie diesem war selbst das kleinste Zögern ein mögliches Puzzlestück.

»Trotzdem«, sagte Kruse nach einem Moment des Schweigens, »selbst Legenden wurzeln meist in etwas Reellem. Und irgendetwas sagt mir, dass diese alte Geschichte mit dem verschwundenen Bauarbeiter nicht nur Tratsch von vorgestern ist.«

Kruse ließ sich von Günters aufbrausender Reaktion nicht im Geringsten beeindrucken. Seine Stimme blieb ruhig, aber sie war von einer Autorität durchzogen, die keinen Widerspruch duldete.

»Deswegen bitte ich Sie ja auch nicht, sie persönlich zu befragen, Herr Dunkelmann«, entgegnete er knapp. »Aber ich gehe stark davon aus, dass es im Gemeindearchiv alte Listen, Baupläne oder Personalverzeichnisse gibt. Vielleicht sogar Rechnungsbücher, Lohnabrechnungen oder Anträge zur Errichtung der Fähre. Irgendetwas wird es geben. Und ich bin sicher, dass Sie wissen, wo man suchen muss.«

Günter presste die Lippen aufeinander, seine Kiefermuskeln arbeiteten. Er mochte es nicht, wenn man ihm die eigene Trägheit derart elegant vor Augen führte.

»Ich schau mal, was ich auftreiben kann«, knurrte er schließlich und rutschte schwerfällig auf seinem Holzstuhl hin und her, als müsste er sich erst körperlich in die richtige Position bringen, um sich einer Aufgabe dieser Größenordnung überhaupt zu stellen.

Kruse beugte sich ein Stück vor. »Und wenn Sie schon dabei sind – schauen Sie auch nach alten Einwohnerlisten. Vielleicht findet sich ein Hinweis auf die Familie Schiller. Selbst ein Umzug oder ein Hausverkauf könnte dokumentiert worden sein. Jeder kleine Zettel kann wichtig sein.«

Günter seufzte resigniert und griff mit demonstrativer Langsamkeit zu einem abgegriffenen Notizblock, auf dem er widerwillig zu schreiben begann. Kruses Blick blieb derweil auf dem Fenster hängen, durch das man auf die regennasse Straße hinausblickte.

»Die Vergangenheit vergisst nie ganz«, murmelte er fast mehr zu sich selbst. »Sie wartet geduldig auf den richtigen Moment, wieder ans Licht zu treten.«

Dann wandte er sich mit einem letzten, scharfen Blick an Dunkelmann: »Melden Sie sich, sobald Sie etwas gefunden haben. Auch wenn es Ihnen unwichtig erscheint.«

Der Dorfpolizist nickte wortlos. Die Stimmung im Raum war schwer wie das Grau des Himmels draußen.

Günter Dunkelmann schluckte hörbar, während er die angespannte Atmosphäre mit einem gezwungenen Nicken zu durchbrechen versuchte. »Jawohl, Herr Kommissar. Ich… ich kümmere mich darum.« Er erhob sich langsam von seinem Stuhl, als müsse er sich innerlich erst auf die bevorstehende Archiv-Odyssee einschwören.

Kruse nickte zufrieden, griff nach seinem Mantel, den er lässig über den Arm warf, und verließ mit knappen

Schritten das kleine Polizeibüro. Draußen hatte der Regen inzwischen aufgehört, doch die Wolken hingen weiterhin schwer und bleiern über dem Ort, als würden sie die aufkeimende Unruhe in Kruses Innerem widerspiegeln.

»Der Ortsheimatpfleger also«, murmelte er vor sich hin und schlug den Kragen seines Jacketts hoch, während er zu seinem Wagen zurückging. In seinem Kopf formten sich bereits neue Fragen, neue Verbindungen.

Wenn dieser Hartwig Pesch tatsächlich die alten Geschichten des Ortes kannte – und Kruse glaubte fest daran, dass er sie kannte –, dann war er möglicherweise der Schlüssel zu der Verbindung, die sich bislang nur wie ein unsichtbares Fädchen durch die Vergangenheit zog: die Geschichte der Familie Schiller, die junge Tochter, der verschwundene Bauarbeiter, und der Mann, der Jahrzehnte später als Georg Johannson bekannt wurde und tot auf der Schwebefähre endete.

Vielleicht würde Hartwig Pesch, der ewig neugierige Chronist des Dorfes, endlich Licht ins Dunkel bringen.

Kruse stieg in seinen Wagen, startete den Motor und fuhr los. Mit jedem Meter, den er dem kleinen Fachwerkhaus des Ortsheimatpflegers näherkam, spürte er das vertraute Prickeln, das ihn bei einem vielversprechenden Ermittlungspfad überkam.

Das beschauliche Dorf Osten war klein und überschaubar. Kaum hatte Kruse die Amtsstube des Dorfpolizisten Günter Dunkelmann verlassen, stand er schon vor dem schlichten Hauseingang von Hartwig Pesch. Mit einem kurzen Zögern drückte er auf den altmodischen Klingelknopf. Ein schrilles, metallisches Geräusch schnitt durch die feuchte Nachmittagsluft – unangenehm und unpassend für das betagte Gemäuer, das dahinter lag.

Kruse wartete einen Moment, dann klingelte er erneut, dieses Mal mit deutlich weniger Geduld. Es verging eine gefühlte Ewigkeit, bis sich hinter der modernen, kühlen Alutür endlich etwas rührte. Kruse verzog unwillkürlich das Gesicht. Dieser neue, seelenlose Baustil war ihm ein Dorn im Auge – alles Schöne und Traditionelle aus Holz war achtlos entfernt worden, ersetzt durch glattes, anonymes Metall. Eine architektonische Kapitulation vor dem Zeitgeist.

Die Tür öffnete sich schließlich einen schmalen Spalt. Ein hagerer Mann mit fast vollständig kahler Kopfhaut und einem altmodischen Monokel im linken Auge musterte ihn mit einem durchdringenden Blick.

Ohne ein Wort zu verlieren, hielt Kruse ihm seinen Dienstausweis entgegen, direkt unter die schmale, beinahe zierlich wirkende Nase – flach, fast feminin, wie aus einem anderen Jahrhundert.

»Oh… äh… ja, wie kann ich Ihnen behilflich sein?«, stammelte der überraschte Heimatpfleger nach einem Moment der Fassungslosigkeit.

Kruse ließ sich nicht aus der Ruhe bringen. »Darf ich vielleicht eintreten?«, fragte er mit ruhiger Stimme, in der jedoch ein Hauch von Nachdruck mitschwang. Sein Blick war scharf und forschend, bohrte sich geradewegs in das eine sichtbare Auge hinter dem Einglas.

Hartwigs Monokel verrutschte kurz und schien aus dem Augenwinkel zu kippen. »Äh, ja… natürlich, bitte sehr.« Mit spürbarem Widerwillen öffnete er die Tür ein Stück weiter, gerade so weit, dass Kruse sich daran vorbeischieben konnte.

Kaum hatte der Kommissar die Schwelle übertreten, schlug ihm ein muffiger, fast erdrückender Geruch entgegen – eine Mischung aus feuchtem Papier, vergilbten Buchseiten und längst vergangenem Leben. Instinktiv atmete er flacher.

»Wie… wie kann ich Ihnen denn nun behilflich sein, Herr…?«, fragte Hartwig schließlich, nachdem er seinen unangekündigten Besucher ausgiebig und mit spürbarem Argwohn gemustert hatte. »Oh, entschuldigen Sie bitte meine Unhöflichkeit«, setzte er rasch nach und schüttelte leicht den kahlen Kopf. »Wo bin ich nur wieder mit meinen wirren Gedanken«, murmelte er, ehe er auf eine schwere Holztür deutete. »Kommen Sie, bitte – hier entlang. Folgen Sie mir doch.«

Kruse trat hinter dem merkwürdigen Mann her in die sogenannte »gute Stube« – ein Raum, der sich hartnäckig gegen jeden Fortschritt gewehrt zu haben schien. Es war, als hätte die Zeit hier vor Jahrzehnten ihren letzten Atemzug getan. Nur ein ruhiges, stetiges *»Tick-Tack«* war zu hören – das rhythmische Pendeln einer alten Standuhr in der Ecke, deren vergoldetes Uhrwerk leise gegen das Vergehen anarbeitete.

Kruse mochte solche Stücke. Sie erinnerten ihn an seine Kindheit – oder vielleicht auch nur an das, was er sich darunter vorstellte.

Das übrige Mobiliar wirkte, als stamme es direkt aus der Nachkriegszeit. Das dunkelbraune Ledersofa war noch erstaunlich gut in Schuss, während der abgewetzte Ohrensessel am Fenster – offensichtlich Peschs Stammplatz – längst bessere Tage gesehen hatte. Der ehemals edle Polsterstoff war an den Lehnen abgewetzt, übersät mit kleinen Löchern, wie Spuren einer hartnäckigen Erinnerung, die sich nicht abschütteln ließ.

Unzählige Bücher, lose Zettel, vergilbte Zeitungsartikel und allerlei anderes Papierwerk türmten sich chaotisch auf dem kleinen, hölzernen Couchtisch. Die tapezierten Wände waren fast vollständig von schweren Bücherregalen bedeckt, die mehr Lesestoff fassten, als Kruse in seinem ganzen Leben je zu Gesicht bekommen hatte. Zur spärlichen Unterhaltung diente ein altes Röhrenradio mit vergilbten Kunststofftasten, das verloren auf einer staubigen Anrichte stand.

Die schweren, dunklen Vorhänge waren bis zum knarrenden Holzboden hinabgezogen und ließen kaum Licht ins Zimmer. Ein fahles, diffuses Halbdunkel füllte die »gute Stube«, das alles in ein düsteres, beinahe gespenstisches Licht tauchte.

»Ein wirklich beeindruckendes Arbeitszimmer haben Sie hier, Herr Pesch«, sagte Kruse, bemüht, die seltsame Stille und die unheimliche Atmosphäre ein wenig aufzulockern. Ein höflicher Versuch, das Eis zu brechen.

Hartwig ließ sich mit einem leisen Stöhnen in seinen abgewetzten Ohrensessel sinken und winkte Kruse mit einer vagen Geste zur Sitzgruppe. Der Kommissar schob vorsichtig einen Stapel vergilbter Tageszeitungen beiseite und nahm behutsam auf dem knarrenden Ledersofa Platz. Er wollte vermeiden, den jahrzehntealten Staub aufzuwirbeln, der sich tief in den müden Polstern festgesetzt hatte.

»Nun denn, was genau kann ich für Sie tun, mein Herr? Wie kann ich Ihnen behilflich sein?«, fragte Hartwig schließlich mit einer leicht brüchigen Stimme. Seine Finger spielten nervös am Rand des Monokels, das fest in seinem linken Auge saß.

»Lieber Herr Pesch«, begann Kruse ruhig, aber mit einem gewissen Nachdruck in der Stimme. »Sie sind doch zweifellos der Mann der Geschichte hier in Osten – das lebendige Zentralarchiv dieses beschaulichen Dorfes.«

Er ließ seine Worte wirken, während er jede noch so kleine Regung im Gesicht seines Gegenübers aufmerksam beobachtete. »Wenn sich jemand in der reichen Vergangenheit dieses Ortes auskennt, dann doch wohl Sie.«

Hartwig wirkte von dieser schleimigen Ansprache sichtlich geschmeichelt, beinahe ein wenig verlegen. Sein Blick senkte sich auf den hohen Bücherstapel, der sich wie eine kleine Bastion zwischen ihm und dem Kommissar auf dem Couchtisch auftürmte. Unsicher griff er nach einem der vergilbten Bände, schlug es auf und blätterte ziellos durch die brüchigen Seiten. Für Kruse sah es aus, als würde der eigenwillige Heimatpfleger innerlich abwägen, was er preisgeben konnte – und was besser nicht.

Feiner Staub stieg bei jeder Bewegung aus dem Buch auf, wirbelte durch die wenigen Lichtstrahlen, die sich durch die schweren Vorhänge ins Zimmer schoben. Ein geradezu zeitloses Bild, als hätte man versehentlich in ein anderes Jahrhundert geblickt.

»Herr Pesch?«, holte Kruse ihn sanft, aber bestimmt aus seinen Gedanken zurück.

»Äh… ja, natürlich, mein Herr. Selbstverständlich bin ich mit der wechselvollen Geschichte unseres geliebten Ortes bestens vertraut«, antwortete Hartwig nun mit festerer Stimme. Der Griff um das Buch in seinen Händen hatte sich beruhigt, seine Haltung wurde ruhiger.

»Was genau… was genau möchten Sie denn wissen?«

Kruse lehnte sich ein Stück nach vorne, seine Stimme blieb ruhig, doch in seinem Blick lag ein aufmerksames Funkeln.

»Sie haben doch sicher von dem Mord auf der Schwebefähre gehört. Vielleicht in der Zeitung darüber gelesen? Er war ja in aller Munde.«

»Äh… ja, natürlich, Herr Kommissar. Ganz furchtbar, wirklich… so etwas – hier, bei uns im sonst so stillen, friedlichen Osten«, murmelte Hartwig und legte das vergilbte Buch mit spürbarer Zurückhaltung zur Seite. Dabei rutschte ihm prompt das Monokel aus dem linken Auge, als wolle es sich der Konfrontation ebenso entziehen wie sein Träger. Nervös nestelte er an dem feinen Goldrahmen, der nun auf halbem Weg zwischen Knie und Nasenrücken baumelte.

Kruse ließ ihm keine Zeit zum Sammeln.

»Der Name des Toten war Georg Johannson«, erklärte er mit ruhiger Stimme – eine Information, die bislang noch nicht an die Öffentlichkeit gedrungen war.

Hartwigs Finger hielten inne.

»Johannson, sagen Sie?«, wiederholte er gedehnt, während er sich das Monokel mit geübter Bewegung zurück an seinen Platz schob. Das vergrößerte Auge, das ihn nun musterte, schien beinahe grotesk übergroß – ein verzerrter Spiegel innerer Unruhe.

»Ja. Georg Johannson. Sagt Ihnen der Name etwas?«, hakte Kruse gezielt nach, seine Stimme jetzt fester, sein Blick durchdringend.

Es folgte eine lange, drückende Stille, in der nur das stetige Ticken der Standuhr zu hören war. Minuten schienen zu verstreichen, ehe Hartwig sich schließlich zu einer Antwort rang.

»Nein«, sagte er knapp. »Dieser Name sagt mir im Moment leider überhaupt nichts.«

Die Worte kamen beinahe mechanisch, seine Stimme klang leer, beinahe entkoppelt von dem Mann, der sie sprach. Sein Blick wich aus, zurück zu dem Bücherstapel, als würde er dort Schutz suchen vor dem, was in ihm arbeitete.

Kruse lehnte sich leicht vor. Etwas in Hartwigs Verhalten ließ ihn spüren: Der alte Mann wusste mehr, als er zugeben wollte.

»Ach, kommen Sie schon, Herr Pesch«, sagte er leise, aber mit Nachdruck. »Sie wissen doch sicher mehr, als Sie gerade preisgeben wollen. Oder etwa nicht?«

Er ließ ihm keine Zeit zu antworten. »Und was ist mit dem Bäckergesellen Schiller? Haben Sie je von ihm gehört?«

Kruses Blick wurde schärfer, fast wie das Licht eines Scheinwerfers in einem dunklen Verhörraum. Der Heimatpfleger wirkte nun sichtlich kleiner, älter – gezeichnet von irgendetwas, das tief unter der Oberfläche brodelte.

Kruse versuchte es nun mit einem anderen Ton. Ein wenig nachlässiger, beinahe beiläufig, während er sich auf dem staubigen Sofa zurücklehnte.

»Sagen Sie mal, Herr Pesch – was haben Sie eigentlich früher gemacht, bevor Sie sich in dieses sicherlich ehrenwerte und zeitraubende Ehrenamt gestürzt haben?«

Er setzte ein freundliches Lächeln auf, das seine eigentliche Absicht kaum verbarg: den alten Mann in ein Gespräch zu verwickeln, das vielleicht mehr preisgeben würde, als ihm bewusst war.

Wieder vergingen lange, zähe Sekunden, in denen Hartwig Pesch scheinbar in sich hineinlauschte. Nur ein kaum wahrnehmbares Zucken seiner schmalen Lippen deutete schließlich eine Antwort an.

»Ich… war Lehrer. Musik und Geschichte. Am Gymnasium. Bis zu meiner Pensionierung vor etwa zehn Jahren«, sagte er stockend. Seine Stimme hatte an Festigkeit gewonnen, so als gäbe ihm die Erinnerung an diesen Lebensabschnitt Halt. Er richtete seinen schmalen Oberkörper mit neuer Haltung auf, beinahe würdevoll. Mit fast pedantischer Genauigkeit setzte er das Monokel erneut zurück an seinen angestammten Platz – genau dort, wo es über die Jahre tiefe, dunkle Abdrücke in die empfindliche Haut gemeißelt hatte.

»Lehrer also. So, so.« Kruse nickte langsam, ein Gedanke formte sich in seinem Hinterkopf. »Und an welcher Schule genau?«

»Am Athenaeum in Stade. Eine ehrwürdige Anstalt, wie Sie vielleicht wissen.« In Hartwigs Stimme schwang ein leiser Stolz mit, der kurzzeitig die Schatten seiner Nervosität verdrängte.

Kruse runzelte die Stirn. »Das ist ja ein Ding! Dort hab ich auch mal die Schulbank gedrückt…«

Er stockte. Bilder flackerten auf – schemenhafte Erinnerungen an lange Flure, knarrende Treppen, das Kreischen von Kreide auf der Tafel, dumpfe Pausenglocken. War es möglich?

Hartwig beugte sich nun leicht nach vorn, musterte den Ermittler forsch. »Wie war Ihr Name doch gleich, junger Mann?«

»Bernhard Kruse«, antwortete dieser, ohne zu zögern.

Hartwig runzelte die Stirn, ließ seinen Blick prüfend über Kruses Gesicht gleiten. Dann ein leises Kopfschütteln. »Nein, Sie habe ich nicht unterrichtet. Aber… ich erinnere mich an eine Lehrerkonferenz. Damals gab es Überlegungen, Sie vorzeitig von der Schule zu entfernen.«

Kruse hob überrascht die Augenbrauen. »Wirklich?«

»Wenn ich mich recht entsinne – Sie haben doch einem älteren Jungen auf dem Schulhof die Nase gebrochen?«

Einen Moment lang sagte Kruse nichts. Dann schlich sich ein amüsiertes, fast jugendliches Lächeln auf seine Lippen.

»Ja. Ja, das stimmt. Das hatte ich völlig verdrängt. Der Typ hat einen der Kleinen gepiesackt. Ich konnte einfach nicht tatenlos zusehen.«

Hartwig nickte langsam. »Schon damals war Ihr unerschütterlicher Gerechtigkeitssinn wohl fest in Ihnen verankert, nicht wahr, junger Mann?«

Ein kaum merkliches, melancholisches Lächeln huschte über seine schmalen Lippen – wie eine ferne Erinnerung, die kurz aufflackert und dann wieder im Staub der Jahre verschwindet.

Kruse lehnte sich leicht vor. »Wo wir gerade von alten Geschichten sprechen… Herr Pesch, glauben Sie, Sie könnten mir bei meinem aktuellen Fall behilflich sein?«

In diesem Moment kehrte auch eine andere Erinnerung zurück – an einen Spitznamen, der heimlich hinter vorgehaltener Hand die Runde machte: Der Geschichtstyrann.

Hartwig erhob nun langsam das Kinn und sah ihn mit einer ungewohnt klaren Schärfe an – einem Blick, so durchdringend und wach wie damals auf dem Schulhof, als er Kruse einst mit ernster Miene davon abhielt, dem bereits blutenden Peiniger einen weiteren, »wohlverdienten« Schlag zu verpassen.

»Junger Mann«, sagte er ruhig, »selbstverständlich stelle ich mein bescheidenes Wissen jederzeit in den Dienst der ehrenwerten Exekutive.«

Den Namen Hartwig Pesch hatte Kruse all die Jahre erfolgreich aus seinem Gedächtnis verbannt. Doch nun, angesichts dieses unerwarteten Wiedersehens, kehrte die

Szene von damals mit schmerzlicher Deutlichkeit zurück. Er sah sich wieder auf dem staubigen Schulhof des Athenaeums – den weinenden Jungen zu seinen Füßen, seine eigene Faust noch in der Luft, und den »Geschichtstyrann« dazwischen, streng, resolut und mit einem Griff am Arm, der ihn zurückhalten wollte.

In seiner jugendlichen Rage hatte Kruse den Lehrer damals grob weggestoßen – ein unbedachter Reflex, der beinahe sein Ende auf dem Gymnasium bedeutet hätte. Wegen *»unentschuldbarer Handgreiflichkeiten gegen ein Mitglied des Lehrkörpers«* war er nur knapp einem Schulverweis entgangen. Eine strenge Ermahnung, eine schriftliche Verwarnung und die ständige Drohung des endgültigen Rauswurfs begleiteten seine restliche Schulzeit wie ein Schatten.

»Sind Sie denn immer noch so ein Hitzkopf wie damals?«, fragte Hartwig nun, ein feines, wissendes Lächeln umspielte seine Lippen. Auch seine Augen schienen für einen Moment im Licht alter Erinnerungen zu leuchten.

Kruse erwiderte das Lächeln mit einem kaum merklichen Augenzwinkern. »Kommt ganz darauf an, Herr Pesch. Aber wenn jemand sich an Schwächeren vergreift… dann kenne ich auch heute noch keine Gnade.«

Hartwig nickte langsam, und in seinem Blick lag ein Anflug von Anerkennung. »Wissen Sie, Herr Kommissar… damals, als dieses technische Wunderwerk hier errichtet wurde – unsere Schwebefähre –, da war in

Osten der Teufel los. Man kann es sich heute kaum noch vorstellen.«

Seine Stimme hatte sich verändert, wurde weicher, fast verklärt, während seine Gedanken sich zurück in eine Zeit bewegten, die von Aufbruch und Chaos gleichermaßen geprägt war.

»Unsere kleinen Wirtschaften, und davon gab es damals nicht wenige – um die Zwanzig, wenn ich mich recht entsinne – die lebten prächtig von den Bauarbeitern. Und die waren dem Alkohol nicht gerade abgeneigt. Es wurde viel getrunken. Zu viel. Und es geschahen Unfälle… viele davon tragisch. Manche tödlich.«

Er machte eine Pause. Etwas in seinem Gesicht veränderte sich – der schmale Mund wirkte plötzlich trocken, die Lippen spröde. Mit schwerem Seufzen erhob sich Hartwig aus dem tief eingesessenen Sessel, seine Bewegungen langsam, wie von der Vergangenheit beschwert.

»Ein kleines Schlückchen, Herr Kommissar? Ein Glas Wein vielleicht?«

Kruse reagierte sofort, ohne auch nur zu überlegen. Die Vorstellung, in dieser staubgeschwängerten Stube einen alten, möglicherweise selbst angesetzten Tropfen zu trinken, ließ ihn innerlich zusammenzucken.

»Nein, vielen herzlichen Dank, Herr Pesch«, sagte er ruhig, aber bestimmt.

Hartwig schleppte sich mit müden, steifen Beinen über den abgetretenen Teppich davon. Kruse warf einen ungeduldigen Blick auf seine Armbanduhr. Sein Feierabend war längst überfällig, schon vor Stunden hätte er zu Hause sein wollen. Doch irgendetwas hielt ihn – ein flüchtiger Verdacht, eine kaum greifbare Ahnung.

Endlich kehrte der alte Heimatpfleger zurück. In der zittrigen Hand hielt er eine angestaubte Flasche Rotwein, aus der jahrelanger Stillstand zu sprechen schien. »Der Korken wollte partout nicht«, murmelte er entschuldigend und ließ sich mit einem Ächzen in seinen tiefen Sessel zurücksinken.

Mit prüfendem Blick hob er ein offensichtlich oft benutztes Weinglas gegen das schwache Licht der alten Wohnzimmerlampe. Der Staub auf dem Glas schien sich kaum von dem auf den Vorhängen zu unterscheiden.

»Geht noch«, meinte er zufrieden und schenkte sich großzügig den rubinroten Wein ein. Der Tropfen schimmerte dunkel in seinem Glas, fast wie geronnenes Blut.

»Sie wollen wirklich nichts?«, wiederholte Hartwig seine freundliche, beinahe einladende Frage.

»Nein, danke, Herr Pesch. Erzählen Sie mir lieber von den Unfällen, die sich damals beim Bau der Schwebefähre ereignet haben sollen.« Kruse versuchte, den alten Mann auf Kurs zu halten. Er hoffte auf Hinweise – auf verborgene Spuren, die irgendwo tief in der Vergangenheit verschüttet lagen. Vielleicht war die Lösung seines Falls genau dort zu finden – in einer Zeit, die seit mehr als sechzig Jahren im Schatten lag.

Hartwig nippte genüsslich an seinem Glas, schloss kurz die Augen, als der Wein seine Kehle hinunterglitt. Für einen Moment schien die Zeit stillzustehen. Dann begann er zu sprechen – mit leiser, fast beschwörender Stimme:

»Ich erinnere mich dunkel an eine besonders tragische Geschichte… sie spielte sich oben auf der Brückenkonstruktion ab, damals, kurz vor der Fertigstellung. Ein junger Mann arbeitete dort als Maler – einer, der weder hören noch sprechen konnte. Ein fleißiger Kerl, gewissenhaft, immer pünktlich. Er war damit beauftragt, die Stahlträger der Schwebefähre mit einem schützenden Anstrich zu versehen. Damals verliefen schon Hochspannungsleitungen direkt über der Brücke – 4000 Volt führten die, stellen Sie sich das vor. Eine unsichtbare Gefahr, lautlos, tödlich.«

Hartwig machte eine Pause, sein Blick schweifte ins Nichts. Der Staub im Licht bewegte sich, als würde er von einer unsichtbaren Erinnerung aufgewirbelt.

»Seine Kollegen wussten um die Gefahr. Sie wollten ihn warnen. Also schrieben sie ihm eine klare Botschaft auf eine große Schiefertafel. Er las sie, nickte heftig. Gab ihnen zu verstehen, dass er alles verstanden hatte.«

Er schwieg. Nur das ruhige Ticken der Standuhr durchbrach die schwere Stille des Raumes.

»An jenem verhängnisvollen Tag regnete es unaufhörlich – ein kalter, durchdringender Regen, der selbst den zähesten Arbeiter in die Knie gezwungen hätte. Der junge Mann trug einen alten, viel zu großen Hut, dessen Stoff von der Nässe schwer und dunkel auf seinem Kopf klebte. Dann geschah das Unfassbare: Bei einer unbedachten Bewegung streifte der durchnässte Rand seines Hutes eine der lebensgefährlichen Hochspannungsleitungen, die wie lautlose Todesboten über der Brücke schwebten.

Der Stromschlag traf ihn mit brutaler Wucht. Ein grelles Zucken, dann völlige Reglosigkeit. Der Schlag war so heftig, dass er sofort das Bewusstsein verlor – schwerste Verbrennungen zeichneten sein Gesicht. Sein Körper hing leblos im Sicherheitsgurt, hoch oben über der reißenden Oste, die an diesem Tag wütend gegen die Ufer brandete.

Die entsetzten Kollegen handelten sofort. Mit zittrigen Händen und panischer Eile versuchten sie, ihn abzuseilen. Doch das Unglück nahm seinen Lauf: Während des hektischen Herablassens rutschte sein Körper durch die nasse, unzureichend gesicherte Schlinge. Er stürzte – ungebremst, unwiederbringlich. Mit voller Wucht schlug er auf dem harten Boden der Gondel auf.

Dort lag er nun, reglos. Dunkles Blut trat aus seiner Nase, aus seinem geöffneten Mund, sickerte langsam in die Ritzen des Holzbodens der ersten Fährgondel. Noch wenige, röchelnde Atemzüge, dann war es vorbei. Sein junges Leben erlosch im kalten Regen, hoch oben auf einer Brücke, die einst als Zeichen des Fortschritts gedacht war.«

Hartwig schwieg. Er hob das fast leere Glas, führte es mit zitternder Hand an die Lippen und nippte daran, als müsse er sich der Realität des Erzählten erneut vergewissern.

»Das war wirklich… tragisch«, sagte Kruse leise, sichtlich betroffen. Und doch konnte er sich eines leisen Zweifels nicht erwehren: Hatte Hartwig diese Geschichte nur erfunden, um ihn abzulenken? Oder steckte mehr dahinter?

Da setzte der alte Mann erneut an – seine Stimme klang nun anders, etwas klarer, beinahe amtlich, als würde er aus einem vergessenen Protokoll zitieren.

»Ich erinnere mich auch an eine Reihe unglücklicher Vorfälle, die sich ebenfalls im Zusammenhang mit dem Bau der Schwebefähre zugetragen haben sollen. Es war am 18. Mai 1909, gegen Mittag. Die Passagiere der Gustavsburger Fähre befanden sich gerade auf dem Weg vom Basbecker Ufer hinüber nach Osten – ein kleiner Kahn, überfüllt wie so oft. Zwei Männer warteten ungeduldig am Specken, um noch mit überzusetzen. Sie gestikulierten heftig, schrien dem Fährmann etwas zu.

Der zuständige Bauleiter, ein gewisser Diplomingenieur Pinette, stand an Bord. Kurzerhand entschloss er sich, die Richtung zu ändern, um die beiden Wartenden noch aufzunehmen. Eine fatale Entscheidung, wie sich zeigen sollte.«

Kruse hob plötzlich den Kopf. »Moment mal – sagten Sie Pinette? Etwa Louis Pinette? Der begabte Ingenieur, der einst bei Gustave Eiffel höchstpersönlich sein Handwerk gelernt hat?«

Hartwig wiegte den Kopf langsam hin und her, als wolle er die Frage abschätzen. »Nun, darüber weiß ich beim besten Willen nichts Genaueres. Solche Geschichten kursieren immer mal wieder, aber belastbare Belege sind mir nicht bekannt. Insoweit ich informiert bin, hieß der Bauleiter Max mit Vornamen, Ihre Version ist erfunden«, sagte er knapp – und fuhr unbeirrt in seinem Tonfall fort, der irgendwo zwischen Archiv und Anekdote oszillierte.

»Wie auch immer – bei der unglücklichen Kursänderung kam es dann zur folgenschweren Kollision mit einem entgegenkommenden Prahm. Das schwere Frachtschiff war bis zur Bordkante beladen, der kleine Kahn hatte keine Chance. In der plötzlichen Panik gelang es den meisten Fahrgästen, sich auf den größeren Prahm zu retten. Doch zwei Menschen wurden von der massiven Eisenkette des Prahms direkt in die kalte, schmutzige Oste geschleudert: eine gewisse Frau Kappelmann – und ein wohlhabender Geschäftsreisender aus Bremen, dessen Name mir leider entfallen ist.«

Hartwig machte eine kleine Pause, der Blick ins Weinglas gerichtet, als würde er die Szene dort noch einmal aufsteigen sehen.

»Ein junger Mann, kaum 23 Jahre alt, war unter den Beobachtern – ein Schlosser namens Hans Müller, bekannt für seine kräftige Statur und seine Schwimmkünste. Ohne zu zögern sprang er in den Fluss, um den Mann zu retten. Es war ein mutiger, ein wahrhaft heldenhafter Versuch. Doch vergebens. Sowohl der Bremer als auch Hans Müller ertranken, vermutlich durch einen plötzlichen Herzstillstand infolge des eiskalten Wassers. Nur Frau Kappelmann konnte im letzten Moment an Bord gezogen werden, zitternd, völlig unterkühlt – aber am Leben.«

Hartwig nippte erneut, sein Weinglas klirrte leise in der Hand. »Schon bemerkenswert«, murmelte er nachdenklich, »dass sich während der gesamten, monatelangen Bauphase der Schwebefähre kein vergleichbarer Unfall ereignete. Diese beiden tragischen Geschichten… sie sind die Einzigen, die ich kenne.«

Kruse saß still. Seine Stirn hatte sich tief gefurcht, Gedanken schienen in ihm zu rotieren wie Zahnräder in einem alten Uhrwerk.

»Und doch…«, sagte er schließlich mehr zu sich selbst als zu Hartwig, »muss es einen Zusammenhang geben. Irgendeine Verbindung, die erklärt, warum Georg Johannson nach Osten gekommen ist. Und warum er hier, ausgerechnet hier, auf so grausame Weise sterben musste.«

»Ich… ich bin mir fast sicher, mein lieber Herr Kommissar, dass dieser unglückliche Johannson – Gott hab ihn selig – irgendetwas mit dem geplanten Bau der neuen Brücke zu tun hatte«, sagte Hartwig mit leiser Bestimmtheit. Seine Stimme war nun deutlich müder, die

Worte fielen langsamer, schwerer, als würden sie erst durch eine Schicht alter Erinnerungen dringen müssen.

Kruse beobachtete den alten Mann aufmerksam. Ja, er war müde – das war unübersehbar. Doch gleichzeitig schien da noch eine wache Regung in seinem Blick zu flackern. Vielleicht war es Müdigkeit… vielleicht aber auch Vorsicht. Oder die Absicht, den Kommissar auf eine andere Fährte zu locken.

»Das mag sein, Herr Pesch«, erwiderte Kruse ruhig, während er sich seine Jacke überstreifte. »Aber ich glaube, das eigentliche Geheimnis liegt nicht in den Plänen von morgen, sondern in den Schatten der Vergangenheit. Irgendwo tief unten, in der Geschichte dieses Ortes.«

Er erhob sich. Es war an der Zeit, die alten Mauern dieses Hauses zu verlassen – das Gerümpel, die Geschichten, den Rotweingeruch, die kleinen Andeutungen, die vielleicht doch mehr verrieten als sie sollten.

»Wenn Ihnen in der Nacht oder morgen früh noch etwas einfällt – etwas, das von Bedeutung sein könnte – dann wenden Sie sich bitte direkt an die Polizeistation in der Deichreihe. Fragen Sie nach meinem Kollegen, Herrn Dunkelmann. Er wird wissen, was zu tun ist.«

Hartwig nickte nur stumm. Ein Schatten huschte über sein Gesicht, als Kruse die Tür hinter sich schloss.

Draußen wehte eine frische Brise vom Fluss her. Die wenigen Meter zur Schwebefähre waren schnell gegangen, doch Kruse brauchte einen Moment, um den

Kopf wieder klar zu bekommen. Die alten Geschichten hatten sich wie Nebel in seine Gedanken geschoben.

Die Fähre legte gerade an.

Ein Schwarm aus brummenden Autos rollte von der stählernen Gondel, während am anderen Ufer bereits neue warteten. Der Fährmann, Karl, winkte ihm von seinem Führerstand aus mit einem breiten Grinsen zu.

»Na, Herr Kommissar! Wollen Sie auch wieder mit rüber auf die andere Seite?«

»Nein, Karl, ich werde mir wohl hier ein beschauliches Nachtlager suchen müssen. In dieser Angelegenheit fische ich tiefer im trüben Wasser der Oste, als ich anfangs vermutet hatte«, meinte Kruse und klopfte dem wettergegerbten Fährmann auf die breite Schulter.

»Na dann man tau, Herr Kommissar. Die Pflicht ruft – und meine nächste Fuhre wartet nicht ewig«, erwiderte Karl, während er sich seine speckige Schiffermütze tiefer in die Stirn zog, als wolle er den aufkommenden Gedanken an Feierabend damit abwehren.

Kruse hielt ihn kurz zurück. »Sagen Sie mal, Karl… Sie kennen hier doch jeden Grashalm. Haben Sie vielleicht einen Tipp, wo ein müder Ermittler sein Haupt betten könnte?«

Karl drehte sich halb um, grinste und deutete mit einem Nicken in Richtung des schummrig beleuchteten Fährkrugs oben auf dem Deich. »Versuchen Sie's lieber drüben bei Adele. Die hat zwar manchmal 'ne Zunge wie ein frisch geschliffenes Küchenmesser, aber ein warmes

Bett findet sich da bestimmt. Und wenn Sie Glück haben, sogar ein anständiger Grog.«

»Warum eigentlich nicht? Ein Engel mit scharfer Zunge klingt nach einer interessanten Bekanntschaft«, sagte Kruse und musste selbst schmunzeln, während er sich in Bewegung setzte, um Karl zur Fähre zu folgen.

»Wollen Sie Ihren schnittigen BMW nicht mitnehmen, Herr Kommissar?«, fragte Karl, während er die schwere Schranke vorbereitete.

»Der kann in Osten bleiben. Ich fürchte, der wird morgen wieder gebraucht – und zwar genau hier.«

Karl nickte anerkennend. »Auch wieder wahr. Logik war ja noch nie meine Paradedisziplin«, meinte er grinsend, bevor er mit einem lauten Ruck die knarrende Schranke ins Schloss fallen ließ.

»Auf geht's! Die wilde Fahrt über den großen Teich beginnt!«, verkündete er mit theatralischer Geste und setzte die alternde Schwebefähre in Bewegung. Mit einem tiefen Ruck und einem ohrenbetäubenden, metallischen Quietschen, das von Jahrzehnten schwerer Arbeit erzählte, schwebte das stählerne Ungetüm langsam hinaus über die dunkle Oste.

Man wusste im Ort, dass ihre Tage gezählt waren. Still und beinahe feierlich glitt sie durch die anbrechende Nacht.

Karl machte seine Runde, kassierte pflichtbewusst das bescheidene Fährgeld von den Fahrgästen. Als er bei Kruse angekommen war, seufzte er leise.

»Langsam wird's ruhiger hier… Gott sei Dank. Bin ich froh, wenn die verdammten Sommerferien endlich vorbei sind und diese Touristenhorden wieder abdampfen. Dann kehrt wieder Leben ein – das richtige, echte.«

Kruse lächelte.

Und während er hinaus über das dunkle Wasser zum Kirchturm blickte, hatte er das leise Gefühl, dass die Nacht ihm noch etwas zu erzählen hatte.

Kruse zog einen leicht zerknitterten Fünfmarkschein aus seiner Brieftasche und drückte ihn dem sichtlich erschöpften Fährmann in die rauen Hände. »Der Rest ist für die strapazierte Urlaubskasse.«

Der Fährmann hob kurz die buschigen Brauen, ehe ein schelmisches Grinsen über sein wettergegerbtes Gesicht huschte. »Na, dafür hätten Sie aber auch bequem mit Ihrem schnellen Wagen mitfahren können, Herr Kommissar.«

»Schon möglich. Aber dann hätten Sie heute Abend Ihr wohlverdientes Feierabendbier verpasst. Und das wäre doch wirklich ein Jammer, finden Sie nicht?«, entgegnete Kruse mit einem breiten Grinsen.

»Auch wieder wahr… auf die Logik ist eben doch manchmal Verlass«, brummte Karl zufrieden, stopfte den Schein mit routinierter Bewegung in die Geldtasche und verschwand in seinen kleinen Führerstand, um das Anlegemanöver einzuleiten.

***

In Adeles Gasthaus herrschte tiefe Nacht. Kein Lichtschein drang durch die dunklen Fensterscheiben, der Wind fuhr leise durch das alte Holz der Fassade. Kruse legte die Hand auf die kalte Messingklinke – doch die Tür blieb unbewegt. Verschlossen. Zögernd klopfte er ans dunkle Holz. Nichts. Nur die Stille und das ferne Murmeln der Oste. Ein zweiter, energischerer Versuch. Seine Fingerknöchel hallten dumpf wider – das Echo seiner eigenen Ungeduld.

Dann endlich: Schritte. Ein schleifendes Geräusch, ungleichmäßig und langsam, näherkommend.

»Wer zur Hölle ist da?«, zischte eine kratzige Frauenstimme. Das konnte nur Adele sein – die legendäre Wirtin, deren Gastfreundschaft offensichtlich an der späten Stunde zu zerbröseln drohte.

Ohne eine Antwort abzuwarten, riss sie die Tür auf. Ein müder Blick, verschränkt mit unverhohlener Missbilligung.

»Ach, Sie sind's«, knurrte sie, als wäre Kruse höchstpersönlich schuld an der Mondphase. »Kartoffelsalat ist alle. Würstchen auch. Und überhaupt…« Der Rest blieb in der Dunkelheit hängen – aber die Botschaft war klar: Ihre Geduld war so leer wie ihr Kühlschrank.

Kruse ließ sich nicht beirren. »Und die Zimmer?«, fragte er trocken. »Sind die auch aus?«

Adele schnaubte wie ein aufgeschrecktes Wildschwein, drehte sich auf dem Absatz um und stapfte in die dunkle Gaststube. Mit knorrigen Fingern durchwühlte sie eine knarrende Schublade hinter dem Tresen. Schließlich kehrte sie zurück – mit einem einzelnen, altmodischen Zimmerschlüssel. Im matten Licht sah er aus, als hätte er schon bessere Zeiten gesehen.

»Zimmer Drei«, brummte sie knapp und deutete mit einem knochigen Finger auf die knarrende Holztreppe.

»Danke«, murmelte Kruse und begann den Aufstieg. Zimmer Drei – er kannte es. Dort hatte Georg Johannson seine letzten Nächte verbracht. Ein unwillkürliches Frösteln lief ihm über den Rücken, als die Stufen unter seinen Füßen ächzten.

»Wenn Sie was brauchen – Kühlschrank in der Küche ist voll, Getränke in der Gaststube. Selbstbedienung. Abgerechnet wird nach'm Frühstück. Punkt!«, schnarrte Adele, während sie ihm ein paar Stufen lang folgte. Ob es Pflichtbewusstsein war oder Kontrolle, ließ sich schwer sagen.

Oben bog Kruse nach rechts ab – in Richtung des unheilvollen Zimmers. Adele hingegen verschwand nach links. »Gute Nacht, Herr Kommissar«, rief sie noch über die Schulter.

»Nacht«, gab Kruse zurück – und fragte sich, ob diese Nacht wirklich erholsam werden würde. Das knarrende Holz unter seinen Füßen schien etwas anderes zu flüstern.

Eine Stille lag über dem alten Wirtshaus – so dicht, dass Kruse sie beinahe körperlich spüren konnte. Nur das ferne, melancholische Quietschen und Rumpeln der Schwebefähre drang hin und wieder gedämpft herauf, wenn ein letztes, einsames Fahrzeug den nächtlichen Fluss überquerte. Kruse glaubte, sogar jeden leisen Wellenschlag der Oste hören zu können – wie ein beharrliches, flüsterndes Murmeln aus der Tiefe der Nacht.

Er hielt es nicht länger in seinem Zimmer aus. Die Luft war zum Schneiden dick von Gedanken, die sich nicht greifen ließen. Vielleicht, so hoffte er, würde eine Flasche kühles Bier die kreisenden Gedanken beruhigen, sie einfangen wie einen störrischen Schwarm Mücken im Dämmerlicht.

Doch schon beim ersten Schritt auf die knarrende Treppe ächzte das alte Holz unter seinen Füßen – laut, beinahe klagend. Es klang, als hallte ein stummer Aufschrei durch die dunklen Eingeweide des Hauses. Kruse versuchte, so leise wie möglich aufzutreten, doch jeder seiner Schritte wurde zum Verräter. Das ehrwürdige Gebälk schien sein nächtliches Umherirren mit jeder Faser missbilligen zu wollen.

Unten angekommen, fand er in der schummrigen Gaststube schließlich, was er suchte: eine einzelne, kalte Flasche Gerstenbräu, die unter seiner Hand leicht beschlug. Doch das goldene Bier vermochte seine Gedanken nicht zu beruhigen. Es war, als würde jeder Schluck die Rastlosigkeit nur weiter nähren.

Der Schlaf blieb fern. Stattdessen kreisten seine Gedanken unablässig um den toten Georg Johannson, die seltsam entrückte Geschichte vom Bau der Schwebefähre – und um all die losen Enden, die sich einfach nicht zu einem sinnvollen Bild fügen wollten. Kruse kam sich vor wie ein Hamster im Rad: viel Bewegung, kein Fortschritt.

»Die Dorfbewohner mauern, als wollten sie eine Festung um ihre Erinnerungen bauen«, murmelte er leise in das dunkle Nichts. »Die wissen mehr, als sie zugeben – das ist so sicher wie das Amen in der Kirche.«

Er entschied: Am Morgen würde er sich das Auto holen, das auf der anderen Seite der Oste stand, und zurück nach Stade fahren. Hier, in diesem misstrauischen Dorf, würde er ohne klare Beweise keinen Schritt weiterkommen.

»Ich muss dieses verdammte Pferd wohl oder übel von hinten aufzäumen«, sagte er halblaut und fuhr sich müde übers Gesicht. Der Entschluss stand. Die Nacht aber – die würde noch lang und unruhig bleiben.

»Moin, Herr Kommissar. Haben Sie wenigstens ein paar Stunden Schlaf gefunden?«, wollte Adele wissen, während sie mit geübten Handgriffen einen Tisch abwischte. Doch ihr aufgesetztes Lächeln wirkte seltsam brüchig, als liege ein Schatten darunter – etwas Undefinierbares, das Kruse sofort misstrauisch stimmte.

»Geschlafen? Nein, Frau Kramer. Und gut schon gar nicht«, maulte er, während er sich mit schwerem Seufzen auf einen der wenigen freien Plätze fallen ließ. Die Gaststube war an diesem frühen Morgen bereits überraschend gut gefüllt. Ein Stimmengewirr waberte durch den Raum, durchzogen vom Klirren und Klappern des Frühstücksgeschirrs – ein ohrenbetäubender Kontrast zur nächtlichen Stille, die noch in Kruses Knochen saß.

»Frühstück, nicht wahr?«, fragte Adele und ließ seine mürrische Antwort unbeachtet in der Luft hängen. »Kaffee oder Tee? Nee, wenn ich Ihre Augen so seh – da hilft nur ein starker Kaffee. Schwarz wie die Nacht und doppelt so bitter.«

Wenige Minuten später kehrte sie mit einem Tablett zurück. Der kräftige Duft von frisch gebrühtem Filterkaffee traf Kruse wie ein wohlmeinender Faustschlag. Auf dem Teller zwei goldbraune Brötchen, deren Kruste verheißungsvoll knackte, dazu eine einsame Scheibe Schinken, ein ebenso verloren wirkender Käse, zwei blasse Kleckse Marmelade und ein Klümpchen Butter auf einer schlichten Untertasse – das kontinentale Frühstück in seiner schmucklosesten Form.

»Lassen Sie es sich schmecken, Herr Kommissar«, sagte Adele mit jener geschäftigen Freundlichkeit, die kein Gespräch zulässt, und verschwand Richtung Theke, wo schon der nächste hungrige Frühaufsteher auf Bedienung wartete.

Kruse starrte auf den dampfenden Kaffee und fragte sich, ob er sich gerade in einem Albtraum mit Zuckerguss befand. Die Kakofonie des Raums – Stimmen, Stühle, Geschirr – dröhnte in seinen Schläfen. Nach der nächtlichen Stille fühlte sich der Morgen wie ein greller Übergriff an. Wie Adele dieses unermüdliche Treiben Tag für Tag ertragen konnte, ohne wahnsinnig zu werden, war ihm ein Rätsel. Vielleicht war sie es längst.

***

An diesem noch jungen Morgen empfing Fährmann Hugo den Kommissar mit einem breiten, gutgelaunten Grinsen auf der Schwebefähre.

»Moin, Herr Kommissar! Heute zu Fuß unterwegs? Haben Sie Ihren schicken Dienstwagen etwa in Osten vergessen?«

»Der schnarcht noch friedlich vor sich hin«, erwiderte Kruse trocken und griff in die Innentasche seiner Jacke, um das passende Kleingeld für den Fahrschein herauszukramen.

»Und? Gibt's schon was Neues in Sachen Mordfall?«, fragte Hugo beiläufig, während er mit routiniertem Schwung die Schranke für die wartenden Fahrzeuge öffnete.

»Zum aktuellen Stand der Ermittlungen kann ich Ihnen leider keine Details verraten, Herr Schulz«, antwortete Kruse mit dem neutralen Lächeln eines

Mannes, der gelernt hatte, nichts zu sagen, ohne unhöflich zu wirken. Seine Schultern zuckten leicht – eine wortlose Entschuldigung für die Verschwiegenheit der Polizei.

»Schon klar«, brummte Hugo und warf ihm einen vielsagenden Blick zu. »Wenn der Berg nicht ruft, bleibt der Prophet eben stumm.«

Der Spruch saß, ob gewollt oder nicht. Kruse hob eine Braue, dann wechselte er die Richtung des Gesprächs, ganz der Ermittler, der den Spieß unauffällig umdreht.

»Aber erzählen Sie mal, was munkelt man denn so auf dieser Seite der Oste? Das Dorf scheint ja ein regelrechter Quell an Gerüchten zu sein – mehr Flurfunk als Polizeifunk, oder?«

Hugo ließ Kruse wortlos stehen, schloss mit einem metallischen Knall die Schranke und setzte die betagte Schwebefähre mit einem tiefen Ruck und dem vertrauten, rostigen Quietschen in Bewegung. Die wenigen Fahrzeuge und Fußgänger waren rasch abgefertigt, der Fährmann kassierte routiniert ab, ehe er mit auffallend verschwörerischem Gesichtsausdruck zu Kruse zurückkehrte.

»Man erzählt sich hier im Dorf hinter vorgehaltener Hand, dass dieser unglückselige Johannson in Wahrheit ein ranghoher Politiker aus der fernen Hansestadt gewesen sein soll«, begann Hugo leise, fast wie ein Beichtvater. »Einer, der seine Finger tief im Spiel hatte, wenn's um den Bau der neuen Brücke geht. Der Hochmodernen da drüben.« Er deutete mit einer ausladenden Geste auf die mächtige Baustelle, deren Silhouette sich wie ein Mahnmal in den grauen Morgenhimmel reckte.

»Wenn man den Gerüchten glauben darf – und irgendwo steckt ja immer ein Körnchen Wahrheit drin –, dann ging's bei dem Projekt nicht immer mit rechten Dingen zu.«

Hugo trat einen Schritt näher, seine Stimme sank zu einem Flüstern.

»Man sagt, die cleveren Hamburger hätten einigen unserer Lokalpolitiker ordentlich was zugesteckt. Damit sie den Brückenbau durchwinken. Egal, was es koste. Und wissen Sie auch warum?«

Kruse hob die Augenbrauen. Sein kriminalistisches Gespür war mit einem Mal hellwach.

»Warum das denn?«

Hugo sah sich kurz um, als wolle er sicherstellen, dass sie allein waren.

»Weil sie unter der Elbe durchbuddeln wollen, Herr Kommissar. Einen Tunnel! Einen sündhaft teuren Elbtunnel!«

Mit dieser brisanten Information wandte sich Hugo wieder seinem Führerstand zu. Die Fähre näherte sich dem gegenüberliegenden Ufer, und der Fährmann hatte das Kommando über den knarzenden Koloss wieder aufzunehmen.

Kruse blieb zurück, die Worte des alten Hugo noch im Ohr – und in seinem Kopf begannen die Zahnräder plötzlich unaufhörlich zu rotieren.

»Vielen Dank für die aufschlussreiche Information, Herr Schulz«, verabschiedete sich Kruse knapp, bevor er die Schwebefähre verließ. Die Worte des Fährmanns wirkten nach – wie kleine, unruhige Wellen, die unaufhörlich gegen die Ufer seiner Gedanken schlugen. Noch während er langsam über das holprige Kopfsteinpflaster schlenderte, drängte sich ihm das Bild des alten Heimatpflegers Hartwig Pesch auf. Dessen kryptische Andeutungen wirkten wie aus einer anderen Welt – ein Hauch von Vergangenheit, der sich mit Hugos modernen Verschwörungstheorien auf merkwürdige Weise zu überlagern begann.

»Aber was, wenn das alles doch irgendwie zusammenhängt?«, murmelte Kruse in sich hinein, die Stirn gerunzelt, die Hände tief in den Taschen vergraben. Der Gedanke ließ ihn nicht los: Ein toter Politiker, dunkle Machenschaften um den Brückenbau, unterirdische Pläne und ein Dorf, das eisern schweigt – war das alles wirklich nur Zufall?

Anstatt direkt zu seinem Dienstwagen zurückzukehren – der noch immer einsam vor der Steinofenbäckerei schlummerte, aus der inzwischen der Duft frischer Brötchen strömte –, bog Kruse fast wider besseres Wissen in die schmale Deichreihe ein.

Etwas trieb ihn an, eine innere Stimme, ein feines, kaum wahrnehmbares Unbehagen. Vielleicht konnte der örtliche Polizeibeamte Günter Dunkelmann ihm doch noch ein paar lose Enden liefern, die sich endlich zu einem Knoten binden ließen. Die Zeit drängte – und Kruse spürte mit jeder Faser seines müden Körpers, dass er kurz davor war, eine entscheidende Tür aufzustoßen.

»Mein Mann ist leider nicht im Hause, Herr Kommissar. Er wurde vorhin zu einem Verkehrsunfall nach Altendorf gerufen«, erklärte Annegret Dunkelmann mit bedauerndem Ton. Die resolute Ehefrau war zugleich die inoffizielle Sekretärin des örtlichen Dorfpolizisten – und mit ihrer gestreiften Strickjacke und dem prüfenden Blick eine Erscheinung, die man nicht so leicht vergaß.

»Das ist schade, aber vielleicht könnten Sie mir ja trotzdem weiterhelfen?«, entgegnete Kruse charmant und setzte sein bestes Lächeln auf. Der raubeinige Ermittler konnte bei Bedarf durchaus verbindlich wirken, wenn es ihm dienlich erschien.

»Ich? Nein, nein, Herr Kommissar, ich mische mich grundsätzlich nicht in die komplizierten Angelegenheiten der Polizei ein«, wehrte sie entschieden ab, begleitet von einer schnellen Handbewegung. Doch ihre leicht geröteten Wangen sprachen eine andere Sprache – die einer Frau, die sehr wohl mehr wusste, als sie preiszugeben bereit war.

Kruse registrierte die Reaktion sofort. Diese Form der Abwehr war zu eilig, zu routiniert.

»Sie stammen doch aus Osten, nicht wahr, Frau Dunkelmann?«, fragte er beiläufig.

»Ja, das stimmt. Ich bin hier geboren und aufgewachsen«, gab sie schließlich zu. Ihre Augen huschten dabei unruhig durch den Raum, als suchten sie einen Fluchtweg.

Kruse ließ eine scheinbar harmlose Bemerkung fallen, ein kleiner Testballon: »Dann haben Sie bestimmt schon einmal von einem alten Bäckergesellen namens Alfred Schiller gehört?«

»Einen Schiller gibt es hier, schon, ja… aber keinen Alfred. Und Bäcker ist der, soweit ich weiß, auch keiner«, antwortete sie nach kurzem Zögern. Ihre Stimme klang plötzlich schärfer – sie hatte begriffen, dass Kruse ihr eine kleine Falle gestellt hatte. Und sie war hineingetappt.

»Und der Schiller, den Sie kennen – wie heißt der denn mit Vornamen?«, bohrte Kruse sanft, aber beharrlich nach.

»Oskar… Oskar Schiller. Er arbeitet als tüchtiger Schlachtergeselle in der Fleischerei Meyer«, sagte sie schließlich, sichtbar um Fassung bemüht. Die anfängliche Zurückhaltung wich zusehends einem vorsichtigen Mitwirken.

Oskar Schiller also. *War es der Mann, der sich gestern Abend im Wirtshaus so unauffällig gegeben hatte?* Kruse spürte, wie sich ein weiterer Puzzlestein in Bewegung setzte. Noch lag das Bild im Schatten – aber die Konturen wurden langsam klarer. Und Frau Dunkelmann? Die hatte, wenn auch unbeabsichtigt, ein weiteres Fenster geöffnet in diesem zunehmend undurchsichtigen Fall.

»Eine entscheidende Frage bleibt weiterhin unbeantwortet«, murmelte Kruse, während er sich auf den Weg zu seinem Dienstwagen machte. *Wenn dieser ominöse Oskar Schiller tatsächlich der Täter ist – was in aller Welt war sein Motiv? Ein einfacher Schlachtergeselle mitten in einem hochpolitischen Komplott? Oder war es gar ein Auftragsmord? Ein gezielter Anschlag, vielleicht sogar mit terroristischem Hintergrund?*

Der Ermittler blieb kurz stehen, starrte ins Leere. Plötzlich öffnete sich ein neuer, unerwarteter Ermittlungsansatz vor seinem inneren Auge. »Dieser Fall wird mit jeder Wendung verworrener. Wie ein dichter Nebel, der sich immer wieder neu formt«, zischte er leise, als er sich erschöpft auf den Fahrersitz seines Wagens sinken ließ.

Gerade wollte er den Zündschlüssel drehen, da klopfte es sanft an die Beifahrerscheibe. Käthe Dressler stand da, die freundliche Bäckerin mit dem immer leicht mehlbestäubten Lächeln. Sie hielt eine kleine Brötchentüte in die Höhe.

»Ein frisches Franzbrötchen zur Stärkung, Herr Kommissar?«, fragte sie warmherzig.

Kruse richtete sich auf, kurbelte das Fenster herunter und nickte dankbar. »Sehr gern, Frau Dressler. Das ist wirklich sehr nett von Ihnen, vielen Dank.«

Käthe beugte sich ein Stück näher heran, ihre Stimme senkte sich zu einem verschwörerischen Flüstern: »Hören Sie mal, Herr Kommissar – hier im Dorf werden Sie die Wahrheit nicht einfach so bekommen. Die halten zusammen wie Pech und Schwefel. Aber ich erinnere mich: Unser früherer Bäckergeselle – der hieß tatsächlich Schiller – der hatte eine Tochter, jung war die, bildhübsch. Marie. Gerade sechzehn, vielleicht. Und dann sind die drei – Vater, Mutter, Kind – eines Nachts plötzlich verschwunden. Einfach weg. Spurlos. So hat es mein seliger Vater immer erzählt.«

Sie machte eine kurze Pause, sah Kruse mit ernster Miene an.

»Ob das alles genauso stimmt, kann ich nicht beschwören. Aber wenn Ihnen hier überhaupt jemand helfen kann mit dieser vertrackten Geschichte, dann ist das Frau Doktor Theda Liebknecht aus der Wingst. Die kennt jeden Winkel, jede Geschichte entlang der Oste – wie kaum ein anderer.«

Dann zog Käthe sich mit einem vielsagenden Blick zurück, drehte sich um und verschwand mit schnellen, geschäftigen Schritten in den warmen Duft ihrer Backstube.

Kruse sah ihr nach. Das Franzbrötchen in seiner Hand war warm und duftete nach Zucker, Zimt – und einer neuen Spur.

»Doktor Theda Liebknecht«, wiederholte Kruse leise, beinahe nachdenklich. Der Name klang ungewöhnlich, fast literarisch, und irgendetwas daran nagte an seinem Gedächtnis. Wo hatte er ihn bloß schon einmal gehört?

Er startete den Motor und rollte gemächlich an, das alte Pflaster knirschte unter den Reifen. Während er in Richtung Schwebefähre fuhr, murmelte er den Namen wie ein Mantra immer wieder vor sich hin – »Theda Liebknecht … Theda Liebknecht …« – bis es ihm schließlich dämmerte: Vor einiger Zeit hatte er einen Artikel in der Lokalzeitung gelesen. Darin ging es um ein obskures, heidnisches Ritual an einer abgelegenen Bucht irgendwo entlang der Oste. Eine gewisse Theda Liebknecht war darin als Expertin zu Wort gekommen – Historikerin oder Ethnologin, wenn er sich richtig erinnerte.

Mehr fiel ihm nicht ein, aber das reichte. »Vielleicht sollte ich dieser gelehrten Dame mal einen unangekündigten Besuch abstatten«, murmelte er schließlich, während sein Zeigefinger den Blinkerhebel nach unten schnippen ließ.

An der Fähre wartete bereits Hugo, der diensthabende Fährmann, mit seinem gewohnt jovialen Grinsen. Die knarrende Schranke öffnete sich mit einem metallischen

Stöhnen, und Kruse reihte sich als viertes Fahrzeug auf der geräumigen Plattform ein.

»Moin, Herr Kommissar! Nun also wieder mit Ihrem schnittigen Dienstwagen unterwegs? Ist der Fall etwa schon gelöst, so flink wie Sie hier wieder auftauchen?«, rief Hugo neckend.

Kruse verzog die Mundwinkel zu einem angedeuteten Lächeln. »Dazu kann ich Ihnen zum jetzigen Zeitpunkt leider keine konkreten Angaben machen – das wissen Sie doch ganz genau, Herr Schulz.«

Beide Männer lachten kurz. Zwischen den leichten Brisen über der Oste und dem Quietschen der alten Fähre hing für einen Moment eine seltsam vertraute Ruhe in der Luft.

»Schon gut, Herr Kommissar. Die Wahrheit werde ich dann wohl oder übel sowieso wieder aus der allwissenden Lokalzeitung erfahren«, sagte Hugo mit einem verschmitzten Augenzwinkern, während er das letzte, leicht angestaubte Fahrzeug mit routinierter Geste auf seinen Platz einwies.

Die Gondel war nun bis auf den letzten Zentimeter gefüllt, und mit einem leisen Ruck sowie dem vertrauten metallischen Knarren setzte sich die ehrwürdige Schwebefähre in Bewegung. Der Fährmann schob seine Pfeife beiläufig vom rechten in den linken Mundwinkel und blickte gelassen über das schlammige Wasser.

Langsam, fast majestätisch, glitt die alte Fähre über die trägen Fluten der Oste. Das rhythmische Quietschen der Laufräder und das Knirschen der massiven Zahnkränze wechselten sich ab mit dem klagenden Heulen des Windes, der unermüdlich durch die filigranen Stahlstreben strich. Es klang wie eine melancholische Melodie, gespielt von einem unsichtbaren Harfenspieler in luftiger Höhe.

Etwas Wehmütiges lag in dieser Szenerie. Wie ein langsamer Trauermarsch begleitete der Wind das leise Verschwinden einer Ära. Schon war sie am Horizont zu erkennen: die neue Brücke. Ihre stählernen Konturen ragten kühn in den Himmel, ein Versprechen auf moderne Effizienz – und zugleich das stille Todesurteil für die alte Fähre.

Bald würde sie den gesamten Verkehr elegant um das beschauliche Osten herumleiten. Und mit jedem Fahrzeug, das künftig nicht mehr übers Wasser musste, versiegte eine der letzten Lebensadern des Ortes – lautlos, unerbittlich, wie ein einzelner Tropfen, der in der Unendlichkeit einer Wüste verdunstet.

»Vielleicht ist ja doch mehr dran an dem, was Annegret Dunkelmann da so beiläufig hat fallen lassen«, murmelte Kruse, während der Wind unaufhörlich an seinem Wagen rüttelte und mit heulendem Ton durch das geöffnete Seitenfenster pfiff.

Ein düsterer Verdacht begann sich in seinem Kopf festzusetzen wie feiner Nebel, der alles langsam einhüllt. *Was, wenn hier im Stillen tatsächlich Gelder geflossen waren? Schmiergelder, mit denen man den bevorstehenden Verlust der Einnahmen aus dem traditionsreichen Fährbetrieb auffangen wollte – ganz diskret, ohne dass auch nur ein Hauch davon nach außen dringen durfte?*

Kruse trommelte gedankenverloren mit den Fingern auf das Lenkrad, wog Möglichkeiten ab, verwarf Theorien, nur um sie kurz darauf wieder aufzugreifen. Und je länger er über das schweigsame Dorf nachdachte, über die gedrückte Atmosphäre und das auffallende Schweigen der Einheimischen, desto mehr verdichtete sich ein unheimlicher Verdacht: *Wenn tatsächlich niemand wagte, auch nur ein Wort zu viel zu sagen, dann musste hier etwas sehr viel Größeres im Gange sein. Etwas, das alle in Angst versetzte.*

»Vielleicht…«, sagte er schließlich leise in den leeren Innenraum seines Wagens, »vielleicht haben sie an diesem Georg Johannson ein Exempel statuiert. Abschreckend. Kalt. Berechnend.«

Der Gedanke ließ ihn frösteln. Er passte nur zu gut zu der eisigen Stille, die sich wie eine unsichtbare Glocke über das Dorf gelegt hatte.

5

Dorfpolizist Günter Dunkelmann kehrte heim – mit einer Alkoholfahne, die so schwer im Flur hing, dass man sie beinahe hätte greifen können. Annegret, seine resolute Ehefrau, stand bereits wartend in der Tür, die Arme verschränkt, der Blick unerbittlich. Mehrfach hatte Wilhelm Richter, der Wirt vom Fährkrug, versucht, ihren Mann telefonisch zu erreichen. Jedes Mal hatte sie ihn mit halbherzigen Ausreden vertröstet.

»Wo hast du schon wieder gesteckt?«, fuhr sie ihn an, die Lippen schmal, die Geduld aufgebraucht. Günter schwankte durch den engen Flur, prallte beinahe gegen die Garderobe.

»Was… was geht dich das an, du… du…«, lallte er, seine Stimme breiig, die Worte kaum noch zu erkennen.

»Ich bin immer noch deine Ehefrau, Günter!«, entgegnete sie scharf. Ihre Stimme zitterte – vor Wut, vor Enttäuschung, vielleicht auch vor Sorge.

»Blah… blah… blah! Mach mir lieber was Richtiges zu essen, Weib!«, knurrte er, schleppte sich mühsam in Richtung Küche. Die Lider schwer, die Bewegungen fahrig, torkelte er mehr, als dass er ging.

»Wilhelm vom Krug wollte dich dringend sprechen«, sagte sie leiser, bemüht, ihn nicht weiter zu reizen. »Es schien ihm sehr wichtig zu sein.«

»Ach, dieser alte Suffkopp kann mich mal kreuzweise«, brummte Günter, warf die Tür zu seinem kleinen Amtszimmer auf und verschwand in dem Chaos aus Aktenstapeln, vergilbten Zetteln und leeren Kaffeetassen.

»War sonst noch irgendwas Wichtiges?«, brüllte er schließlich aus dem Zimmer, ohne sich umzudrehen.

Annegret stand im Türrahmen und sah ihrem betrunkenen Mann hinterher – mit einer Mischung aus Mitleid, Zorn und leiser Resignation. Sie hasste diese Abende, wenn er wieder einmal zu tief ins Glas geschaut und sich in einen rohen, unberechenbaren Fremden verwandelt hatte.

»Ja, Günter«, sagte sie schließlich mit ruhiger Stimme, die dennoch ihre innere Anspannung kaum zu verbergen vermochte. »Der Kommissar aus Stade war heute hier. Er wollte dich dringend sprechen.«

»Oh...«, stöhnte Günter, und sein Gesicht verlor schlagartig jegliche Farbe. Die dumpfe Trägheit wich einer panischen Erkenntnis. »Diesen... diesen verdammten Kommissar hab ich ja völlig vergessen. Wo... wo steckt der denn jetzt?«, stammelte er, fahrig, suchend.

»Woher in Gottes Namen soll ich das wissen, Günter? Du warst den ganzen Tag nicht aufzufinden!«

»Hat… hat er irgendwas gesagt?«, fragte er scharf nach, die Stimme plötzlich wach, die Augen unruhig wie die eines gehetzten Tieres.

»Er hat nach einem alten Bäcker namens Schiller gefragt. Und ich… ich habe ihm von unserem Oskar erzählt«, gestand Annegret mit zaghafter Stimme. Sie ahnte nicht, was ihre scheinbar harmlose Auskunft auslösen würde – bis es zu spät war.

»Du… du dumme Kuh!«, brüllte Günter, seine Stimme überschlug sich vor Wut. »Wie konntest du unseren Oskar verraten?! Raus mit dir! Aus meinen Augen, aber zackig!«

Er stürmte auf sie zu – oder versuchte es zumindest. Doch seine Beine gehorchten ihm nicht mehr. Mit einem schweren, polternden Krachen stürzte er der Länge nach auf den Holzboden. Der dumpfe Aufprall hallte durchs Haus, als sei etwas Grundlegendes zerbrochen.

Annegret nutzte die Gelegenheit. Ohne sich noch einmal umzublicken, griff sie mit zitternden Händen nach dem kleinen Notfallkoffer, der seit Jahren griffbereit im Flur stand – als hätte er nur auf diesen traurigen, bitteren Moment gewartet. Die Haustür fiel mit einem lauten, endgültigen Knall ins Schloss.

Diesmal war es zu viel gewesen.

Diesmal war es endgültig.

»Mich wirst du nie wieder zu Gesicht bekommen, Günter Dunkelmann! Niemals mehr!«, schrie sie dem stummen Haus entgegen, ehe sie in die dunkle Nacht hinausrannte – fort von einem Leben, das längst zu einer erdrückenden Last geworden war.

Günter vernahm ihre letzten Worte nicht mehr. Der Sturz hatte ihn aus der Realität gerissen. Regungslos lag er da – auf dem kalten, harten Dielenboden –, und der Alkohol zog ihn tiefer und tiefer in einen dunklen, traumlosen Schlaf.

Erst als die Nacht schon tiefschwarz über Osten hing, öffnete er mühsam die Augen. Seine Lider schwer wie Blei. Das ganze Haus lag still da, als hielte es ängstlich den Atem an. Nur das monotone, unerbittliche Ticken der alten Wanduhr durchbrach die Stille, wie ein Mahnmal vergangener Ordnung.

»Annegret…?«, krächzte er heiser ins Dunkel, ein gebrochener Laut, mehr Windhauch als Stimme.

Keine Antwort.

Langsam, stöhnend, stemmte er sich auf die Knie. Sein Schädel pochte wie ein rostiger Schiffsdiesel, der sich gegen Sturm und Strömung stemmen muss. Schließlich fand seine zitternde Hand den Lichtschalter an der Wand.

Ein müdes Licht flackerte auf. Der Flur lag nun im fahlen Schein der Deckenlampe – ein schmaler Korridor, gesäumt von staubigen Jagdtrophäen, die mit starren Glasaugen auf ihn herabblickten. Die Schatten der ausgestopften Tierköpfe verzerrten sich grotesk an den holzvertäfelten Wänden, als wollten sie ihm stumm Vorwürfe machen.

Er war allein. Und tief in seinem Innersten wusste er: Vielleicht zum ersten Mal wirklich.

»Annegret… meine Liebste!«, rief er wieder und wieder, seine Stimme zunehmend von Panik und Verzweiflung durchzogen. Er stolperte durch die dunklen Räume, riss knarrende Türen auf, blickte in kahle, verlassene Zimmer, in denen nur die Schatten auf seine Rufe zu antworten schienen.

Doch nirgends war ein Zeichen von ihr. Keine Bewegung, kein Laut – nur das leise Echo seiner eigenen, gebrochenen Stimme.

Als er schließlich mit schwerem Herzen unter die knarrende Treppe blickte – genau dorthin, wo immer ihr kleiner Notfallkoffer gestanden hatte –, durchzuckte ihn ein letzter, bitterer Hoffnungsschimmer.

Doch der Platz war leer.

Spurlos verschwunden.

Günter hielt inne. Einen langen Moment stand er reglos da, während die Erkenntnis sich wie ein eiskalter Nebel durch seine Glieder fraß.

Sie war fort. Fort von ihm. Und diesmal endgültig.

Mit schleppenden Schritten stieg er die knarzenden Treppenstufen hinauf. Jeder Tritt eine kleine Qual, jeder Atemzug schwer wie Blei. Im Schlafzimmer ließ er sich kraftlos auf die Bettkante sinken. Annegret hatte die Decke wie immer ordentlich zurechtgelegt, ihre Kissen aufgeschüttelt. Alles war an seinem Platz – nur sie fehlte.

Ohne sich auszuziehen, fiel er rücklings aufs Bett. Er wollte nachdenken, wollte verstehen, aber seine Gedanken zerflossen im Nebel des Alkohols. Und noch bevor der Schmerz sich gänzlich entfalten konnte, sank er in einen tiefen, komatösen Schlaf.

Das Haus war still.

Eine Stille, die nicht mehr nur Leere war. Es war die Stille einer Abwesenheit, die blieb. Einer Stille, die zu einem unheilvollen, lauernden Schatten geworden war.

***

»Du, Oskar, hör mal ganz genau zu! Dieser Zivilbulle, dieser Schnüffler von der Kripo – der war den ganzen Tag hier unterwegs, wie ‘ne hungrige Katze auf Mäusejagd. Erst beim alten Hartwig, dann bei Käthe von der Bäckerei. Und weißt du, was ich glaube?«, keuchte Alfons, seine Nervosität flackerte in jeder Geste.

»Nee, Alfons. Beim besten Willen nicht«, knurrte Oskar und knetete ungeduldig seine breiten Hände.

»Der Bulle – der kann verdammt gut mit den Fährleuten, das hab ich genau beobachtet!«

»Na und? Was geht uns das an? Woher willst du das überhaupt wissen – hast du ihn etwa beschattet?«, Oskar richtete sich auf. Etwas in seinem Blick veränderte sich.

»Bingo! Ich bin ihm heimlich hinterher, als er heute Morgen mit der Schwebefähre angekommen ist. Ganz unauffällig, wie ein unsichtbarer Schatten.«

»Gut gemacht, Sherlock. Und was genau willst du mir jetzt sagen, du Labertasche?« Oskars Stimme schnitt scharf durch den stickigen Raum.

»Dass du aufpassen musst, Oskar! Verdammt noch mal!«, stieß Alfons hervor, sein Blick weitete sich vor Sorge.

»Aufpassen? Worauf denn bitte?«, fauchte Oskar. Er trat einen Schritt näher, die Fäuste in die Hüften gepresst, der Blick scharf wie sein Schlachtermesser.

»Ich… ich hab mit niemandem geredet, ehrlich, kein Wort!«, stammelte Alfons. Er wich zurück, wusste genau, wozu Oskar fähig war. Man munkelte, er habe schon Rinder mit bloßen Händen zur Strecke gebracht – ein kräftiger Dreh, das wars. Ohne Bolzenschuss.

Oskar schwieg.

Dann sagte er leise, fast zärtlich: »Dann… ist ja gut.«

Diese plötzliche Ruhe war schlimmer als jeder Wutausbruch. Und Alfons spürte sie, diese bedrohliche Stille, wie einen kalten Hauch im Nacken.

Er hatte es kommen sehen. Schon als Oskar sich aufrichtete, diese winzige Bewegung der Schultern, das scharfe Einziehen der Luft durch die Nase – da wusste Alfons, dass er zu weit gegangen war.

Die Luft im Raum war dick, beinahe greifbar, wie vor einem Sommergewitter, kurz bevor der Himmel aufreißt und alles unter sich begräbt. Oskars Blick war jetzt leer. Nicht wütend. Nicht empört. Nur Leer. Und das war das

Schlimmste. Denn wenn Oskar schwieg, wurde es gefährlich.

Alfons spürte, wie sein Magen sich zusammenzog, als hätte jemand ein kaltes Eisen dort hineingepresst. Seine Hände zitterten, kaum merklich – aber er spürte es. Dieses feine Vibrieren unter der Haut, das sich langsam in die Knochen fraß.

»Ich hab mit niemandem geredet, ehrlich!«, hatte er gesagt. Aber seine Stimme war zu hoch gewesen, zu schnell. Oskar hatte das bemerkt. Natürlich hatte er das bemerkt.

Er kannte ihn zu gut. Kannte diese Art von Schweigen, diese tief liegende, brutale Ruhe, die wie eine trübe, schwarze Brühe unter der Oberfläche lauerte. Und er wusste, was dann manchmal passierte.

Die Geschichten – sie kamen ihm plötzlich alle gleichzeitig in den Sinn. Der Bolzenschuss, den Oskar nie benutzte. Die Rinder, denen er mit bloßen Händen das Genick brach. Der kurze Blick in Oskars Augen danach – kalt, sachlich, als wäre nichts dabei. Alfons hatte es selbst nie gesehen, aber es reichte, dass andere davon geflüstert hatten. Und jetzt stand dieser Mann direkt vor ihm, ein Muskelpaket aus roher Gewalt, mit dieser Stimme, die plötzlich so ruhig klang.

»Dann... ist ja gut.«

Aber es war nicht gut. Es war gar nichts gut. Und Alfons wusste, dass er diese Nacht kaum schlafen würde. Nicht wegen der Ermittler. Nicht wegen des Kommissars. Sondern wegen Oskar.

***

Kommissar Bernhard Kruse lenkte seinen markanten Dienstwagen von der viel befahrenen Bundesstraße 73 nach links in die schattige Allee des Dobrock. Zwischen den alten Bäumen – für ihn war alles, was einen Stamm hatte ein Baum – hoffte er, in dieser stillen, fast vergessenen Landschaft endlich eine Spur zu jener schwer greifbaren Heimathistorikerin Doktor Theda Liebknecht zu finden. Viel sprach nicht dafür – es würde wohl wieder auf mühsame Nachforschungen, stoisches Nachfragen und das vorsichtige Bohren bei einer verschlossenen Landbevölkerung hinauslaufen.

Seine Dienststelle in Stade war am Sonntagmorgen wie ausgestorben – bis auf den übellaunigen Nachtportier hatte dort niemand mehr den Hörer abgenommen. Auch beim Einwohnermeldeamt blieb das Telefon stumm. Sonntag. Selbst das ansonsten recht zuverlässige Telefonbuch schwieg sich über Theda Liebknecht beharrlich aus.

»Verdammt!«, fluchte Kruse, während er durch die Windschutzscheibe auf die leere Landstraße starrte. Vor ihm tuckerte ein blassgelber Opel Rekord gemächlich durch die Gegend – der Lack matt, der Auspuff etwas zu laut. Der Fahrer bog schließlich, einem verwitterten

Holzschild folgend, nach links zu einem abgeschiedenen Waldgasthof ab.

Warum er ihm folgte, konnte Kruse selbst nicht genau sagen. Es war nur ein leiser Impuls, kaum mehr als ein Flüstern im Hinterkopf – aber der Kommissar hatte gelernt, solchen Eingebungen zu trauen. Vielleicht war es die ruhige Fahrweise, vielleicht auch nur die einsame Lage des Gasthofs. Jedenfalls trat er, ohne weiter zu überlegen, auf das Gaspedal und schwenkte hinter dem Opel in den schmalen Weg ein.

»Du, Gertrud, dieser dunkle BMW da hinten hängt uns jetzt schon eine ganze Weile dicht am Heck«, sagte Ewald Gruneberg, während er misstrauisch in den Rückspiegel blickte.

»Ach, Ewald, der will doch bloß mit seiner schnittigen Liebsten zum Sonntagskaffee ins Grüne. Du siehst schon wieder Gespenster«, entgegnete Gertrud schnippisch, ohne den Blick vom Seitenfenster zu nehmen.

»Das glaub ich kaum, Gertrud. Der sitzt ganz allein in seinem protzigen Wagen«, knurrte Ewald, dessen Unruhe mit jedem Meter wuchs.

»Was du immer hast! Du leidest doch unter chronischem Verfolgungswahn, mein lieber Ewald!«, fauchte Gertrud und warf ihm einen giftigen Blick zu. Innerlich trug sie ihm noch immer diesen vermeintlich unbedeutenden Zwischenfall an der Schwebefähre nach. Es war im Grunde kein richtiger Streit gewesen. Sie war eben allein über die Oste gefahren, um in Ruhe ein paar

Besorgungen zu erledigen. »Wenn der sich wieder ordentlich einen pütschert, dann geh ich eben allein los«, hatte sie sich trotzig gesagt – und genau das auch getan. Seitdem hing der Haussegen schief wie eine vom Sturm zerzauste Vogelscheuche.

Ewald lenkte den röhrenden Opel auf einen gerade freigewordenen Parkplatz vor dem abgelegenen Gasthof und stellte den Motor ab. Unauffällig warf er einen Blick in den Rückspiegel – doch der dunkle BMW war verschwunden. Ein mulmiges Gefühl breitete sich in seiner Magengegend aus. Er verließ den Wagen, drehte sich langsam um, doch bevor er den BMW überhaupt richtig inspizieren konnte, stand plötzlich jemand direkt hinter ihm.

Erschrocken fuhr er herum. Kruse. Ohne ein Wort streckte der Kommissar ihm seinen Dienstausweis entgegen. Die plötzliche Nähe, die schweigende Autorität, der ernste Blick – Ewalds Augen weiteten sich panisch.

»Äh… hab ich… hab ich was verbrochen, Herr… Herr Polizist?«, stotterte er, sichtlich überfordert, während sich seine Gesichtszüge zwischen Entsetzen und hilfloser Verwirrung verkrampften.

»Kommt ganz darauf an, Herr Gruneberg – stimmt doch, oder?«, erwiderte Kruse kühl. »Ihr blassgelber Opel Rekord wurde vorgestern auf der Schwebefähre gesehen. Genau zu dem Zeitpunkt, als dort ein Mann auf tragische Weise ermordet wurde.« Seine Stimme war ruhig, fast beiläufig – doch seine Augen ließen Ewald keine Chance auszuweichen.

Ewald, völlig überrumpelt von der plötzlichen Konfrontation, brachte zunächst kein Wort heraus. Unsicher suchte er den Blickkontakt zu seiner resoluten Ehefrau, die mit verschränkten Armen und einem vielsagenden Gesichtsausdruck neben dem Opel stand – unbewegt, aber bereit zum Gegenschlag. Als er sich endlich ein wenig gefasst hatte, fauchte er ungläubig: »Ich… ich soll was getan haben?«

»Ich habe zu keinem Zeitpunkt behauptet, dass Sie den besagten Mann umgebracht haben, Herr Gruneberg«, entgegnete Kruse ruhig, aber mit Nachdruck. »Ich sagte lediglich, dass Ihr Fahrzeug zur fraglichen Zeit auf der Fähre gesehen wurde. Ich möchte lediglich feststellen, ob es sich tatsächlich um Ihren Wagen handelt – und ob Ihnen oder Ihrer Frau während der Überfahrt irgendetwas Ungewöhnliches aufgefallen ist.«

»Ja… ja, wir waren auf der Fähre, das stimmt wohl. Aber gesehen… gesehen haben wir nichts Auffälliges«, murmelte Ewald, wobei seine Stimme mehr Unsicherheit als Überzeugung verriet.

»Das ist aber nicht ganz richtig, mein lieber Ewald«, mischte sich nun Gertrud ein, die sich das süffisante Lächeln kaum verkneifen konnte. Ihre Augen funkelten vor unterdrücktem Triumph. »Ich bin zu der Zeit allein mit der Fähre übergesetzt – zu Fuß. Hab eingekauft und bin wieder zurück. Du hattest dich mal wieder in der

Kneipe vergraben und bist erst später mit dem Auto rüber. Erinnerst du dich wirklich nicht mehr daran, mein Schatz?«

Gertruds Worte hallten wie ein gut gezielter Hieb durch die angespannte Luft. Sie kostete diesen Moment aus – als sei es eine späte, aber umso süßere Rache.

»Warum… warum haust du mich jetzt so in die verdammte Pfanne, Gertrud?«, entfuhr es Ewald fassungslos, seine Stimme bebte, seine Augen funkelten vor Wut und Enttäuschung. »Du hast doch hinten im Wagen geschlafen! Mit dem Strickzeug in der Hand.«

»Ach, daran erinnerst du dich dann doch!«, zischte Gertrud kalt, mit einem Lächeln, das alles andere als freundlich war. Ihr Blick traf ihn wie eine kalte Nordseebrise – scharf, salzig, unerbittlich.

Die Spannung zwischen den beiden war nun greifbar – wie ein drohendes Sommergewitter, das still über den Baumwipfeln hängt und jeden Moment losbrechen könnte.

»Gut, Herr Gruneberg«, sagte Kruse, dessen kriminalistischer Spürsinn bei dieser unerwarteten Wendung des Gesprächs erwachte.

»Ja, Ewald und Gertrud Gruneberg«, antwortete Ewald nun gefasster. Ein Rest Nervosität lag noch in seiner Stimme, aber sie wich zunehmend einer seltsamen Mischung aus Erleichterung – und einem Anflug von Geschwätzigkeit. »Wir wohnen in der schönen Wingst«, fügte er hinzu, fast schon mit lokalem Stolz.

Aus der Wingst? Wie praktisch!, dachte Kruse. Ein flüchtiger Funke Hoffnung blitzte in seinen Augen auf – vielleicht brachte ihn dieser Zufall endlich näher an die schwer greifbare Theda Liebknecht.

»Darf ich Sie noch etwas fragen, Herr Gruneberg?«, begann Kruse, wartete aber keine Antwort ab. »Sagt Ihnen der Name Theda Liebknecht oder Georg Johannson etwas?«

Ewald verzog das Gesicht, als hätte er in eine Zitrone gebissen. »Oh ja… diese, sagen wir mal, wenig zugängliche Dame ist uns durchaus bekannt. Unsere direkte Nachbarin in der Wingst. Wer die hat, braucht keine anderen Feinde mehr. Aber den anderen Namen haben wir noch nie gehört.«

Er seufzte tief, fast theatralisch, als wolle er mit einem Atemzug die gesamte Nachbarschaftserfahrung loswerden.

»Haben Sie vielleicht auch eine Adresse für mich?«, fragte Kruse, nun deutlich gespannter, sein Blick messerscharf.

Gertrud – nicht minder genervt von der Nachbarin – diktierte die Adresse samt Wegbeschreibung mit beunruhigender Genauigkeit. Kruse notierte sie rasch, bedankte sich höflich und kehrte dann zurück zur ursprünglichen Frage, die ihn hierher geführt hatte.

»Nun noch einmal ganz konkret: Ist Ihnen beiden auf der Überfahrt mit der Schwebefähre irgendetwas

Ungewöhnliches aufgefallen? Etwas, das sich Ihnen vielleicht eingeprägt hat?«

Gertrud schüttelte sofort den Kopf, wie um das Thema rasch abzuhaken. Ewald hingegen runzelte die Stirn, als würde er eine Erinnerung wie einen widerspenstigen Aal aus dem Nebel seines Gedächtnisses fischen.

»Na ja… da war dieser große, unheimliche Kerl, der sich ziemlich angeregt mit dem kleinen Fährmann unterhalten hat. Das war irgendwie ein komisches Bild: der eine ein Riese, der andere fast ein Zwerg. Irgendwie blieb das bei mir hängen – sah aus wie Vater und Sohn im falschen Film.«

Kruse hob langsam eine Braue. Die Details waren vage – aber manchmal waren es gerade die beiläufigen Beobachtungen, die später den Ausschlag gaben.

»Und Georg Johannson?«, warf Kruse scheinbar beiläufig ein.

Doch beiläufig war daran gar nichts. Ihm war nicht entgangen, dass in dem Moment, als er diesen Namen zum ersten Mal erwähnt hatte, ein kaum merkliches Aufflackern in Gertruds Augen aufblitzte – ein winziger, aber deutlicher Impuls, der einem geübten Beobachter wie Kruse nicht entging. Es war der Blick eines Menschen, dem der Name nicht fremd war. Und noch mehr: Der Blick eines Menschen, der sich im Bruchteil einer Sekunde entscheiden musste, ob er etwas sagen oder verschweigen sollte.

Gertrud verharrte einen Moment zu lange in ihrer Bewegung, bevor sie sich mühsam zu einem emotionslosen »Sagt mir nichts« durchrang. Doch ihre verschränkten Arme wirkten nun nicht mehr wie ein Zeichen der Selbstsicherheit, sondern wie ein Schutzschild – als müsste sie etwas abwehren, das näher rückte, als ihr lieb war.

Kruse lächelte kaum merklich. Er hatte den Köder ausgelegt. Und er war sich ziemlich sicher, dass etwas angebissen hatte.

»Gut, das wäre dann alles. Vielen Dank für Ihre Kooperation und noch einen angenehmen Nachmittag«, sagte Kruse, nickte dem ungleichen Ehepaar knapp zu und wandte sich wieder seinem Wagen zu.

»Wenig empathisch also, Frau Doktor Liebknecht?«, murmelte er leise, während er die Tür seines BMW öffnete. »Na, das kann ja heiter werden. Ich bin gespannt, was mich am anderen Ende dieses scheinbar endlosen Wingster Waldes erwartet.«

Am Fuchsgraben, wiederholte Kruse gedanklich. Merkwürdig, wie selbstverständlich ihm diese abgelegene Adresse erschien, als hätte sein innerer Kompass bereits den Weg dorthin gespeichert. Dabei kannte er sich in der weitläufigen Wingst überhaupt nicht aus.

Nur den Aussichtsturm – dieses bizarre Bauwerk, das hoch über den Baumwipfeln thronte – kannte er vage. Damals, vor einer Ewigkeit, war er mit seiner Schulklasse zu einem Ausflug hier gewesen. Umständlich reisten sie mit der Bahn an und mussten sich anschließend mühsam zu Fuß durch den Wald schlagen – ein endloser, dunkler Weg. Der Anstieg zum Turm war eine schweißtreibende Tortur, an der sich selbst die Sportlichsten abarbeiteten. Ihre Lehrer, so schien es, hatten die Strapazen genossen. Doch oben, mit Blick über das wogende Blättermeer bis hin zur Elbmündung, hatte sich die Plackerei gelohnt. Dieses Bild hatte sich wie ein altes, leicht verblichenes Dia unauslöschlich in Kruses Gedächtnis eingebrannt.

Für einen flüchtigen Moment verspürte er den Reiz, den Turm erneut zu erklimmen – dem Alltag zu entfliehen, für ein paar Minuten wenigstens. Doch die Gegenwart holte ihn unerbittlich ein.

Zweimal hatte er sich bereits verfahren – ausgerechnet in dieser vermeintlich übersichtlichen ländlichen Gegend. Hier in der Wingst jedoch war Orientierung ein trügerisches Spiel. Immer wieder zweigten unscheinbare Feld- und Waldwege ab, die einen irgendwohin führten – nur selten dorthin, wo man hinwollte. Die Ungeduld nagte an ihm wie sommerliche Sonnenstrahlen an einem einsamen Eiswürfel. Die Zeit verrann, ohne dass er sie aufhalten konnte.

Erst ein freundlicher Wanderer hatte ihm schließlich den entscheidenden Hinweis gegeben. Und nun bog Kruse endlich in die schmale, von alten Eichen gesäumte Straße ein, die den Namen ‘Am Fuchsgraben’ trug. Langsam rollte der BMW an gepflegten Einfamilienhäusern vorbei, die mit ihren akkurat gestutzten Hecken und penibel geharkten Wegen eine fast unheimliche Idylle ausstrahlten.

Vor Haus Nummer 13 ließ Kruse den Wagen ausrollen. »Dreizehn. Na klar«, murmelte er. »Wie passend für diesen Ort voller ungesagter Dinge.«

Zwei stattliche Tannen, deren dunkle Nadeln wie stumme Wächter in den Himmel ragten, flankierten das rotgeklinkerte Haus. Hinter den sauberen Fenstern hingen Gardinen, deren einstiges Weiß schon längst der Vergänglichkeit gewichen war – wie ein gelebtes Leben, das sich still und leise ins Vergessen zurückzieht.

Kruse stieg aus dem Wagen und schloss die Fahrertür leise hinter sich. Mit einem kurzen Blick auf das windschiefe Straßenschild ‘Am Fuchsgraben’ und das Haus, das sich still und abweisend vor ihm aufbaute, ging er auf das Gartentor zu. Es gab beim Öffnen ein eigentümlich trockenes Knarzen von sich – als hätte es sich seit Jahren nicht mehr bewegt.

Ein schmaler, sorgfältig mit grauen Betonplatten ausgelegter Pfad leitete ihn schnurgerade durch den peinlich gepflegten Vorgarten zur Haustür. Alles wirkte ordentlich, beinahe pedantisch, und dennoch haftete der Szenerie etwas Verstörendes an – vielleicht war es die unnatürliche Stille oder das Gefühl, beobachtet zu werden.

Links neben der schweren hölzernen Haustür war ein altmodischer, emaillierter Briefkasten montiert. Ein dicker, ungeöffneter Umschlag quoll daraus hervor, seine

Ecken leicht gewellt vom nächtlichen Tau. Kruse warf einen flüchtigen Blick darauf, ehe er die Klingel betätigte.

Das Geräusch, das aus dem Inneren des Hauses drang, war ein grelles, metallisches Kreischen – der Klang wirkte, als würde etwas in der Tiefe zerschnitten. Kruse lauschte.

Nichts.

Kein Schritt, kein Schatten hinter den Scheiben, keine Regung. Nur das ferne Rauschen der Tannen, die im Wind miteinander flüsterten.

Er drückte den Klingelknopf ein zweites Mal. Wieder schrillte der Ton durch das Haus, wieder blieb es stumm.

»Niemand da«, murmelte Kruse leise und trat einen Schritt zurück, als wolle er sichergehen, dass sich hinter den Spitzen der Gardine nicht doch ein Auge zeigte.

Aber das Haus schwieg weiter.

Mit einem leisen Seufzen wandte er sich ab. Seine Schritte knirschten dumpf auf den Gehwegplatten, als er den Weg zurück zum Wagen antrat. Es war diese Art von Schweigen, die einem Ermittler nicht gefiel. Kein Zufall, kein Irrtum – sondern das feine, kalkulierte Nichts, das bleibt, wenn jemand ganz bewusst nicht gefunden werden will.

»Was zum Teufel ist das für ein unansehnliches Auto vor meinem bescheidenen Anwesen?«, murmelte Theda Liebknecht besorgt, während sie sich vorsichtig dem

Fenster näherte. Sie achtete peinlich genau darauf, die vergilbten Gardinen nicht zu bewegen – nicht den Hauch eines Zeichens wollte sie geben, dass sie im Haus war.

Als sie sah, wie ein mürrisch dreinblickender Mann mit Stoppelbart und in einem viel zu dunklen Jackett aus dem Wagen stieg und mit zielstrebigen Schritten auf ihr geliebtes Haus zusteuerte, durchfuhr sie ein kalter Schauer. Etwas an diesem Mann – seiner Haltung, seinem Blick, seinem ungepflegten Äußeren – ließ sofort sämtliche Alarmglocken in ihr schrillen. Bernhard Kruse wirkte auf die eigenwillige Heimathistorikerin nicht wie ein Besucher, sondern wie eine bevorstehende Katastrophe.

Sie konnte ungepflegte Männer nicht ausstehen. Und dieser sah nicht nur aus, als hätte er die Rasur vergessen, sondern auch den Schlaf, das Frühstück und jegliche Rücksicht auf äußere Erscheinung. In seinen müden Augen lag die Schwere einer durchwachten Nacht – und vielleicht etwas, das sie nicht deuten konnte, aber fürchtete.

Ohne Zeit zu verlieren, huschte Theda durch den Flur in die geräumige Küche. Die Fenster dort blickten hinaus in den zum Teil verwilderten Garten, der hinter dem Grundstück direkt in den dichten, dunklen Wald überging. Mit zitternden Fingern griff sie nach dem Schnurtelefon auf der Anrichte und wählte die Nummer ihres alten Freundes Heiner Kunz – ein erfahrener Polizist aus dem nahen Cadenberge.

»Du, Heiner… ich habe furchtbare Angst«, flüsterte sie, ihre Stimme kratzig und belegt. »Da draußen steht ein fremder Mann… ungepflegt, finster. Er lungert schon eine ganze Weile in einem großen dunklen Auto herum. Ich hab ein ganz mieses Gefühl.«

»Theda, meine liebe Theda«, sagte Heiner ruhig, aber bestimmt. »Ich bin in höchstens zehn Minuten bei dir. Versprochen. Du machst jetzt gar nichts, ja? Nur warten. Ich regel das.«

Mit einem sanften Klicken endete das Gespräch. Theda legte den Hörer ab, doch die innere Unruhe, die sie gepackt hatte, ließ sich nicht abschütteln. Sie ließ sich auf einen der alten, wackeligen Küchenstühle fallen, ihre Knie weich, der Atem flach.

Und dann – die Klingel. Schrill, gellend, metallisch. Der Ton zerschnitt die Stille wie ein Skalpell. Theda zuckte heftig zusammen. Es fühlte sich an, als würde jemand direkt hinter ihr auf eine riesige Pauke einschlagen. Ihr Herz überschlug sich, pochte wie wild gegen ihre Rippen, als wolle es sich befreien.

»Bleib ruhig, Theda. Ganz ruhig«, flüsterte sie, kaum hörbar. Doch ihre Worte verpufften wirkungslos. Mit jeder Sekunde schien sich das Zittern in ihren Gliedern zu verstärken. Der Fremde war noch da – und Heiner noch unterwegs.

Bernhard Kruse hatte es sich gerade halbwegs bequem in seinem Dienstwagen gemacht, als mit heulendem Blaulicht ein Streifenwagen heran rauschte und mit quietschenden Reifen direkt hinter seinem auffälligen BMW zum Stehen kam. Beinahe im selben Moment sprang ein uniformierter Polizist aus dem Wagen und stand mit einem entschlossenen Satz an Kruses Fahrertür.

»Aussteigen! Sofort!«, rief er mit schneidender Stimme und hatte die rechte Hand bereits drohend am Griff seiner Dienstwaffe. »Und weisen Sie sich bitte ordnungsgemäß aus!« Der Ton war höflich, aber unmissverständlich – keine Spur von Zweifel oder Spielraum.

Kruse reagierte ruhig.

Langsam und überdeutlich griff er in die Innentasche seines Jacketts – eine Bewegung, die den aufgebrachten Beamten sofort veranlasste, seine Waffe mit einem bedrohlichen Klicken zu entsichern und sie auf den verdutzten Kriminalhauptkommissar zu richten.

»Ganz ruhig, Kollege«, sagte Kruse mit kühler Gelassenheit, jedoch nicht ohne Nachdruck, während er sein Jackett ein Stück zur Seite schob, sodass die deutlich erkennbare Dienstwaffe zum Vorschein kam. »Kriminalhauptkommissar Bernhard Kruse, Kripo Stade«, stellte er sich mit nüchterner Amtsautorität vor und zog nun gemächlich seinen Dienstausweis hervor.

Heiner Kunz atmete hörbar auf, ließ die entsicherte Pistole zurück in ihr Holster gleiten und strich sich verlegen über die Stirn. »Heiner Kunz, Polizeihauptkommissar, Cadenberge«, erwiderte er formell, wobei seine anfängliche Entschlossenheit einer spürbaren Verlegenheit wich. »Ähm … und was genau führt Sie zu Frau Doktor Liebknecht, Herr Kommissar?«

»Das bespreche ich am liebsten mit Frau Doktor Liebknecht selbst – sofern Sie nichts dagegen haben«, entgegnete Kruse mit höflichem Nachdruck. »Wissen Sie zufällig, wo sie sich gerade aufhält?«

Noch bevor Kunz antworten konnte, öffnete sich die schwere Haustür des rotgeklinkerten Hauses einen Spalt. Ein Kopf mit üppigem, schulterlangem, silbergrauem Haar schob sich vorsichtig hinaus – und die wachsamen Augen der Heimathistorikerin fixierten die beiden Männer mit einer Mischung aus Misstrauen und Neugier.

»Alles in Ordnung, Theda! Der Herr hier ist von der Kriminalpolizei«, rief Heiner beruhigend zur Tür hinüber.

»Oh… die Kriminalpolizei? In meinem bescheidenen Haus?«, entfuhr es Theda Liebknecht, ihre Stimme schwankte zwischen Überraschung und leiser Besorgnis.

»Verzeihen Sie die unangekündigte Störung, Frau Doktor Liebknecht. Mein Name ist Bernhard Kruse. Ich ermittle im Zusammenhang mit dem tragischen Mordfall auf der Schwebefähre«, erklärte Kruse mit einer dezenten, förmlichen Verbeugung und streckte ihr zur Begrüßung die Hand entgegen.

»Treten Sie doch bitte ein«, sagte Theda mit einer vorsichtigen, fast zögerlichen Geste, ohne jedoch den angebotenen Handschlag zu erwidern. Kruse registrierte das mit einem knappen Nicken.

Heiner folgte den beiden ins Haus.

Der aufsehenerregende Mordfall, von dem er erst kürzlich in der Lokalzeitung gelesen hatte, war ihm noch gut im Gedächtnis – und nun bot sich ihm unerwartet die Gelegenheit, mehr aus erster Hand zu erfahren.

Kaum hatten sie den Flur betreten, wandte sich Kruse mit einem leicht genervten Unterton an seinen uniformierten Kollegen: »Kollege Kunz, hätten Sie an diesem sonnigen Sonntagvormittag nicht vielleicht etwas Sinnvolleres zu tun?«

»Ähm… eigentlich nicht wirklich, Herr Kommissar«, murmelte Heiner zögerlich. »Ist ja immerhin Sonntag.«

»Eben – 'eigentlich'«, erwiderte Kruse trocken. »Gehen Sie bitte Ihren regulären Aufgaben nach. Ihre unmittelbare Anwesenheit ist hier nicht erforderlich.«

»Bin ja schon weg, Herr Kollege«, brummte Heiner leise und warf Kruse einen missmutigen Blick über die Schulter zu, bevor er widerwillig kehrtmachte.

»Vielen Dank, Heiner«, rief ihm Theda hinterher, nicht ohne einen Anflug von Erleichterung in der Stimme.

Kruse wandte sich wieder der Hausherrin zu. »Frau Doktor Liebknecht, Sie haben sicherlich von dem schrecklichen Vorfall gehört, der sich kürzlich auf der Schwebefähre in Osten ereignet hat?« Seine Stimme war nun ruhiger, fast vertraulich, während sein Blick sich fest in ihre wachen Augen senkte.

»Ja… auf eine seltsame Art und Weise schrecklich«, antwortete Theda nachdenklich und bedeutete ihm mit einer knappen, fast aristokratischen Geste, am rustikalen Holztisch ihrer heimeligen, nach Braten duftenden Küche Platz zu nehmen.

»Aber was genau habe ich mit dieser tragischen Geschichte zu tun, Herr Kommissar?«, fragte sie schließlich und musterte ihn mit wachsendem Misstrauen. »Was führt Sie ausgerechnet zu mir?«

Kruse setzte sich, stützte die Hände auf den Tisch und kam ohne Umschweife zur Sache. »Um ganz ehrlich zu sein, Frau Doktor Liebknecht – ich hoffe auf Ihre unschätzbare Hilfe.«

Die Historikerin hob überrascht die Brauen, und ein kaum merkliches, beinahe kokettes Lächeln huschte über ihr Gesicht. Sie ließ sich ihm gegenüber auf dem knarrenden Holzstuhl nieder. Seine direkte Art schmeichelte ihr, auch wenn sie es sich nicht ganz eingestehen wollte. Ein zarter Hauch von Röte färbte ihre Wangen.

»Und in welcher Hinsicht, Herr Kruse, könnte ich Ihnen in dieser doch recht verzwickten Angelegenheit behilflich sein?«, fragte sie mit einem Tonfall, der gleichermaßen Neugier wie leichten Argwohn verriet.

»Nun ja, Frau Doktor«, begann Kruse mit gesenkter Stimme, die nun eine beinahe vertrauliche Dringlichkeit annahm, »in dieser ganzen Region gibt es wohl kaum jemanden, der sich so leidenschaftlich und tiefgreifend mit der lokalen Geschichte auseinandergesetzt hat wie

Sie. Und ich gehe fest davon aus, dass Ihnen auch die wechselvolle Historie des beschaulichen Ostens und seiner einzigartigen Schwebefähre keineswegs fremd ist.«

»Da dürften Sie nicht ganz falsch liegen, Herr Kruse«, erwiderte Theda, wobei ihre Stimme für einen Moment ein helles Flimmern verriet. Sie rang sichtlich damit, ihre aufkeimende Freude über die unverhoffte Anerkennung ihrer jahrzehntelangen Arbeit im Zaum zu halten. Am liebsten wäre sie aufgesprungen und hätte vor Begeisterung das Porzellan im antiken Küchenschrank zum Klirren gebracht. »Wie genau kann ich Ihnen also in dieser… delikaten Angelegenheit von Nutzen sein?«

»Nun, Frau Doktor, die Menschen in Osten sind… sagen wir mal, nicht besonders redselig. Sie mauern wie die Weltmeister. Ich bin fest davon überzeugt, dass viele von ihnen sehr genau wissen, warum Georg Johannson – unser Opfer – auf so brutale Weise sterben musste. Aber keiner von ihnen rückt auch nur ein Wort heraus.« Kruse klang nun deutlich frustrierter. Er zog ein abgenutztes Notizbuch hervor, dessen Ecken ausgefranst waren und dessen Seiten von handschriftlichen Anmerkungen überquollen. Mit geübter Routine blätterte er darin und begann, Theda seine bisherigen, spärlichen Erkenntnisse vorzulesen.

Theda hörte aufmerksam zu, nickte gelegentlich, und als Kruse das Buch wieder in seine Innentasche schob, atmete sie tief durch. »Sehr komplex und… auf eine düstere Weise faszinierend«, sagte sie leise, fast ehrfürchtig.

»Sie möchten also herausfinden, ob es einen Zusammenhang zwischen diesem Georg Johannson und dem Bäckergesellen Schiller geben könnte«, schlussfolgerte sie schließlich. »Aber wenn ich mich recht entsinne, liegen zwischen den beiden Männern mehr als fünfundsechzig Jahre. Ich würde stark vermuten, dass wir es hier mit einer tief verwurzelten Familiengeschichte zu tun haben – einer, die sich über Generationen hinweg erstreckt.«

Kruse nickte langsam. »Und wenn sein Tod womöglich in direktem Zusammenhang mit dem Neubau der Ostebrücke steht?«, warf er nachdenklich ein, während er Theda forschend beobachtete – auf der Suche nach dem winzigen Zucken, dem kaum merklichen Blinzeln, das ihm vielleicht einen Hinweis darauf geben könnte, ob er endlich auf der richtigen Spur war.

»Diese Frage, Herr Kruse, überlasse ich selbstverständlich Ihnen – mit der gebotenen Gründlichkeit, versteht sich. Die Geschichte, das ist meine Passion«, sagte Theda mit fester Stimme und einem Hauch von Eindringlichkeit. »Allerdings wird es sicherlich einige Tage in Anspruch nehmen, mein umfangreiches Archiv systematisch nach potenziell aufschlussreichen Hinweisen zu durchforsten. Es könnte darüber hinaus nötig sein, ergänzend andere Archive in der Umgebung zu konsultieren.«

Sie machte eine kurze Pause, ehe sie mit leichtem Zögern hinzufügte: »Wie steht es eigentlich mit einer angemessenen Aufwandsentschädigung für meine Mühen, Herr Kommissar?«

Kruse blinzelte irritiert. In seinen kühnsten Vorstellungen hatte er mit vielem gerechnet – verschwiegene Hinweise, alte Familiengeheimnisse, vielleicht sogar ein verstaubtes Tagebuch –, doch dass Frau Doktor Theda Liebknecht so unverblümt nach einer finanziellen Gegenleistung fragen würde, überraschte ihn dann doch.

»Ich werde Ihr absolut verständliches Anliegen selbstverständlich umgehend an meine Vorgesetzten weitergeben, Frau Doktor«, erwiderte er diplomatisch und blieb bemüht freundlich. »Mir persönlich sind in dieser Hinsicht leider die Hände gebunden.«

»Verstehe«, murmelte Theda mit einem kaum überhörbaren Anflug von Enttäuschung. Ihre zuvor deutlich spürbare Begeisterung für den Fall kühlte merklich ab – ganz so, als wäre ihr plötzlich eingefallen, dass es auch angenehmere Dinge gab, mit denen man seine Zeit verbringen konnte.

Kruse erkannte das Spiel und hakte vorsichtig nach: »An welche Größenordnung dachten Sie denn konkret, Frau Doktor?«

Die Historikerin lächelte leicht, ihre Taktik war offenbar nicht wirkungslos geblieben. »Sagen wir… pauschal zweitausend Deutsche Mark, zuzüglich meiner Spesen für etwaige Archivbesuche«, sagte sie mit einer fast beiläufigen Selbstverständlichkeit, als ginge es um die Bestellung eines neuen Regenschirms.

Kruse nickte langsam. »Gut, Frau Doktor Liebknecht. Ich werde Ihre Forderung so weiterleiten. Und… wann darf ich mit ersten Ergebnissen rechnen?«

»Sobald ich eine schriftliche Zusage über die Übernahme meiner Auslagen vorliegen habe, Herr Kommissar«, erwiderte sie mit einer Klarheit, die keinen Raum für Missverständnisse ließ. Dann erhob sie sich mit jener Mischung aus Würde und Selbstbewusstsein, die sie wie selbstverständlich umgab.

Kruse verstand.

Die Unterhaltung war beendet.

Mit einem knappen Nicken verabschiedete er sich von der resoluten Dame und trat den Rückweg zu seinem Wagen an – den Kopf voller offener Fragen und einer neuen Gewissheit: In diesem Fall war nichts, wie es auf den ersten Blick schien.

»So eine abgebrühte Alte…«, murmelte der frustrierte Ermittler, noch bevor er seinen Dienstwagen erreicht hatte. Er zwang sich, nicht zurückzublicken – obwohl ihn das nagende Bedürfnis überkam, dieser eigenwilligen Frau doch noch einen letzten Blick zuzuwerfen. Er konnte regelrecht spüren, wie sich Thedas durchdringender Blick in seinen Rücken bohrte, wie zwei unsichtbare Nadeln.

Drinnen, hinter dem halb geöffneten Fenster, huschte

ein kaum merkliches, aber umso zufriedeneres Lächeln über ihr faltiges Gesicht. Sie wusste genau, dass sie den ungeduldigen Kommissar längst am Haken hatte.

6

Eigentlich hatte Bernhard Kruse fest vorgehabt, direkt in das verschlossene Dorf Osten zurückzukehren. Doch schließlich obsiegte die Vernunft über seine aufkeimende Sturheit. Stattdessen lenkte er den Wagen in Richtung seiner Dienststelle in Stade – nicht aus Resignation, sondern aus Einsicht: Ohne handfeste Beweise würde er in der dörflichen Enge keinen entscheidenden Schritt weiterkommen. Die wortkargen Einwohner ließen ihn sprichwörtlich am langen Arm verhungern.

Obwohl, ein gezielter, vergifteter Stachel würde diesem vermeintlich friedlichen Dorfleben ganz gut tun, dachte er mit einem diabolischen Grinsen. Allein die Vorstellung, die dicke Blase der Ostener Geheimniskrämerei mit einem einzigen Stich zum Platzen zu bringen, bereitete ihm eine diebische Freude.

In Hechthausen wendete er seinen Wagen.

Als er wenig später in Basbeck in die verkehrsreiche Fährstraße einbog, kroch eine zähe Blechlawine wie eine träge, satte Schlange der Schwebefähre entgegen. Unbeeindruckt schlängelte sich Kruse an der ungeduldig wartenden Kolonne vorbei. Aufgeregtes Hupen und wild gestikulierende Fahrer quittierte er mit abgeklärter Gelassenheit.

Nichts brachte ihn aus der Ruhe.

Vor seinem bevorzugten Gasthaus wollte er gerade elegant auf den Gästeparkplatz einschwenken – doch ein Wagen, der dort in aller Unverfrorenheit wartete, versperrte ihm die Zufahrt. Der Fahrer kümmerte sich nicht im Geringsten darum, dass er rücksichtslos eine Ein- und Ausfahrt blockierte und schüttelte lediglich ungläubig den Kopf, als Kruse ihn mit eindeutigen Handzeichen aufforderte, Platz zu machen.

»Na warte, mein kleiner Freund«, murmelte Kruse mit gereiztem Unterton und stieg mit bemerkenswerter Ruhe aus seinem Fahrzeug. In bester Wild-West-Manier, die nichts Gutes verhieß, schlenderte er zu dem beigefarbenen VW Käfer hinüber, klopfte betont gelassen an die Fahrerseitenscheibe und bedeutete dem Fahrer mit einer unmissverständlichen Geste, das Fenster zu öffnen.

Der Mann schüttelte erneut stur den Kopf.

Kruse lächelte – breit, kühl, völlig humorlos – und schob sein Jackett zur Seite, sodass der Griff seiner Dienstwaffe deutlich sichtbar aufblitzte. Im nächsten Moment klebte sein Dienstausweis wie ein drohendes Siegel an der Seitenscheibe.

Der Fahrer des Käfers erbleichte augenblicklich. Mit zitternden Fingern, die seine plötzlich aufkeimende Nervosität kaum verbergen konnten, kurbelte er das Fenster herunter.

»Entschuldigung... äh... Verzeihung«, stammelte er leise und kleinlaut.

»Mit einer lapidaren Entschuldigung ist diese grobe Unhöflichkeit samt daraus resultierender Verkehrsbehinderung keineswegs erledigt, mein Herr«, meinte Kruse mit gespielt strengem Ton. »Unberechtigte Blockade einer Ein- und Ausfahrt und...« – er brach den Satz bewusst ab, ließ den Rest der möglichen Anzeigen unausgesprochen im Raum hängen. »Das macht exakt zwanzig Deutsche Mark Ordnungswidrigkeit. Bitte.«

Mit einem breiten, leicht sadistischen Grinsen machte er kehrt und ging zu seinem BMW zurück, um aus dem Handschuhfach den amtlichen Quittungsblock zu holen. Das empörte Gekreische der Beifahrerin im blockierenden Käfer war deutlich zu hören, begleitet von hastigem Gezeter und wildem Gefuchtel. Erst als Kruse sich mit der bereits ausgestellten Quittung wieder näherte, verstummte die aufgebrachte Stimme schlagartig.

Der Fahrer, mittlerweile sichtlich eingeschüchtert, zog wortlos den Geldschein hervor und reichte ihn mit gesenktem Haupt. Der Handel war abgeschlossen.

Inzwischen hatte eine voll besetzte Fähre das Ufer erreicht, doch der Strom der abfahrenden Fahrzeuge kam ins Stocken – Kruses unbeweglicher BMW blockierte noch immer die Straße. Ein aufbrandendes Hupkonzert zerriss die zuvor friedliche Sonntagsruhe. Genervte Fahrer trommelten mit den Handflächen aufs Lenkrad, während aus den offenen Fenstern hitzige Kommentare drangen.

»Hat ja nur zwanzig Mark gekostet, die kleine Parkplatzblockade!«, rief der Käferfahrer spöttisch über die Schulter, als er endlich widerwillig den Weg zum Parkplatz freigab.

Kruse ließ sich davon nicht beeindrucken. Mit demonstrativer Gelassenheit parkte er seinen Wagen und betrat kurz darauf das vertraute Gasthaus. Drinnen empfing ihn Adele mit ihrem gewohnten strahlenden Lächeln.

»Na, Herr Kommissar – wie war Ihr kleiner Ausflug in die grüne Wingst? Haben Sie die frische Waldluft genossen?«, fragte sie neugierig, während sie ihm einen Platz anbot.

»Die Wingst ist definitiv eine Reise wert«, erwiderte Kruse mit einem müden Schmunzeln und ließ sich auf der Bank an einem der rustikalen Holztische nieder.

»Heute haben wir saftige Frikadellen, ganz frisch aus Mutterns Topf, mit...«, begann Adele enthusiastisch.

Kruse hob leicht die Hand, um sie augenzwinkernd zu unterbrechen: »...mit dem legendären Kartoffelsalat des Hauses, extra cremig, nicht wahr?«

Ein herzhaftes Lachen ging durch den Gastraum, als wäre damit ein stilles Ritual vollzogen worden.

»Volltreffer, Herr Kommissar! Ihr kriminalistischer Spürsinn macht nicht einmal vor unseren Tagesgerichten Halt«, meinte Adele schmunzelnd.

»Dann bitte dreimal die herrlich klingenden Frikadellen – aber bitte etwas weniger von dem, sagen wir mal, charmant rustikalen Kartoffelsalat. Und ein kühles Bier dazu, wenn's recht ist«, bestellte Kruse mit einem leicht spöttischen Grinsen. Sein Blick glitt beiläufig aus dem Fenster – und erstarrte.

»Das darf doch jetzt nicht wahr sein!«, murmelte er fassungslos. Tatsächlich: Der beigefarbene VW Käfer stand erneut mitten in der Einfahrt, als hätte es die vorangegangene Szene nie gegeben. »Wie abgebrüht – oder wie lernresistent muss man eigentlich sein?«, knurrte er und erhob sich entschlossen vom Tisch.

Diesmal würde es kein bloßes Klopfen an die Scheibe geben. Kruse marschierte direkt auf das ramponierte Fahrzeug zu, ließ sich Führerschein und Fahrzeugpapiere zeigen und umrundete dann mit prüfendem Blick den Käfer. Die Reifen waren heruntergefahren bis auf den Kern, die Profiltiefe ein schlechter Witz. Und die TÜV-Plakette? Abgelaufen – seit sieben Monaten.

»Bitte fahren Sie diesen verkehrsuntauglichen Wagen umgehend auf den Parkplatz und stellen Sie ihn dort ab«, sagte Kruse mit ruhiger, aber unmissverständlicher Stimme. »Ich lege Ihr Fahrzeug hiermit offiziell still. Das wird nun erheblich teurer als die läppischen zwanzig Mark von vorhin.«

Der Fahrer, inzwischen bleich und sichtlich kleinlaut, tat wie befohlen und übergab Kruse schweigend die Schlüssel.

»Und wie sollen wir jetzt bitte nach Hause kommen?«, fragte er mit einem Blick, der Kruse zur Ursache allen Übels erklärte.

»Mit der Deutschen Bahn«, entgegnete Kruse trocken und deutete die Fährstraße hinunter in Richtung des kleinen Bahnhofs von Basbeck.

»Na toll!«, knurrte der Fahrer.

»Richtig klasse! Und das alles nur wegen deiner blöden Sturheit! Ich hab dir gleich gesagt, das ist keine gute Idee!«, keifte die Beifahrerin, deren Geduldsfaden nun endgültig gerissen war.

Kruse ließ das zankende Paar einfach stehen und kehrte, ohne ein weiteres Wort, ins Gasthaus zurück. Drinnen dampften seine Frikadellen bereits auf dem Tisch und verströmten einen betörenden Duft, dem selbst die nüchternste Dienstvorschrift nicht hätte widerstehen können.

»Musste das denn wirklich sein, Herr Kommissar?«, fragte Adele mit einer Mischung aus Neugier und Besorgnis.

Kruse setzte sich, legte Messer und Gabel zurecht und antwortete trocken: »Ja, das musste leider sein. Dieser Wagen ist in keinster Weise verkehrssicher – eine tickende, rollende Zeitbombe auf unseren Straßen.« Mit Nachdruck sprach er die Worte aus, bevor er genüsslich die erste der hausgemachten Frikadellen in scharfen Senf tunkte und beherzt hineinbiss.

»Wie Sie meinen, Herr Kommissar. Dann lassen Sie es sich schmecken«, entgegnete Adele, ging zurück hinter den Tresen und begann, einige frisch polierte Gläser mit goldgelbem Bier zu füllen.

In diesem Moment knarrte die Tür zum Schankraum und das unglückliche Paar aus dem eben stillgelegten VW Käfer stand mit düsteren Mienen in der Tür. Kaum hatten sie Kruse am Tisch ausgemacht, marschierten sie schnurstracks auf ihn zu.

»Sie sind allein schuld, dass wir jetzt hier in diesem gottverlassenen Nest festsitzen!«, begann der Mann ungefragt und mit neu entfachter Wut.

Kruse ließ sich nicht im Geringsten beirren, biss seelenruhig in seine zweite Frikadelle und kaute bedächtig. Dann, mit der Gelassenheit eines Mannes, der sich so schnell nicht aus der Ruhe bringen ließ, erwiderte er: »Das, mein Herr, haben Sie sich ganz allein zuzuschreiben.«

In eben diesem angespannten Moment öffnete sich erneut die Tür – und Oskar Schiller trat ein. Seine dunklen Augen blieben an dem zankenden Paar hängen, das offenkundig Streit mit dem unbeeindruckten Kommissar suchte. Langsam, fast gemächlich, ging er in Richtung Kruses Tisch.

»Darf ich mich setzen?«, fragte er mit ruhiger Stimme und deutete auf den einzigen freien Stuhl.

»Nein!«, fauchte der junge Mann wütend, bevor Kruse reagieren konnte.

»Setzen Sie sich ruhig, Herr… äh…«, sagte Kruse freundlich und wies mit einer einladenden Geste auf den Stuhl. »Darf ich Ihnen ein frisch gezapftes Bier spendieren? Nach dem, was Sie hier mitbekommen, könnten Sie vermutlich eins gebrauchen.«

»Da sag ich bestimmt nicht nein, Herr Kommissar. Ich bin übrigens der Oskar«, sagte Schiller mit einem schiefen Grinsen, ließ sich schwerfällig nieder und verschränkte entspannt die kräftigen Arme vor der Brust. »Gibt's hier etwa ein kleines Problem?«, fragte er, während sein Blick beiläufig über das nach wie vor erhitzte Paar glitt.

»Nein, bei mir ist alles in bester Ordnung«, antwortete Kruse gelassen. »Und wenn der junge Herr rechtzeitig mit seinem verkehrsuntauglichen Gefährt beim TÜV gewesen wäre, säße er jetzt nicht hier und müsste sich ärgern.«

Ein kaum hörbares, zustimmendes Brummen kam von Oskar, während das junge Paar sich ratlos ansah – verlegen, zornig, erschöpft. Im Gastraum kehrte langsam wieder Ruhe ein, nur das gelegentliche Klirren von Besteck und das Zischen frisch gezapften Biers waren zu hören.

Der junge Mann setzte gerade zu einer hitzigen Entgegnung an, wurde jedoch von seiner resoluten Begleiterin mit einem energischen Ruck am Arm gestoppt.

»Lass es gut sein, Jonas. Komm, wir gehen einfach. Irgendwo finden wir schon eine notdürftige Bleibe für die Nacht.«

»Sie sind gestrandet?«, fragte Oskar mit neugierigem Blick und musterte das unglückliche Paar aufmerksam.

»Gestoppt trifft es wohl besser«, murmelte Jonas bitter.

»Wenn Sie möchten, kann ich Sie bis nach Wischhafen mitnehmen. Ich fahre ohnehin in die Richtung«, bot Oskar überraschend an, ohne eine Miene zu verziehen.

»Und was wird aus unserem Auto?«, fragte Jonas, den Blick hilflos zur Straße gerichtet.

»Tja, mein junger Freund, den sehen Sie so schnell nicht wieder«, erwiderte Oskar mit einem schiefen Grinsen. Kruse warf ihm daraufhin einen fragenden Blick zu.

»So ist das nun mal. Meine Dienste sind natürlich nicht ganz umsonst. Und mal ehrlich: Mit der Karre kommen Sie nie wieder durch den TÜV. Ein Abschleppdienst wäre rausgeworfenes Geld. Viel günstiger wär's, Sie überlassen mir das Auto – ich geb' Ihnen sogar fünfzig Mark bar auf die Hand.«

»Ein durchaus faires Angebot«, bemerkte Kruse trocken und schob sich den letzten Bissen der Frikadelle in den Mund, während er mit einem Brotkrümel den restlichen Senf vom Teller wischte. Die Situation nahm eine unverhoffte Wendung.

»Können wir jetzt los? Ich hab die Schnauze voll von dem Laden hier«, sagte Jonas und trat ungeduldig auf der Stelle.

»Immer schön sinnig, mein junger Freund«, bremste Oskar ihn mit erhobener Hand. »Mir steht hier schließlich noch ein kühles Bier zu, spendiert vom freundlichen Herrn Kommissar. Und das lasse ich mir ganz bestimmt nicht entgehen.«

»Wir warten draußen«, sagte die junge Frau genervt, drehte sich um und zog Jonas wortlos hinter sich her, hinaus in den kühlen Abend.

»Vielen Dank, Herr... Oskar«, meinte Kruse mit einem schmalen Lächeln. »Und: Prost.« Er hob sein fast volles Glas leicht an.

Oskar nahm sein Bier, setzte an – und leerte es fast vollständig mit einem einzigen tiefen Zug. Danach lehnte er sich wohlig zurück, schlug die Hände vor der Brust zusammen und fragte mit beiläufiger Neugier:

»Gibt's denn schon was Neues in diesem kniffligen Mordfall, Herr Kommissar? Im Dorf herrscht ja Ausnahmezustand.«

Kruse musterte aufmerksam Oskars markante Gesichtszüge, suchte nach einer Regung, einem verräterischen Zucken in dessen sonst so unbewegter Miene. »Nein, bahnbrechende Erkenntnisse gibt es bislang leider nicht. Aber wo wir gerade so gemütlich beisammensitzen...«, begann er mit betont lässiger Stimme, »Sie erwähnten bei unserem ersten, wenn auch recht kurzen Gespräch, dass Sie mit der Schwebefähre übergesetzt haben. Ist Ihnen im Nachhinein vielleicht doch noch etwas Ungewöhnliches aufgefallen? Eine Kleinigkeit, die Ihnen erst jetzt wieder in den Sinn kommt? Oft sind es ja gerade die unscheinbaren Details, die weiterhelfen.«

Oskar runzelte leicht die Stirn, schien nachzudenken, bevor er den letzten Schluck seines Bieres nahm und das Glas mit einem zufriedenen *»Klack«* auf den Tisch stellte. Dann sah er Kruse direkt an und konterte mit einer scheinbar beiläufigen Frage: »Wissen Sie denn inzwischen, wer der unglückliche Tote war, Herr Kommissar?«

»Ja, seine Identität konnten wir inzwischen zweifelsfrei feststellen. Was wir allerdings noch nicht wissen, ist, warum er überhaupt in Ihrem beschaulichen Osten unterwegs war«, entgegnete Kruse ruhig – seine Stimme blieb freundlich, aber seine Augen bohrten sich förmlich in die von Oskar. Da war etwas. Eine latente Spannung in dessen Art zu reden, ein beinahe zu kontrolliertes Ausweichen der Blicke. Kruses Instinkt, über Jahre geschärft, flüsterte ihm: *Sei wachsam bei diesem Mann.*

»Und… wer war er? Also, wer ist… war dieser Fremde?«, hakte Oskar nach, bemüht um Beiläufigkeit. Doch die Art, wie seine kräftigen Finger unaufhörlich auf der Tischplatte trommelten, verriet seine wachsende Nervosität.

»Sein Name war Georg Johannson, aus Hamburg«, sagte Kruse ruhig und lehnte sich leicht zurück, ohne seinen Blick von Oskar abzuwenden. Er wartete – auf das Flackern in den Augen, das kurze Zucken der Mundwinkel, das Heben einer Braue.

Irgendeine Regung.

Und tatsächlich: ein kaum wahrnehmbares Zusammenziehen der Augenlider, kaum mehr als ein Wimpernschlag. Aber genug, dass Kruses innerer Alarm leise anschlug.

»Johannson… aus Hamburg«, wiederholte Oskar gedehnt, als würde er den Klang des Namens auf der Zunge abwägen. Für einen Moment wirkte er nachdenklich, beinahe verloren in einer Erinnerung, die kurz aufzublitzen schien – und dann entschwand. »Nein… dieser Name sagt mir absolut nichts«, erklärte er schließlich und schien sich mit jedem Wort mehr zu entspannen. Die Miene glättete sich, die Schultern sanken ein wenig. Als hätte er gerade eine Prüfung überstanden.

»Sie kennen ihn doch, oder?«, fragte Kruse, diesmal mit einem deutlicheren Nachdruck. Seine Stimme war leise, fast sanft – aber in seinem Blick lag etwas, das einen weniger gefestigten Mann vielleicht hätte erzittern lassen.

Oskar hob abwehrend die Hände. »Ich? Nein, Herr Kommissar, wirklich nicht. Ich schwöre es Ihnen – nie gehört, nie gesehen.« Seine Stimme klang plötzlich zu betont empört. Fast zu sauber.

Er stand hastig auf, schob den Stuhl zurück. »Dann werde ich die beiden jungen Leute jetzt mal rüber nach Wischhafen bringen, bevor sie hier noch Wurzeln schlagen. Und danke noch mal für das Bier – das war wirklich sehr freundlich von Ihnen, Herr Kommissar.«

Kruse nickte nur leicht und sah ihm wortlos hinterher, während Oskar schnellen Schrittes zur Tür ging. Für einen Moment blieb er stehen, als wolle er noch etwas sagen – dann schüttelte er kaum merklich den Kopf und trat hinaus in die kühle Abendluft.

Kruse erwiderte die Verabschiedung mit einem stummen Nicken und ließ den Blick nachdenklich zum Fenster schweifen. Draußen sah er, wie Oskar und das junge Paar in einen eleganten, tiefschwarzen Mercedes stiegen, der unauffällig am Straßenrand wartete. Kurz darauf setzte sich der Wagen gemächlich in Bewegung, rollte durch die schmale Deichlücke und steuerte auf die wartende Schwebefähre zu.

Ein guter Moment, um sich die Beine zu vertreten, dachte Kruse. Die stickige Wirtshausluft forderte ihren Tribut, und draußen lockte die frische Brise von der Oste. »Schreiben Sie's bitte auf mein Zimmer, Frau Kramer«, sagte er zur Wirtin, dann schob er die Tür auf und trat hinaus.

Langsam ging er den kurzen Weg zur Deichlücke. Die Fähre glitt träge auf den Fluss hinaus, während ein sanfter Wind den herben, angenehmen Duft frisch gemähten Grases herantrug. Aus der Ferne war das gleichmäßige Brummen eines Traktors zu hören, der unbeirrt seine Runden über eines der angrenzenden Felder drehte. Eine ländliche Idylle, wie gemalt – und doch schien sie merkwürdig fehl am Platz angesichts der dunklen Schatten, die sich über diesen Tag gelegt hatten.

»Moin, Herr Kommissar!«, rief Hugo von der Fähre herüber und hob grüßend die Hand.

Kruse erwiderte den Gruß mit einer knappen Bewegung und kehrte schließlich langsam zum Gasthaus zurück. Die Müdigkeit saß ihm schwer in den Gliedern, und mehr denn je verspürte er das Bedürfnis, den Tag in Ruhe Revue passieren zu lassen. Etwas stimmte nicht – das spürte er deutlich. Aber was genau?

War es Theda Liebknechts spröde, beinah feindselige Art und ihre auffällige Forderung nach Geld? Oder doch eher Oskars seltsames, ausweichendes Verhalten? Der Mann schien vieles unter seiner ruhigen Oberfläche zu verbergen.

Kruse wusste: Die Wahrheit lag irgendwo dazwischen.

»Sagen Sie mal, Frau Kramer – oder darf ich Adele sagen? Wissen Sie zufällig, wie der freundliche Herr Oskar mit Nachnamen heißt, der gerade mit den beiden jungen Leuten weggefahren ist?«, erkundigte sich Kruse mit betont beiläufigem Ton.

»Aber natürlich, Herr Kommissar, sagen doch alle hier. Und der Herr, der heißt Schiller, Oskar Schiller«, erwiderte Adele, während sie ein paar benutzte Gläser abräumte.

»Schiller… so, so. Vielen Dank, Adele«, sagte Kruse nachdenklich, dann wandte er sich ab und machte sich langsam auf den Weg in sein Zimmer im ersten Stock.

Noch lange lag er wach in seinem knarrenden Bett. Wie in einer endlosen Gedankenschleife rasten die Namen des Tages durch seinen übermüdeten Kopf – Johannson, Schiller, Dunkelmann, Richter. Immer wieder dasselbe Karussell. Und jedes Mal, wenn sich die Schwebefähre mit ihrem unverwechselbaren metallischen Quietschen und dumpfen Rumpeln dem Ufer näherte, schien es, als würde sich die Unruhe in ihm noch verstärken.

Das ganze verdammte Dorf weiß Bescheid!, dachte Kruse bitter. Mehr denn je war er davon überzeugt, dass hier niemand wirklich mit offenen Karten spielte.

Die halten alle zusammen wie Pech und Schwefel.

Ihm wurde klar: Wenn er in diesem undurchsichtigen Fall weiterkommen wollte, würde er Hilfe brauchen. Jemanden, der vor Ort war, dem die Leute vertrauten – einen Verbündeten. Doch wo sollte er so jemanden finden? Alle bisherigen Gesprächspartner schieden aus. Entweder zu verschlossen, zu parteiisch – oder beides.

Kurz spielte er sogar mit dem Gedanken, Theda Liebknecht verdeckt ins Dorf »einzuschleusen«. Aber je länger er darüber nachdachte, desto absurder erschien ihm dieser Einfall. Eine weitere Fremde, die plötzlich die gleichen unbequemen Fragen stellte wie die Polizei? Das würde in diesem misstrauischen Nest sofort Argwohn wecken.

»Nein«, sagte er leise zu sich, »es muss jemand sein, der bereits mitten unter ihnen lebt. Jemand mit Ansehen. Eine Respektsperson, die sich das Vertrauen der Dörfler über Jahre hinweg verdient hat.«

Der Pastor vielleicht. Oder der Arzt.

Langsam formte sich ein neuer Plan in seinem müden Kopf. Gleich am nächsten Morgen würde er mit der Fähre übersetzen und versuchen, unauffällig Kontakt zu Doktor Meinhard Steffen und Pastor Lukas Altmann aufzunehmen. Zwei Männer, die im Dorf angesehen waren – und möglicherweise die Einzigen, die das Schweigen der Gemeinschaft durchbrechen konnten.

Ein letztes Mal hörte Kruse das melancholische Quietschen und dumpfe Rumpeln der alten Schwebefähre. Wie ein beruhigendes Schlaflied aus einer anderen Zeit begleitete es ihn schließlich hinüber in einen tiefen, traumlosen Schlaf.

***

Vor der Gaststätte herrschte plötzlich ein wildes, ungewohntes Durcheinander. Menschen liefen aufgeregt und planlos umher, ihre Gesichter gezeichnet von Verwirrung, Ungeduld und wachsender Unruhe. Stimmen überschlugen sich, Gerüchte sprossen wie Unkraut auf frisch umgegrabener Erde: Warum, um Himmels willen, hatte die sonst so verlässliche Schwebefähre ohne jede Vorwarnung den Betrieb eingestellt?

»Wie sollen wir denn jetzt bloß auf die andere Seite kommen?«, war der am häufigsten geäußerte Satz – mal geflüstert, mal aufgebracht herausgerufen, immer jedoch mit wachsender Besorgnis.

Kommissar Bernhard Kruse öffnete widerwillig die Augen. Es fühlte sich an, als hätte ihn im Schlaf eine Dampfwalze überrollt – und dann noch einmal zur Sicherheit rückwärts. Das kalte Wasser, das er sich ins Gesicht spritzte, war eher ein Symbol des Widerstands als eine wirkliche Hilfe. Sein Kreislauf blieb störrisch im Stand-by-Modus.

Mit pochendem Schädel und einem steifen Rücken kämpfte er sich die knarrende Holztreppe hinunter. Jeder Schritt schien seine Wirbelsäule zu verspotten. Er gab innerlich der viel zu weichen, von Jahren und Gästen gezeichneten Matratze die Schuld an seinem bedauernswerten Zustand. Als er endlich den unteren Absatz erreichte, atmete er kurz durch, ehe er mit Vorsicht die schwere Tür zur Gaststube öffnete.

Ein Schwall aus Stimmen und unverständlichem Gemurmel schlug ihm entgegen – ein chaotischer Klangteppich aus Unruhe und latentem Ärger. Doch kaum hatte er den Raum betreten, legte sich eine plötzliche, beinahe unheimliche Stille über die versammelte Menge. Alle Blicke richteten sich wie auf Kommando auf den übernächtigten Kommissar – als sei er die letzte Hoffnung in einem Dorf, das den Boden unter den Füßen zu verlieren drohte.

Die Gesichter der Umstehenden spiegelten stille Erwartung, unterschwellige Anklage – und die Hoffnung, dass ausgerechnet er, der Fremde im Sakko, nun eine Antwort auf das plötzliche Fähr-Chaos parat hatte. Oder wenigstens eine Richtung, in die man blicken konnte.

»Moin, Herr Kommissar«, begrüßte Adele ihn mit einem besorgten Blick, während sie geschäftig ein Tablett abräumte. »Frühstück wie immer?«, fragte sie und deutete schon routiniert in Richtung Küche.

Kruse nickte nur stumm.

Wortlos ließ er sich auf seinen Stammplatz sinken – ein abgewetzter Holzstuhl an einem blankgewienerten Tisch, auf dessen handgeschriebenem Schild in krakeliger Schrift *»Reserviert«* stand.

Danke, Adele, dachte er still. Eine kleine Geste, aber in diesem Moment unbezahlbar.

»Sie sehen heute Morgen gar nicht gut aus, Herr Kommissar«, meinte sie mit ehrlicher Anteilnahme, während sie dampfenden, schwarzen Kaffee in seinen Kaffeepott goss – genau der, aus dem er jeden Morgen trank.

»Fühle mich wie ein hyperaktives Eichhörnchen auf Speed, das die ganze Nacht durch den verdammten Wingster Wald gejagt ist«, murmelte Kruse mit einem gequälten Lächeln und griff dankbar nach dem Becher. Der erste Schluck Kaffee war ein Segen – heiß, bitter, stark.

Leben spendender Trost in Porzellan.

Er sah zur Tür hinaus, wo die Unruhe der vergangenen Minuten wie ein fernes Echo spürbar blieb. »Aber... was zum Teufel ist eigentlich los? Diese gespenstische Stille draußen, und die aufgeregten Gesichter...«

»Ach, das können Sie ja noch gar nicht wissen, Herr Kommissar«, antwortete Adele, senkte ihre Stimme und setzte sich ihm gegenüber. Ihre Augen waren weit geöffnet, wie bei jemandem, der etwas sagen muss, was er selbst kaum glauben kann. »Der arme Hugo... der Fährmann... der hat heute früh eine Leiche im Schilf gefunden. Direkt unten am Ufer. Eine richtige Schreckenssache.«

»Verstehe. Deshalb also das Theater.« Kruse nippte nachdenklich an seinem Kaffee. *Wer war es diesmal? Oskar Schiller, der gestern so plötzlich verschwand? Oder hatte Annegret tatsächlich Ernst gemacht – war es ihr Mann, der da jetzt tot im Schilf lag?* Seine Gedanken, noch träge wie kalter Honig, begannen sich zu regen. Langsam, aber unaufhaltsam näherten sie sich der gewohnten Betriebstemperatur.

Er richtete sich ein wenig auf, wischte sich mit der flachen Hand über das müde Gesicht. Die leise Hoffnung auf einen halbwegs ruhigen Vormittag verflog mit einem Schlag. Stattdessen spannte sich in seinem Inneren wieder dieser vertraute, dünne Draht zwischen Pflicht und Intuition. Etwas war faul an diesem Ort – das war kein Unfall, kein Zufall. Die Fähre hatte nicht ohne Grund den Betrieb eingestellt. Und Leichen, das wusste Kruse zur Genüge, tauchten selten einfach so auf.

Er warf einen kurzen Blick auf Adele, die ihm wortlos einen Teller mit frischen Brötchen hinstellte – Mett, Käse, Schinken, alles in liebevoller Handarbeit belegt. Kruse hatte eigentlich keinen Hunger.

Der Kaffee war alles, was er brauchte.

Und doch wusste er: Es wäre unhöflich, das Frühstück abzulehnen. Also aß er – langsam, bedächtig – und genoss jeden Bissen mit stiller Dankbarkeit. Die Welt mochte bröckeln, doch Adeles Brötchen hielten sie für einen Moment zusammen.

Sie polierte wieder Gläser hinter dem Tresen, ganz so, als wäre nichts geschehen. Aber ihr Blick schweifte immer wieder zur Tür, als erwarte sie, dass gleich noch etwas passieren würde.

Kruse stand auf, nahm den letzten Schluck Kaffee wie einen Schlussakkord und zog sein zerknittertes Notizbuch aus der Jackentasche. Es war Zeit, sich die Fundstelle anzusehen. Der Tag hatte gerade erst begonnen – und die Schatten über dem Dorf wurden länger.

»Gibt es denn überhaupt eine Möglichkeit, auf die andere Seite des Flusses zu gelangen?«, wollte Kruse von der umtriebigen Adele wissen.

»Ja, da haben Sie zwei – na ja – mehr oder weniger komfortable Optionen, Herr Kommissar«, antwortete sie, während sie eine Bestellung auf ein Tablett balancierte. »Entweder Sie fahren ein Stück nach Oberndorf und setzen dort mit dem alten Fährprahm über. Wenn Sie Pech haben, müssen Sie mit anpacken und das Ding selbst über die Oste ziehen. Oder Sie fahren in Richtung Stade, biegen in Burweg links ab und schlängeln sich durchs Moor zurück nach Osten. Ihre Wahl.«

»Vielen Dank für die Information, Adele«, rief Kruse ihr hinterher, während sie sich bereits wieder unter die Gäste mischte.

Da Kruse sich in dieser Gegend noch nicht besonders gut auskannte, entschied er sich für die naheliegendere Variante über Oberndorf. Den Wegweiser dorthin hatte er am Vortag gesehen – unweit eines kleinen Hotels direkt an der Bundesstraße, auf dem Weg zu Theda Liebknecht.

Er verließ das nun merklich leerer gewordene Gasthaus. Als er zu seinem BMW zurückkehrte, fiel ihm auf, dass der beigefarbene VW Käfer des streitlustigen jungen Paares verschwunden war. *Oskar Schiller war aber verdammt schnell*, dachte Kruse und schloss die Fahrertür hinter sich.

Der Motor sprang beim ersten Versuch an, und zu seiner Überraschung war die Zufahrt heute frei. »Vorbildlich«, kommentierte er trocken und lenkte den

Wagen auf die von hohen Bäumen gesäumte Allee hinauf zur Bundesstraße 73.

Im Autoradio dudelte wie in einer Zeitschleife *»Goodbye, My Love, Goodbye«* von Demis Roussos – ein Lied, das Kruse zutiefst verabscheute. Es schien ihn zu verfolgen wie ein bösartiger Ohrwurm, der ihn bei jedem Start seines Wagens heimsuchte. *Fast wie eine Abschiedshymne, die mir die Ostener bei meiner Abreise vom Deich entgegenschmettern werden,* dachte er sarkastisch und drehte genervt am Senderknopf, bis er schließlich beim harmlosen *»Immer wieder sonntags«* hängen blieb.

Leise summte er mit, den Nachklang von starkem Kaffee und frischen Brötchen noch auf der Zunge.

***

Hugo, der alte, vom Leben gezeichnete Fährmann, saß völlig aufgelöst auf einer der hölzernen Bänke am Ufer. Die Schultern hingen schwer, seine treue Pfeife baumelte kalt und vergessen im Mundwinkel. Kein beruhigender Rauch stieg in den grauen Morgenhimmel. Sein leerer Blick war starr auf das dunkle Wasser der Oste gerichtet, das ruhig und unheilvoll dahinströmte.

Am Ufer mühten sich die Kameraden der Freiwilligen Feuerwehr redlich, den leblosen Körper aus dem dichten, schlammigen Schilf zu bergen. Der zähe Schlick der Oste schien seine Beute nicht hergeben zu wollen –

als wolle er sie für sich behalten. Immer wieder versanken die Helfer knietief im Morast, kämpften gegen Sog, Schlamm und das drohende Auflaufen der Flut, die jeden Moment den Toten wieder in die Tiefe reißen konnte.

Jede Sekunde zählte.

Auf der Deichkrone sprang Dorfpolizist Günter Dunkelmann wie ein aufgescheuchtes Huhn auf und ab. Sichtlich überfordert, bellte er unkoordinierte Befehle in Richtung der erschöpften Feuerwehrleute, die sich unten im Dreck abrackerten.

»Wenn du's besser kannst, Klugscheißer, dann komm runter, hol dir die Stiefel voll und mach's selbst! Sonst halt einfach mal die Fresse!«, kam es wütend zurück von einem völlig verschlammten Feuerwehrmann.

»Ich habe hier das Sagen, kapiert?! Hier wird gemacht, was ich sage!«, brüllte Dunkelmann trotzig zurück, ohne sich auch nur einen Schritt zu bewegen.

»Ach, leck mich doch…«, murmelte der Helfer leise, aber hörbar genug für seine Kameraden. Er ignorierte den Dorfpolizisten und übernahm kurzerhand die Koordination, mit ruhiger Hand und klaren Worten. Und tatsächlich – kurze Zeit später gelang es der Truppe, den Toten aus dem Schlick zu befreien.

Der Körper wurde an Land gezogen, schwer, reglos, bleich. Für einen Moment herrschte betretenes Schweigen.

»Mensch… das… das ist doch der Alfons!«, stieß einer der Männer schließlich hervor – fassungslos, beinahe flüsternd.

»Zü… das kann doch jetzt wirklich kein verdammter Zufall mehr sein, oder?«, sagte ein anderer mit bleichem Gesicht und einem Blick, der nichts Gutes ahnte.

»Sieht irgendwie verdammt nach Selbstjustiz aus, was meint ihr?«, murmelte einer der Helfer leise, während sein Blick über den reglosen Körper des toten Alfons glitt.

Günter Dunkelmann, der sich inzwischen vom Deich bequemte, beugte sich zögerlich über die Leiche. Sein Blick war fahrig, seine Miene verriet Unbehagen. »Hört auf mit diesem Blödsinn!«, schnappte er, die Stimme lauter als nötig. »Der Mann ist sturzbetrunken in die Oste gefallen und ertrunken. War bestimmt nicht der Erste, und wird auch nicht der Letzte sein, der so endet.«

Doch während er sprach, nagte der Gedanke an Selbstjustiz längst auch an ihm – wie ein scharfer Kiesel im Schuh, den man nicht einfach abschütteln konnte. Der Gedanke passte ihm nicht ins Konzept, bedeutete er doch nur eins: Ärger. Arbeit. Verantwortung. Und davon hatte Dunkelmann schon mehr als genug.

»Ein tragischer Unfall, nichts weiter!«, setzte er mit Nachdruck hinterher, die Stimme jetzt fester, als er sich innerlich fühlte.

In diesem Moment traf Kommissar Bernhard Kruse am Ort des Geschehens ein.

Die Luft roch nach feuchtem Schlick und brennendem Adrenalin. Ohne zu zögern ging er auf den sichtlich nervösen Dorfpolizisten zu.

»Was zum Teufel ist hier los, Herr Dunkelmann?«, fragte Kruse ruhig – fast zu ruhig – und sah dem Polizisten mit einem durchdringenden Blick direkt in die Augen.

»Ach, Herr Kommissar… das war nur ein äußerst unglücklicher, tragischer Unfall. Wirklich nichts von Bedeutung«, sagte Günter hastig und wich Kruses durchdringendem Blick aus.

»Ein Unfall, meinen Sie?«, hakte Kruse ruhig, aber unbeirrt nach. Er glaubte kein Wort. Zu viel hatte er bereits gehört – insbesondere, dass Alfons in letzter Zeit immer wieder von einigen Dorfbewohnern offen des Mordes an Georg Johannson bezichtigt worden war. Nicht gerade diskret, nicht gerade freundlich.

»Da hat doch mit ziemlicher Sicherheit jemand nachgeholfen – oder sehen Sie das anders?«, fragte er, seine Stimme jetzt etwas tiefer, mit dem scharfen Ton, der keinen Widerspruch duldete.

»Niemals, Herr Kommissar!«, zischte Günter und hob abwehrend die Hände. »Ein tragischer Unglücksfall, mehr nicht!« Seine Nervosität war kaum zu übersehen, zu spüren, fast wie der Drang, die Sache schnellstmöglich vom Tisch zu bekommen.

Kruse ließ ihn noch einen Moment zappeln, ehe er knapp erwiderte: »Wie dem auch sei – der Mann wird zur genauen Untersuchung in die Gerichtsmedizin nach Stade überführt. Ich hoffe, das ist auch für Sie in Ordnung, Kollege Dunkelmann?« Sein Ton ließ keinen Raum für Diskussion. Dann drehte er sich auf dem Absatz um und marschierte entschlossen in Richtung Fährkrug, um von dort seine Kollegen in Stade über den Fund zu informieren und alle weiteren Schritte einzuleiten.

Wilhelm Richter, der Wirt des Fährkrugs, stand reglos hinter der halb geöffneten, knarrenden Tür und belauschte das Telefonat des Kommissars – nicht ahnend, dass dieser ihn längst bemerkt hatte.

»Ach, und noch etwas, lieber Kollege«, sagte Kruse scheinbar beiläufig ins Telefon, während er demonstrativ zur Tür blickte. »Überprüfen Sie doch bitte diskret einen gewissen Wilhelm Richter hier vor Ort. Danke.«

Er legte auf, verließ die einfache Telefonzelle und ging mit bedächtigen Schritten durch den dunklen Flur wieder hinaus ins Licht.

Richter, der jedes Wort vernommen hatte, stand noch immer wie angewurzelt hinter der Tür. Sein Gesicht war ein einziger Ausdruck von Ratlosigkeit. *Wieso zum Teufel ich?,* schoss es ihm durch den Kopf. »Das ist doch reine Schikane… verdammte Willkür!«, zischte er leise und trat mit trotzigem Blick aus seinem Versteck hervor.

Die Servicekräfte des Gasthauses, ohnehin an diesem unheilvollen Tag nervlich angekratzt, machten nun einen besonders großen Bogen um ihren launischen Chef. Seine explosive Stimmung war ihm buchstäblich ins Gesicht geschrieben – vor allem an der geröteten Nasenspitze, die immer dann leuchtete, wenn er innerlich brodelte.

»Ich bin heute für absolut niemanden mehr zu sprechen!«, polterte er durch den ganzen Gastraum und verschwand fluchtartig im Keller.

Dort, tief unter der Erde, hatte er sich einen kleinen Rückzugsort geschaffen – seinen privaten Hobbyraum. Fensterlos zwar, aber durch die dicken Heizungsrohre direkt unter der niedrigen Decke angenehm warm. Fast schon gemütlich.

Ein alter Eichenschrank, übervoll mit Büchern und Schallplatten, eine abgewetzte Musiktruhe, ein kleines Tischchen und zwei schwer wirkende, lederbezogene Sessel bildeten das gesamte Mobiliar. Die Wände waren grob verputzt und in schlichtem, strahlendem Weiß gehalten – traditioneller Kalkputz, solide wie er selbst.

Hierher zog sich Wilhelm zurück, wenn ihm alles zu viel wurde. Oder, wie heute, wenn ihn der Zorn auffraß.

Bedächtig holte er eine seiner Lieblingsplatten aus dem Schrank, legte sie mit fast ritueller Ruhe auf den Plattenteller und ließ sich in den Sessel sinken. Die Musik begann – *»Alte Kameraden«*. Der Marsch klang wehmütig, fast zu tröstlich für diesen Tag.

Meist schlief er bereits nach den ersten Takten ein, manchmal sang er sogar laut mit. Heute jedoch saß er nur da, wippte gedankenverloren mit den Füßen und starrte ins Leere. Seine Gedanken kreisten, dunkler und schwerer als der Raum, in dem er saß. Langsam, aber unruhig, dämmerte er weg.

Die alte Schallplatte kratzte leise in der letzten, auslaufenden Rille, als Wilhelm langsam die schweren Lider hob. In dem fensterlosen Raum verlor man beunruhigend schnell jedes Gefühl für Zeit. Eine Armbanduhr trug der eigenwillige Wirt prinzipiell nicht – für alles, was mit Uhrzeiten und Terminen zu tun hatte, war seit jeher seine verlässliche Frau Amelie zuständig. Nun aber musste er sich irgendwie orientieren.

Wie aus dem Nichts stand sie plötzlich vor ihm – resolut wie immer, mit verschränkten Armen und einem Ausdruck auf dem Gesicht, der nichts Gutes verhieß. »Sag bloß, du hast den Termin bei Doktor Steffen schon wieder verpennt, du alte Schlafmütze?«, fragte sie mit diesem scharfen, leicht genervten Unterton, den Wilhelm nur allzu gut kannte.

»Äh… nein, nein, meine liebe Amelie, ganz bestimmt nicht«, beeilte sich Wilhelm zu beteuern. Er erhob sich ächzend aus dem bequemen Sessel, sein massiger Körper bewegte sich träge wie ein schwerer Bär aus dem Winterschlaf. Bedächtig schlurfte er zur Musiktruhe, hob vorsichtig die Schallplatte vom knisternden Plattenteller und schob sie mit einer gewissen Ehrfurcht zurück in das abgenutzte Cover. Behutsam stellte er sie zu den anderen gut gehüteten Platten in den alten Eichenschrank.

Amelie schnaubte hörbar. »Hoffentlich redet dir dieser vernünftige Arzt endlich mal ordentlich ins Gewissen, Wilhelm! Du wirst von Tag zu Tag unbeweglicher – und fetter! Das ist doch kein Zustand mehr!« Ihre Stimme hatte nun jene schrille Schärfe erreicht, die sogar durch Wände ging.

Mit einem wütenden Knall zog sie die schwere Kellertür zu. Das Echo hallte bedrohlich zwischen den groben Mauern wider. Doch Wilhelm zuckte nicht einmal mit der Wimper.

Die Ausbrüche seiner dominanten Ehefrau hatten längst ihre Schärfe für ihn verloren. Sie gehörten inzwischen fast zum Tagesrhythmus. »Sie kann eben nicht anders, meine kleine Amelie«, sagte er dann oft mit einem sanften, beinahe kindlichen Lächeln. »Erst wenn sie damit aufhört – ja, dann wird's wirklich gefährlich«, fügte er heute leise hinzu, mit einem verschmitzten Glitzern in den Augen.

Gemächlich machte er sich auf den Weg ins Erdgeschoss, zog seine zerknitterte Sommerjacke über, setzte den speckigen, braunen Cordhut tief in die Stirn und trat hinaus in den Tag. »Bin dann mal kurz weg, meine liebe Amelie!«, rief er – im sicheren Wissen, dass ihre wachsamen Augen ihn längst von einem der Fenster aus beobachteten.

Draußen empfing ihn der frische Wind vom Fluss. Er strich ihm über das Gesicht, fuhr in die Jacke und vertrieb mit einem Zug die stickige Kellerluft aus seinen schweren Lungen. Es fühlte sich an wie ein kleiner Neuanfang – zumindest für diesen Moment.

***

Die angesehene Landarztpraxis von Doktor Meinhard Steffen lag zentral im malerischen Ortskern von Osten. Er war eine feste Größe im Dorfleben, eine Institution, wie man sie heute nur noch selten findet – ein meisterhafter Diagnostiker mit einem offenen Ohr für jedes Wehwehchen. Menschen reisten von weither an, aus den umliegenden Marschdörfern und sogar aus der Börde und dem Sietland, um seinen Rat einzuholen. Man konnte ihn jederzeit aufsuchen, ganz gleich, wie ungewöhnlich das Anliegen auch sein mochte. Doktor Steffen wusste fast immer einen klugen Ausweg – und wenn nicht, dann wusste er wenigstens Trost zu spenden.

Besonders zugewandt war er den hart arbeitenden Landwirten der Region, die ihre Rechnungen nicht selten in Naturalien beglichen. Seine Speisekammer war daher stets gut gefüllt mit frischen Eiern, geräuchertem Schinken und saisonalem Gemüse. Der nächste Winter konnte kommen – Meinhard Steffen würde ihn gut genährt überstehen.

Doch nicht alle Patienten lagen ihm gleichermaßen am Herzen. Wilhelm Richter, der beleibte Wirt des Fährkrugs, gehörte zu den wenigen, bei denen der sonst so ausgeglichene Landarzt innerlich die Stirn runzelte.

Zwar kehrte er regelmäßig in Richters Gasthaus ein – hauptsächlich, weil dort abends seine trinkfesten Freunde am Stammtisch saßen – doch sein Herz schlug eindeutig für die Gerichtsklause, gleich gegenüber. Dort ging es ungezwungener zu, volkstümlicher. Der Ton war rau, aber herzlich, und man konnte in Ruhe über das Wetter oder die letzten Fußballergebnisse des TSV Osten fachsimpeln – ohne jedes elitäre Gehabe. Ein weiterer Vorteil: Der Heimweg war angenehm kurz. Im Fährkrug lief er Gefahr, auf dem Rückweg zu seiner Wohnung bereits wieder nüchtern zu sein.

»Herr Doktor, der Herr Richter wäre jetzt da«, meldete sich Melanie, seine Sprechstundenhilfe, und betrat das Behandlungszimmer mit der Patientenakte in der Hand. Sie war eine junge Frau Anfang dreißig, mit auffallend dunklem Haar, das ihr gewöhnlich in weichen Wellen über die schmalen Schultern fiel. Heute jedoch hatte sie es streng zu einem hohen Zopf geflochten – ein sicheres Zeichen, dass sie entweder verärgert worden war oder selbst Anlass zum Ärger gehabt hatte. Wer Melanie kannte, wusste: So trug sie ihr Haar nur, wenn etwas oder jemand sie ernsthaft auf die Palme gebracht hatte.

»Danke, liebe Melanie«, sagte Doktor Steffen mit einem freundlichen Lächeln. Dann schob er, während er sich aus seinem ledernen Schreibtischstuhl erhob, mit einem leicht neckischen Unterton hinterher: »Sie sehen heute aber ganz schön resolut aus, meine Liebe.«

Sein Versuch, die junge Frau aufzumuntern, war nicht ganz uneigennützig. Er schätzte Melanie sehr. Für seine gut laufende Landarztpraxis war sie ein echter Glücksgriff. Mit ihrem ausgeprägten Ordnungssinn und ihrem fast schon instinktiven Organisationstalent hielt sie den gesamten Betrieb reibungslos am Laufen. Im Wartezimmer saßen nie mehr als drei Patienten gleichzeitig – alles wirkte ruhig, durchdacht, effizient. Und das war einzig und allein Melanies Verdienst.

»Einer muss ja schließlich für Ordnung sorgen, Herr Doktor«, konterte Melanie mit einem angedeuteten, leicht gequälten Lächeln und verschwand mit einer professionellen Wendung aus dem hell erleuchteten Behandlungszimmer.

Nur wenige Augenblicke später betrat Wilhelm Richter mit einem kaum zu unterdrückenden Stöhnen die Praxis. Seine Bewegungen waren langsam und schwerfällig, als trüge er nicht nur seinen Körper, sondern auch eine bleierne Last mit sich.

»Setz dich, Wilhelm. Wo drückt denn heute der Schuh? Etwas zu tief ins Glas geschaut gestern Abend? Oder plagt dich wieder die Gicht?«, fragte Doktor Meinhard in gewohnt jovialem Ton, während er sich demonstrativ Notizen machte.

»Ach, das Übliche, *Herr Doktor*. Und… wolltest du mich heute nicht einmal gründlich durchchecken? Die Amelie macht sich schon wieder Sorgen um mein… sagen wir: stetig wachsendes Wohlbefinden.« Wilhelm versuchte zu scherzen und strich sich fast zärtlich über seinen ausladenden Bauch.

»Richtig, das hatte ich mir vorgenommen. Hat Melanie dir schon Blut abgenommen? Dann mach dich mal frei – oben und unten, bitte.« Der Arzt gab sich routiniert, aber bestimmt.

Wilhelm zögerte, sein Blick glitt verlegen zur Seite. Es fiel ihm sichtlich schwer, sich in seiner körperlichen Verfassung zu entblößen. Sport war für ihn ein ferner Mythos, Bewegung ein notwendiges Übel.

»Na komm, zier dich nicht so. Ich bin Arzt, Wilhelm – du glaubst gar nicht, was ich in all den Jahren schon alles gesehen habe. Wirklich: Du bist da keine Ausnahme.«

Meinhards Stimme klang ruhig, fast väterlich. Für einen Moment begegneten sich ihre Blicke. Doch statt sich weiter auszuziehen, knöpfte Wilhelm sein kariertes Hemd wieder zu, senkte den Kopf und verließ ohne ein Wort das Zimmer.

»Na schön… dann eben nicht«, murmelte Meinhard leicht genervt, klappte Wilhelms dicke Krankenakte zu und atmete schwer durch. Der nächste Patient konnte warten – erst einmal brauchte er frische Luft.

Er hatte gerade die Hand auf die Türklinke zum diskreten Hinterausgang gelegt, als eine bekannte Stimme ihn freundlich ansprach: »Herr Doktor Steffen, hätten Sie einen kurzen Moment für mich? Es wäre wirklich wichtig.«

Meinhard drehte sich um und sah Kriminalhauptkommissar Bernhard Kruse vor sich stehen. »Wenn die ehrenwerte Exekutive mich so höflich bittet, dann werde ich mir natürlich die Zeit nehmen, Herr Kommissar«, erwiderte er mit einem angedeuteten Lächeln und schritt weiter zum Ausgang.

Kruse folgte ihm – unaufdringlich, aber mit klarem Anliegen. Draußen reichte er dem Arzt eine Zigarette, die dieser dankbar annahm.

Gierig sog Meinhard den ersten tiefen Zug ein, als wäre das Nikotin sein dringendstes Medikament. Er ließ den Rauch langsam entweichen und schien sichtlich entspannter.

»So, Herr Kommissar – was genau kann ich für Sie tun? Was liegt Ihnen auf dem Herzen?«

Kruse zögerte kurz. »Es ist… schwierig, Herr Doktor. Ich trete irgendwie auf der Stelle. In meinen Ermittlungen geht es nicht wirklich voran.«

»Und das liegt genau woran?«, fragte Meinhard ruhig, aber mit wachem Interesse. Er konnte sich bereits denken, worauf es hinauslief.

»Nun… Ihre Mitbürger hier – sie sind offen, freundlich, das stimmt. Aber gleichzeitig… sehr verschwiegen. Vielleicht zu verschwiegen. Und sie scheinen außergewöhnlich loyal. Einer dem anderen gegenüber – manchmal mehr, als einem Ermittler lieb sein kann.«

Der Arzt nickte langsam.

Die warmen Sonnenstrahlen fielen durch das Laub der alten Bäume hinter dem Haus, aber zwischen den beiden Männern blieb es für einen Moment kühl und still.

»Ja, da haben Sie vollkommen recht, Herr Kommissar. Wir halten hier in Osten zusammen – wie Pech und Schwefel. Wer da von außen versucht, sich dazwischenzudrängen und unsere Gemeinschaft aufzubrechen, der muss schon eine verdammt harte Nuss knacken«, sagte Meinhard mit einem nachdenklichen Blick in die Ferne. »Aber... warum kommen Sie ausgerechnet zu mir, Herr Kommissar? Was erhoffen Sie sich von mir?«

»Nun, Herr Doktor Steffen, ich habe den Eindruck gewonnen, dass Sie ein Mann mit Prinzipien sind. Einer, dem Gerechtigkeit und – mit Verlaub – die nackte Wahrheit nicht gleichgültig sind. Gerade in dieser komplizierten Angelegenheit.«

»Da könnte tatsächlich etwas Wahres dran sein«, entgegnete Meinhard ruhig. Er fühlte sich in seiner Haltung bestätigt, zog ein letztes Mal tief an seiner Zigarette, ließ den Rauch langsam entweichen und warf den Stummel schließlich mit einem leisen Seufzen zu Boden. Doch kaum war er gefallen, erstickte er die Glut mit seinem Schuh, bückte sich mühsam, hob ihn wieder auf und ließ ihn in der geräumigen Seitentasche seines schneeweißen Arztkittels verschwinden.

Kruse sah ihn verwundert an.

»Sehen Sie hier draußen zufällig irgendwo einen passenden Aschenbecher, Herr Kommissar?«, fragte Meinhard mit einem schiefen Lächeln, das Kruses Blick prompt entlarvte.

»Äh… nein, Herr Doktor, ich sehe hier leider keinen«, gab Kruse verlegen zurück.

»Dann nehmen Sie Ihre Kippe bitte auch wieder mit. Die Natur wird es Ihnen danken, nicht wahr?«, sagte Meinhard mit einem freundlichen Augenzwinkern – ein sanfter Tadel, ohne die geringste Schärfe. Dann deutete er unmissverständlich an, dass er in die Praxis zurückkehren wollte.

»Heute Abend, zwanzig Uhr. In der Gerichtsklause. Seien Sie pünktlich.«

Ohne eine weitere Silbe verschwand der Landarzt im Innern des Hauses.

Kruse blieb einen Moment lang stehen, sah auf den Zigarettenstummel in seiner Hand – und musste leise schmunzeln. *Das ist ja schon deutlich mehr, als ich mir insgeheim erhofft hatte*, dachte er bei sich. Die Einladung war unerwartet, aber vielleicht der Schlüssel zu einem neuen Ansatz.

Er umrundete die Praxis, stieg in seinen Wagen und fuhr gemächlich zur Schwebefähre zurück. Über den kleinen Ort hatte sich wieder jene eigenartige Ruhe gelegt, die ihn von Beginn an so irritiert hatte. Die Leute gingen ihrem Alltag nach, als sei nichts geschehen. Als hätte man den toten Alfons nie im Schilf gefunden.

Die Fähre näherte sich lautlos dem Ufer, und für einen Moment spiegelte sich Kruses nachdenkliches Gesicht in der Frontscheibe seines Wagens.

Der alte Hugo war inzwischen von dem etwas jüngeren Karl an der Schwebefähre abgelöst worden.

»Zwei Leichen innerhalb weniger Tage sind einfach zu viel für so ein kleines Dorf«, sagte Karl mit einem besorgten Kopfschütteln, als Kruse die offene Gondel betrat.

»Ohne Auto, Herr Kommissar?«, fragte er überrascht.

»Ja, heute mal ohne. Ich muss einfach mal kurz runterkommen, ein bisschen frische Luft schnappen. Und wo ginge das besser als auf Ihrer gemächlich dahinziehenden Schwebefähre?«

Kruse drückte ihm einen zerknitterten Zehnmarkschein in die Hand. »Wenn das aufgebraucht ist, sagen Sie mir Bescheid.«

Er lehnte sich an die kühle, eiserne Reling und ließ seinen Blick über das ruhige Wasser der Oste schweifen. Dort, wo das dichte Schilf begann, hatte man Alfons' leblosen Körper gefunden.

Kruse schluckte trocken.

Dann fiel sein Blick weiter flussaufwärts – auf die große, geschäftige Baustelle, die sich wie ein wucherndes Geschwür an den Rand des Dorfs drängte. Beton, Stahlträger, Container – ein Fremdkörper im beschaulichen Osten.

Was in aller Welt hatte Georg Johannson dort zu suchen?, fragte sich Kruse. *Und könnte das der entscheidende Grund für seinen brutalen Tod gewesen sein?*

Er wusste, dass er seine Ermittlungen nun unbedingt in neue Richtungen lenken musste. Die Baustelle – bis jetzt nur Randnotiz – könnte mehr sein: ein Knotenpunkt. Vielleicht sogar das Zentrum eines viel größeren Zusammenhangs.

Kruses Gedanken wirbelten durcheinander, wie die leichten Wellen unter der Fähre. Doch heute floss die Oste ungewöhnlich still. Fast, als trauerte sie um die beiden Männer.

»Die Baustelle«, sagte Kruse leise in den Wind hinein, mehr zu sich selbst als zu jemand anderem. Der Gedanke ließ ihn nicht mehr los.

»Ja, diese verdammte Baustelle wird dafür sorgen, dass wir hier alle bald arbeitslos sind«, wiederholte Karl seinen verbitterten Ausspruch, diesmal mit noch mehr Resignation in der Stimme. Plötzlich stand er direkt neben Kruse an der Reling, den Blick finster auf das geschäftige Treiben der Großbaustelle gerichtet. Der Lärm der Maschinen drang nur gedämpft über das Wasser.

»Ist das wirklich so schlimm?«, fragte Kruse und musterte den Fährmann aufmerksam.

»Was soll ich denn in meinem Alter noch Neues anfangen, Herr Kommissar? Außer dieser alten Dame hier hab ich mein ganzes Leben lang nichts gefahren.«

Karl strich sich die speckige Schiffermütze zurecht, sah dann wieder verloren auf die sanft tanzenden Wellen der Oste. Fast wie automatisch griff er zu seiner abgewetzten Schachtel Reval, zündete sich eine Zigarette an und sog den Rauch tief ein.

»Und Wischhafen? Die Fähren dort vielleicht?«, hakte Kruse nach, auf der Suche nach einer Perspektive für den Mann.

»Ach, dafür bräuchte ich ein verdammtes Kapitänspatent«, winkte Karl ab. »Und das hol ich mir auch nicht mehr in diesem Leben.«

Er ging so leise und unauffällig, wie er gekommen war.

Die alte Schwebefähre setzte sich wieder in Bewegung, zog gemächlich ihre Bahn zurück nach Osten. Das vertraute metallische Quietschen, das dumpfe, rhythmische Rumpeln – all das wirkte beinahe hypnotisch. Für Kruse war es ein beruhigender Klangteppich, der zum Dorf gehörte wie das morgendliche Zwitschern der Vögel im ersten Licht des Tages.

In diesem Moment war er beinahe dankbar für seinen sicheren Beamtenstatus. Und doch fragte er sich, wie das Leben als Fährmann wohl wirklich war – einfach, aber entbehrungsreich? Jetzt, bei mildem Wetter, mochte es romantisch wirken. *Doch im klammen, kalten Winter?* Der Gedanke ließ ihn frösteln. Ihm reichte es schon, wenn er bei Schnee und Wind stundenlang an einem Tatort ausharren musste, während die Kälte langsam selbst unter die beste Winterkleidung kroch.

Vielleicht bin ich einfach ein bisschen verwöhnt, dachte er und lächelte leicht selbstkritisch.

Ein lautes, dröhnendes Hupen riss ihn aus seinen Gedanken. Ein großes Binnenschiff kündigte sich an. Karl stoppte die Fähre ruckartig, ließ den gewaltigen Kahn langsam vorbeiziehen.

Kruse sah ihm nach – leicht irritiert.

Hatte der alte Seebär das Schiff etwa nicht rechtzeitig gesehen?

Langsam schob sich der schwere Frachter mit seinem hohen Aufbau bedächtig unter der Schwebefähre hindurch. Da ist ja noch jede Menge Luft nach oben, dachte Kruse und blickte unwillkürlich nach oben, wo die stählerne Gondel sicher auf ihren Schienen den breiten Fluss überquerte.

»Das sind exakt dreißig Meter Durchfahrtshöhe, Herr Kommissar«, erklärte Karl beiläufig, ohne dass Kruse ihn gefragt hatte. »Früher, in den glorreichen Anfangszeiten – als die Fähre frisch in Betrieb genommen und fast als achtes Weltwunder gefeiert wurde – da gab's hier auf der Oste noch eine ganze Armada stolzer Frachtsegler. Einige von denen brauchten tatsächlich diese beeindruckende Höhe, um ihre wertvolle Ladung sicher ans Ziel zu bringen.«

»Oh, das wusste ich nicht«, sagte Kruse ehrlich. Überraschend für ihn selbst verspürte er auf einmal echtes Interesse – an diesem seltsamen, aber faszinierenden technischen Ungetüm, das Tag für Tag so unspektakulär seinen Dienst verrichtete.

Und tatsächlich schien der alte Karl ein wandelndes Lexikon rund um die Schwebefähre zu sein. Bei jeder weiteren gemächlichen Überfahrt gab er sein Wissen häppchenweise preis – wie ein Seemann, der seine besten Geschichten nur nach und nach aus der Schatztruhe holt.

Mit leuchtenden Augen erzählte er von einem unachtsamen Treckerfahrer, der samt voll beladenem Anhänger einfach über die geschlossene Gondel donnerte, die morsche Schranke mit einem lauten Knall durchbrach – und in den trüben Fluten der Oste auf Nimmerwiedersehen versank. »Der verdammte Glückspilz hat sich mit einem waghalsigen Sprung in letzter Sekunde gerettet«, sagte Karl, während er die Asche seiner Zigarette in den Wind schnipste. »Seine Frau, die mit einem gebrochenen Fuß im Garten saß und das ganze Unglück mit ansehen musste, schrie so laut, dass selbst die alte Fähre für einen Moment zu zittern schien.«

Kruse lachte leise. Es war diese Art von Geschichte, bei der man nie ganz wusste, wo die Wahrheit aufhörte und das Seemannsgarn begann – aber genau das machte ihren Reiz aus.

»Tage später«, so erzählte Karl weiter, »habe ein mächtiger Schwimmkran das tonnenschwere Gespann mühsam aus den Tiefen geborgen.«

Zwischendurch streute er immer wieder seine eigenen, oft abenteuerlichen Erlebnisse ein – wie kunstvoll gesponnenes Seemannsgarn. Er berichtete von ungewöhnlichen, manchmal skurrilen Begegnungen mit den verschiedensten Menschen – mal herzerwärmend schön, mal weniger erfreulich, fast beunruhigend. Doch selbst diese verpackte er stets humorvoll, mit einem verschmitzten Lächeln und einem Augenzwinkern.

»Nicht die Menschen selbst, mein junger Freund«, sagte er schließlich und sah Kruse ernst und zugleich liebevoll an. »Nein… es sind einzig und allein die Begegnungen, die dir ein Leben lang im Gedächtnis bleiben.«

Und dann, als Kruse besonders aufmerksam zuhörte, erzählte Karl mit leuchtenden Augen eine Geschichte, die noch oft im Dorf erzählt wird:

»Stellen Sie sich das mal bildlich vor, Herr Kommissar! Mitten auf der trägen Oste – aber glauben Sie mir, in der Strömung war sie alles andere als träge – sollte ein gewaltiges Brückenteil, das sogenannte Schußstück, millimetergenau montiert werden. Dafür hatten die findigen Ingenieure mitten im Flussbett einen massiven Unterbau aus meterdick eingerammten Pfählen errichtet. Und obendrauf: ein gigantischer eiserner Bock – wie ein Monstrum aus einer anderen Zeit, verankert in über zehn Metern Tiefe!«

Kruses Stirn zog sich leicht zusammen – die Vorstellung war beeindruckend.

»Die tonnenschweren Eisenteile wurden mit riesigen Eisenbügeln versehen, durch die man stählerne I-Träger schob – wie überdimensionale Nadeln durchs Auge. Das Ganze lief über ein raffiniertes Seilsystem, angetrieben von gewaltigen Maschinen am sicheren Ufer. Eine wahre Meisterleistung, sage ich Ihnen! Mein Vater hat mir das erzählt, der war damals dabei!«

Karl machte eine Pause, zog tief an seiner Zigarette, bevor er die Stimme senkte und weitersprach:

»Die Arbeiter – jung, stark, übermütig – nannten sich *'Die Gustavsburger'*. Stolz wie Bolle. Und weil sie dachten, sie könnten das Ding abkürzen, luden sie das Eisen direkt auf unseren Fährprahm. Der alte Fährmann hat noch gewarnt: *'Jungs, das ist zu viel. Das hält sie nicht aus.'* Aber wissen Sie, was die gesagt haben? *'Ach, alter Mann, wir wissen schon, was wir tun.'*«

Karl schüttelte langsam den Kopf, als könne er es immer noch nicht fassen.

»Kurz vor dem Ziel… ging der verdammte Prahm unter. Ganz langsam, aber unaufhaltsam. Erst ein Knarzen, dann ein Ruck – und dann: Gluckgluckgluck. Alles weg. Das ganze, präzise gefertigte Eisengerüst lag auf einmal auf dem Grund der Oste. Und die Gustavsburger? Die standen nur da, als wär' der Fluss ihnen persönlich in die Suppe gespuckt worden.« Karl holte einmal tief Luft. »Was tun in dieser misslichen Lage? Das kostbare Eisen musste um jeden Preis wieder ans Tageslicht gebracht werden – das war allen Beteiligten sofort klar.

Ohne das Material stockte der Weiterbau der Brücke, und ein Stillstand kam nicht infrage. Also engagierten die verzweifelten Bauleute kurzerhand einen erfahrenen Berufstaucher aus Hamburg.

Am ersten Tag war das Wasser durch den aufgewirbelten Schlick so trüb, dass der Taucher buchstäblich die Hand nicht vor Augen sah. Kein Lichtstrahl drang bis zu ihm vor. Doch am zweiten Tag, als sich der Schlamm etwas gesetzt hatte, ertastete er mit ruhiger Hand die versunkenen Eisenteile im Dunkeln. Vorsichtig, beinahe wie ein Blinder über vertraute Gegenstände streichend, befestigte er stabile Drahtseile an den schweren Konstruktionen. So konnten die gewaltigen Kräne Stück für Stück das tonnenschwere Eisen wieder aus dem Flussbett heben und schließlich an seinen vorgesehenen Platz hieven.

Und dann geschah das Unfassbare: Der unglückliche Prahm, der tagelang wie ein gestrandetes Wrack auf dem Grund der Oste gelegen hatte, begann sich – von seiner Last befreit – wie durch ein Wunder langsam zu heben. Schließlich tauchte er ächzend und knarzend wieder an die Oberfläche auf – als hätte der Fluss selbst beschlossen, ihn freizugeben.«

Bei der Erzählung dieses dramatischen Vorfalls leuchteten Karls Augen wie bei einem kleinen Jungen, der zum ersten Mal einem echten Abenteuer beiwohnen durfte. Es war, als wäre er selbst dabei gewesen – mitten im Wasser, im Schlamm, beim Kampf gegen die Elemente.

»Jetzt wissen Sie auch endlich, Herr Kommissar, warum unsere geliebte Schwebefähre im Laufe der Jahrzehnte so unglaublich rostanfällig geworden ist«, sagte er schließlich mit einem verschmitzten Augenzwinkern.

Kruse lächelte, dann kam ihm ein Gedanke: »Sagen Sie mal, Karl – wenn die neue Brücke eines Tages wirklich fertig ist, und unsere altehrwürdige Fähre ihren letzten Dienst getan hat… wäre es dann nicht eine Überlegung wert, all Ihre wunderbaren, lebendigen Geschichten weiterzugeben? Ich meine, den Urlaubern – oder wem auch immer. Als eine Art lebendiger Chronist, der das Wissen um dieses einzigartige Stück Technik nicht einfach untergehen lässt?«

Er war selbst ein wenig überrascht von seinem spontanen Einfall. Aber während er Karl ansah, wusste er: Diese Geschichten gehörten nicht in Vergessenheit. Nicht in Osten. Und schon gar nicht auf den Grund der Oste.

Karls Augen wurden immer größer vor Überraschung. »Sie meinen… so eine Art Museumsführer? Für unsere alte Dame hier?«

»Ganz genau!« Kruse nickte bekräftigend. »Ich finde, das wäre eine ehrenvolle Aufgabe – und eine treffende Berufsbezeichnung obendrein, Herr Museumsleiter Schreiber.«

Karl schob seine Mütze ein Stück zurück und kratzte sich nachdenklich am Kopf. »Ist ja schön und gut, Herr Kommissar… aber so, wie ich das gehört habe, soll unsere geliebte Fähre nach ihrer Außerdienststellung an den Landkreis übergeben werden. Und die planen wohl, sie dem Schneidbrenner zum Fraß vorzuwerfen!« Er schüttelte langsam den Kopf, seine Stimme klang bitter.

Kruse hielt inne, sichtlich erschüttert. »Abreißen? Nein – das kann doch nicht ihr Ernst sein! So ein einzigartiges, technisches Wunderwerk muss doch unbedingt erhalten bleiben – für unsere Kinder, für die Enkel… für alle, die sich noch für echte Ingenieurskunst begeistern können!«

Er sah Karl eindringlich an. »Gibt es denn überhaupt noch andere Fähren dieser Bauart?«

Karl verzog das Gesicht, als müsse er tief im Gedächtnis graben. »Also… in Rendsburg, da gibt's noch eine, die soll noch laufen wie ein Uhrwerk. Dann hab ich mal was über welche in Frankreich und Spanien gehört… und bei den 'Tommys' – also den Briten – soll es wohl auch noch ein paar Exemplare geben. Aber ob es sonst noch irgendwo auf der Welt Schwebefähren gibt, das kann ich Ihnen nicht mit Gewissheit sagen.« Er zuckte mit den Schultern. Die Aufbruchsstimmung in seinen Augen war verflogen. Was eben noch wie ein Lichtschimmer am Horizont gewirkt hatte, schien in der Dämmerung der Realität zu verblassen.

»Na ja… ein knappes Jahr habe ich ja wohl noch«, sagte er mit einem resignierenden Seufzer, »dann kann ich zumindest die letzten Überfahrten über die Oste in vollen Zügen genießen.«

Kruse trat an die Reling und sah noch einmal auf das ruhige Wasser, das sich silbern im Licht der sinkenden Sonne kräuselte. Dann wandte er sich Karl zu, mit einem ehrlichen Lächeln.

»Karl, es war mir wirklich eine Freude, mit Ihnen zu plaudern. Ihre Geschichten sind Gold wert. Machen Sie was draus – für sich, für die Fähre… für uns alle.«

Er ging langsam von Bord, aber Karls warme Stimme folgte ihm noch über das Deck: »Sie haben noch mindestens drei Überfahrten bei mir frei, Herr Kommissar! Vergessen Sie das nicht – und kommen Sie bald wieder!«

Kruse winkte nur flüchtig zurück – seine Gedanken kreisten längst wieder um den verzwickten Fall.

In gleichmäßigen Schritten ging er über die schmale Deichkrone in Richtung der großen Baustelle, wo die neue, moderne Brücke langsam Form annahm.

Am Straßenrand fiel ihm ein blassgelber Opel Rekord ins Auge, der etwas abseits und fast schon unauffällig geparkt stand. Einige seiner älteren Kollegen bei der Kripo fuhren noch solche betagten Modelle. Er selbst aber bevorzugte seinen eleganten BMW 520i, den er erst im letzten Jahr neu zugeteilt bekommen hatte – ein Wagen, der nicht nur durch seine Technik, sondern auch durch Stil überzeugte. Ohne dem alten Opel weitere Beachtung zu schenken, setzte er seinen Weg fort.

Oben auf dem gewaltigen, künstlich aufgeschütteten Sandhügel arbeiteten Dutzende Männer mit sichtbarem Einsatz. Ihre Maschinen ratterten, Kräne bewegten sich gemächlich, und aus der staubigen Erde wuchs Stück für Stück das neue Bauwerk empor. Schon im nächsten Jahr sollte der gesamte Verkehr hier die träge, sanft schimmernde Oste überqueren.

Kruse blieb kurz stehen.

Der Wind blies ihm den feinen Sand ins Gesicht. Von hier oben reichte der Blick bis zum anderen Ufer, nach Basbeck, wo ebenfalls emsig gearbeitet wurde. Staub wirbelte auf, schwere Geräte wühlten sich durch die Uferböschung – ein gewaltiges Projekt, keine Frage. Doch Kruse konnte sich nur schwer vorstellen, dass mit der Fertigstellung dieser Brücke wirklich eine ganze Ära enden sollte. Dass die alte Schwebefähre dann verstummen und ihr letzter Tag gekommen sein würde.

Plötzlich riss ihn eine aggressive Stimme aus seinen Gedanken.

»He! Du da! Was zum Teufel hast du hier oben zu suchen?«

Ein stämmiger Mann kam in schnellem, schwerem Schritt auf ihn zu. In der Hand hielt er eine große, mit Erde verkrustete Schaufel, mit der er bedrohlich in der Luft herumfuchtelte. Sein wettergegerbtes Gesicht – von Sonne, Wind und harter Arbeit gezeichnet – war tiefbraun, die Haut ledrig, die Falten wie eingefurcht. Die weißen, borstigen Bartstoppeln auf seinem Gesicht wirkten fast grell gegen den dunklen Teint, der an altes, abgetragenes Schuhwerk erinnerte. Doch unter den buschigen Brauen blitzten wachsame, kluge Augen.

Kruse drehte sich ruhig auf dem Absatz um, stellte sich dem Mann gelassen entgegen.

»Verschwinde sofort von hier! Das ist ein Sperrbereich – unbefugtes Betreten strengstens verboten!«, rief der Bauarbeiter mit rauer Stimme und gestikulierte energisch mit seiner Schaufel, als wolle er dem Kommissar gleich die Leviten lesen.

»Nun mal ganz ruhig, junger Mann«, sagte Kruse mit bemerkenswerter Gelassenheit. Gleichzeitig schob er sein leichtes Jackett ein Stück zur Seite – gerade so weit, dass der dunkle Griff seiner Dienstpistole deutlich sichtbar wurde. Eine subtile, aber unmissverständliche Geste.

Der Effekt war sofort spürbar: Der Bauarbeiter erstarrte, seine Schritte stoppten abrupt, und mit einem dumpfen *»Klonk«* rammte er die schwere Schaufel tief in den sandigen Boden.

»Was… was wollen Sie hier überhaupt?«, fragte er nun, merklich leiser und mit einem Tonfall, der sich irgendwo zwischen Vorsicht und Misstrauen bewegte.

Kruse antwortete nicht sofort.

In ruhiger Selbstverständlichkeit zog er das schwarze Lederetui mit seinem Dienstausweis aus der Innentasche seines Sakkos und klappte es auf.

»Sie sind…?«

Der Mann musterte das Dokument sorgfältig, beinahe pedantisch, bevor er schließlich nickte. »Fritz Schäfer. Polier hier auf dieser verdammten Baustelle.«

»Sehr erfreut, Herr Schäfer. Sagen Sie – kennen Sie vielleicht diesen Mann?«

Kruse ließ den Ausweis verschwinden und zog stattdessen ein Foto hervor. Es zeigte das Gesicht des Toten: Georg Johannson, aufgenommen wenige Monate vor seinem gewaltsamen Ende.

Schäfer beugte sich vor, nahm sich Zeit. Dann zuckte er leicht zusammen, als würde ihm etwas wieder einfallen.

»Ja… doch, den hab ich hier schon ein paar Mal rumstreunen sehen«, sagte er schließlich. »Hat sich immer auffällig unauffällig verhalten, wissen Sie? Als würde er was suchen… oder wen.«

Kruse wurde hellhörig. »Und – wissen Sie, warum er hier war? Hat er mit jemandem gesprochen? Irgendwas gesagt?«

Fritz Schäfer kratzte sich nachdenklich am Nacken, dann runzelte er die Stirn. »Einmal hab ich ihn richtig zur Schnecke gemacht, weil er schon wieder auf dem Gelände herumturnte. Da hat er nur gesagt, er wolle *'nach dem Rechten sehen'*. Dass er wissen wolle, wo sein verdammtes Geld verblasen wird. So hat er's gesagt, wörtlich.«

Kruse nickte gelassen. Schäfers Worte klangen roh, aber ehrlich. Und sie waren mehr als nur eine beiläufige Beobachtung – sie waren ein Puzzleteil.

Der Tonfall des Poliers war inzwischen deutlich milder geworden. Irgendetwas hatte sich verändert. Vielleicht spürte er, dass es nun um mehr ging als um einen ungebetenen Besucher.

Und tatsächlich: Kruse hatte mit dieser Begegnung mehr gewonnen, als er gehofft hatte. Er ließ das Foto in der Innentasche verschwinden. In seinem Kopf arbeitete es bereits. Johannson hatte also ein persönliches Interesse an der Baustelle – vielleicht sogar mehr als das. *Aber warum ausgerechnet hier? Und warum ausgerechnet jetzt?*

Fritz Schäfer wischte sich mit dem Handrücken über die Stirn, obwohl kein Schweiß mehr floss. Seine Stimme klang nun tiefer, fast verschwörerisch.

»Wissen Sie, Herr Kommissar… wenn Sie mich fragen, dieser Johannson war nicht der Einzige, der sich hier seltsam benommen hat.«

Kruse sah ihn scharf an. »Ach? Wer denn noch?«

Schäfer zögerte einen Moment, dann warf er einen prüfenden Blick über die Schulter, als wolle er sicherstellen, dass niemand mithörte. »Unser lieber Bürgermeister Gronheim. Der kommt hier nämlich auch öfter vorbei – aber nur spät abends. Wenn kein Mensch mehr auf der Baustelle ist. Streift dann allein zwischen den Maschinen rum. Manchmal mit Taschenlampe.«

Kruse zog die Augenbrauen hoch. »Und das fällt Ihnen erst jetzt ein?«

»Ich will Ihnen nichts vormachen, Herr Kommissar. Ich hab meine Ruhe lieber als Ärger. Und bei so Leuten wie Gronheim… da weiß man nie. Aber jetzt, wo Sie fragen…«

Der Polier beugte sich näher heran.

»Einmal, das ist jetzt ein paar Wochen her, da hab ich ihn zufällig hier erwischt. Ich war selbst noch da, hatte was im Container vergessen. Und wer stand da hinten bei der Böschung, wo die Fundamentteile lagern? Gronheim. Und nicht allein. Der Mann von dem Foto war bei ihm.«

Kruse erstarrte für einen Moment. Ein innerer Alarm begann zu schrillen. »Sind Sie sicher?«

»So sicher, wie ich hier stehe. Ich hab sie von Weitem gesehen, hab mich aber schnell verdrückt. Sah aus, als hätten sie Streit. Aber ich konnte nicht hören, worum's ging.«

»Und das haben Sie niemandem erzählt?«

Fritz Schäfer zuckte mit den Schultern. »Ich bin Bauarbeiter, kein Klatschweib! Und wie gesagt – bei einem wie Gronheim – da hält man besser die Klappe. Aber jetzt… jetzt ist ja einer tot. Da ist das was anderes.«

Kruse nickte betulich, wie jemand, der sich gerade eine besonders heikle Wahrheit eingesteht.

»Das ist es in der Tat, Herr Schäfer. Das ist jetzt etwas ganz anderes.«

Er trat einen Schritt zurück, ließ seinen Blick noch einmal über das weite Gelände schweifen.

Wind kam auf, ließ den Staub der Baustelle in feinen Schlieren tanzen. Die Maschinen ruhten. Doch Kruse spürte, dass hier etwas in Bewegung geraten war – etwas, das größer war als ein persönlicher Groll oder ein verspäteter Haushaltsantrag. Georg Johannson hatte offenbar mehr als nur ein flüchtiges Interesse an der Baustelle gezeigt – und seine Verbindung zum einflussreichen Bürgermeister von Osten war damit plötzlich nicht mehr nur ein Gerücht. Hier ging es um Macht, Geld… und nun auch um Mord.

»Vielen Dank, Herr Schäfer. Ihre Hinweise waren äußerst hilfreich«, sagte Kruse mit aufrichtigem Tonfall und verabschiedete sich von dem redseligen Polier. Dann verließ er die Baustelle und schlug den direkten Weg zurück ins verschwiegene Dorf ein. Nach dem, was Fritz Schäfer ihm berichtet hatte, wusste er nun genau, warum er den Bürgermeister finden musste.

Als er erneut die malerische Lücke im Deich passierte, fiel sein Blick auf die gemächlich dahingleitende Schwebefähre. Karl stand wie immer unbeirrbar auf seinem Posten und steuerte das filigrane Bauwerk hinüber nach Basbeck. Kruse blieb einen Moment stehen. Es hatte etwas Beruhigendes, diesem stillen, entschleunigten Schauspiel zuzusehen – die Leichtigkeit der Fähre im Kontrast zum wachsenden Druck seines Falls.

Aus dem Augenwinkel heraus bemerkte er plötzlich Bewegung. Oben im Fenster des Fährkrugs stand Wilhelm Richter – starrte regungslos und mit finsterem Blick auf die Szenerie unter ihm.

Kruse schmunzelte innerlich.

Hat dieser merkwürdige Kauz denn wirklich nichts Besseres zu tun? Er hob betont freundlich die Hand und winkte demonstrativ in Richters Richtung.

Der Wirt zuckte zusammen, als hätte ihn ein Stromschlag getroffen, und verschwand hastig hinter dem Vorhang. Fast schon panisch. Kruse konnte sich ein amüsiertes Grinsen nicht verkneifen. Getroffen. Ganz eindeutig.

Er setzte seinen Weg fort, vorbei an gepflegten Gärten, bunten Briefkästen und schnatternden Enten, die sich in einem Teich hinter dem Deich tummelten. Das Dorf präsentierte sich in geradezu bilderbuchhafter Harmonie. Jeder, dem er begegnete, nickte ihm zu, winkte oder grüßte mit einem herzlichen Lächeln. So offen, so freundlich – fast zu freundlich.

Unglaublich, dachte Kruse. *All diese netten Gesichter... und doch liegt der Verdacht in der Luft, dass jemand hier ein schreckliches Geheimnis verbirgt. Vielleicht sogar ein Mörder unter ihnen ist.*

Selbst Käthe Dressler kam extra aus ihrer kleinen, nach frischem Brot duftenden Steinofenbäckerei auf die Straße, um ihm einen guten Tag und »viel Erfolg bei der wichtigen Arbeit« zu wünschen.

Langsam begann Kruse, sich unwohl zu fühlen. Diese allgegenwärtige Freundlichkeit… ist sie echt? Oder nur Fassade?

Mit leichtem Stirnrunzeln erreichte er das unscheinbare Gebäude, das das Gemeindebüro beherbergte. Die Fassade war schlicht, die Tür aus wettergegerbtem Holz. Direkt davor baumelte ein kleines, weißes Schild auf Augenhöhe, das im leichten Wind hin und her schaukelte:

»Heute geschlossen.«

Kruse starrte auf die schlichten Lettern, während in ihm das Gefühl wuchs, dass hinter dieser beschaulichen Kulisse deutlich mehr lauerte, als die Ostener bereit waren, preiszugeben.

Der Bürgermeister läuft mir ja nicht weg, dachte Kruse pragmatisch und wandte sich von der verschlossenen Tür des Gemeindebüros ab. Er warf einen kurzen Blick zur Kirchturmuhr hinüber, deren Zeiger sich unbeirrbar in Zeitlupe bewegten. Vier bedächtige Schläge hallten über die Dächer des Dorfes – die Nachmittagsstunde begann. Das vielversprechende Treffen mit dem wortgewandten Doktor Steffen lag noch in weiter Ferne.

Kurzerhand beschloss Kruse, zur Schwebefähre zurückzukehren und die restlichen, bereits bezahlten Überfahrten mit Karl zu nutzen. Vielleicht würde der alte Seemann ihm ja noch das eine oder andere pikante

Detail über das Dorfleben verraten – Zeit dafür war jedenfalls reichlich vorhanden.

Doch als er die Fähre erreichte, wurde seine Hoffnung jäh enttäuscht: Ein ihm völlig unbekannter Fährmann stand am Steuer. Karl war verschwunden. Damit waren seine weiteren Fahrten mit dem redseligen Veteranen vorerst dahin – mitsamt dem freundlichen Gespräch, auf das er sich insgeheim gefreut hatte.

Leicht enttäuscht ließ sich Kruse auf der grasbewachsenen Deichkrone nieder. Das Gras war feucht, der Blick auf die ruhig über den Fluss gleitende Fähre dafür umso reizvoller. Begleitet vom vertrauten Quietschen und Rumpeln zog das altersschwache Stahlgerüst seine Bahn über die träge Oste. Der neue Fährmann war ein hagerer Geselle mit wetterfester Miene, der immer wieder misstrauische Blicke in Kruses Richtung warf – kurz, lauernd, dann wieder abgewandt, als wolle er sich nichts anmerken lassen. Offenbar fühlte auch er sich von dem stummen Beobachter auf dem Deich gestört.

Aus dem Fenster des Fährkrugs erspähte Kruse zudem erneut den Wirt, Wilhelm Richter. Der schien sich kaum noch die Mühe zu geben, seine Beobachtungen zu verbergen. Misstrauen liegt hier in der Luft wie das Salz auf den Lippen nach einem Nordweststurm, dachte Kruse.

»Ach, was soll der Geiz«, murmelte er schließlich und erhob sich aus dem langsam durchfeuchtenden Gras. Zielstrebig steuerte er den Fährkrug an.

Die Gaststube empfing ihn mit einer dumpfen, fast ehrfürchtigen Stille – ein Kontrast zur geschäftigen Betriebsamkeit bei der warmherzigen Adele. Auch hier dominierte der herbe Charme der Vergangenheit: rustikale Holztäfelung, abgewetzte Tresen, schweres Mobiliar. In der Luft hing der herbe Rest von kaltem Zigarettenrauch, der sich wie ein unsichtbarer Schleier über alles gelegt hatte.

In der hinteren Ecke fiel Kruses Blick auf den markanten Stammtisch: ein massiver, runder Holztisch, flankiert von drei ungleichen, knarrenden Stühlen und einem in die Jahre gekommenen Sofa, das auch schon bessere Zeiten gesehen hatte. Ein kleines Messingschild ließ keinen Zweifel zu – dies hier war der *'Stammtisch'*. Doch Kruse, der sich nicht so leicht einschüchtern ließ, ließ sich seufzend auf das vermeintlich bequeme Sofa fallen.

Ein Fehler.

Er sank tief in das durchgesessene Polster, das ihn regelrecht verschluckte. Die Lehne knarrte, die Federn gaben resigniert nach – und Kruse stellte fest, dass er nun kaum noch über die Tischkante hinwegsehen konnte. Eine groteske Position für einen Mann mit Ermittlungsauftrag.

Na großartig. Jetzt fehlt nur noch, dass mir jemand einen Grog über die Glatze kippt, dachte er trocken und richtete sich mühsam wieder ein Stück auf.

Die letzten Federn des durchgesessenen Sofas knarzten noch leise, da öffnete sich schwerfällig die massive Holztür. Wilhelm Richter, der Wirt, betrat mit gemessenem Schritt die Gaststube – vorangetragen von seinem eindrucksvollen Bauch, der mit Stolz und Schwerkraft gleichermaßen den Raum einnahm. Die Knöpfe seines gestreiften Oberhemds kämpften tapfer gegen die Spannung, die sie beinahe zum Bersten brachte.

»Moin, Herr Kommissar«, sagte Wilhelm mit einer übertrieben lässigen Geste und wedelte beiläufig mit einem leicht feuchten Geschirrtuch über die dunkle Theke – ein stummes Ritual, das mehr einer Geste galt als tatsächlicher Reinigung. Es war seine Art, Ordnung und Kontrolle zu demonstrieren. Hier läuft alles nach Plan, nach seinem Plan, hier hat jeder seinen Platz, schien diese Geste zu sagen.

»Einen schwarzen Kaffee. Ohne Zucker«, bestellte Kruse knapp, ohne den Gruß zu erwidern. Seine Gedanken klebten noch immer an den losen Enden des Falls, die sich nicht fügen wollten.

Wilhelm verzog leicht das Gesicht – beleidigt, aber schweigend – und verschwand in Richtung Küche. Kruse nutzte die Gelegenheit, den Raum eingehender zu mustern. Die holzvertäfelten Wände trugen eine Patina aus Jahrzehnten – und Nikotin. Zahlreiche alte Fotos hingen dort, vergilbt und vom Rauchleben überzogen, sodass sie im schummrigen Licht fast wie mit goldbraunem Lack versiegelt wirkten.

Hier wird Dorfgeschichte geschrieben, dachte Kruse, und erinnerte sich an Karls Worte, die ihm während einer der letzten Überfahrten durch den Kopf gegangen waren. *Der Stammtisch – das Parlament von Osten, hatte der Alte gewitzelt.* Und vielleicht war es gar nicht so weit hergeholt.

»Wenn ich nur lange genug warte, dann kommen sie schon alle – wie die Motten zum Licht«, murmelte Kruse. Doch seine Gedanken schweiften bereits zur Gerichtsklause, wo am Abend das Treffen mit Doktor Steffen anstand. *Schade eigentlich*, dachte er, *die Gesichter hätte ich gern gesehen, wenn sie mich ausgerechnet hier, an ihrem heiligen Tisch, entdeckt hätten.* Ein feines, fast schelmisches Lächeln glitt über sein sonst so müdes Gesicht.

Wilhelm kehrte zurück, stellte wortlos eine dampfende Tasse vor Kruse ab und schenkte sich selbst einen doppelten Korn ein. Ohne Eile setzte er sich an den Tisch, gegenüber von Kruse, und erhob sein kleines Glas.

»Prost, Herr Kommissar!«, sagte er mit einem angedeuteten Grinsen. »Auf Ihr Wohl.«

Kruse nickte nur, den Blick auf den Kaffee gerichtet, der noch viel zu heiß zum Trinken war. Vorsichtig schlürfte er an der Tasse, um sich nicht die Lippen zu verbrennen.

Dann durchbrach Wilhelm die Stille, mit betonter Neugier: »Na, Herr Kommissar, was gibt's denn so

Neues an der spannenden Front der Ermittlungen?« Seine Stimme war harmlos, doch der Blick, mit dem er Kruse fixierte, war alles andere als beiläufig. Es war der Blick eines Mannes, der zu wissen glaubte, dass Wissen Macht ist – und der spürte, dass hier etwas in Bewegung geraten war.

Der Ermittler erwiderte nun seinerseits den forschenden Blick des Wirts und sah ihm ruhig und direkt in die leicht wässerigen, erwartungsvoll glimmenden Augen.

»Was genau, Herr Richter, möchten Sie denn so dringend wissen?«, fragte er mit ruhiger Stimme, die jedoch einen festen Unterton trug.

»Nun ja…«, begann Wilhelm und zuckte mit den Schultern, »haben Sie denn mittlerweile schon eine heiße Spur in diesem… bedauerlichen Fall?«

»Natürlich, Herr Richter«, erwiderte Kruse trocken und nahm einen weiteren vorsichtigen Schluck des immer noch zu heißen Kaffees.

Wilhelm lehnte sich ein wenig nach vorn, sein Ton wurde auffällig neugierig, fast keck: »Und, wer hat dem feinen Hamburger Senator die Lichter ausgeknipst?«

Kruse stellte die Tasse langsam zurück auf die Untertasse und musterte den Wirt jetzt mit neu erwachtem Interesse. »Ach, Sie kannten den Mann etwa?«

Ein Sekundenbruchteil des Zögerns im Gesicht des Wirts blieb Kruse nicht verborgen.

»Warum, Herr Richter, haben Sie das denn nicht schon bei unserem ersten Gespräch erwähnt? Das wäre doch eine wichtige Information gewesen.«

Wilhelm errötete, biss sich auf die Lippe. Sein Blick flackerte, als suchte er hektisch nach einem Ausweg.

»Ich... ich hatte doch keine Ahnung, dass das wirklich dieser Georg war... also, der Senator...«, stammelte er schließlich. »Man hört ja so viel – da denkt man sich nichts bei.«

Kruse nickte langsam, als würde er Verständnis zeigen – aber in seinen Augen blitzte es. *Da ist mehr*, dachte er. Der Wirt schwitzte, obwohl es in der Gaststube alles andere als warm war.

»Wissen Sie, Herr Richter«, begann der Kommissar mit leiser Stimme, beinahe vertraulich, »was meine ganz persönliche, noch inoffizielle Theorie ist?«

Der Wirt antwortete nicht. Er starrte nur – aufmerksam, aber zunehmend beunruhigt.

»Ich glaube nämlich, dass der Mörder von Georg Johannson auch für den Tod von Alfons verantwortlich ist.«

Wilhelm Richter fuhr auf, als hätte ihn ein unsichtbarer Schlag getroffen. »Wieso? Wieso glauben Sie das, Herr Kommissar? Das ist doch... das ist doch eine ungeheuerliche Behauptung!«

Kruse hob gelassen die Augenbrauen, nahm sich die Zeit für einen weiteren Schluck Kaffee – diesmal war er angenehm trinkbar.

»Nun ja«, sagte er schließlich, während er die dickwandige Tasse langsam wieder abstellte, »meine bisherigen Ermittlungen deuten darauf hin, dass der arme Alfons womöglich etwas gesehen hat. Etwas, das er besser für sich behalten hätte.«

Stille senkte sich auf den Tisch. Draußen war das Quietschen und Rumpeln der Schwebefähre zu hören. Drinnen saß Wilhelm Richter nun ein ganzes Stück kleiner auf seinem Stuhl – seine übliche Wirtssouveränität wich einem Ausdruck wachsender Besorgnis.

Wilhelm saß Kruse schweigend gegenüber, sein Gesicht wurde zusehends blasser, als müsse er seine aufgewühlten Gedanken mühsam in eine begreifbare Ordnung bringen. Kruse ließ ihm diese kostbare Zeit – denn das Treffen mit dem sprachgewandten Doktor Steffen lag noch in weiter Ferne. Und wer wusste schon, vielleicht lag in dieser unerwarteten Wendung eine neue, vielversprechende Spur begraben.

»Sagen Sie mal, Herr Richter«, durchbrach Kruse schließlich die drückende Stille mit gespielter Beiläufigkeit, »wo könnte man hier in der Gegend jemanden… unauffällig im Fluss verschwinden lassen? Gibt es da eine abgelegene Stelle, die kaum jemand kennt?«

Wilhelm zuckte nicht einmal, als die Antwort wie ein Reflex aus ihm herausbrach: »Am alten Fährstieg.«

Kaum hatte er die Worte ausgesprochen, erschrak er selbst vor ihrer Endgültigkeit. Seine ohnehin schon gerötete Gesichtsfarbe wich nun vollends einem fahlen, beinahe ungesunden Grau.

Kruse hob langsam den Blick, sein Ton wurde nun deutlich aufmerksamer. »Der alte Fährstieg also. Und… wo genau finde ich den? Würden Sie mir den Ort bitte etwas genauer beschreiben?«

Wilhelm schluckte schwer.

Seine Gedanken rasten.

Immer wieder tauchten vor seinem inneren Auge die schrecklichen Bilder auf – Georg Johannson, tot auf der Fähre, Alfons' lebloser Körper im Morgengrauen. Und plötzlich flackerte da ein neuer Gedanke auf:

Bin ich der Nächste?

Sein schwerer Körper, durchtränkt von Alkohol und Unruhe, wurde plötzlich kalt, wie gelähmt. Die nackte Angst schlich sich in seine Glieder, zerrte an seinem benebelten Verstand.

»Das… das ist ein alter, schmaler Gang… zwischen zwei Häusern in der Deichstraße«, sagte er tonlos, »dort, wo früher einmal die ursprüngliche Fährstelle war. Noch weit, bevor die Schwebefähre gebaut wurde…«

Kaum hatte er ausgesprochen, erfasste ihn die Erkenntnis wie ein Hammerschlag:

Was habe ich nur getan?

Panisch biss er sich auf die Lippe, als könnte er damit die Worte zurückholen.

In diesem Moment erklang das liebliche, fast zu freundliche Glöckchen über der Eingangstür, das neue

Gäste ankündigte. Wenige Sekunden später öffnete sich die massive Tür zur Gaststube, und Oskar Schiller trat ein – in der Begleitung des stämmigen Fritz Fuhrmann.

»Moin, Wilhelm!«, grüßten beide Männer fast wie aus einem Guss, in einstudierter Harmonie.

»Moin… ja, moin«, murmelte Wilhelm geistesabwesend, erhob sich schwerfällig von seinem Stuhl. Seine Bewegungen wirkten fahrig, sein Blick leer – gefangen in der bedrückenden Enge seiner eigenen Gedankenwelt.

Die beiden Männer traten näher und setzten sich ohne Umschweife an den Stammtisch – genau an jenen Platz, an dem Kruse sich niedergelassen hatte, um seinen Kaffee zutrinken.

»Und, Herr Kommissar, wollen Sie sich vielleicht unserer kleinen, gemütlichen Runde anschließen?«, fragte Oskar mit einem breiten Grinsen, das auf seinen markanten Zügen beinahe teuflisch wirkte.

»Er wohnt ja schon fast hier bei uns in Osten, so oft wie der gute Mann in unserem beschaulichen Dorf auftaucht«, warf Wilhelm hastig ein. Seine Geste war unterwürfig, fast flehend – ein Versuch, sich unauffällig mit den beiden Neuankömmlingen zu solidarisieren. Kruse nahm es ihm nicht übel. Er kannte das: der unausgesprochene Kodex des dörflichen Zusammenhalts.

Der Ermittler leerte den letzten Schluck seines inzwischen kalten Kaffees, verzog leicht das Gesicht und antwortete kühl: »Ich überleg's mir – vielleicht ein andermal, wenn's besser passt.«

Langsam erhob er sich vom unbequemen Sofa, legte das Geld für den Kaffee auf den Tisch und verließ wortlos die Gaststube. Der Fährkrug, so traditionsreich er auch war, wirkte nun wie ein Kessel, in dem sich etwas zusammenbraute. Draußen empfing ihn die laue Sommerluft – doch selbst sie fühlte sich plötzlich schwer an, beinahe drückend. Ein kaum greifbarer Schatten legte sich über den Ort. Der Herbst klopfte an.

Drinnen funkelten Oskars Augen, als er dem Wirt unvermittelt eine Frage stellte, die wie eine versteckte Drohung klang: »Na, was wollte der verdammte Schnüffler diesmal von dir, Wilhelm?«

Der Wirt wich seinem Blick aus. »Was wohl – ausgefragt hat er mich, wie immer. Ständig diese Fragen.«

Oskar ließ sich damit nicht abspeisen. »Komm schon, Wilhelm. Raus mit der Sprache. Was genau hast du ihm erzählt?«

Seine Stimme war tief und unheilvoll, das eben noch siegessichere Grinsen verflogen. Jetzt war da nur noch Ernst – und eine unmissverständliche Kälte.

»Ich… ich hab ihm vom alten Fährstieg erzählt. Es ist mir einfach so rausgerutscht…«, stammelte Wilhelm, die Angst nun nackt in seinem Blick.

Oskar schlug mit der flachen Hand auf den Tisch, dass das leere Glas bebte. »Bist du komplett bescheuert?«, fauchte er. Seine Augen funkelten gefährlich.

»Dann kannst du ihm auch gleich den Schlüssel zum Keller in die Hand drücken!«

Großbauer Fritz Fuhrmann verstand in diesem angespannten Moment überhaupt nicht, worum es bei dem scharfen Wortwechsel zwischen Wilhelm und Oskar eigentlich ging. Die angespannte Stimmung am Stammtisch lastete schwer auf ihm. Er war lediglich mit Oskar in den Fährkrug gekommen, um ein kleines, erfolgreich abgeschlossenes Geschäft mit ein oder zwei Korn gebührend zu begießen – nicht jedoch, um mitten in einen drohenden Streit hineinzurutschen, der möglicherweise mehr war als bloß ein lautstarkes Geplänkel unter Dorfbekannten.

Fritz war nicht auf den Kopf gefallen. Er spürte instinktiv, dass hier etwas im Argen lag, etwas, das besser nicht seinen Weg durch die dörfliche Gerüchteküche nehmen sollte. In seiner bodenständigen, bäuerlichen Klugheit traf er eine schnelle Entscheidung: Er würde sich so unauffällig wie möglich zurückziehen – am besten sofort.

»Also, ich denk, ich mach mich mal wieder auf den Weg. Der Stall wartet, und die Kühe melken sich bekanntlich nicht von selbst«, murmelte er mit einem bemüht harmlosen Lächeln und erhob sich, ohne auf eine Antwort zu warten.

Dann verließ er das düstere Lokal mit betont gemächlichen, aber zielsicheren Schritten. Kaum war er draußen, atmete er tief durch – die Luft außerhalb der

Kneipe war zwar genauso warm und schwer wie zuvor, aber sie roch nicht nach Ärger.

***

Auf dem direkten Weg zur urigen Gerichtsklause entschied sich Kruse für einen kurzen, jedoch vielversprechenden Abstecher zum ominösen Fährstieg – jener schmalen Gasse, die ihm der sichtlich nervöse Wilhelm Richter nur wenige Minuten zuvor unfreiwillig verraten hatte.

Der Pfad, unscheinbar und beinahe vergessen, war wie eine natürliche Verlängerung der Langen Straße, eingerahmt von zwei stattlichen, gutbürgerlichen Häusern mit dunklen Ziegelwänden und zum Teil verwitterten Fensterläden. Der Weg führte schnurgerade zwischen den Gebäuden hindurch, vorbei an wild wucherndem Efeu in kleinen Gärten, direkt hinunter ans Ufer der Oste. Das Wasser gluckste leise und schwer, als wolle es selbst ein düsteres Geheimnis für sich behalten.

Kruse schritt langsam und mit wachsamem Blick voran, sein Blick glitt prüfend über den unbefestigten Boden. Und dann sah er es: ein einzelner Knopf, dunkelblau, kaum größer als eine Zwei-Pfennig-Münze, lag halb verborgen im feuchten Schlick. Er glänzte verräterisch im schwindenden Licht der untergehenden Sonne – ein winziger, aber möglicherweise entscheidender Hinweis.

Kruse hob ihn vorsichtig auf, drehte ihn prüfend zwischen den Fingern und ließ ihn dann scheinbar beiläufig in der rechten Tasche seiner Hose verschwinden. Weitere Spuren – Blut, Schleifspuren, Kleidungsreste – fand er nicht. Dennoch war ihm klar: Dieser unscheinbare Ort hatte womöglich mehr gesehen, als er auf den ersten Blick preisgab.

Er drehte sich um und folgte dem Pfad zurück, die Lange Straße hinunter. In der Ferne konnte er bereits die einladend beleuchteten Fenster der Gerichtsklause erkennen – das nächste Ziel seines Abends.

Man sagte, hier gäbe es die besten hausgemachten Frikadellen im gesamten Elbe-Weser-Dreieck – eine kühne Behauptung, die allerdings auch Adele mit Nachdruck für ihre eigenen in Anspruch genommen hatte.

Na, bin ja mal gespannt, wie der Kartoffelsalat hier schmeckt, dachte Kruse mit einem leichten, kaum merklichen Schmunzeln. Für einen kurzen Moment wich die Schwere des Falles einem Anflug von Vorfreude – nicht auf Antworten, sondern auf Frikadellen.

Unbemerkt und mit der Beharrlichkeit eines Schattens schlich Oskar dem ahnungslosen Ermittler hinterher. Er drückte seinen massigen Körper in dunkle Hauseingänge, verschmolz förmlich mit den Schatten dicht gewachsener Hecken und duckte sich hinter Hausecken, sobald sich die Gelegenheit bot. Für Oskar war klar: Der

Kommissar hatte ihn nicht bemerkt. Jedenfalls wollte er fest daran glauben.

Kruse jedoch ließ ihn ganz bewusst in diesem trügerischen Glauben. Denn bevor er die warm leuchtenden Fenster der Gerichtsklause ansteuerte, bog er abrupt ab – zu einem kurzen, aber womöglich entscheidenden Abstecher in die örtliche Apotheke.

Dort zählte Rupert Möller gerade konzentriert die Tageseinnahmen. Der hagere Mann mit der hohen Stirn und dem akkurat gescheitelten Haar wirkte so versunken, dass er den eintretenden Besucher zunächst keines Blickes würdigte. »Wir haben für heute schon geschlossen«, sagte er mit dem Ton routinierter Pflichterfüllung.

»Nur zwei Minuten, Herr Möller. Mehr verlange ich nicht«, erwiderte Kruse ruhig, aber mit der unmissverständlichen Autorität eines Mannes, der gewohnt war, Gehör zu finden.

Der Apotheker hob den Blick – und erkannte den mittlerweile ortsbekannten Kriminalkommissar. Seine Miene hellte sich auf, wenn auch nur zögerlich. »Aber natürlich, Herr Kommissar. Worum geht es denn? Kann ich helfen?« Er schob die Geldscheine beiseite und widmete Kruse nun seine volle Aufmerksamkeit.

»Es geht – wie sollte es anders sein – um den Fall Johannson«, begann Kruse mit ernster Stimme. »Sagen Sie, Herr Möller: Wenn ich richtig informiert bin, sitzen Sie im Gemeinderat, stimmt das?«

»Äh… ja, das ist richtig«, antwortete Möller ein wenig zögerlich. »Aber… ich verstehe nicht ganz, worauf Sie hinauswollen.«

Kruse ließ sich nicht beirren. »Gab es in letzter Zeit eine besonders hitzige Debatte im Rat? Irgendetwas in Zusammenhang mit der geplanten neuen Brücke? Oder vielleicht mit Ausgleichszahlungen für den Fall, dass die Schwebefähre außer Betrieb geht?« Seine Worte waren ruhig, fast beiläufig – und doch zielten sie mit der Präzision eines Bohrers auf das mögliche Zentrum eines größeren Geflechts.

Rupert sah den Kommissar einen langen Moment unverwandt an – fast so, als wolle er in dessen Augen lesen, was unausgesprochen zwischen den Zeilen stand. »Eine hitzige Diskussion? Im Gemeinderat von Osten?«, wiederholte er langsam, bevor er den Blick leicht abwandte. »Nein… daran kann ich mich beim besten Willen nicht erinnern, Herr Kommissar.« Seine Stimme blieb ruhig, und er hielt Kruses prüfenden Blick stand – zumindest vordergründig.

»Ganz genau, Herr Möller. Eine möglicherweise hitzige Diskussion«, wiederholte Kruse mit Nachdruck – und ließ ohne Vorwarnung seine flache Hand mit einem krachenden Knall auf den glatten Tresen niederfahren.

Rupert fuhr erschrocken zusammen. Mit einem derart plötzlichen Ausbruch hatte er nicht gerechnet. »Wenn… wenn ich so darüber nachdenke… ja, es gab da tatsächlich einmal eine… etwas intensivere Aussprache.« Er wich Kruses Blick nun aus und fingerte fahrig an einer kleinen Medikamentenschachtel auf dem Tresen. »Aber *'hitzig'*... na ja, das würde ich jetzt nicht unbedingt sagen. Es ging um die künftigen finanziellen Auswirkungen der neuen Brücke. Wenn die freigegeben wird, ist es vorbei mit unserer geliebten Schwebefähre – und mit ihr verschwinden auch die nicht unerheblichen Einnahmen daraus. Von den Geschäften, die dann dichtmachen müssen, wollen wir erst gar nicht reden. Dann heißt es für unsere Gemeinde: Haushalten wie alle anderen auch. Mit spitzem Bleistift. Jeden Pfennig zweimal umdrehen.«

Er versuchte, seine Worte mit einem schiefen Lächeln abzufedern, doch seine Hände verrieten ihn. Die spielten nun sichtbar nervös mit der kleinen Packung, als könne er sich dahinter verstecken.

Kruse ließ nicht locker. »Warum diese plötzliche Nervosität, Herr Möller? Haben Sie vielleicht doch mehr gehört – oder gesehen – als Sie zugeben wollen?« Seine Stimme klang ruhig, fast freundlich, doch sein Blick durchbohrte den Apotheker wie ein Skalpell.

»Es ist nur...«, setzte Rupert an. Seine Stimme klang jetzt brüchig. Die mühsam errichtete Mauer seines Schweigens bekam erste Risse. »Ja. Es gab tatsächlich einen heftigen Streit. In einer nicht öffentlichen Sondersitzung des Rates. Das war nicht irgendeine Debatte – das war... brisant. Die Hamburger wollten mitreden. Diese wohlhabenden Leute meinten, sie könnten bei uns einfach so mitentscheiden, als ginge es sie etwas an. Anfangs klang ihr Angebot wie ein Segen. Großzügig. Verlockend. Fast zu schön, um wahr zu sein.« Er hielt inne, fuhr sich mit zitternder Hand übers Gesicht. »Aber im Nachhinein… haben wir uns verkauft. Verkauft an diese arroganten Pfeffersäcke, die von Dorfpolitik so viel Ahnung haben wie eine Kuh vom Segelfliegen.«

Mit fahrigen Bewegungen öffnete Rupert schließlich die Medikamentenpackung, drückte eine weiße Tablette aus dem silbernen Blister und ließ sie ohne ein Wort in seinem trockenen Mund verschwinden.

»Das, Herr Möller, müssen Sie mir jetzt aber ganz genau erklären«, forderte Kruse mit fester Stimme und sah den sichtlich nervösen Apotheker eindringlich an. Rupert wich seinem Blick kurz aus, schluckte hörbar und rang einen Moment mit sich.

»Dieser Johannson… der Unglückliche, der auf der Fähre starb… der war mehr als nur irgendein neugieriger Besucher. Der kam mit einem ganz bestimmten Auftrag von den Hamburger Investoren – er sollte hier bei uns in Osten nach dem Rechten sehen, deren Interessen vertreten«, sagte Rupert schließlich, seine Stimme zitterte leicht. »Dass wir alle dieses durchtriebene Spiel nicht gleich durchschaut haben… dafür könnte ich mir im Nachhinein selbst eine scheuern«, fügte er hinzu, mit einem Anflug von bitterer Selbstverachtung – und warf sich hastig eine weitere Pille ein.

Kruse beobachtete das mit hochgezogener Braue. »Meinen Sie wirklich, dass das gut ist, was Sie da gerade tun, Herr Möller?«, fragte er ruhig, aber spürbar besorgt und deutete auf die Tablettenschachtel.

»Das... das überlassen Sie besser mir, Herr Kommissar«, kam es schroff zurück. Rupert wich seinem Blick erneut aus und schloss die Schachtel mit fahrigen Fingern.

Kruse lehnte sich einen Hauch vor.

»Georg Johannson also. Was genau war sein Auftrag hier in Osten? Was wollte er erreichen?«, lenkte er das Gespräch zurück auf die entscheidende Spur.

Rupert atmete einmal tief durch, wollte gerade ansetzen – da öffnete sich plötzlich die Tür der eigentlich längst geschlossenen Apotheke. Oskar Schiller trat ein, warf dem Apotheker einen Blick zu, der zwischen Warnung und Anklage oszillierte – finster, drückend, schwer wie Blei.

Rupert verstummte augenblicklich.

Seine Lippen blieben halb geöffnet, doch kein Ton kam mehr heraus. Er biss sich auf die Unterlippe, als hätte er gerade zu viel gesagt – oder etwas Entscheidendes verschluckt.

Kruse drehte sich langsam um.

»Würden Sie die Apotheke bitte auf der Stelle verlassen, Herr Schiller?«, sagte er mit ruhiger, aber unmissverständlicher Schärfe.

»Ich… ich wollte doch nur mein Rezept einlösen. Ist das jetzt auch schon verboten?«, erwiderte Oskar mit trotzigem Unterton – doch sein Blick blieb fest auf Rupert geheftet, der unter dem Druck sichtlich zu schrumpfen schien.

»Das war keine Bitte, Herr Schiller«, knurrte Kruse nun, seine Stimme plötzlich eisig. »Das war eine klare Aufforderung.«

»Schon gut, schon gut, Herr Kommissar. Ich komme eben morgen wieder«, murmelte Oskar und zog sich langsam zurück – Schritt für Schritt, den Blick keine Sekunde von Rupert abgewandt. Kurz vor der Tür blieb er noch einmal stehen, drehte sich halb um und warf dem Apotheker einen letzten, stummen, aber unmissverständlichen Blick zu: Sprich – und du bist dran!

Die Tür fiel hinter ihm ins Schloss.

Die Stille, die blieb, war schwer und spannungsgeladen – wie vor einem Sommergewitter, das jeden Moment losbrechen könnte.

Nachdem Rupert Möller endlich sein Gewissen erleichtert und die brisanten Informationen preisgegeben hatte, die Bürgermeister und Gemeinderat in einen Skandal stürzen könnten, herrschte einen Moment lang Stille. Kruse runzelte die Stirn, ließ sich Zeit, ehe er das Gehörte einordnete.

»Aber… deswegen allein bringt man doch niemanden um, Herr Möller«, murmelte er nachdenklich, fast wie zu sich selbst. »Allerdings... wenn ich es mir recht überlege.«

Rupert senkte den Blick, seine Schultern sanken ein wenig. »Sie kennen die Leute hier in Osten eben nicht so gut, Herr Kommissar«, erwiderte er leise. In seiner Stimme lag nun deutlich hörbare Besorgnis – nicht nur über die Ereignisse, sondern auch um sein eigenes Wohlergehen.

Kruse nickte kaum merklich, dann hob er wieder den Kopf. »Eine letzte Frage hätte ich noch, Herr Möller. Dieser Oskar Schiller... welche Rolle spielt dieser Mann genau in diesem ganzen undurchsichtigen Geflecht?«

Der Apotheker zögerte einen Moment, als müsste er sich innerlich zu einer weiteren Wahrheit durchringen. »Dieser... dieser Oskar Schiller hat irgendwie überall seine Finger mit drin. Treibt sich auffällig oft im Fährkrug rum. Und meistens ist auch unser allseits *'hochgeschätzter'* Herr Bürgermeister Gronheim mit von der Partie.« Der beißende Unterton war nicht zu überhören.

Kruses Augen verengten sich. »Wollen Sie damit andeuten, dass Herr Schiller so etwas wie... ein Handlanger der beiden ist? Ein Mann fürs Grobe – für die Dinge, für die andere sich nicht selbst die Finger schmutzig machen wollen?« Seine Stimme war ruhig, fast beiläufig, doch in seinen Augen glomm helles Interesse auf. Wenn sich dieser Verdacht bestätigen ließe, hätte er endlich einen konkreten Verdächtigen – jemanden Greifbaren in diesem bislang so diffusen Fall.

Rupert schluckte trocken. »Das… das kann ich natürlich nicht mit Sicherheit sagen, Herr Kommissar. Aber… ja, es wäre durchaus denkbar. Ich würde es zumindest nicht ausschließen wollen.« Seine Stimme war jetzt kaum mehr als ein Flüstern. Dann ein Blick auf die Armbanduhr – hastig, nervös. Vielleicht hatte er sich eben in seiner Redseligkeit bereits zu weit vorgewagt.

Kruse entging diese kleine Geste nicht. »Haben Sie noch etwas Wichtiges vor, Herr Möller?«, fragte er ruhig, aber mit einem prüfenden Blick.

»Meine Frau… sie wartet mit dem Abendessen auf mich«, sagte Rupert knapp. Seine Worte wirkten gehetzt, sein Blick wich dem des Kommissars aus.

Kruse lächelte leicht. »Dann will ich Sie nicht länger aufhalten. Vielen Dank für Ihre… überaus aufschlussreichen Informationen, Herr Möller.«

Er nickte dem Apotheker zum Abschied zu und trat hinaus in die kühle Abendluft. Drinnen atmete Rupert hörbar aus – nicht als Erleichterung, sondern eher wie jemand, der weiß, dass die Stunde geschlagen haben könnte.

Mit den neuen, brisanten Erkenntnissen im Gepäck machte sich Kriminalhauptkommissar Bernhard Kruse auf den kurzen Weg zur Gerichtsklause, die nur wenige Schritte von der Apotheke entfernt lag.

Schon auf der dunklen Straße drang ihm lautes, ausgelassenes Lachen entgegen, begleitet von schiefen

Gesängen und dem dumpfen Takt klatschender Hände. Als er das rustikale Wirtshaus betrat, schlug ihm eine dichte Wand aus schalem Bierdunst und billigem Tabakqualm entgegen. Für einen Moment blieb er im Türrahmen stehen und ließ seinen Blick durch den stickigen Schankraum schweifen – Sichtweite gleich null.

Mit Inbrunst schmetterten die feuchtfröhlichen Männer ein lokales Lied, das wohl schon seit Jahrzehnten durch die Kneipen des kleinen Ortes hallte:

»Wer hat's gesagt? Wer hat's getan?

Die Jungs aus Osten sind vornedran!«

Dann, als hätte ein unsichtbarer Dirigent den Einsatz gegeben, klatschten alle im Takt mit flachen Händen auf die klebrigen Holztische. Noch lauter, noch enthusiastischer, fast schon wie im Rausch:

»Wer hat's gesagt? Wer hat's getan?

Die Jungs aus Osten sind vornedran!«

Ein kollektives, ohrenbetäubendes *»YEAH!«* ließ die Gläser auf dem Tresen vibrieren.

Kruse verzog leicht das Gesicht und schob sich, mit ruhiger Entschlossenheit, durch die dicht gedrängte Menge der feiernden Fußballspieler und ihrer durstigen Anhänger. Inmitten des trubeligen Durcheinanders entdeckte er schließlich sein Ziel: Doktor Meinhard Steffen. Der Landarzt saß an einem der etwas abseits gelegenen Tische in einer dunklen Ecke, ein frisches Bier in der Hand, sichtlich zufrieden mit sich und der Welt.

Kruse ließ sich unaufgefordert auf den freien Stuhl ihm gegenüber sinken.

»Diese viel gerühmten Frikadellen hier sind wirklich absolut ausgezeichnet, Herr Kommissar«, bemerkte Meinhard mit einem schiefen Lächeln und hob die Hand, um den Wirt heranzuwinken.

Der ließ nicht lange auf sich warten: Ein kleiner, rundlicher Mann mit grauem Haarkranz und akkurat gezwirbeltem Schnauzbart, dessen Spitzen wie Antennen keck in die Höhe ragten, näherte sich flink. Der Wirt – in ganz Osten nur als »Benno« bekannt – nickte den beiden Herren freundlich zu.

»Benno, bitte zwei kühle Bierchen und einmal die köstlichen Frikadellen mit dem hausgemachten Kartoffelsalat für den Herrn Kommissar«, bestellte der Arzt mit geübter Routine.

Nur wenige Minuten später stand das Gewünschte dampfend und schäumend vor ihnen auf dem Tisch. Kruse nahm das kühle Glas entgegen, ließ den Blick durch den lärmenden Raum schweifen – und fragte sich, was genau Meinhard Steffen wusste. Und was er bereit war, preiszugeben.

»Was genau wird denn hier so ausgelassen gefeiert, Benno?«, wollte Kruse von dem Wirt wissen, während er ihm ein wohlverdientes Trinkgeld in die Hand drückte.

»Unsere glorreichen Fußballer, Herr Kommissar! Heute sind sie sensationell in die Bezirksliga aufgestiegen – ein historischer Tag für unseren kleinen Verein!«, verkündete Benno stolz und verschwand mit einem zufriedenen Lächeln hinter seinen Tresen, um die nächste Runde zu zapfen.

An diesem feuchtfröhlichen Abend floss das kühle Bier in Strömen. Die Stimmung war ausgelassen, beinahe überschäumend. Als die Feier ihren Höhepunkt erreichte und Kruse seinen Teller mit den köstlichen Frikadellen und dem cremigen Kartoffelsalat geleert hatte, beugte sich Doktor Meinhard Steffen leicht zu ihm hinüber. Mit einem vielsagenden Blick schlug er vor: »Herr Kommissar, wie wäre es mit einem Gespräch an einem etwas ruhigeren Ort? Hier ist es, gelinde gesagt, etwas… lebhaft.«

»Das ist in der Tat eine ausgezeichnete Idee, Herr Doktor«, stimmte Kruse dankbar zu.

»Benno, mein Guter, bring uns doch bitte noch zwei frische Bierchen ins Hinterzimmer!«, rief Meinhard dem fleißigen Wirt zu, der gerade neue Gläser füllte.

Im kleinen Hinterzimmer herrschte eine wohltuende Kühle. Nach dem dichten Qualm der Gaststube wirkte die Luft hier beinahe jungfräulich – klar, ruhig, annähernd meditativ. In der Mitte des spärlich beleuchteten Raums stand ein abgenutzter Tischkicker, dessen hölzerne Oberfläche von unzähligen hitzigen Matches und lauten Jubelschreien gezeichnet war. Die kleinen, bunt bemalten Spielfiguren wirkten, als hätten sie so manche sportliche Schlacht überstanden.

An den kahlen Wänden reihten sich drei einfache, quadratische Tische, jeder flankiert von vier schlichten Holzstühlen. Zwischen den weiß getünchten Flächen hingen vergilbte, leicht gewellte Schwarz-Weiß-Fotografien von stolzen Siegermannschaften des TSV Osten – Erinnerungen an längst vergangene glorreiche Tage. Einige bunte, wenn auch verblasste Blechschilder mit nostalgischer Bierwerbung lockerten das spartanische Ambiente auf und verliehen dem Raum einen Hauch von rustikaler Gemütlichkeit.

»Setzen wir uns doch hier gemütlich hin«, schlug Kruse vor und wies auf einen der Tische.

Meinhard nickte zustimmend, rückte seinen Stuhl zurecht und begann ohne Umschweife mit seiner Schilderung. In ruhigem, aber eindringlichem Ton entfaltete er ein düsteres Bild – eine Erzählung, durchzogen von dubiosen Machenschaften, undurchsichtigen Absprachen und einem Netz aus Korruption und Einflussnahme im abgeschotteten Mikrokosmos von Osten. Immer wieder fielen die Namen jener Männer, die in diesem Geflecht eine Schlüsselrolle spielten: der windige Wilhelm Richter, der machtbewusste Edmund Gronheim, der übereifrige Günter Dunkelmann und nicht zuletzt der schattenhafte Oskar Schiller.

Kruse hörte aufmerksam zu, sein Blick wanderte nur gelegentlich auf den kleinen Notizblock, in dem er mit schnellem Strich die wichtigsten Punkte festhielt. Diese Vielzahl an ineinandergreifenden Informationen konnte sich selbst ein geübter Ermittler kaum aus dem Stegreif merken.

»Das ist in der Tat überaus aufschlussreich, Herr Doktor«, meinte Kruse schließlich. »Ein tiefer Einblick hinter die Fassade dieses… auf den ersten Blick so idyllischen Dorfes. Aber was mich momentan am meisten interessiert, ist die konkrete Verbindung zwischen Oskar Schiller und dem ermordeten Georg Johannson.«

Meinhard lehnte sich zurück, überlegte kurz und sah Kruse dann wieder direkt an. »Soweit ich mich erinnere – und ich betone, dass das lediglich ein unbestätigtes Gerücht ist, das im Ort herumgeistert –, sollen die beiden Herren einmal heftig aneinandergeraten sein. Ein lautstarker Streit. Worum es genau ging, konnte niemand sagen, aber es war die Rede von Drohungen, die gefallen sein sollen.«

Kruse notierte das Gesagte schweigend, seine Miene ernst. Die Puzzleteile begannen sich zu bewegen – langsam, aber unaufhaltsam.

»Und wissen Sie vielleicht auch, Herr Doktor, worum es bei dieser Auseinandersetzung ging? Haben Sie zufällig irgendwelche Details aufgeschnappt?«, hakte Kruse nach, sein Ton jetzt spürbar schärfer.

»Nein, Herr Kommissar, da muss ich Sie enttäuschen«, erwiderte Meinhard mit bedauerndem Kopfschütteln. »Wie bereits gesagt – das Ganze ist reines Hörensagen. Ich war bei dem Vorfall nicht zugegen, habe es nur aus zweiter Hand erfahren. Und Sie wissen ja, wie das hier im Dorf läuft: Man redet gern und viel, besonders wenn der Tag lang war und das Bier gut läuft. Ob sich die beiden nun wirklich handfest gestritten haben oder lediglich lauter als gewöhnlich unterhielten – das vermag ich nicht mit Sicherheit zu sagen.«

Er lehnte sich leicht zurück, warf einen kurzen Blick zur Tür, als müsse er sich vergewissern, dass niemand mithörte, und fügte hinzu: »Hier in Osten wird gern aus einer harmlosen Mücke ein richtig gefährlicher Elefant gemacht.«

Nach diesem aufschlussreichen Gespräch mit dem redseligen, aber glaubwürdigen Doktor Steffen rückte der Name Oskar Schiller immer stärker in Kruses Blickfeld – als wäre ein dunkler Fleck plötzlich unter dem Vergrößerungsglas sichtbar geworden. Je mehr sich das Bild klärte, desto deutlicher wurde: Der Mann mit den Verbindungen in alle Richtungen war längst mehr als nur eine Randfigur.

Kruse fasste den Entschluss, die zwielichtigen Geschäfte des Oskar Schiller, insbesondere dessen mutmaßliche Verstrickungen rund um das millionenschwere Brückenbauprojekt, nun mit aller Gründlichkeit zu durchleuchten. Er brauchte Beweise.

***

Kaum hatte Kriminalhauptkommissar Bernhard Kruse die Gerichtsklause verlassen und war in der Dunkelheit der Gasse verschwunden, öffnete sich leise die Tür zum Hinterzimmer. Wirt Benno trat mit sorgenvoller Miene ein, dicht gefolgt von Oskar Schiller und Dorfpolizist Günter Dunkelmann. Schweigend stellte Benno ein Tablett mit drei frisch gezapften Bieren auf den Holztisch, warf einen flüchtigen Blick in die Runde – und verschwand ebenso schnell, wie er gekommen war.

Kaum war die Tür ins Schloss gefallen, durchbrach Günter die gespannte Stille mit unruhiger Stimme.

»Na, Meinhard, alter Freund – was wollte dieser verdammte Kripobulle so lange von dir? Hat er dich ordentlich durch die Mangel gedreht?«

Meinhard Steffen richtete sich etwas auf, seine Stimme ruhig, aber angespannt:

»Und warum, Günter, sollte ich ausgerechnet dir von unserem Gespräch erzählen? Das geht dich schlichtweg nichts an.«

»Oh, das ist ganz einfach, lieber Meinhard«, sagte Günter, seine Stimme nun spürbar dunkler, drohender. Wie auf Kommando schob sich Oskar Schiller hinter den ahnungslosen Arzt und legte ihm mit brutaler Entschlossenheit seinen stählernen Arm um den Hals – ein gnadenloser Schwitzkasten.

»Lass diesen Scheiß!«, japste Meinhard, sein Gesicht verzerrte sich vor Schmerz, seine Hände klammerten sich an Oskars Unterarm, der ihm die Luft abdrückte.

Günter trat näher, sein Blick eiskalt.

»Noch mal ganz langsam und ohne Spielchen: Was genau hat dir der Bulle erzählt? Was habt ihr da hinter verschlossener Tür bequatscht?«

»Ich… ich sage dir… gar nichts, Günter… und das… ist auch verdammt gut so«, presste Meinhard mühsam hervor. Sein Widerstand war kaum mehr als ein Flackern. Gegen Oskars rohe Gewalt hatte er nicht den Hauch einer Chance – das wusste er nur zu gut.

Oskar verstärkte seinen Griff erbarmungslos. Meinhards Kopf lief tiefrot an, seine Augen traten grotesk hervor, als suchten sie nach einem letzten Ausweg.

»Zum allerletzten Mal, Meinhard!«, zischte Günter, dem die Geduld endgültig zu entgleiten drohte. »Was habt ihr beiden besprochen?«

»W-wir… haben… über das… Wetter gesprochen…«, krächzte Meinhard kaum hörbar, ehe sein Körper schlaff zusammensackte wie eine leere Hülle.

Oskar ließ abrupt von ihm ab. Der Arzt rutschte mit einem dumpfen Aufprall vom Stuhl und blieb reglos auf dem kalten Boden liegen.

»So kommen wir doch keinen verdammten Schritt weiter mit diesem sturen alten Bock!«, fauchte Oskar wütend, sein Blick voller Verachtung auf den leblosen Körper gerichtet.

Günter wich unruhig zurück. »Lass uns verschwinden, Oskar. Ich hab die Schnauze voll von deinen brutalen Aktionen! Das bringt uns keinen Deut weiter!«

Als die beiden Männer aus dem Hinterzimmer traten, hob Benno fragend den Kopf. Sein Blick wanderte von einem zum anderen.

»Wo habt ihr denn den Meinhard gelassen?«, fragte er mit einem Anflug von Sorge in der Stimme.

»Der macht nur ein kleines Nickerchen, Benno. War ein langer Tag für ihn, weißt du?«, antwortete Günter betont locker, während er mit einer lässigen Handbewegung andeutete, es nicht weiter zu thematisieren.

Oskar zwinkerte dem Wirt nur vielsagend zu, dann schob er sich hinter seinem Komplizen durch die Tür und verschwand mit ihm in der Nacht.

Benno sah ihnen lange nach, die Stirn in tiefe Falten gelegt. Etwas stimmte nicht. Ganz und gar nicht. Nach kurzem Zögern legte er sein Geschirrtuch beiseite, verließ den Tresen und ging zum Hinterzimmer.

Langsam öffnete er die knarrende Tür. Das, was er sah, ließ ihm das Blut in den Adern gefrieren: Meinhard Steffen lag auf dem Boden – reglos, in unnatürlich verdrehter Haltung, das Gesicht leichenblass.

»Diese verdammten Mistkerle…«, flüsterte Benno heiser. Er kniete sich hin, schlug dem Bewusstlosen vorsichtig, aber eindringlich die Wangen.

»Meinhard? Wach auf! Was ist passiert, verdammt noch mal?« Seine Stimme zitterte, irgendwo zwischen Zorn und wachsender Verzweiflung.

Langsam, sichtbar gezeichnet vom Schmerz, öffnete Meinhard die Augen – erst nur einen schmalen Spalt.

Ein unwillkürliches Zucken durchfuhr ihn. Für einen Moment fürchtete er einen weiteren, brutalen Übergriff. Doch als er das besorgte Gesicht von Benno über sich erkannte, wich die Panik, und er versuchte, sich mühsam aufzurichten. Benno stützte ihn vorsichtig, seine kräftigen Arme waren ein sicherer Halt.

»Was um Himmels willen haben diese beiden Kerle mit dir angestellt, Meinhard?«, fragte der Wirt fassungslos, während er dem geschwächten Arzt auf die Beine half.

»Ich… ich habe keine Ahnung, wovon du sprichst, Benno«, krächzte Meinhard, kaum mehr als ein Flüstern, während er sich schwer auf Bennos Arm stützte. Mit wackeligen Schritten schleppte er sich aus dem dunklen Hinterzimmer hinaus und ließ sich auf den nächstbesten Barhocker sinken. Seine Haltung war erschöpft, sein Blick leer.

»Ein Glas Wasser… bitte…«, brachte er schließlich hervor.

Benno blinzelte irritiert. »Wasser? Sag bloß, du hast was am Kopf?«

»Nein«, antwortete Meinhard mit einem schwachen, schiefen Lächeln, »aber ich glaube, Alkohol hatte ich für einen Abend genug.« Er senkte den Kopf und ließ ihn schwer in seine zitternden Hände sinken.

Benno stellte ihm wortlos ein Glas mit eiskaltem Wasser hin, doch sein Blick wich nicht von Meinhard. »Aber das eben… das war doch nicht nur der Alkohol, oder?«, fragte er schließlich leise, mit einer Mischung aus Sorge und Ahnung.

Meinhard hob langsam den Kopf und sah ihn an – ein erschöpfter, gezeichneter Blick. »Benno… mein Freund… tu dir selbst den Gefallen und vergiss einfach, was du gerade gesehen hast. Glaub mir: Es ist besser so. Für dich. Für uns alle.«

Der Wirt schwieg einen Moment, dann schüttelte er langsam den Kopf. »Was geht hier nur vor, Meinhard? Was passiert in diesem Dorf?«

Benno hatte die Gerichtsklause vor gut neun Jahren übernommen, nachdem er dem Lärm und der Anonymität der Großstadt den Rücken gekehrt hatte. Trotz seiner offenen Art und der allseits beliebten Hausmannskost blieb er für viele im Dorf der *»Zugezogene«*. Einer, der gerne mit anpacken darf, aber besser nicht zu viele Fragen stellt.

Meinhard nahm einen kleinen Schluck Wasser, verzog das Gesicht, als hätte er Gift gekostet, und sagte mit bitterem Unterton: »Seit dem Tag, an dem der Bau dieser protzigen Brücke begonnen hat, ist in Osten nichts mehr, wie es war. Für viele hier – vor allem die kleinen Geschäftsleute, die Wirte, die mit jedem Tag ums Überleben kämpfen – ist das der Anfang vom Ende.«

Benno hörte schweigend zu. Seine Stirn lag in Falten.

»Sie verlieren ihre Kunden, ihre Perspektive… ihr letztes bisschen Sicherheit, ihr Ehrgefühl. Und weißt du, was das mit Menschen macht, Benno? Es bringt sie an den Rand. Manche gehen zu weit… andere verstummen. Und wieder andere… schlagen zurück – auf ihre Art.«

Dann sah Meinhard ihn an, sein Blick durchdringend, fast forschend. »Sag mal, wie sieht's eigentlich mit dir aus, Benno? Wenn die Brücke steht und der ganze Verkehr an deinem Laden vorbeirauscht – bleibst du dann noch aufrecht stehen? Oder wird dir deine Gerichtsklause auch langsam unter den Füßen weggezogen? Oder haben sie dir etwas versprochen?«

Benno schluckte.

Meinhard kannte die Wahrheit. Er wusste von den Krediten, den Mahnungen – von den langen Nächten, in denen kein Gast kam und nur die leere Kasse mit ihm sprach.

»Ach, weißt du, Meinhard«, begann Benno und stellte sein Glas mit einem leisen Klirren auf den Tresen, »bei mir in der Gerichtsklause steht die Schlange der hungrigen und durstigen Gäste selten still. Hier kehren doch vor allem die trinkfesten Fußballer nach dem Training ein – und die wenigen Dorfbewohner, denen der vornehme Fährkrug mit seinem gekünstelten Ambiente schlicht zu elitär und ungemütlich ist. Ob da nun eine neue Brücke gebaut wird oder die alte Fähre weiter ihren gemächlichen Dienst verrichtet – mir persönlich ist das ziemlich schnuppe. Und von dieser selbst ernannten *'Mitte der Gesellschaft'*, die sich gern weltläufig gibt, aber den Dreck vor der eigenen Haustür nicht sieht, hat sich sowieso kaum jemand hierher verirrt.«

Er sah Meinhard fest in die Augen, als wollte er unterstreichen, dass jedes Wort davon saß – und aus Überzeugung kam.

Meinhard wusste nur zu gut, wovon Benno sprach. Auch er hatte in seinen ersten Jahren in Osten ähnliche Erfahrungen gemacht. Heute sah seine Lage als angesehener Landarzt zwar etwas anders aus, doch bei bestimmten Anlässen, gerade gesellschaftlichen, blieb auch er oft außen vor – wie durch eine unsichtbare Schranke abgehalten. Den Versuch, sich krampfhaft dieser schwer greifbaren *»Mitte«* anzunähern, hatte er längst aufgegeben. Bei Benno in der urigen, authentischen Kneipe fühlte er sich willkommen – manchmal sogar ein wenig wie zu Hause. Im Fährkrug hingegen war er und würde er wohl immer der *»Zugereiste«* bleiben, der nie ganz dazugehören durfte.

»In diesem kleinen, abgeschotteten Dorf«, hatte Meinhard in seinen nachdenklichen Momenten oft gesagt, »ist der Standesdünkel tief verwurzelt – und kaum zu durchbrechen.«

7

»Meinst du wirklich, Benno wird nicht misstrauisch, wenn er den Doktor bewusstlos im Hinterzimmer findet?«, fragte Oskar, seine sonst so selbstsichere Stimme plötzlich durchzogen von einer seltsam nervösen, beinahe zittrigen Note.

»Misstrauisch vielleicht, ja – aber er wird ganz sicher niemandem etwas erzählen. Dafür lege ich meine beiden Hände ins offene Feuer«, erwiderte Günter mit fester Stimme, bemüht, seinen angespannten Komplizen zu beruhigen.

»Und woher willst du das so genau wissen? So sicher kannst du dir doch gar nicht sein!«, hakte Oskar nach, sein Misstrauen deutlich spürbar.

»Er steht tief in meiner Schuld, Oskar. Und mehr geht dich das im Grunde nicht an«, entgegnete Günter schneidend, dann wechselte er abrupt das Thema. »Sag mal, Oskar – du weißt doch genau, wer diesem feinen Hamburger Senator das Genick gebrochen hat, oder? Oder warst du's vielleicht sogar selbst?«

Sein Blick traf Oskar wie ein Messerstich – scharf, bohrend, unnachgiebig. Oskar wich ein Stück zurück, nervös, fahrig. Für Günter ein deutliches Zeichen.

Oskar dachte kurz nach, versuchte zu deuten, was hinter dieser plötzlichen Frage stecken mochte. »Der… der alte Alfons war's doch. Das weiß doch mittlerweile jeder hier im Dorf«, sagte er schließlich und zuckte betont gleichgültig mit den Schultern.

»Ja, der arme Alfons. Und dafür musste er auf so tragische Weise mit seinem eigenen Leben bezahlen, nicht wahr, Oskar?«, erwiderte Günter ruhig, fast bedauernd – und blieb abrupt stehen.

Er sah Oskar direkt in die Augen. Kein Flackern, kein Zögern – nur dieser starre Blick, der tief in ihn hineinsah.

Oskar zögerte, kämpfte kurz mit einer Antwort. »Ja… ja, das stimmt. Er… er hat bezahlt. Restlos.«

Ein Moment des Schweigens hing in der Luft.

»Weißt du, was ich persönlich glaube, Oskar?«, fragte Günter plötzlich, leise, aber mit messerscharfer Kälte in der Stimme.

Etwas in Oskar zog sich zusammen. Panik kroch langsam in ihm hoch – dieser Blick, dieser Tonfall. Er hatte immer geglaubt, Günter sei auf seiner Seite. Dass er ihm treu war, egal, was noch kommen würde. Doch jetzt… jetzt war da plötzlich ein anderer Günter. Einer, der gefährlich ruhig wurde. Einer, der Fragen stellte, die man besser nicht stellte.

»Das… das interessiert mich überhaupt nicht!«, rief Oskar, zu laut, zu forsch, wie um sich selbst Mut zu machen.

»Ich verrate es dir trotzdem, mein lieber Oskar«, sagte Günter mit ruhiger Stimme, während er seine Hände lässig in die Jackentaschen steckte. »Ich glaube nämlich, dass der arme Alfons den enormen psychischen Druck der allgegenwärtigen Gerüchteküche hier im Dorf einfach nicht mehr ausgehalten hat. Und dass er deshalb, in seiner tiefsten Verzweiflung, freiwillig in die kalten Fluten der Oste gegangen ist.«

Er ließ diesen überraschenden Ballon ganz bewusst aufsteigen. Jetzt wollte er sehen, wie Oskar auf diese neue Version der Geschichte reagierte.

Oskar atmete erleichtert durch – beinahe zu erleichtert. »Ja... ja, Günter. Das... das glaube ich ehrlich gesagt auch. Das klingt absolut plausibel.«

Günter Dunkelmann schwieg und ließ Oskar weiter reden, aber innerlich war er sich nun fast sicher: Er hatte seinen Hauptverdächtigen gefunden. Trotzdem beschloss er, abzuwarten. Bald würde der zuständige Kriminalhauptkommissar aus Stade übernehmen – und vielleicht, mit etwas Glück, auch die unangenehme Drecksarbeit, den Papierkram.

Oskar Schiller war in der Dorfgemeinschaft beliebt. Sehr sogar. Und das galt auch für Günter. Noch. Das würde sich jedoch in dem Moment schlagartig ändern, in dem er es wagen sollte, einen der ihren – den »guten Oskar« – hinter Gitter zu bringen. Dieses Risiko wollte er unter keinen Umständen eingehen.

Denn auch Günter war kein echter Ostener, auch wenn er es gerne gewesen wäre. Er hatte nur noch ein paar Jahre bis zur wohlverdienten Pensionierung – und die wollte er möglichst ruhig überstehen.

Keine Schlagzeilen. Keine Scherereien.

Es reichte ihm schon, dass ihm seine Annegret mit ihrer ständigen, oft unbegründeten Eifersucht regelmäßig das Leben schwer machte. Im Grunde war sie eine liebevolle Frau – fürsorglich, treu, aufmerksam. Wenn da nicht diese verdammte Eifersucht wäre. Und das Schlimme war: Ganz unrecht hatte sie nicht.

Nur dass er seine knapp bemessene Freizeit nicht etwa mit fremden Frauen verbrachte, wie sie es manchmal vermutete, sondern zumeist mit seinen trinkfesten Freunden im Fährkrug. Dort spielte er Karten, meistens schlecht, aber mit Leidenschaft. Und mit kleinen Einsätzen, wie sich das eben gehörte. Auch das war eine Form von Realitätsflucht. Ein kleiner Ausbruch – weg von der Enge zu Hause, weg vom ständigen Gefühl, nicht ganz dazuzugehören, weder im Dorf noch in der Ehe.

Doch was Günter innerlich zermürbte, war die beunruhigende Erkenntnis, dass womöglich einer seiner langjährigen Freunde der brutale Mörder des unglücklichen Alfons sein könnte. So sehr er sich auch dagegen wehrte – er war eben durch und durch ein pflichtbewusster Polizeibeamter. Und in seinem Inneren tobte längst ein heftiger Orkan widersprüchlicher Gefühle. Die aufgewühlten Wellen schaukelten sich immer höher, peitschten aneinander wie Gedanken, die sich gegenseitig über den Haufen warfen.

Am Mark – oder *»Marktplatz«*, wie die Einheimischen die kleine Straßenbiegung schlicht nannten – trennten sich schließlich ihre Wege. Oskar bog nach links ab, direkt nach Hause, um sich in sein warmes Bett zu legen. Günter hingegen setzte seinen einsamen Weg schweigend fort – hinunter zum Fährplatz, dorthin, wo die majestätische Schwebefähre wartete. Er musste dringend den Kopf freibekommen. Ordnung schaffen im Chaos seiner Gedanken.

Als er über den verwaisten Platz am Fähranleger schritt, fiel sein Blick auf das schwache Licht, das noch aus dem Fährkrug drang. Nur ein einzelner Schein, flackernd vielleicht, wie eine Einladung – oder eine Warnung. Für einen Moment spielte Günter mit dem Gedanken, einzukehren. Ein Bier. Ein paar vertraute Stimmen. Ablenkung. Doch seine Gedanken waren zu laut, zu wild. Und Wilhelms neugierige Fragen hätte er heute beim besten Willen nicht ertragen.

Stattdessen ging er weiter, durch die offene Deichlücke hindurch, hinaus in die Dunkelheit. Ein frischer Wind empfing ihn – kühl, klar und belebend. Von der Oste herübergetragen, schnitt er ihm ins Gesicht wie ein gut gemeinter Schlag. Der dunkle Fluss floss still und stetig an ihm vorbei, sein Spiegelbild von flüchtigem

Mondlicht überzogen. In der Tiefe lag Ruhe, in der Bewegung das Unausweichliche. Günter blieb stehen.

Oben, hoch über dem schwarzen Wasser, bewegte sich die beleuchtete Schwebefähre mit einem sanften Rumpeln und gelegentlichem Quietschen Zentimeter für Zentimeter über den Fluss. Das filigrane Stahlgerüst glänzte im silbrigen Licht des Mondes – ein blassgrüner Koloss, der in der Dunkelheit wirkte wie ein alter Star auf einer verwaisten Bühne.

Ja, dachte Günter. Vielleicht war die träge Oste tatsächlich so etwas wie eine Bühne. Und die Schwebefähre – dieses eindrucksvolle, fast surreal schwebende Gefährt – das imposante Tor zur Welt. Oder zumindest zum kleinen, abgeschiedenen Osten.

Müde und erschöpft ließ sich Günter schließlich auf den feuchten Deich sinken. Das Gras war klamm und kalt, doch das spielte in diesem Moment keine Rolle mehr. Reglos lag er da, den Blick zum nächtlichen Firmament gerichtet, während seine Gedanken schweigend zwischen den Sternen kreisten.

Über ihm spannte sich ein Himmel, so weit und ruhig wie eine Ewigkeit. Und um ihn herum spielte die Oste ihre eigentümliche Sinfonie: Das metallene Quietschen der Laufräder, das dumpfe Rumpeln der Gondel, das leise Plätschern der Wellen – all das vermischte sich zu einer fast mystischen Melodie. Der Wind strich säuselnd durch das stählerne Gerüst der Schwebefähre und ließ das hohe Schilf an den Ufern leise rauschen, als wolle es uralte Geschichten flüstern.

In dieser stillen, fast magischen Nacht am dunklen Fluss, zwischen Himmel und Wasser, kam Günter Dunkelmann zu einem Entschluss. Einem folgenschweren, leise, getragen von Wind und Stahl:

Ich hab mich lang genug weggeduckt. Lang genug zugesehen, wie sich das Dorf selbst belügt. Alfons ist tot – und ich hab das Gefühl, die Wahrheit ist mit ihm in die Oste gefallen. Aber sie kommt immer wieder hoch. Wie Treibgut. Und jetzt... jetzt lieg ich hier auf diesem kalten Deich, das Herz schwer wie die alte Fähre da oben. Die Nacht spricht mit mir. Nicht laut, nicht direkt. Aber deutlich. Und ich weiß, ich kann nicht länger schweigen. Nicht, wenn es einer von uns war.

Das Dorf hat seine Regeln. Manche ungeschrieben, andere... unaussprechlich. Aber ich bin nicht mehr bereit, mich ihnen zu beugen. Vielleicht kostet es mich alles. Vielleicht sogar das bisschen Frieden, das ich mir für meinen Ruhestand ausgemalt habe. Aber einer muss es tun. Und ich bin verdammt noch mal der Letzte, der dazu noch in der Lage ist.

***

Kriminalhauptkommissar Bernhard Kruse verabschiedete sich mit einem knappen Nicken vom Fährmann und verließ in Basbeck die gemächlich anlegende Schwebefähre. Der nächtliche Fluss roch nach Eisen, Algen und alten Geschichten. Er setzte sich auf eine verwitterte Holzbank, die einsam am Fuße des Deiches stand, und verschränkte die Hände im Schoß. Die kühle Nachtluft biss leicht in seinem Gesicht, doch er nahm sie kaum wahr. Zu viele widersprüchliche Gedanken wirbelten in seinem Kopf, wie vertrocknete Blätter im Wind, und wollten endlich sortiert werden.

Er beobachtete den Fährmann, wie dieser mit routinierter Gelassenheit die hölzerne Schranke schloss und die ehrwürdige Fähre mit einem sanften Ruck wieder in Bewegung setzte. Langsam, fast feierlich, schob sich der stählerne Koloss über die dunkle, geheimnisvoll glitzernde Oste. Das filigrane Gerüst leuchtete matt im fahlen Licht des spät aufsteigenden Mondes – wie das letzte Überbleibsel aus einer anderen Zeit.

Kruses Blick blieb an der einsamen Fährgondel hängen. Er beobachtete sie, als hinge sein Denken an ihrem Eisengerüst. Erst als sie das gegenüberliegende Ufer erreichte und ihre spärliche, lebende Fracht in die Schatten entließ, löste sich sein Blick. Und dann sah er ihn – oder sie. Eine einzelne Gestalt auf dem Ostener Deich, als hätte sie dort gewartet, schweigend, unbeweglich.

Er konnte das Gesicht nicht erkennen, nur Umrisse gegen das silbrige Schwarz des Himmels. Und doch durchzuckte ihn ein seltsam vertrautes Gefühl. Wie ein

Déjà-vu, wie ein Schatten aus einem alten Traum. Etwas zog ihn an, ohne dass er sagen konnte warum?

Langsam stand er auf. Sein Rücken knackte leise unter der Last des Tages. Er hob die Hand und winkte – zögerlich, fast fragend.

Die Gestalt auf dem Deich bewegte sich. Stand nun ebenfalls. Und winkte zurück.

Ohne Umschweife kehrte Kruse in sein schlichtes Zimmer in Adeles Pension zurück. Auf dem schmalen Bett lag ein unscheinbar gefalteter Zettel. In hastiger Handschrift stand darauf: *»Bitte unverzüglich anrufen!«*, gefolgt von einer Nummer, die ihm nur allzu vertraut war – die seines Kollegen bei der Kripo in Stade.

Ohne lange zu zögern, stieg er die knarrende Holztreppe hinunter in die verlassene Gaststube. Hinter dem Tresen hing das Telefon fest an der Wand.

»Kruse hier. Was gibt es denn so Dringendes?« meldete er sich mit müder, leicht gereizter Stimme in den rauschenden Hörer.

»Hör mal, Bernhard, hier hat sich eine gewisse Frau Liebknecht gemeldet. Sie will dich unbedingt sprechen. Wer zum Henker ist das überhaupt?«, fragte sein Kollege am anderen Ende der Leitung ungeduldig. Nach einem kurzen Zögern fügte er mit einem hörbar belustigten Unterton hinzu: »Sie klang… nun ja… sagen wir mal: ziemlich überkandidelt.«

»Ach, die Frau Liebknecht…«, antwortete Kruse knapp. »Eine engagierte Heimatforscherin. Ich hoffe, dass sie mir in diesem verzwickten Fall mit ein paar fundierten historischen Hinweisen weiterhelfen kann. Die Dorfbewohner hier schweigen sich aus wie ein Geheimbund, und deshalb habe ich sie um ihren fachkundigen Rat gebeten.«

»Na schön. Wenn's der Sache dient… Meldest du dich, sobald es wirklich was Neues gibt?«, fragte sein Kollege zum Abschied.

»Natürlich. Und danke für den Hinweis. Leg dich wieder hin, mein Freund«, sagte Kruse und legte den schweren Hörer auf die klapprige Gabel zurück.

Dann griff er erneut zu dem Zettel und ergänzte in ordentlicher Schrift: *»Ein wichtiges Ferngespräch bitte auf meine Zimmerrechnung setzen. Vielen Dank im Voraus. Bernhard Kruse.«*

Kruse lag hellwach in seinem schmalen Pensionsbett und starrte zur weißen Decke empor. Darauf tanzten unablässig die Schatten der knorrigen Bäume vor dem Fenster – getrieben vom fahlen Licht des Mondes. Rastlos wogten sie hin und her, wie die Gedanken in seinem Kopf. Er sehnte sich ungeduldig nach dem ersten Licht des Morgens, nach dem Treffen mit Theda Liebknecht, das hoffentlich bald Licht in diesen verworrenen Fall bringen würde.

Irgendwann in den frühen Morgenstunden muss ihn die Erschöpfung doch übermannt haben.

Ein energisches Klopfen riss ihn jäh aus dem Schlaf. »Herr Kruse, Telefon für Sie!«, rief eine leicht genervte Frauenstimme dumpf durch die Tür.

»Herr Kruse!«

Das Klopfen wurde drängender, bohrte sich unbarmherzig in seine noch schlaftrunkenen Gehörgänge – fast so unerbittlich wie der dunkle Druck in einem engen Bergwerksstollen.

»Ja... ja, ich komme ja schon«, murmelte er, noch halb im Traum, während er sich mühsam aufsetzte. »Was gibt es denn so Dringendes?«

»Telefon, Herr Kruse. Eine Frau Liebknecht ist am Apparat – sie will Sie dringend sprechen«, kam es knapp zurück. Die resolute Wirtin Adele klang weder erfreut noch überrascht, dafür aber umso ungeduldiger.

»Richten Sie ihr bitte aus, ich rufe in wenigen Minuten zurück«, murmelte Kruse, während er sich mit der Hand über das zerzauste dünne Haar fuhr. Dabei fragte er sich unwillkürlich, woher Theda Liebknecht überhaupt wusste, wo er untergekommen war.

So, wie er jetzt aussah – unrasiert, im zerknitterten Pyjama, mit trockener Kehle und halb verklebten Augen – konnte er unmöglich in die Gaststube hinuntersteigen, geschweige denn ein Gespräch mit einer möglichen Schlüsselfigur führen.

Nicht in diesem Zustand.

Erst mal kaltes Wasser ins Gesicht. Dann Kaffee. Und vielleicht, mit etwas Glück, ein kleines Wunder.

»Moin, Adele«, sagte Kruse und nahm wie immer seinen Platz in der Ecke ein – Rücken zur Wand, Blick zur Tür. Alte Gewohnheit.

Adele stellte wortlos eine dampfende Tasse Kaffee vor ihn ab, begleitet von einem vielsagenden Blick, der irgendwo zwischen mütterlicher Fürsorge und leichtem Spott pendelte.

»Sie sehen aus, als hätte Sie die Nacht höchstpersönlich durch den Fleischwolf gedreht, Herr Kommissar«, kommentierte sie trocken und verschwand klappernd hinter dem Tresen.

»Fühlt sich auch so an«, murmelte Kruse und nahm einen langen, dankbaren Schluck. Der Kaffee war stark, schwarz und bitter – genau wie sein Morgen.

»Wollen Sie nicht vielleicht erst Frau Liebknecht zurückrufen, Herr Kommissar?«, fragte Adele und trat hinter dem Tresen hervor. »Sie klang sehr dringlich – fast schon ein wenig aufgeregt.«

Kruse seufzte leise, lächelte aber. »Nichts ist dringlicher und von größerer Bedeutung als ein geruhsames Frühstück, Adele.« Dann zwinkerte er. »Aber Sie haben natürlich recht – eine charmante Dame sollte man nicht unnötig warten lassen.«

Er trat zum Wandtelefon hinter der Theke, hob den Hörer ab und wählte Theda Liebknechts Nummer.

»Kriminalhauptkommissar Bernhard Kruse hier. Guten Morgen, Frau Liebknecht. Sie wollten mich dringend sprechen?«

»Ja, guten Morgen, Herr Kruse! Ich habe etwas wirklich Aufregendes herausgefunden – etwas, das für Ihren Fall von größter Bedeutung sein könnte! Könnten wir uns vielleicht heute Vormittag treffen? Es ist wirklich wichtig!«

Kruse hörte die gespannte Aufregung in ihrer Stimme – als würden die Worte wie Stromstöße durch die Leitung schießen.

»Gut, Frau Liebknecht. Dann mache ich mich gleich nach dem Frühstück auf den Weg zu Ihnen – ist das in Ordnung?«

»Oh ja, das wäre wunderbar! Wann genau darf ich mit Ihnen rechnen?«

»In knapp einer Stunde, schätze ich«, sagte Kruse und verabschiedete sich höflich.

Als er den Hörer auflegte, war Adele sofort wieder zur Stelle.

»Na, Herr Kommissar, war's denn so wichtig, das Gespräch?«

Kruse grinste. »Würde ich Ihr berühmtes Frühstück sonst warten lassen, Adele? Niemals!«

Er setzte sich an seinen liebevoll gedeckten Tisch – doch bevor er zur Kaffeetasse greifen konnte, stockte er.

»Entschuldigen Sie bitte die indiskrete Frage, aber... sind Sie nicht die Frau Gruneberg?«, fragte er überrascht die junge Frau, die plötzlich und völlig unerwartet ihm gegenüber Platz genommen hatte. Ihr Auftauchen war ihm entgangen, was ihn mehr beunruhigte, als er sich eingestehen wollte. Sie musste Mitte dreißig sein, trug ihr tiefschwarzes Haar in einem schlichten Pferdeschwanz und sah ihn mit großen, nervösen Augen an. Ihre Finger spielten unter dem Tisch unaufhörlich miteinander, als suchten sie Halt in der Luft.

Kruse beugte sich leicht vor. »Hallo? Haben Sie mich überhaupt gehört? Frau Gruneberg?«, fragte er erneut, denn die Frau wirkte, als sei sie gar nicht ganz anwesend.

Ihre nervösen Blicke schienen förmlich an den frisch aufgeschnittenen Brötchenhälften zu kleben.

»Möchten Sie vielleicht eines? Greifen Sie ruhig zu«, bot Kruse ihr freundlich an und schob ihr langsam seinen reich belegten Frühstücksteller über den Tisch.

»Äh… nein, vielen Dank, Herr Kommissar«, stammelte sie leise und wich seinem offenen Blick aus.

»Bitte verzeihen Sie, dass ich Sie so rücksichtslos beim Frühstück störe. Ich… ich muss mich dringend verstecken. Vor meinem Mann«, fügte sie dann mit beinahe panischer Stimme hinzu, während ihre dunklen Augen unruhig und ängstlich die Gaststube absuchten.

Kruse zog den Teller wieder zu sich heran, griff nach einer knusprigen Brötchenhälfte und biss herzhaft hinein. Das Brötchen knackte angenehm zwischen seinen Zähnen, und feine Krümel rieselten wie Schneeflocken auf die weiße Tischdecke.

»Sind Sie sicher, dass Sie nicht doch eines möchten? Die sind wirklich hervorragend«, fragte er kauend und deutete mit dem Brötchen in der Hand auf den Teller.

»Nein, danke. Wirklich nicht«, antwortete die sichtlich verängstigte Frau, den Blick weiterhin starr auf das große Fenster gerichtet.

Draußen rollte nun langsam ein blassgelber Opel Rekord ins Blickfeld – unauffällig, beinahe schleichend. Als sie den Wagen erkannte, zuckte sie kurz zusammen. Fast instinktiv versuchte sie, sich kleiner zu machen, tiefer in den Stuhl zu sinken, als könne sie so unsichtbar werden.

Kruse registrierte das sofort.

»Sind Sie ihm davongelaufen?«, fragte er beiläufig, bevor er sich ein weiteres Stück von seinem Brötchen in den Mund schob.

Die Frau nickte nur stumm, den Kopf gesenkt. Dann hob sie ihren Blick – ängstlich, fast flehentlich – und sah hinüber zur Theke, wo Adele gerade mit routinierter Ruhe die Gläser polierte.

Die Wirtin bemerkte den stummen Hilferuf sofort. Für einen kurzen Moment trafen sich ihre Augen mit denen des Kommissars. Es war kein Wort nötig. Kein Zeichen. Nur dieser eine, kleine, kaum merkliche Moment – ein feines Nicken, ein kaum wahrnehmbares Anheben der Augenbraue. Adele verstand.

Mit der Gelassenheit einer Frau, die schon vieles gesehen hatte, stellte sie das polierte Glas behutsam zur Seite, wischte sich die Hände an der Schürze ab und verschwand unauffällig durch die Schwingtür in den hinteren Bereich der Gaststube.

Kruse trank einen Schluck von seinem Kaffee, ehe er sich wieder der jungen Frau zuwandte.

»Sie bleiben jetzt ganz ruhig sitzen. Niemand tut Ihnen hier etwas. Sie sind in Sicherheit, verstanden?« Seine Stimme war ruhig, aber bestimmt. Und in seinen Augen lag etwas, das auch sie verstand – Verlässlichkeit. Schutz.

Draußen brummte der Opel Rekord leise im Leerlauf. Doch drinnen, in der kleinen Gaststube mit der warmen Holzvertäfelung und dem Duft von frischem Kaffee, war für einen Moment alles still. Kruse schob ihr schließlich doch eines der Brötchen hinüber.

»Nur zur Beruhigung, falls Sie es sich anders überlegen.«

Ewald Gruneberg stellte den Motor seines blassgelben Opel Rekord ab. Für einen Moment blieb er reglos hinter dem Steuer sitzen, dann wanderten seine Augen langsam über die Straße, die Fenster, den Eingang zum Gasthaus. Misstrauisch, wachsam, wie ein Jäger auf der Pirsch. Schließlich stieg er aus, warf die Tür unsanft ins Schloss und schob die Hände tief in die Hosentaschen, während er sich mit einem steifen, kontrollierten Gang dem Eingang von Adeles gemütlichem Gasthaus näherte.

»Er… er kommt rein«, flüsterte Kruse leise zur jungen Frau hinüber, die ihm gegenüber saß – mit weit aufgerissenen Augen und plötzlich zitternden Händen, als würde ihr Körper auf einen unsichtbaren Schock reagieren.

»Bitte… bitte helfen Sie mir, Herr Kommissar!«, flehte sie in panischem Ton, während ihre Schultern bebten und ihre Stimme zu einem dünnen Faden zerrann.

Kruse neigte sich ein wenig vor. »Wenn ich wüsste, warum genau ich das tun sollte, dann bräuchte ich vielleicht ein paar mehr Informationen von Ihnen, Frau Gruneberg«, sagte er behutsam, aber bestimmt, als er Ewald erkannte.

Sie schluckte schwer. »Er… er ist sehr gewalttätig, Herr Kommissar. Ich… ich halte das einfach nicht mehr aus.« Die Worte kamen stockend, aber in ihren dunklen Augen lag eine so nackte, aufrichtige Angst, dass Kruse keinen Zweifel daran hatte, dass sie die Wahrheit sagte.

Trotz der Anspannung aß der Kommissar ruhig weiter. Eine letzte Brötchenhälfte, ein Schluck vom inzwischen etwas kühleren Kaffee. Er wartete ab, ob der Mann, der jetzt polternd in die Gaststube trat, seine Frau tatsächlich entdecken würde.

Es dauerte keine zehn Sekunden.

»Hab ich's mir doch gedacht! Du dumme Gans!«, fauchte Ewald Gruneberg quer durch den Raum, bahnte sich den Weg zwischen den Tischen hindurch und packte seine Frau grob am Oberarm. Die Stühle krachten zur Seite, die Gäste – zwei ältere Männer am Fenster und eine junge Mutter mit Kind – sahen erschrocken auf.

»Lass mich los! Du tust mir weh!«, rief sie jetzt laut, ihre Stimme überschlug sich.

»Lassen Sie sofort die Frau los, Herr Gruneberg«, sagte Kruse ruhig, aber mit jener unmissverständlichen Autorität, die den Unterschied machte zwischen einem Gast und einem Gesetzeshüter.

Ewald wandte sich abrupt zu ihm. »Misch dich nicht ein, du Arsch!«, fauchte er. »Du hast genug Schaden angerichtet. Erst spannt der mir die eigene Frau aus und jetzt spielt er hier auch noch den großen Macker!«

Kruse blieb stehen.

Seine Hand glitt langsam in die Innentasche seines Jacketts. »Einen kleinen Moment bitte«, sagte er gelassen – fast beiläufig. Doch was er dann hervorholte, hatte Wirkung: der Dienstausweis der Kriminalpolizei Niedersachsen, gut lesbar, und darunter – für den Bruchteil einer Sekunde sichtbar – der Griff seiner Dienstwaffe im Schulterhalfter. »Nur zur Erinnerung!«

Ewald Gruneberg stockte. Die Wut in seinem Blick verwandelte sich in kalte Unsicherheit. Er ließ von der Frau ab, trat einen Schritt zurück.

»Sie verdammter Bulle!«, schnaubte er und jetzt erinnerte er sich an ihn, an ihre Begegnung in der Wingst. »Du solltest dich schämen, du elendes…« – der Rest ging in einem wütenden Schnauben unter, als er sich abwandte und fluchtartig den Gastraum verließ.

Die schwere Tür schlug hinter ihm ins Schloss. Ein Moment gespannter Stille blieb zurück, bevor wieder leises Besteckklirren und gedämpftes Murmeln einkehrten.

»Danke… vielen Dank, Herr Kommissar«, hauchte Gertrud – ihr Name klang nun wie ein Geständnis – über den Frühstückstisch. Ihre Stimme war brüchig, die Augen glänzten, und zum ersten Mal, seit sie ihm gegenüber saß, atmete sie etwas freier.

Kruse nickte nur leicht. »Ich hoffe, das war der letzte Auftritt Ihres Mannes in dieser Geschichte. Aber für alle Fälle – wir besorgen Ihnen Schutz. Und nun erzählen Sie mir bitte, was genau hier eigentlich los ist.«

Kruse hatte seine Kaffeetasse langsam wieder abgestellt. Der letzte Rest der kühlen Flüssigkeit schimmerte dunkel auf dem Porzellan, als Gertrud mit ruhigerer Stimme das Wort ergriff. Ihre Hände waren noch immer leicht zitternd, aber ihre Haltung hatte sich verändert – eine gewisse Entschlossenheit schien sich nun ihren Weg durch die Risse der Angst zu bahnen.

»Annegret Dunkelmann ist meine Schwester. Wir… suchen sie.«

Gertrud sprach langsam, beinahe wie jemand, der einen schwierigen Text auswendig gelernt hat und sich nun bemüht, ihn fehlerfrei wiederzugeben. »Wenn überhaupt jemand ans Telefon geht, dann ihr Mann, der

Günter. Und der… der sagt immer nur, sie sei gerade nicht da. Kurz angebunden, wie ein Hausmeister in der Mittagspause. Und irgendetwas in seiner Stimme… ich weiß nicht. Es stimmt einfach etwas nicht.«

Kruse hob eine Braue. »Also haben Sie beschlossen, selbst nachzusehen.«

Gertrud nickte. »Ja. Ich will mit eigenen Augen sehen, ob es ihr gut geht. Ich… ich halte das Versteckspiel nicht mehr aus.«

Ein Moment der Stille. Dann zog sie leicht das Kinn an, als hätte sie plötzlich einen inneren Schalter umgelegt. »Und was meinen eigenen Mann betrifft«, fuhr sie nun in einem Ton fort, der an eine gut vorbereitete Rede erinnerte – etwas zwischen Selbsttherapie und mittelalterlicher Strafpredigt –, »diesem Schläger werde ich noch eine Lektion erteilen. Und dann schicke ich ihn für immer in die Wüste. Mit nichts als einem Kamm, falls er dort ein Kamel trifft.«

Kruse hob leicht die Schultern, schob sein leeres Marmeladenschälchen beiseite und musterte Gertrud mit dem prüfenden Blick eines Mannes, der schon vieles gesehen hatte – aber eben doch nicht alles.

»Ein durchaus symbolträchtiger Reisebeginn für Ihren Gatten«, murmelte er trocken. »Und was Ihre Schwester betrifft – das klären wir später.«

Gertrud nickte stumm. Draußen tröpfelte es inzwischen sachte gegen die Fensterscheiben. Norddeutscher Nieselregen – so beständig wie manches Verschwinden.

Kruse erhob sich wortlos vom Tisch und trat mit festen Schritten zum Wandtelefon hinter der Theke.

»Kruse hier. Mit einer der nächsten planmäßigen Fähren wird ein blassgelber Opel Rekord den Fluss in Richtung Osten überqueren. Bitte überprüfen Sie den Fahrer. Alles Weitere zu den Hintergründen und den konkreten Vorwürfen erläutere ich Ihnen persönlich – heute Nachmittag. Ich danke Ihnen für die schnelle Unterstützung, Kollege Dunkelmann.«

Er legte den Hörer ruhig auf, atmete einmal tief durch und kehrte zu dem Tisch zurück, an dem Gertrud Gruneberg noch immer saß – blass, erschöpft, innerlich aufgewühlt. In der Hand hielt er eine dampfende Tasse starken, schwarzen Kaffee, die er ihr wortlos reichte.

»Danke… das ist sehr freundlich von Ihnen«, sagte sie leise und trank gierig einen ersten Schluck.

Kruse ließ sich ihr gegenüber nieder, musterte sie kurz, dann fragte er in sanftem Ton: »Was genau hat er Ihnen angetan, Frau Gruneberg? Wie lange geht das schon so? Möchten Sie darüber sprechen? Es könnte Ihnen helfen.«

Zunächst schwieg sie, dann brach ihre Stimme unter dem Gewicht der Worte, die zu lange unausgesprochen geblieben waren.

»Ich… ich kann einfach nicht mehr. Ich bin diesen brutalen Mann so leid. Ich will so nicht länger leben!«

Die Tränen kamen leise, aber unaufhaltsam. Große, klare Tropfen lösten sich von ihren Wimpern und fielen auf den Tisch, wo sie dunkle Flecken auf dem feinen Tischtuch hinterließen.

Kruse nickte verstehend. Kein Wort war überflüssig. Dann griff er ruhig zu seinem Notizblock, schlug eine frische Seite auf und sagte: »Gut, Frau Gruneberg. Dann nehme ich Ihre Aussage jetzt zu Protokoll. Ihre Anzeige leite ich direkt an die zuständige Staatsanwaltschaft weiter. Ist das für Sie in Ordnung?«

Gertrud nickte stumm, während Kruses Stift mit bedächtiger Sorgfalt zu schreiben begann.

»Kann ich Sie irgendwohin bringen? Haben Sie einen sicheren Ort, an dem Sie vorerst unterkommen können?«, fragte Kruse mit ehrlicher Besorgnis, nachdem das Frühstück beendet und alles Wichtige protokolliert war.

»Zum Bahnhof?«, erwiderte Gertrud zögerlich, ihre Stimme kaum mehr als ein Hauch.

»Gut. Dann brechen wir auf«, sagte Kruse ruhig und wandte sich noch einmal an die Wirtin. »Adele, würden Sie das Frühstück bitte mit auf meine Zimmerrechnung setzen?«

»Ist längst erledigt, Herr Kommissar«, erwiderte Adele freundlich. Sie nickte den beiden still zum Abschied zu, während sie Kruses leeres Geschirr abräumte.

Kruse und die sichtlich erschöpfte Gertrud verließen gemeinsam die Gastwirtschaft. Wortlos gingen sie über den Hinterhof zum kleinen Parkplatz, auf dem Kruses

BMW stand. Die kurze Fahrt zum Bahnhof verlief still. Gertrud saß zusammengesunken auf dem Beifahrersitz, den Blick ins Leere gerichtet, als würde sie mit jedem Meter die letzten Stunden noch einmal durchleben.

Schließlich durchbrach sie die Stille – kaum hörbar, aber bestimmt: »Ich… ich möchte die Anzeige wieder zurückziehen.«

Kruse sah sie einen Moment lang von der Seite an, dann fragte er ruhig: »Sind Sie sich da wirklich sicher, Frau Gruneberg? Haben Sie das gut überdacht?«

»Früher war es ja auch schön zwischen uns…«, flüsterte sie. Wieder traten ihr Tränen in die Augen, rannen lautlos über die blassen Wangen. »Aber… glauben Sie, Herr Kommissar, glauben Sie, dass das jemals ein Ende hat? Dieser Kreislauf aus Gewalt und Reue – und dann wieder von vorn?« Ihr Blick wandte sich ihm zu, voller Zweifel, voller Hoffnung auf eine ehrliche Antwort.

Kruse hielt kurz inne, dann sagte er leise, aber bestimmt: »Nein, Frau Gruneberg. Ich glaube, das hört nicht auf. Nicht von selbst. Wenn Sie nichts ändern, wird es weitergehen – und irgendwann wird es Sie ganz zerstören. Das ist meine ehrliche Einschätzung.«

Für einen Moment schwiegen sie. Ihre Blicke trafen sich – ein stiller Austausch von Erschöpfung, Verständnis und der schmerzhaften Ahnung, dass die Wahrheit manchmal schwerer wiegt als jede Entscheidung.

Sie hatten den kleinen Bahnhof Basbeck-Osten erreicht.

»Falls sich Ihre Schwester bei Ihnen meldet – lassen Sie es mich wissen, ja?«, sagte Kruse und sah Gertrud mit einem ernsten, aber mitfühlenden Blick an.

Gertrud nickte, stieg wortlos aus dem komfortablen BMW, und Kruse wartete, bis ihre zierliche Gestalt im tristen Bahnhofsgebäude verschwunden war. Ob sie tatsächlich in den Zug steigen würde, darauf wollte er nicht warten – der nächste in Richtung Hamburg fuhr ohnehin erst in ein paar Stunden.

Theda Liebknecht läuft bestimmt schon ungeduldig Pfade in ihren kostbaren Perserteppich, dachte er und musste bei dem Bild unwillkürlich schmunzeln.

Gertrud war für den Moment vergessen, seine Gedanken kreisten nun wieder unaufhaltsam um seinen aktuellen Fall. Welche Erkenntnisse mochte die exzentrische Theda Liebknecht für ihn bereithalten? Reichten ihre historischen Recherchen aus, um endlich Licht in das Dunkel dieser verzwickten Ermittlungen zu bringen?

Diese Fragen begleiteten ihn, als er auf der gut ausgebauten Bundesstraße weiter in Richtung Küste fuhr. Die sanft geschwungene Landschaft der Wingst zog an den Scheiben seines Wagens vorbei, während in seinem Inneren die Gedanken ratterten.

Als er einen Wegweiser nach Cuxhaven passierte, erinnerte er sich plötzlich daran, wie oft er schon von dieser Kleinstadt gehört hatte – von seiner Bedeutung als Hafenstadt, von der rauen Schönheit der Nordsee. Und doch war er nie dort gewesen.

Wenn dieser Fall endlich abgeschlossen ist und ich ein paar Tage frei habe, dann fahr ich hin. Ganz sicher, nahm sich der aus Hamburg stammende Kriminalbeamte vor und freute sich im Stillen auf diese kleine Belohnung am Ende der Mühen.

Einige Kilometer folgte er der Straße, während neben ihm die Bahntrasse in Sicht blieb. Ein langer Zug bewegte sich gemächlich in Richtung Hamburg, gezogen von einer mächtigen, rot lackierten Diesellok, aus deren hohem Schornstein dunkler Qualm in den hellen Himmel stieg. Kruse zählte sechs silberglänzende Personenwagen und runzelte die Stirn.

Ein Zug? Jetzt schon? Er hatte den Fahrplan anders in Erinnerung. Unwillkürlich dachte er wieder an Gertrud Gruneberg. Hatte sie vielleicht doch den Mut gefunden, einzusteigen – einfach loszufahren und ihr altes Leben hinter sich zu lassen?

Kurz darauf erreichte er die unscheinbare Ausfahrt, die zu Theda Liebknechts Haus führte. Als er sich dem zur Straße hin gepflegten Anwesen näherte, stellte er überrascht fest, dass die engagierte Heimathistorikerin offenbar nicht allein war: Ein Streifenwagen parkte gut sichtbar vor dem kleinen Haus.

Kruse stellte seinen BMW ruhig hinter dem Dienstfahrzeug ab und ging entschlossen zur Haustür. Ein kräftiger Druck auf den verrosteten Klingelknopf kündigte seinen Besuch an. Nur wenige Augenblicke später öffnete sich die knarrende Tür – als hätte sie nur auf ihn gewartet.

»Ach, Sie sind's, Herr Kollege«, stellte Heiner Kunz von der örtlichen Polizeistation in Cadenberge nüchtern fest.

»Haben Sie denn etwa jemand anderen erwartet, Herr Kunz?«, entgegnete Kruse, leicht irritiert, und schob sich mit einem knappen Nicken an dem uniformierten Beamten vorbei in den schmalen Flur.

»Treten Sie ruhig näher, Herr Kruse«, sagte Kunz und zog die schwere Haustür hinter ihnen zu.

»Wo ist Frau Liebknecht?«, fragte Kruse ungeduldig, während sein Blick durch die offenstehende Wohnzimmertür huschte – ein erster flüchtiger Eindruck des gemütlich eingerichteten Raumes.

»Wie Sie sehen – leider nicht da«, erwiderte Kunz mit besorgter Miene und wies mit einer unbestimmten Geste auf das helle Wohnzimmer, als wolle er Kruse einladen, Platz zu nehmen.

Kruse blieb stehen.

»Was ist denn hier passiert?«, fragte er mit einem wachsenden Unbehagen in der Magengegend.

»Wir haben vorhin telefoniert. Sie klang aufgeregt, sprach von einem dringenden Treffen mit Ihnen. Meinte, sie habe wichtige Hinweise zu Ihrem Fall. Und dann… brach plötzlich die Verbindung ab. Ich bin sofort hergefahren, um nach dem Rechten zu sehen.«

»Und Sie haben sie nicht gefunden? Weder im Haus noch im Garten?«, Kruse runzelte die Stirn.

»Nichts. Keine Spur von ihr. Wie vom Erdboden verschluckt.« Die ehrliche Besorgnis stand Heiner ins Gesicht geschrieben. »Was glauben Sie? Könnte sie entführt worden sein? Hat das womöglich mit Ihrem Fall zu tun?«, fragte er mit wachsender Nervosität.

»Woher zum Teufel soll ich das jetzt schon wissen, Herr Kollege? Ich bin eben erst angekommen«, entgegnete Kruse schärfer als beabsichtigt.

Doch Heiner Kunz ließ nicht locker. »Schon ein seltsamer Zufall, oder nicht?«

Kruse antwortete nicht.

Stattdessen verließ er das Wohnzimmer, durchquerte den engen Flur und betrat die helle Küche. Die hölzerne Hintertür war nur angelehnt. Ein beißender, tierischer Geruch hing in der feuchten Morgenluft. Unverkennbar. Diesen Geruch hatte Kruse erst kürzlich schon einmal in der Nase gehabt.

»Herr Kunz – kommen Sie bitte mal hierher!«, rief er mit festem Ton. Als der Kollege neben ihm stand, fragte Kruse leise, aber eindringlich: »Riechen Sie das auch?«

»Ja, Herr Kollege, es riecht hier tatsächlich erbärmlich nach Kuhstall«, bestätigte Heiner Kunz Kruses unliebsame Vermutung, die er kaum glauben mochte. »Aber… aber warum in aller Welt? Was hat das zu bedeuten?«

»Weil hier ganz offensichtlich vor kurzem jemand war, der genau so roch«, entgegnete Kruse mit ruhiger, aber fester Stimme. »Frau Liebknecht hatte Besuch – ungebetenen Besuch, wie es aussieht.«

Heiner Kunz' Augen weiteten sich. »Sie... Sie meinen doch nicht etwa...?«

»Ich befürchte, Herr Kollege, dass wir es hier mit einer handfesten Entführung zu tun haben könnten«, vollendete Kruse ernst die unausgesprochene Vermutung seines Kollegen.

Heiner zog sich einen Küchenstuhl zurecht, ließ sich schwer darauf nieder, nahm seine grüne Mütze ab und fuhr sich mit dem Ärmel über die Stirn, die nun feucht vor Nervosität glänzte. »Das... das kann ich mir einfach nicht vorstellen. Theda? Entführt? Das passt doch nicht hierher. Nicht in unsere Gegend, unmöglich.«

»Noch ist es nur eine Vermutung«, sagte Kruse beschwichtigend. »Es könnte auch eine ganz andere, harmlosere Erklärung geben. Vielleicht ist sie einfach nur irgendwohin gegangen, ohne Bescheid zu sagen.«

Doch er selbst spürte, wie sich das flaue Gefühl in seinem Magen mehr und mehr verdichtete.

Der Geruch. Dieser seltsame, penetrante Stallgeruch.

Unweigerlich dachte Kruse an Oskar Schiller. An dessen schmutzige Gummistiefel, den triefenden Overall bei ihrer ersten Begegnung, und die merkwürdige Art, sich auszudrücken – immer ein wenig zu freundlich, ein wenig zu verbindlich. Und plötzlich fragte sich Kruse, wie gerade dieser Mann auf Theda Liebknecht gekommen sein sollte.

»Dann hoffen wir beide inständig, dass Sie sich irren, Herr Kruse«, seufzte Kunz, setzte sich wieder seine Mütze auf und erhob sich langsam.

»Was meinen Sie, Herr Kollege – sollen wir hier warten? Vielleicht taucht sie ja doch wieder auf.«

»Wenn Sie die Zeit haben, gern. Ich muss mich leider noch um ein paar andere Dinge kümmern«, meinte Kunz, klopfte drei Mal mit den Fingerkuppen auf die Tischplatte, fast wie ein Aberglaube, und wandte sich dann zur Tür.

»Tschüss dann, Kollege.«

Und ohne ein weiteres Wort verschwand er durch die offene Hintertür in den trüben Morgen.

Eine frische, belebende Brise durchströmte für einen kurzen Moment die stickige Küche, als Heiner Kunz die Tür öffnete, hastig hindurchschlüpfte und sie leise wieder hinter sich zuzog.

Der Gedanke an Oskar Schiller ließ Kruse nicht los. Wie ein störrischer Stachel hatte er sich in seinem Bewusstsein festgesetzt – bohrend, hartnäckig, fast schmerzhaft.

»Aber wie genau? Und warum ausgerechnet Theda?«, murmelte er halblaut, während sich das bohrende Warum bereits in eine beunruhigende Gewissheit verwandelte.

Wenn Schiller tatsächlich in diese undurchsichtige Geschichte verwickelt war – und davon ging Kruse inzwischen mit wachsender Überzeugung aus – dann war Theda Liebknecht ihm möglicherweise gefährlich nahegekommen. Zu nahe.

Und genau deshalb war sie nun verschwunden.

Kruse beschloss, vorerst im Haus zu bleiben und unauffällig Stellung zu beziehen. Vielleicht kam sie doch noch zurück. Vielleicht war es eine dieser merkwürdigen Wendungen, die Kriminalfälle manchmal nahmen, kurz bevor sie sich klärten – oder endgültig verfinsterten.

Er verließ die Küche und kehrte in das helle Wohnzimmer zurück. Trotz des sichtbaren Durcheinanders wirkte der Raum bewohnt, fast gemütlich. Bücher, Zeitschriften und lose Notizen bedeckten jede freie Fläche – Tische, Stühle, sogar der Teppichboden. Von einem Fernseher fehlte jede Spur. Theda war eben eine Frau der Worte, nicht der Bilder.

Neugierig betrat er nun ihr Arbeitszimmer. Hier herrschte ein noch größeres Chaos – ein organisiertes Durcheinander oder ein Spurenfeld? Schwer zu sagen.

Wenn ich nicht wüsste, dass sie einfach notorisch unordentlich ist, würde ich glatt meinen, hier hat jemand etwas gesucht – und zwar dringend, dachte Kruse und verließ das Zimmer mit einem leisen Seufzer.

Einen Moment lang zögerte er, dann folgte er seinem Bauchgefühl. Vielleicht hielt das Dachgeschoss noch einen Hinweis bereit.

Langsam und bedächtig stieg er die knarrende Holztreppe empor. Jeder Schritt wurde vom morschen Holz mit einem protestierenden Laut quittiert.

»Unbemerkt kommt hier garantiert niemand rauf oder runter«, murmelte er vor sich hin, mehr zur Beruhigung als zur Feststellung.

Oben angekommen, fiel sein Blick sofort auf die offen stehende Badezimmertür. Der Raum war aufgeräumt und fast penibel sauber – ein Kontrast, der Kruse verblüffte. Das passte nicht zum übrigen Chaos des Hauses.

Links und rechts des Flurs befanden sich zwei weitere Türen. Er öffnete zuerst die Rechte und trat sofort wieder einen Schritt zurück – hustend, denn eine Staubwolke stieg ihm in die Nase. Ein vollgestopfter Abstellraum, bis unter die Dachschrägen beladen mit Kisten, Kram und längst vergessenen Dingen.

Die linke Tür führte in ihr Schlafzimmer – und überraschte Kruse auf ganzer Linie.

Das Zimmer war ordentlich. Fast zu ordentlich. Ein geräumiges Doppelbett beherrschte die Mitte, flankiert von einem kleinen, in die Wand eingezwängten Kleiderschrank. Die Dachschrägen ließen kaum Spielraum für mehr.

Doch es war die Atmosphäre des Raumes, die Kruse kurz stocken ließ. Pastellrosa Wände, ein weicher weißer Hochflorteppich, schwere dunkelblaue Samtvorhänge –

eine fast mädchenhafte Sanftheit, wie ein melancholischer Rückzugsort aus einer anderen Zeit.

Ein Zimmer, das träumt.

Kruse kehrte nach seiner kurzen Erkundungstour wieder in die Küche zurück. Er griff nach einem sauberen Glas aus dem Hängeschrank, ließ kurz kaltes Wasser aus dem Hahn laufen und trank in langsamen Schlucken. Dann ging er mit dem Glas in der Hand in das chaotische Arbeitszimmer zurück – diesmal mit einem schärferen Blick für mögliche Hinweise.

Zwischen all den Papierstapeln, losen Notizen und zerlesenen Büchern fiel ihm ein ordentlich aufgeschichteter Stapel beschriebener Seiten ins Auge, der neben einer altmodischen Schreibmaschine lag. Die Seiten lagen mit der beschriebenen Seite nach unten. Neugierig hob er sie an und drehte sie vorsichtig um.

»Ein Dorf am Fluss«, las er den handschriftlich notierten Titel auf dem Deckblatt und begann, das erste Kapitel zu überfliegen. Es war der Anfang einer Geschichte – ein historischer Roman, offensichtlich.

Die Handlung entfaltete sich schnell: Eine wohlhabende Kaufmannsfamilie im frühen 20. Jahrhundert. Eine unschuldige Tochter, schwanger von einem einfachen, aber gut aussehenden Burschen. Die Empörung des Dorfes. Die brutale Vertreibung des jungen Mannes. Und dann – seine Leiche, wenige Tage später, tot in den dunklen Fluten der Oste.

»Starker Tobak«, murmelte Kruse leise, sichtlich gefesselt von der dramatischen Erzählung.

Sie schreibt also auch Romane, dachte er überrascht – und mit wachsender Neugier.

So vertieft war er in die Geschichte, dass er die leisen Schritte hinter sich gar nicht bemerkte. Erst als sich jemand zaghaft räusperte, fuhr er erschrocken auf.

Theda Liebknecht stand im Türrahmen. Unversehrt. Leise. Und mit einem nachdenklichen Blick.

»Ihnen gefällt meine kleine Geschichte?«, fragte sie mit einem leichten, fast schüchternen Lächeln.

Kruse richtete sich hastig auf.

»Ja, Frau Liebknecht. Wirklich nicht schlecht. Sehr fesselnd geschrieben«, sagte er ehrlich und legte das Manuskript mit einem respektvollen Nicken zurück auf den überfüllten Schreibtisch.

Sie trat ein paar Schritte näher, das Lächeln wurde ein wenig listiger. »Der besagte Kaufmann – oder besser gesagt, sein Vater – war ein echtes Schlitzohr. Ein gerissener Geschäftsmann durch und durch.«

Kruse sah sie aufmerksam an, eine Braue hob sich fragend.

»Nun ja«, fuhr sie fort, »schon damals wurden hohe Zölle auf begehrte Kolonialwaren erhoben. Um diese lästigen Abgaben zu umgehen, charterte sich der Kaufmann heimlich ein kleines, schnelles Schiff. Manchmal blieb er tagelang verschwunden, segelte auf die offene See hinaus und kehrte schließlich mit den neuesten, exotischsten Waren zurück – aus Übersee und… wer weiß, von welchen geheimnisvollen Orten sonst noch.«

Sie lächelte jetzt nicht mehr nur verspielt, sondern mit spürbarem Ernst.

»Manche Geschichten, Herr Kruse, sind nicht nur erfunden. Manche beruhen auf Überlieferungen. Und manche… tragen Namen, die Sie kennen.«

Kruse lehnte sich leicht zurück und ließ seinen Blick prüfend über Theda Liebknechts Gesicht wandern. Sie wirkte ruhig, beinahe heiter – doch hinter dem dezenten Lächeln glaubte er, den feinen Schatten einer tiefer liegenden Anspannung zu erkennen. Etwas schien sie zu beschäftigen. Etwas, das sie noch nicht auszusprechen bereit war.

»Sie haben diese Geschichte also nicht ohne Grund erzählt«, sagte Kruse ruhig, ohne Vorwurf, eher wie jemand, der eine Spur bestätigt sieht. »Sie wollten mich auf etwas aufmerksam machen.«

Theda hielt seinem Blick einen Moment lang stand, schwieg, beugte sich dann langsam vor und legte die gefalteten Hände auf die Tischplatte.

»Wissen Sie, Herr Kruse – Geschichte ist selten wirklich vorbei. Sie kehrt zurück, in anderer Form, unter anderen Namen. Aber die Muster… die bleiben meist gleich.«

Der alte Teekessel begann leise zu pfeifen, während Kruse sie aufmerksam taxierte.

»Sie glauben also, dass bestimmte... Geschäftsmodelle überlebt haben? Bis heute?«

Theda nickte kaum sichtbar.

»Ich habe in den letzten Monaten einiges recherchiert. Schiffsbewegungen, verschwundene Ladelisten, alte Grundstücksübertragungen. Und auffällig viele Namen, die plötzlich wieder auftauchen – Namen, die man längst vergessen glaubte. An der Oste formiert sich etwas. Etwas, das uns verdächtig vertraut vorkommen könnte – wenn wir bereit sind, genauer hinzusehen.«

Kruses Blick verengte sich.

»Und Oskar Schiller?«

Theda zuckte nicht.

»Ein Name wie aus einem alten Seemannslied, nicht wahr? Ja, Herr Kruse. Ich bin überzeugt, dass er eine zentrale Rolle spielt. Er ist clever, kennt die richtigen Leute – und weiß, wie man sich in Grauzonen bewegt. Es gibt Hinweise, dass er in letzter Zeit häufiger mit einem alten Kutter Richtung Nordsee unterwegs war. Und zurück kam er selten mit leeren Händen.«

Das Pfeifen des Kessels wurde lauter, durchdringender – wie ein akustischer Mahnruf.

»Einen Moment«, sagte Theda ruhig, stand auf und nahm den Kessel vom Herd. Kurz darauf stellte sie zwei dampfende Becher auf den Tisch – schlicht, robust, schwarz.

»Ich hoffe, Sie trinken ihren Kaffee wie ich: ohne Zucker, ohne Milch – aber mit einer Prise Wahrheit.«

Kruse nahm den Becher entgegen und nickte.

»Genau mein Geschmack, Frau Liebknecht.«

Er trank einen Schluck, stellte den Becher ab und beugte sich leicht vor.

»Wenn Sie mir sagen, was Sie wirklich wissen – nicht nur das zwischen den Zeilen –, verspreche ich Ihnen, ich bringe diesen Schiller zu Fall. Aber ich brauche alles. Keine Geschichten aus vergangenen Tagen, sondern harte Fakten.«

Theda nickte, diesmal langsam und mit neuer Ernsthaftigkeit. Ihre Stimme klang nun klarer, fester:

»Dann hören Sie gut zu, Herr Kruse. Ich erzähle Ihnen jetzt eine Geschichte, die kein Roman ist. Sie beginnt mit einem Fluch – dem Fluch einer Familie, die zu gierig war, um rechtzeitig aufs Meer hinauszufahren…«

Theda rückte den Becher ein kleines Stück zur Seite und sah Kruse mit einem Blick an, der irgendwo zwischen Wehmut und Warnung schwebte.

»Die Familie hieß Lührsen«, begann sie, »und war über Generationen hinweg tief mit der Oste verbunden. Sie besaßen Land, ein stattliches Anwesen – und eine ganze Reihe kleiner, schneller Kutter, die offiziell für den Fischfang genutzt wurden. Inoffiziell – nun ja, da wurde auch so manches aus England, Holland und sogar Afrika an den Behörden vorbei auf unsere Märkte gebracht.«

Kruse sagte nichts. Er hörte nur zu.

»Der Vater – Friedrich Lührsen – war ein kalter, berechnender Mann. Reich, aber gierig. Was ihm gehörte, sollte mehr werden. Was ihm nicht gehörte, sollte verschwinden. Und seine drei Söhne – wie aus Stein gehauen. Still, gehorsam, und ebenso gierig wie er.«

Theda lehnte sich zurück, als müsse sie innerlich Abstand nehmen von dem, was sie gleich sagen würde.

»Im Jahr 1911 hatten sie eine besonders wertvolle Ladung angekündigt – seltene Gewürze, Stoffe aus Übersee, einige sagen sogar: Waffen. Doch der Fluss war träge in diesem Jahr. Nebel lag tagelang auf der Oste wie ein Tuch über einem Geheimnis. Die Küstenwache hatte Wind von etwas bekommen. Und ein alter Fischer namens Cord Krögel warnte die Lührsens: *'Wenn ihr heute geht, geht ihr nicht allein'*.«

Kruse runzelte die Stirn. »Was meinte er damit?«

»Das wusste niemand genau. Vielleicht war es Aberglaube. Vielleicht mehr. Jedenfalls stachen sie trotzdem in See – trotz Nebel, trotz Warnung. Und nur einer der drei Söhne kehrte zurück. Er war bleich, stumm und voller Schlamm, als hätte ihn das Watt selbst ausgespien.«

Sie machte eine Pause. Der Wind vor dem Fenster rührte leise an den Fensterläden.

»Der überlebende Sohn – Johann – sprach nie darüber, was auf dem Wasser geschehen war. Doch man sagt, er habe ab jenem Tag nachts mit dem Rücken zum Fenster geschlafen. Und seine Kinder, und Kindeskinder, bis heute – haben alle denselben Zug: Die Augen wach, selbst wenn sie schlafen. Als würden sie hören, wie etwas zurückkommt.«

Kruse schüttelte leicht den Kopf, als wolle er sich von der düsteren Gänsehaut befreien, die sich an seinen Nacken geschlichen hatte.

»Und dieser Fluch… was hat das mit Schiller zu tun?«, fragte er schließlich, leise.

Theda sah ihn lange an. Dann sagte sie:

»Oskar Schiller ist mit einer Lührsen-Tochter verheiratet. Sie lebte im Verborgenen – auf einem Hof hinter dem Deich, den kein Ortsfremder je findet, wenn er nicht weiß, wo er suchen muss. Und der Kutter, mit dem er rausfährt – trägt denselben Namen wie das Schiff, das 1911 unterging: *'Selene'*.« Theda atmete tief durch, bevor sie tiefer in die neblige Vergangenheit an den Ufern der Oste eintauchte - dorthin, wo Legenden geboren werden, wo das Wasser Geschichten flüstert.

Sie setzte ihre Brille ab, rieb sich kurz die Stirn und sah den Kommissar an. »Herr Kruse, ich werde Ihnen etwas erzählen, das offiziell nie passiert ist. Aber es erklärt vielleicht, warum dieser Ort… nun ja, warum er nicht loslässt. Die Akten sind lückenhaft, die Aussagen verstummt – aber ich forsche lange genug, um die Schatten lesen zu können.«

Sie lehnte sich zurück, ihre Stimme senkte sich wie das Licht an einem nebligen Spätherbstabend.

»Osten. 1911. Später November. Die Luft war dick und schwer, als hätte selbst der Fluss beschlossen zu schweigen. Milchiger Nebel lag wie ein Leichentuch über der Oste, die Welt bestand nur noch aus Schemen: Windmühlen, Boote, Stimmen – alles nur Andeutungen. Und mittendrin: die *'Selene'*. Ein Boot, wie es harmloser kaum wirkte. Doch dieses Boot wurde in einer Scheune umgebaut. Heimlich. Von drei Brüdern, Hans, Wilhelm und Johann Lührsen. Söhne eines Mannes, der zu viel wollte – Friedrich Lührsen.

Sie bauten einen Motor ein, leise, stark, illegal. Nicht für den Handel mit Gemüse oder Garn. Nein – sie sollten Fracht transportieren, die nicht für die Augen der Behörden bestimmt war. Der Vater gab den Befehl: *'Ihr habt zwei Stunden. Nicht länger.'* Und das war das letzte Mal, dass sie miteinander sprachen.«

Theda machte eine Pause, ehe sie leise fortfuhr:

»Drei Tage später fand man das Boot leer, festgefahren im Schlick. Der Name am Bug übermalt. An Bord nur drei leere Kisten, ein zerrissener Handschuh – und ein dunkler Fleck, der nie untersucht wurde. Nur Johann kam zurück. Barfuß. Verstummt. Als hätte etwas seine Stimme genommen – oder seine Seele.

Der Vater sprach nie wieder mit ihm. Die Leute im Ort flüsterten – zuerst leise, dann gar nicht mehr. Aber die Geschichten blieben. Sie sagten, die *'Selene'* sei nie ganz verschwunden. Dass sie bei Nebel aufsteige. An den Schilfbänken entlanggleite, ohne Geräusch. Und dass, wer ihren Namen ausspricht, das Vergangene zurückruft. Nicht als Erinnerung. Sondern als Fluch.«

Kruse runzelte die Stirn, aber Theda hob nur ruhig den Finger.

»Sie dürfen lächeln, Herr Kommissar. Doch hören Sie zu: Die Fracht war Opium. Mit Arsen gestreckt. Todesware – bestimmt für die besseren Kreise in Hamburg, Bremen… Berlin. Friedrich wusste es. Die Söhne wohl nicht. Sie wurden verraten. Zwei verschwanden. Einer verlor die Sprache. Und die *'Selene'*… verschwand nicht ganz.

In den 50ern heiratete Johanns Tochter Anna einen Mann namens Oskar Schiller. Still. Ehrgeizig. Er grub tiefer. Fand Kontakte, Dokumente. Und verwandelte das alte Netzwerk der Lührsens in etwas Neues. Etwas Stilleres. Aber nicht minder gefährlich. Antiquitäten. Edelsteine. Tierpräparate. Die Route blieb dieselbe: über die Elbe hinaus in die Nordsee. Still. Schnell. Unsichtbar.«

Sie sah Kruse direkt an.

»Der Name Lührsen verschwand. Aber nicht das, was er bedeutete. Auf dem Ostener Friedhof findet sich noch heute etwas. Schwer zu lesen. Aber wenn das Licht richtig fällt… erkennen Sie den Namen *'S E L E N E'* auf Annas Grabstein. Und seitdem, Herr Kruse, verschwinden manchmal Dinge. Menschen. Immer dann, wenn jemand zu neugierig wird. Oder – und das ist der schlimmste Fehler – ihren Namen laut ausspricht.«

Theda holte tief Luft. Ihre Stimme war nun kaum mehr als ein Flüstern.

»*'Selene'*. Das ist kein Schiff mehr, Herr Kommissar. Es ist ein Echo. Ein Fluch. Und manchmal – in besonders nebligen Nächten – antwortet es.«

Ein Moment lang herrschte vollkommene Stille.

Dann, ganz leise, fragte Kruse: »Und Sie meinen Oskar Schiller hat möglicherweise Georg Johannson *'geholt'*?«

Theda Liebknecht nickte langsam, fast feierlich, als hätte sie genau auf diese Frage gewartet. Ihre Augen wurden dunkler, nicht vor Angst, sondern vor Überzeugung. Dann lehnte sie sich ein Stück näher zu Kruse, als wollte sie ihm ein uraltes Geheimnis anvertrauen, das bisher noch nie ausgesprochen wurde.

»Nicht nur möglicherweise, Herr Kruse. Ich bin überzeugt davon.«

Kruse verzog skeptisch die Lippen, aber er sagte nichts. Theda fuhr fort, ihre Stimme war nun kaum mehr als ein Flüstern:

»Was damals geschah, war kein Einzelfall, sondern ein Muster. Ein sich wiederholendes Echo – von Schuld, Schweigen und Gewalt. Die Tochter des Bäckergesellen, sie wurde nicht nur schwanger. Sie verschwand. Einfach so. Und ihre Familie mit ihr. Und der Leichnam des jungen Bauarbeiters wurde nur zur Hälfte gefunden. Die andere Hälfte… trieb nie auf.«

Kruse schob seinen Becher zur Seite. Der Dampf des schwarzen Kaffees kräuselte sich zwischen ihnen wie der Nebel draußen vor dem Fenster.

»Und was hat das alles mit Senator Johannson zu tun?«, fragte er nüchtern. »Er war ein moderner Mann. Wirtschaftspolitiker. Einflussreich.«

Theda legte ihm ein vergilbtes, eingerahmtes Foto auf den Tisch. Ein Familienporträt, aufgenommen irgendwann um 1905. Vorne saßen ein ernst blickender, feist gebauter Mann mit Backenbart und neben ihm eine steif aufgerichtete, blass aussehende Frau mit gerüschtem Kragen. Dahinter standen vier Kinder – zwei Söhne, zwei Töchter.

»Das hier ist die Familie Malchow. Der ältere Sohn dort hinten – das ist August Malchow. Später wanderte er nach Hamburg aus, nannte sich dann Johannson. Ein bürgerlicher Neuanfang, nachdem sein Vater als Steuerbetrüger und Zollhinterzieher gebrandmarkt wurde. Und der Senator… war sein Enkel.«

Kruse starrte auf das Bild. Dann auf Theda. Es knisterte zwischen den Jahrzehnten.

»Und Schiller?«, fragte er. »Was hat er damit zu tun, außer dass er, wie Sie sagen, mit einer Lührsen-Tochter verheiratet war?«

»Oskar ist mehr als das, Herr Kruse«, flüsterte Theda. »Er ist besessen. Von der Geschichte. Vom Schatz der *'Selene'*. Von den alten Wegen. Er glaubt, er könne die

Vergangenheit für sich nutzen – aber er hat nicht verstanden, dass sie ihn längst benutzt.«

Ein Windstoß pfiff draußen um das Haus, der Fensterladen klapperte.

Theda sah Kruse lange an.

»In der Nacht, als Georg Johannson starb, war dichter Nebel über der Oste. Und Vollmond. Genau wie damals, als die *'Selene'* unterging.«

Kruse fröstelte, obwohl der Kaffee noch warm war.

»Ich habe das Gefühl, Herr Kruse, wenn Sie diesen Fall wirklich lösen wollen… müssen Sie bereit sein, nicht nur in die Vergangenheit zu blicken. Sondern ihr ins Gesicht.«

Kaum war die Tür hinter ihm ins Schloss gefallen, atmete Theda Liebknecht hörbar aus, als hätte sie eine schwere Entscheidung getroffen – oder vielleicht nur aufgeschoben. Ihre Finger ruhten noch immer auf der warmen Tischplatte, dort, wo Kruses Becher gestanden hatte. Ihre Augen wanderten langsam zum Fenster, hinaus in den Nebel, der sich wie ein träge atmender Vorhang über das Land gelegt hatte.

Kruse hingegen trat hinaus in die feuchte Abendluft, die bereits nach Dämmerung roch. In seinem Kopf ratterten die Informationen, die Theda ihm gegeben hatte. August Johannson, der Werftarbeiter. Der Großvater des Senators. Gestorben bei einem Unfall – angeblich. Und jetzt der Enkel: ermordet.

Zufall?

Kruse glaubte nicht an Zufälle. Schon gar nicht in einer Gegend, in der sich Vergangenheit wie Nebel in jeden Winkel schlich.

Er griff in seine Manteltasche, holte ein kleines Notizbuch hervor und schrieb die wenigen Namen und Zusammenhänge auf, die er nun miteinander zu verknüpfen versuchte. August Johannson – Tod auf der Fährenbaustelle – Enkel Georg Johannson – Tod auf der Fähre. Und dazwischen: die Familie Lührsen. Und Schiller.

Kruse blieb mitten auf dem kleinen, mit Kies bestreuten Weg stehen. Wenn Schiller tatsächlich mit einer Lührsen verheiratet war… und diese Familie schon damals…

Er schüttelte leicht den Kopf. War das alles nur Thedas Fantasie? Eine Geschichte, geschickt verpackt in historische Fakten, die so oder so ähnlich tatsächlich passiert sein könnte? Oder lag in ihrem halb erzählten Roman doch mehr Wahrheit, als ihm lieb war?

Und dann fiel ihm etwas ein. Etwas, das Theda nicht gesagt, sondern nur nicht gesagt hatte.

Sie hatte nicht dementiert, dass Georg Johannson in irgendeiner Weise über die dunkle Vergangenheit seiner Familie Bescheid wusste. Sie hatte den Namen *'Selene'* nicht mehr erwähnt. Und sie hatte betont, dass sie nur das Nötigste erzählt hatte.

Kruse blickte zurück zum Haus. Die Fenster waren dunkel, als sei dort nie Licht gewesen.

Er steckte das Notizbuch zurück in die Tasche, setzte sich ins Auto und startete den Motor. Er wusste, was er jetzt tun musste.

Er würde die Bauakten der Schwebefähre anfordern. Er würde nach Zeitungsberichten suchen – Unfälle, Vermisste, Familienanzeigen. Und er würde jemanden in Hamburg bitten, sich die Vermögensverhältnisse von Georg Johannson einmal genauer anzusehen.

Denn wenn dieser Fluch nicht nur ein Fluch war, sondern ein generationsübergreifendes Schweigekartell – dann hatte Theda ihm gerade den Schlüssel in die Hand gedrückt. Und der nächste Mord? Der könnte längst geplant sein.

Kaum hatte die Schwebefähre mit einem leichten Ruck an der Anlegerseite festgemacht, nahm Kruse den metallischen Klang des Sicherungsmechanismus wahr – ein vertrautes Geräusch, das ihm jedes Mal ein Gefühl von Bodenhaftung gab. Hier, in diesem kleinen, eigenwilligen Ort zwischen Marschland und Geschichte, schien die Zeit auf eine besondere Weise zu fließen. Nicht schneller, nicht langsamer – aber tiefer.

Er blieb noch einen Moment stehen, ließ seinen Blick über das mächtige Stahlgerüst der Fähre gleiten, über das rostige Tragwerk, das sich gegen den Himmel reckte wie ein Denkmal vergangener Technikbegeisterung. August

Johannson war hier. Auf dieser Baustelle. Und nun ist sein Enkel tot. Ermordet. Es war, als würden die Stahlstreben der Schwebefähre nicht nur das Ufer verbinden, sondern auch Jahrzehnte überbrücken. Von einem Schicksal zum nächsten.

Hinter ihm knarzte Adeles Holztür, und ein schwacher Duft von gebratenem Fisch und frischem Kaffee wehte herüber. Ein normaler Tag – und doch war nichts mehr normal.

Kruse drehte sich um und trat ein.

Drinnen war es warm, fast familiär. Ein paar Einheimische saßen am Fenster, einer las die Zeitung, zwei andere diskutierten leise über den Stand der Brückenbauarbeiten. Adele selbst polierte gerade Gläser und nickte Kruse freundlich zu, als er eintrat.

»Setzen Sie sich Herr Kruse. Sie sehen aus, als bräuchten Sie was Starkes – Kaffee oder was Hochprozentiges?«, fragte sie mit ihrem rauen Charme, der ihm stets wie eine Umarmung ohne Arme vorkam.

»Kaffee reicht erst mal, danke. Aber stark darf er sein«, erwiderte Kruse und ließ sich auf seinen Stammplatz am Fenster nieder. Von hier aus konnte er die Deichlücke sehen. Und denken.

Als Adele ihm die dampfende Tasse hinstellte, beugte sie sich leicht zu ihm herunter und sagte mit verschwörerischem Unterton: »Übrigens, der Schiller war gestern Abend auch hier. Hat kaum ein Wort gesagt, aber sein Blick… der war finster. Irgendwas stimmt mit dem nicht.«

Kruse hob interessiert den Kopf. »War er allein?«

»Nee, eine Frau war dabei. So eine Rothaarige, wissen Sie… die hatte einen seltsamen Blick. Still wie 'ne Kirchenmaus, aber eiskalt. Als führten sie beide was im Schilde.«

Kruse nickte gelassen. *Die Lührsen-Tochter? Sagte Theda nicht, sie liege auf dem Friedhof in Osten begraben?* Eine Verbindung von Blutlinien, von Vergangenheit und Gegenwart – und vielleicht der Knotenpunkt all dessen, was sich hier gerade zusammenbraute.

Er zog sein Notizbuch heraus, schlug eine frische Seite auf und schrieb nur ein Wort:

»'Selene'«

Dann setzte er die Tasse an die Lippen. Der Kaffee war heiß, stark – und schmeckte nach Erkenntnis.

8

Die Gondel schwang mit einem leisen metallischen Stöhnen an und setzte sich mit einem Ruck gemächlich in Bewegung, als Kruse auf die Plattform trat. Der Wind war frisch, trug den salzigen Atem der Nordsee mit sich und ließ die Oste kräuseln, als würde sie flüstern – von Dingen, die unter der Oberfläche lauerten. Geheimnisse. Vergangenheiten, die sich nicht begraben ließen.

Kruse stellte sich ans Geländer, den Mantelkragen hochgeschlagen, den Blick auf das andere Ufer gerichtet, doch in Gedanken war er schon längst bei Wilhelm Richter. Der Mann war ein Relikt der alten Schule – früher Seemann, dann Gastwirt, später mit überraschender Geschwindigkeit in den Gemeinderat gerutscht. Er war einer von denen, die viel wussten, wenig redeten – und mit jedem Wechsel der Machtverhältnisse irgendwie mitschwammen, ohne dabei selbst allzu nass zu werden.

Was weiß der alte Richter? Und warum zieht sein Name sich wie ein feiner Riss durch fast jede Akte rund um die neue Brücke?

Die Fähre näherte sich dem gegenüberliegenden Ufer. Der Fährmann nickte Kruse wortlos zu. Es war ein stilles

Einverständnis: Der Kommissar war hier nicht nur für Kaffee und Küstenromantik. Das wusste längst jeder.

Kaum hatte die Fähre angelegt, machte Kruse sich auf den Weg. Wilhelms Kneipe thronte oben auf dem Deich, ein gedrungener Klinkerbau mit breitem Dach und einem Schuppen, aus dem es oft nach Maschinenöl und altem Holz roch. Der Rasen zur Oste hin war akkurat gemäht, die Fenster geputzt – doch über allem lag etwas… Starres. Wie eine Bühne, die seit Jahren dieselbe Szene zeigte.

Ohne sich weiter aufzuhalten, stieg Kruse zielstrebig die steile Betontreppe zum Eingang des Fährkrugs hinauf. Das kleine Messingglöckchen über der knarrenden Tür kündigte sein Erscheinen mit einem zögerlichen Bimmeln an.

»Moin!«, rief er freundlich in den dunklen Flur hinein und öffnete die schwere Tür zur eigentlichen Gaststube.

Ein säuerlich-muffiger Geruch, durchsetzt von kaltem Nikotin, lag wie ein alter, ungelüfteter Mantel über den dunklen Holzmöbeln. Trotz der einladenden Atmosphäre war die Gaststube überraschend leer. Kein Stimmengewirr, kein Klappern von Gläsern. Nur Stille.

»Heute ist es ja wie ausgestorben hier in Osten«, murmelte Kruse vor sich hin und ließ sich auf das abgewetzte, aber bequeme Sofa am großen Stammtisch sinken. Diesmal war er vorbereitet. Die Sonne warf ihre Strahlen durch die blanken Scheiben, und in ihrem Licht wirbelten unzählige Staubpartikel durch den Raum – wie winzige Tänzer im goldenen Schein. Für Kruses penib-len Geschmack eindeutig zu viele. Er hielt unwillkürlich den Atem an, als könnte er so den Staub meiden, doch schließlich atmete er ruhig und tief durch. Er wusste: Diese Partikel waren immer da, auch wenn man sie nicht sah.

Wieder erklang das Messingglöckchen, diesmal ein wenig entschlossener. Kurz darauf öffnete sich erneut die Tür zur Gaststube, und ein vertrautes Gesicht betrat den Raum.

»Moin, Herr Kommissar!«, grüßte der Mann gut gelaunt. Kruse erkannte ihn sofort – Doktor Meinhard Steffen.

»Moin, Herr Doktor«, erwiderte Kruse, seine wach-samen Augen blieben einen Moment lang prüfend auf dem Arzt ruhen.

»Darf ich mich zu Ihnen setzen?«, fragte Meinhard höflich und deutete auf einen der leeren Stühle, die um den großen Tisch in der Ecke gruppiert standen.

»Gern, Herr Doktor«, sagte Kruse und fragte sich im Stillen, was Steffen wohl ausgerechnet zu dieser frühen Stunde in diese eher elitäre Wirtschaft verschlagen hatte. Meinhard war nicht unbedingt für seine Vorliebe für diese Art von Gemütlichkeit bekannt.

»Was führt Sie denn um diese Uhrzeit in den Fähr-krug, Herr Steffen?«, fragte Kruse daher ohne Umschweife.

»Ach, Herr Kommissar…«, begann Meinhard mit einem feinen Lächeln. »Der Durst. Der Durst, mein Lieber, ist schlimmer als Heimweh.«

Er blickte sich suchend in der leeren Gaststube um. »Wo sind denn heute bloß alle geblieben? Ist hier etwa Ruhetag?«, fügte er mit gespielter Ungeduld hinzu.

»Ich habe hier auch noch keine Menschenseele gesehen«, erwiderte Kruse und zuckte mit den Schultern. Die Ratlosigkeit war beiderseits spürbar.

Meinhard stand schließlich auf und trat, ohne zu zögern, hinter den kurzen, dunklen Tresen. Mit sicherem Griff angelte er zwei große Gläser aus dem Regal.

»Ein kühles Bier, Herr Kommissar?«, fragte er, ein verschmitztes Grinsen auf den Lippen.

»Ja gern, Herr Doktor. Warum eigentlich nicht? Bei dieser angenehmen Stille hier…«, antwortete Kruse mit einem Anflug von Zufriedenheit.

Mit geübten Handgriffen zapfte Doktor Meinhard Steffen die beiden Gläser mit goldfarbenem Bier, das mit leisem Knistern im Schaum aufstieg, und kehrte damit an den gemütlichen Stammtisch zurück.

»Zum Wohl, Herr Kommissar!«, sagte er freundlich und setzte sein Glas mit sichtlichem Genuss an die Lippen.

Kruse tat es ihm gleich und nickte anerkennend. »Sagen Sie mal, Herr Doktor – machen Sie das öfter? Sich hier einfach selbst bedienen?«, fragte er mit einem leicht amüsierten Unterton.

»Gelegentlich schon, aber natürlich nur, wenn wirklich niemand da ist – so wie heute«, gestand Meinhard mit einem verschmitzten Lächeln.

Kruse stellte sein Glas ab und sah sich noch einmal prüfend in der leeren Gaststube um.

»Wissen Sie denn zufällig, wo der Wirt, dieser Wilhelm Richter, oder zumindest seine Bedienung steckt? Ich muss gestehen, mir ist es etwas unangenehm, hier einfach so zuzugreifen«, meinte er ehrlich.

»Keine Ahnung, Herr Kommissar. Vielleicht ist er ja oben in seinen privaten Räumen – und lässt sich gerade von seiner charmanten Bedienung ein bisschen verwöhnen«, sagte Meinhard mit einem vielsagenden Zwinkern.

Kruse hob die Brauen. »Wie genau meinen Sie das jetzt, Herr Steffen?«, fragte er, obwohl ihm bereits eine vage Vorstellung kam.

»Ach, Sie wissen doch, Herr Kommissar…« – Meinhard beugte sich etwas vor – »…auch ein Wirt ist nur ein Mann mit Bedürfnissen. Und wenn seine gestrenge Ehefrau Amelie mal nicht zu Hause ist, dann nutzt er die Gelegenheit, sagen wir mal… für eine kleine Entspannungspause.«

Sein Grinsen sprach Bände.

Kruse nickte bedächtig. »Verstehe… sozusagen ein notwendiger Druckabbau in der heimischen Bierleitung.«

Trotz seines ironischen Tonfalls blieb seine Miene ernst. In Wahrheit konnte er solche Typen wie Richter nicht ausstehen – Männer, die glaubten, sich alles herausnehmen zu dürfen, solange niemand hinsah. Er trank den letzten Schluck aus, richtete sich auf und stemmte seinen Körper vom Sofa.

»Wo… wo wollen Sie denn jetzt plötzlich hin, Herr Kommissar?«, fragte Meinhard, der die Veränderung in Kruses Haltung sofort spürte.

»Zu Wilhelm Richter. Ich brauche Antworten – dringend«, sagte Kruse knapp. Die Türklinke der Gaststubentür hatte er bereits fest im Griff, als Meinhard eilig hinter ihm auftauchte.

»Herr Kommissar, warten Sie! Sie können ihn jetzt doch nicht stören! Der wird ausrasten, das schwöre ich Ihnen! Und dann ist der zu gar nichts mehr zu gebrauchen – ganz im Gegenteil!«, versuchte Meinhard ihn mit Nachdruck zurückzuhalten.

»Das ist mir in diesem Moment ehrlich gesagt völlig egal, Herr Doktor. Auch meine Zeit ist kostbar – und sie drängt«, entgegnete Kruse mit fester Stimme und trat entschlossen hinaus in den dunklen Flur.

Einen Moment lang hielt er inne. *Wo zum Teufel konnte sich der Wirt nur versteckt haben?*

»Wo finde ich ihn?«, fragte er scharf und wandte sich wieder an Meinhard, der jedoch nur ratlos mit den Schultern zuckte.

»Ihr haltet hier in dieser kleinen Gemeinde aber auch wirklich in jeder Angelegenheit zusammen!«, fauchte Kruse, und ein Hauch gereizter Enttäuschung schwang in seiner Stimme mit.

»Wie gesagt, er wird oben in seinen Privaträumen sein«, antwortete Meinhard schließlich und deutete mit einem kaum merklichen Nicken auf die schmale, knarrende Holztreppe, die in das Obergeschoss des alten Gasthauses führte.

Kruse zögerte keinen Moment, stapfte die knarzenden Stufen hinauf und stand schließlich vor einer bunt gestrichenen, aber stark abgenutzten Holztür. Die Klinke rührte sich nicht – verschlossen. Er ballte unwillkürlich die Faust, bereit, sich lautstark bemerkbar zu machen.

»Ich an Ihrer Stelle, Herr Kommissar, würde das jetzt lieber lassen«, erklang Meinhards Stimme ruhig, aber mit Nachdruck hinter ihm.

Kruse atmete einmal tief durch. »Ja… ja, schon gut, Herr Doktor. Gönnen wir dem alten, müden Mann sein wohlverdientes Nickerchen«, brummte er, doch seine Stimme klang alles andere als überzeugt.

In seinem Inneren brodelte es. Zu glatt, zu ruhig – Richter war kein Mann, der sich einfach so schlafen legte, während seine Kneipe wie ausgestorben wirkte. Nein, Kruse war sich plötzlich sicher: Der Wirt ging ihm absichtlich aus dem Weg.

Ist er etwa tiefer in diesen Fall verstrickt, als er bislang zugegeben hat?, fragte sich der Kommissar und trat schließlich den Rückzug an. Als er das Gasthaus verließ, lag ein feiner, leicht süßlicher Geruch in der Luft – einer dieser Gerüche, die bleiben, obwohl sie niemandem auffallen. Der Fährkrug wirkte jetzt noch stiller. Noch dunkler. Noch verdächtiger.

Meinhard Steffen kehrte nachdenklich in die nun wieder stille Gaststube zurück. Mit einem tiefen Seufzer ließ er sich in das bequeme, aber abgewohnte Sofa sinken und starrte versonnen auf das leere Bierglas vor sich. Seine Gedanken ratterten. Der Kommissar war hartnäckig, vielleicht zu hartnäckig – und das konnte gefährlich werden. Sehr gefährlich.

Kaum war das verräterische Klingeln der Eingangstür endgültig verklungen, erschien Wilhelm Richter in der Tür zur Gaststube. Vorsichtig, fast schleichend. Seine Augen flackerten unruhig durch den Raum, suchten nach etwas – oder jemandem.

»Ist dieser verdammte Schnüffler endlich weg?«, fragte er mit gedämpfter Stimme. Seine Nervosität war kaum zu übersehen.

»Wenn du ihn hier nicht siehst, Wilhelm, dann wird er wohl kaum noch im Raum stehen, oder was meinst du?«, entgegnete Meinhard trocken, ein Hauch von Spott in seiner Stimme.

Wilhelm nickte erleichtert, ließ sich schwer neben ihn auf das Sofa sinken und wischte sich mit der Hand über das verschwitzte Gesicht. »Was wollte dieser verdammte

Kripobulle schon wieder? Hat er dich wieder durchlöchert mit seinen Fragen?«

Sein Gesicht war angespannt, seine Züge hart, doch dem Arzt entging nicht, was wirklich dahinter steckte: Angst. Echte, nagende Angst. Die Falten auf Wilhelms Stirn wirkten plötzlich tiefer, gegrabener, als würden sie seit Tagen nicht mehr verschwinden.

Meinhard sah ihn lange an. »Sag mal ehrlich, Wilhelm – wovor hast du eigentlich solche Angst?«, fragte er schließlich, diesmal ohne jeden Unterton, nur schlicht und direkt.

Ein Moment bedrückender Stille breitete sich aus. Dann, fast wie aus der Pistole geschossen, kam Wilhelms Antwort. »Vor gar nichts, Meinhard. Absolut vor gar nichts!«, knurrte er. Die Stimme schneidend, aggressiv – zu aggressiv.

Dann wechselte er abrupt das Thema, als wollte er die Kontrolle über das Gespräch zurückholen. »Und was hast du eigentlich mit diesem verdammten Schnüffler zu schaffen?«, fragte er lauernd, die Augen jetzt schmal zusammengezogen. »Ich hab etwas gehört. In der Gerichtsklause. Hinterzimmer. Ganz zufällig natürlich, was?«

Meinhard sagte nichts. Er zuckte kaum merklich zusammen.

Wilhelm beugte sich leicht vor, seine Stimme wurde dunkler. Drohender. »Du willst doch nicht etwa unsere Gemeinschaft verraten? Unseren Ort ans Messer liefern?

Sag mir, Meinhard – bist du etwa dabei, die Seiten zu wechseln?«

Dann, ganz leise, fast schon beschwörend: »Du bist immer noch einer von uns. Vergiss das nicht.«

Meinhards Blick wich aus, als könnte er dem Druck nicht standhalten. »Ich habe das nicht vergessen, Wilhelm… nein. Ganz bestimmt nicht«, murmelte er. Doch seine Stimme war kaum mehr als ein Hauch. Und seine Augen sagten längst etwas anderes.

»Gut«, sagte Wilhelm knapp, drehte sich ohne ein weiteres Wort um und verließ die Gaststube so abrupt, wie er sie betreten hatte. Zurück blieb Stille – und ein nachdenklicher Doktor Meinhard Steffen, der noch immer auf dem durchgesessenen Sofa saß.

Er fühlte sich plötzlich zwischen den Stühlen. Gefangen in einer Zwickmühle, die ihm den Atem nahm. Auf der einen Seite war da sein Leben in Osten – ein ruhiger, fast schon stoischer Alltag, den er auf seine zurückhaltende Art schätzen gelernt hatte. Er mochte die Menschen hier, zumindest die meisten. Doch auf der anderen Seite war da Wilhelm Richter. Der Wirt. Der Strippenzieher. Der Mann, der ihn einst in diesen Ort eingeführt hatte – und das nicht ganz uneigennützig.

Es war lange her, fast drei Jahrzehnte. Doch Meinhard erinnerte sich noch genau an jenen ersten Abend, an dem er der sogenannten *'besseren Gesellschaft'* des Ortes vorgestellt worden war. Beim traditionellen Schlachtfest im Oktober, im altehrwürdigen Fährkrug.

Die langen Tische waren überladen gewesen mit dampfenden Platten voller deftiger Schweinespezialitäten, das Bier floss in Strömen, und auch der Wein war reichlich und schwer. Jeder, der in Osten Rang, Namen oder zumindest Einfluss hatte – oder sich dafür hielt –, war anwesend gewesen. Gelacht, getrunken, getuschelt wurde bis in den frühen Morgen, als die ersten fahlen Sonnenstrahlen durch die Fensterscheiben krochen und die letzten Gäste schwankend den Heimweg antraten.

Seit einiger Zeit aber rumorte ein Gedanke in Meinhards Hinterkopf – ein Gedanke, der sich nicht mehr vertreiben ließ. Es kam ihm vor, als würden alle entscheidenden Fäden des Dorfes unweigerlich in diesem Gasthaus zusammenlaufen. Der Fährkrug war mehr als nur eine Kneipe – er war die Zentrale einer stillen, aber machtvollen Struktur. Und Wilhelm Richter saß darin wie eine Spinne im Netz. Die anderen? Marionetten. Willige, manchmal blinde Helfer in einem Spiel, dessen Regeln nur wenige kannten.

Und jetzt hatte Richter auch ihn unter Druck gesetzt. Auf perfide Weise. Mit einem unheilvollen Blick, einer unausgesprochenen Drohung – und der Erinnerung daran, wo Meinhards Platz zu sein hatte.

»Kann das wirklich alles nur mit der Ermordung dieses Johannson zu tun haben?«, fragte sich Meinhard leise. Aber die Antwort lag längst auf der Hand: Nein. Da war mehr. Viel mehr. Und es reichte tiefer, als bisher jemand ahnte.

Er traf eine stille Entscheidung. Von nun an würde er den Fährkrug wieder häufiger besuchen. Unauffällig. Wachsam. Er wollte hören, sehen, begreifen, wie die Dinge wirklich liefen in diesem Dorf. Wer mit wem sprach, wer schwieg – und vor allem warum. Zu lange waren seine Augen verschlossen.

Langsam erhob er sich, sein Körper wirkte schwerer als noch vor einer Stunde. Die Sonne hatte sich längst hinter dicken Wolken versteckt, und der Fährkrug lag wieder in Dunkelheit. Doch für Meinhard hatte sich etwas verändert. Dieses Lokal, das einst fast wie ein Zuhause gewesen war, hatte nun ein anderes Gesicht.

Unten, auf der ersten Stufe der alten Betontreppe zum Fährkrug, saß Kriminalhauptkommissar Bernhard Kruse. Sein Blick wanderte über die ungeduldig wartende Autoschlange vor der Engstelle der Schwebefähre, wo Motoren schnurrten und vereinzelte Hupen die träge Mittagshitze zerschnitten.

Als er hinter sich langsame Schritte hörte, drehte er sich um. »Das hat ja gedauert, Herr Doktor«, bemerkte er trocken, ohne aufzustehen.

Meinhard Steffen, sichtlich angespannt, antwortete nicht. Er spürte noch immer den bohrenden Blick Wilhelms im Rücken. Wortlos, mit gesenktem Kopf, ging er an Kruse vorbei – in Richtung Post, wie es schien.

»Herr Steffen? Alles in Ordnung?«, rief Kruse ihm nach, mit ehrlichem Unterton. Doch der Doktor reagierte nicht.

Als sich Kruse wieder dem Fährkrug zuwandte, meinte er, eine Bewegung hinter dem milchigen Fensterglas zu erkennen. Die dunkle Silhouette von Wilhelm Richter huschte blitzschnell beiseite – zu schnell, zu gezielt.

»Aha, daher also weht der Wind«, murmelte Kruse. In seinem Bauch regte sich ein wachsendes Unbehagen. Diese Sache war längst mehr als nur ein unglücklicher Todesfall.

Auf dem Weg zurück zu seiner schlichten Unterkunft – einem kleinen Gästezimmer über Adeles Gaststätte – grübelte Kruse. Er spürte: Das hier ist bei Weitem kein Routinefall. Dieses verschlossene, eigenwillige Dorf an der Oste, mit seinen engen Verbindungen, alten Geschichten und undurchsichtigen Allianzen, war ein ganz eigener Kosmos. Wer hier etwas herausfinden wollte, musste verstehen, wie diese Menschen dachten. Wer zählte. Wer sprach. Und wer lieber schwieg.

Der Fall Johannson, ein vermeintlich simpler Genickbruch, war nur das oberflächliche Rauschen. Darunter lag etwas Tieferes, Dunkleres – und Kruse ahnte, dass es ihn mehr fordern würde, als ihm lieb war.

Aber genau das, dachte er mit einem schmalen, entschlossenen Lächeln, war schließlich sein Job.

***

Kruse hatte die knarzende Plattform der in die Jahre gekommenen Schwebefähre gerade hinter sich gelassen. Mit einem knappen Nicken verabschiedete er sich von Fährmann Hugo, der wieder in stoischer Ruhe mit dem goldenen Esel der eigenwilligen Gemeinde Osten unterwegs war – so, als könne ihn selbst der drohende Untergang der Fähre nicht aus der Bahn werfen. Der Kommissar schlenderte, die Hände tief in den Hosentaschen vergraben, in Gedanken versunken zur nahe gelegenen Gaststätte von Adele, auf der Basbecker Seite.

Drinnen wartete man bereits. Die resolute Wirtin war sichtlich genervt. Seit über einer Stunde hockte die exzentrische Theda Liebknecht an seinem Stammplatz in der Ecke am Fenster und stellte alle fünf Minuten dieselbe Frage: »Wann kommt er denn endlich, der Herr Kommissar?« Adele war kurz davor, den Teekessel gegen die Wand zu werfen – vorzugsweise in Thedas Richtung.

Doch dann endlich öffnete sich die Tür mit einem krächzenden Quietschen, und Bernhard Kruse trat ein.

»Moin, Adele. Gab es vielleicht einen Anruf für mich?«, fragte er mit dieser Mischung aus freundlicher Routine und unterschwelligem Pflichtgefühl.

»Moin, Herr Kommissar. Kein Anruf. Aber jemand wartet schon sehnsüchtig auf Sie.« Adele warf ihm ein bedeutungsvolles Lächeln zu und nickte unauffällig in

Richtung des hinteren Tisches, wo Theda Liebknecht bei einer dampfenden Tasse Tee saß, aufrecht wie eine Zuchtrichterin auf der Karnickelschau.

Ihre Blicke trafen sich just in dem Moment, als zwei ohrenbetäubende Düsenjets tief über die Oste donnerten, als wollten sie das Dach von Adeles Gaststätte mitnehmen. Der Boden vibrierte, das Geschirr klirrte im Regal. Kruse duckte sich instinktiv. »Verdammter Kalter Krieg«, knurrte er. Erst als die donnernde Klangwand langsam in der Ferne verhallte, atmete er wieder durch.

Adele, stets pflichtbewusst, war längst wieder bei ihm. »Wie immer, Herr Kommissar? Kartoffelsalat mit knackigen Würstchen?« Sie zwinkerte ihm dabei verschmitzt zu, als sei es ein geheimes Ritual zwischen ihnen.

»Warum eigentlich nicht? Könnte glatt zu meinem neuen Leibgericht werden.« Kruse lächelte, dann fügte er hinzu: »Und einen Kaffee. Stark. Schwarz. Ohne Zucker.«

Mit gemessenem Schritt ging er zum kleinen Tisch hinüber und setzte sich Theda gegenüber. Sein Platz war heute ungewohnt – statt auf das vertraute Fenster mit Blick zur Deichlücke sah er nun auf ein altmodisches Ölgemälde an der gegenüberliegenden Wand.

Diedrich Rusch, hatte Adele einmal gesagt. Ein Lokalkünstler aus besseren Tagen. Kruse war eigentlich kein Freund solcher Malereien, doch dieses Werk hatte etwas. Es zeigte die Oste im warmen Licht des späten

Nachmittags, friedlich, ruhig. Am Basbecker Ufer lag ein alter Ewer, fest vertäut. Rückkehr oder Aufbruch? Wer konnte das schon sagen. Nur eines irritierte ihn – die markante Schwebefähre fehlte. Als hätte der Maler sie bewusst ausgelassen.

Vielleicht war sie für ihn kein Zeichen von Verbindung, sondern von Trennung, dachte Kruse und wandte sich dann der Frau gegenüber zu. Theda hatte ihre Tasse abgesetzt und musterte ihn mit einem Blick, der deutlich machte, dass dies kein Kaffeekränzchen werden würde.

»Interessant, nicht wahr, Herr Kommissar?«, fragte Theda mit einem feinen Lächeln, als könne sie Kruses Gedanken mühelos lesen. »Er hat unzählige stimmungsvolle Gemälde von seinem geliebten Fluss und dem malerischen Osten geschaffen – doch die imposante Schwebefähre taucht darauf kein einziges Mal auf.«

Kruse runzelte die Stirn. »Wie bitte? Das ist ja wirklich merkwürdig. Warum nicht?«

Theda lehnte sich leicht vor, ihre Augen begannen zu leuchten – sie war ganz in ihrem Element. »Diedrich Rusch, geboren 1863, kehrte nach bewegten Studienjahren in Weimar und Italien 1897 in seine Heimat zurück. Von da an lebte er ganze 62 Jahre lang auf dem Deich in Osten – bis zu seinem Tod im Jahr 1959. Ein ganzes Leben voller Hingabe an seine Kunst, geprägt von den immer gleichen, ihn tief bewegenden Motiven: das Licht über der Oste, das Spiel der Wolken, die Ruhe der Landschaft. Und doch: In all den Jahrzehnten, in denen er täglich aus seinem Fenster die Schwebefähre sah, bannte er sie nie auf die Leinwand. Nicht ein einziges Mal.«

Kruse hob erstaunt die Augenbrauen.

»Stattdessen malte er 1949 – nur wenige Jahre vor seinem Tod mit 96 – den alten Fährprahm, der schon seit 1909 nicht mehr im Einsatz war. Viele hier im Dorf dachten lange, er habe die moderne Schwebefähre vielleicht verabscheut. Aber das ist Unsinn. Rusch war ein glühender Befürworter des Baus, saß sogar 1908 in der Baukommission. Nein, Hass war es nicht – eher künstlerische Konsequenz. Die Maler seiner Generation suchten die unberührte Natur, das Zeitlose, das Flüchtige. Technische Bauwerke, wie die neuen Schwebefähren aus Frankreich, galten als Eindringlinge in diese stille Welt – und blieben in der Kunst weitgehend außen vor.«

Sie machte eine kurze Pause, als wolle sie Kruses Reaktion abwarten, dann fuhr sie fort: »Die Fotografen jener Zeit entdeckten diese Bauwerke schnell für sich – sie sahen darin Fortschritt, Moderne, sogar Ästhetik. Aber Diedrich Rusch war kein Avantgardist. Er überließ die Darstellung solcher Maschinen lieber den Technikern und jenen, die sich dem Realismus verschrieben hatten. Vielleicht erschien ihm die Fähre schlicht zu neu, zu kühl, zu wenig poetisch. Vielleicht war sie ihm auch einfach zu kompliziert – oder zu modern für den Geschmack seines treuen Publikums. Und so blieb sie bis zu seinem friedlichen Tod außen vor. Sein Stil aber –

der blieb, bis zum letzten Pinselstrich, nahezu unverändert.«

Kruse war sichtlich beeindruckt von Thedas profundem Wissen über den Ostener Landschaftsmaler. »Frau Liebknecht, Sie haben sich ja wirklich hervorragend auf Ihre besondere Aufgabe vorbereitet«, lobte er anerkennend und nickte dabei unbewusst.

»Das, mein lieber Herr Kommissar, ist doch die absolute Grundvoraussetzung für den erfolgreichen Abschluss eines jeden anspruchsvollen Falles – oder etwa nicht?« Thedas feiner Seitenhieb traf sein Ziel offenbar punktgenau.

»Das kann ich beim besten Willen nicht leugnen, Frau Liebknecht«, gab Kruse der belesenen Heimatforscherin widerwillig recht. »Aber nachdem Sie hier so geduldig auf mich gewartet haben, erwarten mich jetzt hoffentlich keine ausufernden Vorträge über korrekte Recherchemethoden in komplexen Mordfällen?«

»Keine Sorge, Herr Kruse. Ich gehe fest davon aus, dass Sie in dieser Hinsicht bestens ausgebildet sind und – wenn Sie mir diese kleine Bemerkung in aller Bescheidenheit erlauben – mit Ihren Jahren über einen bemerkenswerten, vielleicht sogar unschätzbaren Erfahrungsschatz verfügen.«

Kruse glaubte, in ihrer gewählten Stimme einen Hauch Ironie zu vernehmen – fein dosiert, aber unüberhörbar.

»Erfahrungsschatz, ja, das trifft es wohl ganz gut, Frau Doktor«, sagte er trocken. »Nur – und zu diesem Schluss gelange ich immer wieder – das wahre Motiv für den brutalen Mord an Georg Johannson liegt meiner Überzeugung nach nicht in den finsteren Tiefen der Vergangenheit dieses verschwiegenen Ortes, wie ich anfangs geglaubt habe. Und soweit reicht mein Schatz an Erfahrungen, das muss ich zugeben, nun einmal nicht. Bevor ich mich also in mühsamer Kleinarbeit durch vergilbte Archivseiten kämpfe, ziehe ich lieber jemanden zu Rate, der auf diesem Gebiet offensichtlich über weit größere Kompetenz verfügt. Schließlich muss ich in alle Richtungen ermitteln.«

»Sie Charmeur«, flüsterte Theda mit einem kaum wahrnehmbaren Lächeln über den kleinen Tisch hinweg.

Kruse hatte erreicht, was er wollte. »Doch nun genug der höflichen Umschweife, Frau Doktor. Kommen wir bitte zur Sache. Welche wertvollen Informationen haben Sie für mich?«

»Nun gut, Herr Kommissar«, erwiderte Theda und trank bedächtig den letzten Schluck ihres Tees. Mit der Anmut einer Dame führte sie die zierliche Tasse zum Mund, den kleinen Finger leicht abgespreizt. Dann hob sie den Blick, sah ihn eindringlich an und fragte mit leiser Stimme: »Sind Sie sicher, dass wir diese delikaten Details ausgerechnet hier – in aller Öffentlichkeit und unter den neugierigen Augen der übrigen Gäste – besprechen sollten?« Dabei warf sie einen vielsagenden

Blick durch die Gaststube und winkte gleichzeitig dezent der aufmerksamen Wirtin Adele zu.

»Geht auf meinen Deckel, Adele«, sagte Kruse knapp, stand auf und deutete Theda, ihm zu folgen.

Wortlos verließen sie das Lokal am Fuße der Schwebefähre. In ruhigem Tempo schlenderten sie nebeneinander durch den frischen Flusswind zur nahen Anlegestelle. Erst dort, mit sicherem Abstand zu lauschenden Ohren, begann Theda leise zu sprechen:

»Wussten Sie eigentlich, Herr Kommissar, dass während der Bauzeit der Schwebefähre der alte, hölzerne Fährprahm noch bis 1909 parallel in Betrieb war? Genau hier – an dieser Stelle.«

Sie machte eine elegante Handbewegung und deutete auf einen beinahe übersehenen Punkt am Sockel eines der mächtigen Fundamente. Dort zeichnete sich, von der Zeit verwischt, aber dennoch erkennbar, ein schmaler, mit dunklem Schlick überzogener Pfad ab, der zum trüben Wasser der Oste führte.

»Heute«, fuhr Theda fort, »nutzt man diesen sogenannten Specken meist zum Slippen kleinerer Boote. Doch damals… nun, damals war das ein Ort, an dem viele Augenpaare unbemerkt beobachten konnten – und manches ungesagt blieb.«

»Slippen?«, hakte Kruse nach und runzelte die Stirn. Der Begriff wollte sich partout nicht in seinem urban geprägten Wortschatz einordnen lassen. So sehr er auch überlegte – an eine frühere Begegnung mit diesem offenbar maritimen Ausdruck konnte er sich nicht erinnern.

»Ja, Herr Kommissar. Slippen bedeutet, Boote ins Wasser zu lassen oder sie mühsam wieder an Land zu ziehen«, erklärte Theda mit einem leichten Kopfschütteln, das mehr über ihre Meinung verriet als ihr Tonfall. »Man merkt eben doch sehr deutlich, dass Sie kein waschechtes Küstenkind sind.«

Der spöttische Unterton in ihrer Stimme war nicht zu überhören, und Kruse musste sich beherrschen, nicht scharf zu kontern.

»Gut, da nun auch diese Wissenslücke geschlossen ist, Frau Doktor Liebknecht – kommen wir bitte endlich zum Wesentlichen. Was genau haben Sie für mich herausgefunden?«, fragte er, nun merklich ungeduldiger. Seine sonst schier unerschöpfliche Geduld war spürbar am Limit.

»Schon gut, schon gut, Herr Kommissar«, antwortete Theda mit einer beschwichtigenden Geste. »Ich habe die letzten Tage und Nächte in staubigen, modrig riechenden Archiven verbracht, um Ihrer Ermittlungsarbeit, wie gewünscht, ein wenig auf die Sprünge zu helfen.« Sie räusperte sich theatralisch, dann fuhr sie fort: »Und tatsächlich bin ich dabei auf etwas gestoßen, das Ihr Interesse wecken dürfte: Im Jahr 1908 lebte hier in Osten ein Bäcker namens Schiller. Ein fleißiger Mann, der in der alteingesessenen Bäckerei Dressler arbeitete. Und dieser Bäckergeselle Schiller hatte eine Tochter – Marie. Jung, hübsch, offenbar mit einem wachen Geist und dem Wunsch, dem engen Dorfleben zu entfliehen.«

Theda machte eine kurze Pause, um die Wirkung ihrer Worte abzuwarten. Dann senkte sie die Stimme.

»Im April 1910 brachte Marie ein Kind zur Welt. Nicht hier, wo man sie kannte – und wo die Moralvorstellungen enger waren als der Kirchengang am Sonntag –, sondern in Stade. Einer größeren, anonymeren Stadt, in der ihre Geschichte niemanden interessierte. Ich vermute stark, dass sie gemeinsam mit ihrer Familie das Dorf verlassen mussten. Nicht freiwillig – sondern um der drohenden Schande zu entkommen.«

Kruses Blick wurde schmal.

»Warum?«, unterbrach er scharf. »Warum mussten sie wirklich gehen?«

»Weil Marie, die junge Tochter des Bäckers, schlichtweg keinen Ehemann vorzuweisen hatte, Herr Kommissar«, erwiderte Theda ruhig, beinahe sachlich, doch ihre Stimme trug den dunklen Nachhall eines vergessenen Skandals. »In der alten Steinofenbäckerei Dressler existiert eine Art Familienchronik. Handgeschrieben. Sorgfältig gepflegt über Generationen hinweg. Jedes bedeutende Ereignis – Eheschließungen, Todesfälle, Lehrlingsschicksale – ist dort festgehalten. Die Handschrift ist bemerkenswert – beinahe kalligrafisch.«

Sie legte eine kurze, kunstvoll gesetzte Pause ein, ehe sie mit leicht gesenkter Stimme weitersprach: »Ich zitiere wörtlich:

Eines trüben Tages erzählte unser lieber Geselle Schiller uns traurig, dass er und seine geliebte Marie uns schweren Herzens verlassen müssten. Der armen Marie ginge es seit einiger Zeit überhaupt nicht gut, sie klage über ständige Übelkeit und heftige Bauchschmerzen.«

Kruse hörte nun deutlich aufmerksamer zu. Theda fuhr fort: »Der alte Bäckermeister Dressler vermerkte in einer späteren Randnotiz:

Unsere arme Marie ließ sich wohl auf ein heimliches Techtelmechtel mit einem der vielen auswärtigen Bauarbeiter von der großen Schwebefähren-Baustelle ein, und nun trägt das unglückliche Mädchen ein uneheliches Kind unter ihrem jungen Herzen. Eine große Schande für unsere ehrenwerte Familie!«

Sie ließ die Worte wirken.

Der Wind raschelte leise durch das Schilf am Ufer, und ein Möwenschrei zerriss für einen Moment die Stille.

Dann blickte Theda den Kommissar mit einem kühlen, bedeutungsschweren Blick an. »Und nun, Herr Kruse, dürfen Sie dreimal raten, wie diese brisanten Informationen womöglich auf unheilvolle Weise mit Ihrem aktuellen Fall zusammenhängen könnten.«

Kruse schien plötzlich die Luft anzuhalten. In seinem Kopf begannen die Puzzleteile sich langsam zusammenzufügen. »Sie wollen damit andeuten, dass der ermordete Georg Johannson irgendwie… mit dieser unglücklichen

Familie in Verbindung steht?«, fragte er, seine Stimme eine Nuance leiser, durchzogen von dem ersten Hauch echter Ahnung.

»Man könnte es durchaus so formulieren, ja, Herr Kommissar«, erwiderte Theda ruhig. »Nur war es nicht Georg selbst, sondern einer seiner direkten Vorfahren, sein Großvater. um genau zu sein, der damals Schande und tiefes Leid über die einst angesehene Familie Schiller brachte. Während der Bauzeit der Schwebefähre arbeitete hier ein junger Mann namens August Johannson – ein auswärtiger Arbeiter.«

Kruse zog langsam die Brauen zusammen. »Sie wollen also im Ernst andeuten, dass es sich bei unserem aktuellen Mordfall um einen perfiden Racheakt handelt – nach sage und schreibe 64 Jahren?«

Sein rationaler Instinkt wehrte sich gegen diese Vorstellung. Denn in der Gegenwart hatten sich längst ganz andere Abgründe aufgetan: Es gab Hinweise, dass der einflussreiche Georg Johannson kurz vor seinem Tod stark unter Druck stand. Offenbar hatte er panische Angst, seinen hart erkämpften politischen Einfluss und seine Macht in Hamburg zu verlieren.

Erste, wenn auch noch vage Spuren deuteten darauf hin, dass Johannson eigenmächtig und ohne Zustimmung des Senats Gelder für den höchst umstrittenen Bau der neuen Straßenbrücke freigegeben hatte – ein Projekt, das außerhalb der direkten Zuständigkeit der Hansestadt lag. Kruse sah hier das deutlich plausiblere Motiv: Ein korrupter Politiker sollte, diskret und endgültig, aus dem Spiel genommen werden.

Nur fehlte ihm bislang ein greifbarer Verdächtiger.

Und nun kam Theda Liebknecht mit dieser alten, beinahe vergessenen Geschichte. So tragisch sie auch war – konnte sie wirklich einen Menschen nach all den Jahrzehnten zu Mord treiben?

Er war im Begriff, sich innerlich abzuwenden, da hob Theda erneut an, mit dieser feinen, unverkennbar bedeutungsvollen Stimme: »Ja, Herr Kommissar, davon gehe ich nach meinen intensiven Recherchen fest aus. Und – wenn Sie mir diese Bemerkung noch erlauben – es gibt da eine weitere, möglicherweise entscheidende Entdeckung.«

Sie machte eine kleine, fast theatrale Pause.

»Ich habe die Familienlinie der Schillers weiterverfolgt – und siehe da: Ein direkter Nachfahre lebt noch heute ganz unauffällig hier in Osten.«

Kruse blinzelte. Der Name, der sich nun wie von selbst in seinen Gedanken formte, ließ ihn einen Moment lang sprachlos dastehen. Dann brach es förmlich aus ihm heraus: »Sagen Sie mir jetzt bloß nicht, dieser unscheinbare Oskar Schiller soll tatsächlich ein direkter Nachfahre sein?«

»Ganz genau, Herr Kommissar«, bestätigte Theda ruhig. »Die unglückliche Marie Schiller brachte im April 1910 einen unehelichen Sohn zur Welt. Und dieser Sohn

– war niemand anderes als der Vater des heutigen Oskar Schiller.«

Sie blickte der Schwebefähre nach, die sich wie ein lautloses Gespenst aus Stahl über die dunkle Oste schob, langsam, bedächtig, und doch unerbittlich in ihrer Bewegung auf das gegenüberliegende Ufer zu.

Kruse schüttelte kaum merklich den Kopf, als versuche er, den Nebel aus seinen Gedanken zu vertreiben. »Und Sie glauben wirklich, dass sich diese alte Schmach über mehr als ein halbes Jahrhundert hinweg in der Familie gehalten hat? Dass Oskar Schiller in dem angesehenen Georg Johannson seine späte Genugtuung gesucht und gefunden hat – auf eine so perfide Art?«

»Ja, Herr Kommissar«, antwortete Theda mit ruhiger Entschlossenheit. »Leider befürchte ich genau das. Er muss irgendwie von der Verbindung erfahren haben – anders kann ich es mir nicht erklären, warum ausgerechnet Johannson sein Ziel wurde. Die Verbindung ist zu speziell, zu verwoben, als dass es ein Zufall sein könnte.«

Kruse schwieg einen Moment, bevor er langsam sagte: »Und was, wenn ich Ihnen nun erzähle, Frau Doktor, dass Georg Johannson nicht nur ein Opfer uralter Familienfehden war, sondern zugleich ein Mann mit gefährlich vielen Feinden? Ein Politiker, der lange vor dem offiziellen Senatsbeschluss Gelder für den Brückenbau freigegeben hat – eigenmächtig, ohne Rückendeckung, und vermutlich nicht ganz legal.«

Er deutete mit dem Arm auf die gewaltige Baustelle, wo sich der moderne Brückenbogen aus Stahl gegen den Himmel spannte – kühn, fast trotzig.

Theda zog die Stirn kraus. »Sie meinen… ein Auftragsmord?«, fragte sie leise, und für einen Augenblick wich die Sicherheit aus ihrem Blick.

»Vielleicht«, entgegnete Kruse. »Vielleicht war es ein kalt kalkulierter Racheakt. Vielleicht war es die stille Hand einer politischen Intrige. Vielleicht war es beides. Im Moment müssen wir beide Möglichkeiten offenhalten – und sehr genau abwägen, welche Wahrheit am Ende schwerer wiegt.«

Theda nickte langsam. »Ich muss zugeben, Herr Kommissar, Sie haben Ihre detektivische Hausarbeit mehr als ordentlich gemacht. Und ich gestehe offen: Die Möglichkeit der Korruption – nun, sie wirkt leider überaus realistisch. Vielleicht sogar realistischer als die tragische Rachegeschichte eines unehelichen Kindes aus alten Tagen. Aber Stoff für einen Roman ist es allemal.«

Kruse war durchaus überrascht von diesem plötzlichen Sinneswandel der sonst so entschlossenen Theda. Bisher hatte er sie als eine resolute Frau kennengelernt, die ihre Meinung leidenschaftlich verteidigte – selbst wenn sie im Unrecht war. Doch nun ruderte sie unerwartet zurück.

»Ich schlage vor, Frau Liebknecht, dass jeder von uns vorerst seiner eigenen, vielversprechenden Spur weiter nachgeht«, sagte Kruse, und es war ihm deutlich anzusehen, wie sehr ihn dieser verworrene Fall beschäftigte. Die Schläfenansätze waren von feinen Falten durchzogen, die Handflächen glänzten etwas mehr als gewöhnlich. Ein weiteres nächtliches Grübeln stand ihm wohl bevor.

»Einverstanden, Herr Kommissar«, stimmte Theda überraschend schnell zu, fast als habe sie die Richtung ihrer Gedanken ebenso plötzlich geändert. »Wären Sie so freundlich, mich vielleicht noch zum Bahnhof zu fahren?«, fragte sie dann.

Kruse zögerte nicht lange und bot an: »Ich kann Sie auch direkt nach Hause bringen, Frau Liebknecht, wenn es Ihnen lieber wäre.« Die Frage war höflich, doch das Angebot kam wie eine stille Geste der Aufmerksamkeit.

»Sehr gern, Herr Kommissar«, antwortete sie und setzte ein kleines, kaum wahrnehmbares Lächeln auf. »Dann könnten wir uns auf der kurzen Fahrt noch ein wenig unterhalten.« Ihre Worte klangen fast wie eine Einladung – nicht nur in Bezug auf den Ort, sondern auch auf das Gespräch.

In diesem Moment bemerkte Kruse eine leichte Veränderung in ihrer Haltung. Er hatte sie immer als scharfsinnig und zielstrebig erlebt, doch jetzt war sie irgendwie… entspannter, vielleicht sogar ein wenig offener. Sie mochte den Kommissar auf eine merkwürdige, für sie nicht ganz fassbare Weise. Irgendetwas an ihm faszinierte sie – ein selbstbewusster, bodenständiger Mann, der in vielerlei Hinsicht genau den Typ verkörperte, den sie sich in ihrer stillen, von der Wissenschaft geprägten Welt immer erhofft hatte. Ein unmerkliches Lächeln huschte über ihr markantes Gesicht. Sie fragte sich, wie es wohl wäre, einen Mann wie ihn an ihrer Seite zu wissen. Doch im nächsten Moment verwarf sie den Gedanken wieder. Ihr Leben war schon lange fest in der Hand der Bücher und der Akten.

Kruse, der dies nicht bemerkte, fuhr schweigend den luxuriösen BMW, als sich das Hotel Peter vor ihnen in den Dämmerungen der Abendluft zeigte. Theda schien zufrieden mit dem stillen Beisammensein, vielleicht auch mit dem bequemen Tempo der Fahrt.

»Darf ich Sie vielleicht zum Abendessen einladen, Herr Kommissar?«, fragte sie plötzlich und deutete auf die warmen Lichter des Hotels.

Kruse, der in Gedanken noch bei den neuesten Überlegungen zu den Ermittlungen war, nickte zustimmend. Ein leichtes Lächeln trat auf seine Lippen. »Sehr gern, Frau Liebknecht. Vielen Dank für das freundliche Angebot. Immer nur Kartoffelsalat mit Würstchen ist auf Dauer doch etwas eintönig.« Die Vorstellung, in einer gemütlichen Atmosphäre bei einem richtigen Abendessen ein paar Stunden der Verwirrung und des Falles zu entkommen, war verlockend. Und Theda hatte in diesem Moment den richtigen Ton getroffen, um den Abend zu einem angenehmen Abschluss zu bringen.

***

»Möchten Sie vielleicht noch kurz mit hineinkommen, Herr Kommissar?«, fragte Theda, als Kruse seinen Wagen sanft vor dem idyllisch gelegenen Haus zum Stehen brachte. In ihrer Stimme lag ein abwartender, beinahe zögerlicher Unterton.

Kruse lächelte leicht, fast amüsiert. »Diese Frage hat mir schon lange keine charmante Frau mehr gestellt, Frau Doktor Liebknecht«, erwiderte er mit einem Schmunzeln, ließ jedoch den Motor des BMW leise weiterbrummen – als wolle er sich die Entscheidung noch offenhalten.

»Keine Sorge, Herr Kommissar – ich meine gewiss nicht einen späten Absacker oder etwas in dieser Art«, sagte Theda ruhig, fast nüchtern. »Ich möchte Ihnen lediglich die Unterlagen zeigen, die meine Theorie stützen. Sie erinnern sich – die Geschichte von Marie Schiller und der verborgenen Familienlinie. Ich denke, Sie sollten die Beweise sehen.«

Kruse nickte langsam. »Einverstanden, Frau Liebknecht.« Mit einem kaum hörbaren Seufzen stellte er den Motor ab. Der Wagen verstummte, und eine angenehme Stille senkte sich über die kleine Straße.

Theda führte ihn ohne weitere Worte in ihr Arbeitszimmer. Es war nicht groß, aber vollgestopft mit Büchern, Aktenordnern und verstreuten Notizzetteln. Die Schreibtischlampe warf ein warmes Licht auf die zerlesenen Papiere und ließ die Schatten an den Wänden tanzen – Schatten, die sich zwischen alten Fotografien und vergilbten Stadtplänen bewegten wie Gespenster der Vergangenheit.

Ohne Umschweife reichte sie ihm einen sorgsam geordneten Stapel Dokumente. »Hier, Herr Kruse. Alles, was ich bislang zusammengetragen habe. Mit Quellenangaben, Auszügen aus alten Kirchenregistern, sogar einige Originalfotokopien aus den Archiven.« Ihre Stimme war leise, doch bestimmt – ein seltsames Flackern lag in ihrem Blick, das zwischen Stolz und etwas anderem schwankte. Etwas, das sich nicht benennen ließ.

»Wenn Sie möchten«, fügte sie hinzu und trat einen Schritt zur Seite, »können Sie sich die Unterlagen gern im Wohnzimmer anschauen. Es ist gemütlicher als dieser chaotische Raum hier.«

Kruse hielt die Papiere einen Moment lang in der Hand, spürte ihr Gewicht – nicht nur im wörtlichen Sinn. Dann hob er den Blick, suchte ihren. »Vielen Dank, Frau Liebknecht. Das ist wirklich beeindruckend. Aber… wenn es Ihnen recht ist, würde ich die Unterlagen lieber morgen in Ruhe durchgehen. Ich bin ehrlich gesagt ziemlich erschöpft von diesem Tag. Darf ich sie vielleicht mit in meine Pension nehmen?«

Für einen Moment trat ein Zögern in Thedas Gesicht – kaum merklich, aber spürbar. Dann veränderte sich ihre Miene schlagartig.

»Nein, Herr Kommissar. Das möchte ich nicht«, sagte sie plötzlich, mit einer Entschiedenheit, die Kruse kurz aufhorchen ließ. Das zuvor sanfte, beinahe einladende Lächeln war aus ihrem Gesicht verschwunden – ersetzt durch einen Ausdruck, der unerbittlich wirkte, beinahe schneidend. Sie trat einen Schritt näher, baute sich vor ihm auf wie jemand, der keine Widerrede duldete.

Kruse sah sie an, überrascht. Schweigend. Für einen Moment stand die Zeit still in diesem kleinen, überfüllten Raum, erfüllt vom Surren der Lampe, vom Schatten alter Geschichten – und vom leisen Echo eines unerklärlichen Unbehagens.

»Frau Liebknecht«, begann Kruse mit ruhiger, aber unmissverständlicher Stimme, »wir – das heißt die ermittelnde Polizei – schätzen Ihre akribische und zweifellos bedeutsame Arbeit sehr. Sollte sich Ihre Theorie tatsächlich bestätigen, werden diese Unterlagen zu einem zentralen Bestandteil unserer Ermittlungen. In diesem Fall wären Sie rechtlich verpflichtet, sie umgehend an uns zu übergeben.«

Eigentlich hatte Kruse nicht vorgehabt, gleich zu Beginn mit juristischen Mitteln zu argumentieren. Doch angesichts der plötzlichen Härte in Thedas Haltung sah er keinen anderen Weg mehr.

Theda entfuhr ein leises, beinahe überrascht klingendes »Oh!«, gefolgt von einem kurzen, nachdenklichen Nicken. Ihre Miene glättete sich wieder, wurde weicher – und schien nun eher von Verständnis als von Abwehr geprägt.

»Wäre es denkbar, Herr Kommissar, dass Sie morgen Vormittag noch einmal wiederkommen?«, fragte sie nach einem Moment. »Ich würde Ihnen bis dahin gern noch einige ergänzende Erläuterungen zu bestimmten Punkten meiner Recherche schriftlich vorbereiten. Die Unterlagen bleiben in der Zwischenzeit selbstverständlich hier.«

Kruse musterte sie einen Augenblick lang, dann nickte er. »Na schön, Frau Doktor Liebknecht. Wäre Ihnen elf Uhr recht?«

»Sehr gut, Herr Kommissar. Dann wünsche ich Ihnen eine erholsame Nacht.«

»Nacht, Frau Doktor Liebknecht«, erwiderte Kruse und verließ mit einem letzten Blick zurück das Haus, das so viele Spuren der Vergangenheit in sich zu bergen schien.

Auf der Fahrt zurück nach Basbeck saß Kruse still hinter dem Steuer, der Motor schnurrte gedämpft unter der Haube. Aus dem Autoradio klang *»Here Comes the Sun«* von den Beatles – ein leiser Optimismus in Moll, der sich in die Dämmerung der norddeutschen Abendlandschaft schmiegte. Ein Omen? Licht am Ende des Tunnels? Vielleicht. Doch Kruse blieb skeptisch.

Er ärgerte sich. Nicht laut, nicht impulsiv – sondern auf diese stille, innere Weise, die sich irgendwo zwischen Magengegend und Stirn festsetzt. Warum hatte er die Unterlagen nicht wenigstens überflogen? Eine flüchtige Sichtung hätte ihm womöglich einen entscheidenden

Hinweis geliefert. Doch irgendetwas – vielleicht sein Misstrauen, vielleicht sein Instinkt – hatte ihn davon abgehalten. Oder war es schlicht Müdigkeit gewesen?

Die Straße vor ihm lag einsam und kühl unter den schwachen Strahlen der Laternen. In seinem Kopf ratterten die Puzzlestücke des Falls: politische Intrigen, alte Familienschande, ein Mord, der vielleicht mehr als nur ein einziges Motiv hatte. Und irgendwo mittendrin: Theda Liebknecht, klug, verschlossen, undurchschaubar – und in ihrer Art gefährlich nah an seinem eigenen Innersten.

Kruse fuhr weiter, vorbei an den dunklen Feldern, durch das schläfrige Herz der Provinz, dem keine Sensationen zustehen – und in dem doch ein Mord alles verändert hatte.

9

Durch das geöffnete Fenster seines bescheidenen Pensionszimmers drang ein ungewöhnlich lebhaftes Vogelgezwitscher. Für Bernhard Kruse, noch halb gefangen im Dämmerzustand zwischen Schlaf und Erwachen, klang es fast aufdringlich – wie eine Natur, die zu laut über das Leben redete, während er selbst sich gerade mühsam an die Oberfläche seiner Gedanken zurückkämpfte.

Mit schwerem Kopf und schmerzenden Gliedern blinzelte er in den schwachen Morgen. Seine Knochen meldeten sich in all ihrer Verlässlichkeit zurück, als wollten sie ihn daran erinnern, dass die Zeit nicht spurlos an ihm vorübergegangen war. Als sein Blick auf den kleinen, blassen Spiegel über dem Waschbecken fiel, wich er unwillkürlich einen Schritt zurück. Das Gesicht, das ihm da entgegensah, war nur noch ein Schatten des einstigen, jugendlichen Kriminalbeamten. Dunkle Ringe zogen tiefe Schatten unter müden Augen, die Bartstoppeln klebten wie Staub auf vergessene Erinnerungen.

Die Nacht war unruhig gewesen, durchzogen von Gedanken, Bildern, Stimmen. Er gab dem späten, reichhaltigen Abendessen im Hotel Peter die Schuld – auch wenn er insgeheim wusste, dass es weniger das Essen als vielmehr die Umstände waren, die ihm den Schlaf geraubt hatten.

Mit seiner abgewetzten Kulturtasche und einem dünnen Handtuch in der Hand trottete er über den knarrenden Flur zum Gemeinschaftsbad. Die warme Dusche war eine Wohltat – sie löste die steifen Muskeln, ließ den Kopf etwas klarer werden. Und die Rasur, obwohl routiniert, wirkte wie ein letzter Versuch, gegen die Spuren der Jahre anzukämpfen. Doch die dunklen Schatten unter seinen Augen blieben, und auch die feinen Furchen um die Lider zeigten keine Gnade. Der Spiegel sprach die Wahrheit, schonungslos und direkt.

»Sechzig«, murmelte Kruse seinem Spiegelbild zu – ein Wort, das schwer auf seiner Zunge lag, wie ein Urteil. In wenigen Wochen würde er seinen runden Geburtstag feiern. Oder überstehen. Je nachdem, wie man es betrachten wollte.

Ein flüchtiger Blick auf seine blasse, leicht erschlaffte Haut ließ ihn innerlich zusammenzucken. Einzig sein Bauch zeigte sich noch überraschend straff – eine absurde Fußnote seines körperlichen Verfalls. »Jetzt gehöre ich wohl endgültig zum alten Eisen«, sagte er leise, mit einem Anflug von Bitterkeit.

Er schlang den dünnen Bademantel fester um seinen Körper, zog den Gürtel entschlossen zu. Dann sah er sich wieder im Spiegel an, direkt in die müden Augen jenes Mannes, der er geworden war. Was, wenn sie ihn bald in den Ruhestand schicken würden? Was, wenn es dann nichts mehr gab außer leere Vormittage, kalten Kaffee und ein paar halbherzige Kreuzworträtsel?

»Wenigstens habe ich noch Haare auf dem Kopf«, sagte er schließlich, und ein schwaches, beinahe trotziges Lächeln zuckte über sein Gesicht – ein letzter Versuch, die Melancholie dieses Morgens mit einem Funken Selbstironie zu vertreiben. Doch der Blick im Spiegel schwieg.

Unten in der gemütlichen Gaststube wartete Adele bereits mit einem liebevoll angerichteten Frühstück auf den müden Kriminalhauptkommissar. Fluffiges Rührei dampfte appetitlich auf dem Teller, daneben lagen knusprig gebratene Speckstreifen, die einen verführerischen Duft verströmten. Eine große Tasse kräftiger, schwarzer Kaffee vollendete das morgendliche Ensemble. Adele wusste eben, womit sie Kruse eine Freude machen konnte – und das tat sie mit einer Mischung aus Aufmerksamkeit und stillem Einfühlungsvermögen, die ihn jedes Mal aufs Neue rührte.

»Na, Herr Kruse, geht es denn schon ein kleines bisschen voran in Ihrem kniffligen Fall?«, fragte sie mit ehrlichem Interesse, während sie seinen Teller abräumte.

»Wenn Sie auf meinen stetig wachsenden Bauchumfang anspielen, liebe Adele, dann ja – dann geht es eindeutig voran«, konterte Kruse mit einem augenzwinkernden Lächeln und nickte ihr dankbar zu. »Ausgezeichnet wie immer. Danke!«

Er nahm einen letzten Schluck Kaffee, dann fügte er hinzu: »Ich fahre nachher noch einmal rüber in die Wingst – zu Frau Doktor Liebknecht.«

Adele hob die Brauen leicht. »Ach, ist das diese etwas… sagen wir mal arrogant wirkende Dame von gestern?«, fragte sie, die Neugier kaum verbergend.

Kruse grinste. »Ja, genau die. Sie wirkt anfangs vielleicht ein bisschen kühl – das stimmt schon. Aber sie ist klug. Und hilfsbereit. Irgendwie besonders.«

Adele nickte, ließ es aber unkommentiert. Sie verstand mehr, als sie zu sagen bereit war.

»Darf ich vielleicht noch mal Ihr Telefon benutzen?«, fragte Kruse, bereits halb aufgestanden.

»Wann immer Sie möchten, Herr Kommissar. Es ist ja fast schon Ihr Telefon geworden«, erwiderte Adele mit einem verschmitzten Lächeln und ließ ihn in Ruhe mit seinen Gedanken zurück.

Kruse wählte die Nummer seiner Dienststelle und informierte die Kollegen sachlich und knapp über den aktuellen, nach wie vor nebulösen Stand der Ermittlungen. Keine neuen Durchbrüche – aber Spuren, die weiterverfolgt werden mussten.

Dann trat er hinaus ins Freie.

Die Luft war warm und klar, der Sommer zeigte sich von seiner besten Seite. Die Welt roch nach frisch gemähtem Gras, Morgensonne und einem Hauch von Meeresbrise.

»Das ist doch eigentlich eine echte Strafe, bei so einem Wetter arbeiten zu müssen«, murmelte Kruse halblaut, eher zu sich selbst. Und für einen flüchtigen Moment keimte in ihm eine stille, beinahe sehnsüchtige Vorstellung vom Ruhestand auf – von freien Tagen, an denen er genau jetzt einfach am See sitzen könnte, mit einem Buch in der Hand und der Sonne im Gesicht. Doch noch war es nicht so weit. Noch nicht.

»Da haben Sie aber verdammt recht«, grummelte plötzlich eine raue Stimme hinter ihm. Kruse drehte sich um. Ein Mann in einer speckigen, dunkelblauen Latzhose war direkt hinter ihm aus der Gaststube getreten. Die Kleidung des Mannes war übersät mit Ölflecken und Staub, sein ehemals weißes Unterhemd wirkte vergilbt, der abgewetzte Filzhut auf seinem Kopf saß schief. Mit einem kurzen, beinahe verächtlichen Blick musterte er Kruse von oben bis unten, dann stapfte er weiter, ohne ein weiteres Wort zu verlieren.

Kruse sah ihm hinterher, wie er sich schwerfällig in einen betagten, dunkelgrünen Unimog hievte. Der Motor röhrte auf, und das kantige Fahrzeug tuckerte gemächlich davon, um sich in die wartende Autoschlange vor der Schwebefähre einzureihen.

Kruses Blick folgte dem Fahrzeug, wanderte dann langsam weiter zur Fähre selbst – ein beeindruckendes Relikt vergangener Ingenieurskunst, das sich wie ein stiller Wächter über die ruhige Wasserfläche spannte. Trotz seiner vielen Dienstjahre hatte er selten ein Bauwerk gesehen, das auf so eigenwillige Weise zwischen Zeit und Technik stand – weder ganz alt noch wirklich modern, aber voller Charakter. Und: voller Geschichten.

Es wollte ihm einfach nicht in den Kopf, dass man ernsthaft in Erwägung zog, dieses technische Kleinod abzureißen, sobald die neue Brücke vollendet war. Unwillkürlich stellte er sich vor, wie es sein könnte, wenn stattdessen dieser Ort zu einer kleinen Oase für Ausflügler werden würde – ganz ohne hupende Autos und drängelnde Pendler.

Adele könnte ihren Parkplatz in eine charmante Aussichtsterrasse verwandeln. Duftender Kaffee, hausgemachter Kuchen, Sonnenschirme, bunte Tischdecken. An den Wochenenden würde sie vielleicht ihre legendäre Schwarzwälder Kirschtorte anbieten – mit einem Lächeln serviert, wie nur sie es konnte.

Und als Höhepunkt eines solchen Sonntagnachmittags? Eine gemächliche Fahrt mit der historischen Schwebefähre. Die Gäste würden staunend hinaufblicken, während sie lautlos über den Fluss glitten – und den Erzählungen der Fährleute lauschen, die, wie Kruse mittlerweile wusste, voller Anekdoten und kleiner Abenteuer steckten.

»Es müsste nur jemand professionell in die Hand nehmen«, murmelte Kruse leise vor sich hin. Ein Gedanke formte sich. Vielleicht war das ja ein Plan für später. Für die Zeit danach. Wenn er sich aus dem täglichen Dienst zurückzog – nicht abrupt, nicht kampflos, sondern sanft, fast schleichend. Vielleicht würde er dann selbst einer dieser Fährmänner werden, mit wettergegerbter Haut und einem kleinen Augenzwinkern für jeden Gast. Und wohnen? Natürlich bei Adele. Wo sonst.

Ein träumerisches Lächeln stahl sich auf sein Gesicht. Es lag noch ein Hauch Rasierwasser in der Luft, eine Erinnerung an die morgendliche Rasur, frisch und klar wie seine Gedanken in diesem Moment.

Doch die Pflicht ließ sich nicht verdrängen. Mit einem entschlossenen Seufzer ging er zum Wagen, öffnete die Tür und startete den Motor. Der BMW sprang leise an.

Die Sonne stand inzwischen hoch am Himmel, und die ersten Tagesgäste strömten bereits in Scharen in die Wingst – mit Bollerwagen, Sonnenhüten und neugierigen Blicken.

Kruse lenkte seinen Wagen in Richtung Süden, dorthin, wo Theda Liebknecht auf ihn wartete – und womöglich ein weiteres Puzzlestück in diesem vertrackten Fall.

»Herr Kruse?«, sagte Theda überrascht, als sie dem pünktlichen Kommissar die Tür öffnete. Ihre Augen waren leicht gerötet, das Gesicht blass, und sie trug noch immer dasselbe nachtblaue Kleid wie am Vortag. Kruse bemerkte sofort, dass sie die Nacht über kein Auge zugetan hatte.

»Moin, Frau Liebknecht. Wir waren doch für den Vormittag verabredet – das ist Ihnen sicher noch im

Sinn?«, fragte er freundlich, aber mit dem gewohnt bestimmten Unterton.

»Äh… ja, Herr Kommissar, natürlich. Das war mir für einen Moment entfallen«, antwortete sie mit einem Anflug von Verlegenheit und trat zur Seite, um ihm den Eintritt zu gewähren. Wortlos folgte Kruse der sichtlich erschöpften Frau in die Küche.

»Haben Sie etwa die Nacht durchgearbeitet, Frau Liebknecht?«, erkundigte er sich, obwohl ihr die Antwort bereits ins Gesicht geschrieben stand.

»Ich habe die Nacht genutzt, um meine Recherchen zu Ihrem Fall so aufzubereiten, dass sie sich – wenn es hart auf hart kommt – als belastbare Beweismittel eignen«, sagte Theda mit rauer Stimme, während sie Wasser aus dem altmodischen Hahn in einen Emaille-Teekessel laufen ließ. Sie stellte den Kessel auf eine der alten Herdplatten, drehte den Schalter und fügte gedankenverloren hinzu: »Das dauert einen Moment, bis es kocht.«

Kruse sagte nichts.

Er beobachtete sie, wie sie routiniert, aber fahrig einen Keramikfilter auf eine bauchige Kanne setzte, eine Filtertüte hineinfaltete und grob gemahlenes Kaffeepulver einfüllte. Ihre Bewegungen wirkten mechanisch, fast wie in Trance.

Dann ließ sie sich ihm gegenüber auf den Küchenstuhl sinken, zog die Schultern ein wenig hoch und fragte leise: »Wären Sie so freundlich, Herr Kommissar, und würden beim Bäcker unten an der Hauptstraße ein frisches Bauernbrot holen? Ich wollte es gestern noch besorgen, aber… nun ja…«

»Natürlich, Frau Liebknecht«, erwiderte Kruse ohne Zögern. Er stand auf, zog sein Jackett glatt und brach unverzüglich auf.

Nach gut fünfzehn Minuten kehrte Kruse mit einem frisch gebackenen Bauernbrot und ein paar knusprigen Brötchen in einer raschelnden Papiertüte zurück. Als Theda ihm öffnete, schlug ihm sofort der einladende Duft von frisch gebrühtem Kaffee entgegen. Sie wirkte nun deutlich erholter und trug einen weichen, warmen Bademantel. Ihr dunkles Haar war sorgfältig in ein flauschiges Handtuch gewickelt.

»Ich ziehe mich nur eben an, Herr Kommissar – bin gleich wieder bei Ihnen«, sagte sie mit einem leichten Lächeln und verschwand beinahe beschwingt die knarrende Holztreppe hinauf, als sei sie wieder sechzehn.

Kruse blieb einen Moment stehen und schmunzelte in sich hinein. Bemerkenswert, dachte er, dann ging er in die nun wohlig duftende Küche. Auf dem Tisch standen bereits dampfender Kaffee, kleine Schälchen mit goldgelbem Honig und eine Schüssel hausgemachter Erdbeermarmelade, deren süßer Duft sofort Erinnerungen an unbeschwerte Kindertage wachrief. Er legte das Brot und die Brötchen dazu, setzte sich und schenkte sich eine Tasse Kaffee ein. Der kräftige Duft belebte ihn augenblicklich.

Theda ließ sich Zeit. Erst als er sich gerade eine zweite Tasse einschenkte, trat sie wieder in die Küche – frisch angezogen, das Haar locker zurückgebunden, die Augen wacher, der Blick klar. Sie wirkte tatsächlich so frisch wie der junge Morgen. Kruse reichte ihr eine dampfende Tasse.

»Ich bin sehr gespannt auf Ihre Erläuterungen, Frau Liebknecht«, begann er das Gespräch.

»Das dürfen Sie auch sein, Herr Kommissar. Wenn ein talentierter Autor das, was ich Ihnen gleich zeigen werde, in Romanform gießen würde – es wäre mit Sicherheit ein Bestseller«, erwiderte sie geheimnisvoll und nahm mit überraschender Entschlossenheit ein Brötchen zur Hand. Das scharfe Messer zerteilte die knusprige Kruste mit einem entschiedenen Schnitt. In konzentrierter Ruhe bestrich sie beide Hälften mit ihrer Marmelade und ließ sich Zeit beim Essen – als sei dies die letzte ruhige Minute, bevor der Sturm losbricht.

Dann stand sie auf und verschwand in ihrem Arbeitszimmer. Kurze Zeit später kehrte sie mit einem roten, leicht abgegriffenen Pappordner zurück und legte ihn behutsam auf den Küchentisch. Der Kommissar konnte den Blick kaum davon abwenden.

»Noch etwas Kaffee, Herr Kommissar?«, fragte sie mit ruhiger Stimme.

Kruse nickte stumm.

Während sie ihm einschenkte, hielt er den Atem an. In wenigen Augenblicken würde sich zeigen, ob in diesem unscheinbaren Ordner tatsächlich der Schlüssel zu einem ganzen Fall lag.

Nachdem Theda die beiden Tassen erneut mit dampfendem Kaffee gefüllt hatte, schob sie die rote Pappmappe wortlos über den kleinen Küchentisch zu dem sichtlich ungeduldigen Kommissar. Kruse nahm die Mappe entgegen, öffnete sie behutsam, und kaum hatte er die ersten Zeilen überflogen, vergaß er den Kaffee. Die dichten, handschriftlichen Notizen und die vergilbten Fotografien, die sorgfältig zwischen den Seiten eingelegt waren, faszinierten ihn. Doch erst eine Kopie eines Tagebuches zog seine volle Aufmerksamkeit auf sich.

Kruse blätterte durch die eng beschriebenen Seiten, sog die Worte in sich auf und lehnte sich dann zurück.

»Hm«, murmelte er, »das Mädchen hat mehr gesehen, als man ihr auf den ersten Blick zutrauen würde.«

Er notierte sich stichpunktartig, was ihm ins Auge gefallen war: der Umzug vom Bördehof in die stille Einsamkeit des Deichhofs in Osten. Ein Hof ohne Leben, dafür die Nähe zur Oste – dieser Fluss, der für Marie mehr war als nur Wasser. Er war ihr Zufluchtsort, ein geheimnisvoller Begleiter.

Dann Achthöfen: ein zersplittertes Familienbild, Großvater streng und launisch, Großmutter kühl und stolz, kein Platz für Zärtlichkeiten. Und doch Menschen, die Marie Halt gaben – die gewaltige Köchin Stina, die sie wie ein eigenes Kind behandelte, oder Großtante

Annelie, die ihr Bücher und ein Stück Weltläufigkeit schenkte.

In Osten wurde sie zur Schülerin, ernst, still, manchmal kränkbar, aber wissbegierig. Sie schrieb von Ausflügen, von ersten Schritten in Bildung und Welt, vom Bann des Flusses, von Begegnungen mit Fährmännern und Schiffern. Zwischen den Zeilen schimmerte immer wieder diese eigentümliche Mischung aus Einsamkeit und Sehnsucht nach Zugehörigkeit.

Kruse strich sich über das Kinn. *Eine stille Beobachterin,* dachte er. *Alles nimmt sie auf, behält es, formt sich ihr eigenes Bild. So eine vergisst nichts.*

Dann schob er die Aufzeichnungen ein Stück von sich. »Aber die Frage bleibt: Was, zum Teufel, hat das alles mit unserem Fall zu tun?«

»Bitte Herr Kruse, lesen Sie weiter«, antwortete Theda.

Kruse kam der Bitte nach, überschlug allerdings einige Seiten von Thedas Abschriften.

Als er die Jahreszahl 1909 las, hielt er inne und begann zu lesen:

Das Leben in Osten nahm eine unerwartete, zunächst freudige Wendung. Vater fand eine so tolle Anstellung als Bäcker in der Steinofenbäckerei Dressler, dass der Duft frisch gebackenen Brotes nun fast täglich unser kleines Heim erfüllte. Die Frau des Bäckermeisters, eine wahrhaft liebenswerte Seele, hatte ein Herz für mich und steckte mir heimlich immer ein Stück von einem ihrer köstlichen, süßen Kuchen zu. Vater selbst kam oft mit warmem Brot unter dem Arm nach Hause, dessen knusprige Kruste und weicher Kern uns so manches einfache Mahl veredelten. Uns ging es gut, eine kleine Atempause des Glücks in unserem bescheidenen Leben.

Dann, eines Tages, begegnete mir ein junger Mann namens August. Er kam aus der fernen, aufregenden Großstadt Hamburg, an die meine kindlichen Erinnerungen noch immer wie helle Farbtupfer gemalt waren. August machte mir schöne Augen, sein Blick verweilte warm auf mir. Er war ein netter Bursche, mit einem gewinnenden Lächeln und einer sanften Art. Seine Hände allerdings waren rau, gezeichnet von der schweren Arbeit auf der Baustelle, wo dieses Wunderwerk, die neue Schwebefähre, emporwuchs. Wir verliebten uns, jung und ungestüm, wir kamen uns näher – vielleicht zu nah, in unserer jugendlichen Unbekümmertheit.

Bald schon überkam mich eine große Übelkeit, die meine morgendlichen Stunden trübte. Mutter, mit der Weisheit und Erfahrung einer Frau, erkannte schnell, was geschehen war. Diese Nachricht, so persönlich und tiefgreifend für mich, machte auf dem kleinen Dorfplatz schnell die Runde. Die Blicke der Leute brannten auf meiner Haut, ihre tuschelnden Worte wie Nadelstiche. Ich suchte August überall, doch er war fort, spurlos verschwunden. Niemand konnte mir sagen, wohin er gegangen war, wo ich ihn finden konnte. Die Stille seiner Abwesenheit war ohrenbetäubend.

In dieser schweren Zeit fassten Vater und Mutter einen mutigen Entschluss: Wir würden Osten verlassen, all die neugierigen Blicke und das Getuschel hinter uns lassen. In der beschaulichen Stadt Stade fanden wir ein neues, wenn auch fremdes Zuhause. Und dort, fernab der dörflichen Enge, erblickte mein gesunder Sohn Walter das Licht der Welt! Ein kleines, warmes Wunder in meinen Armen, ein neuer Lebensabschnitt begann. Trotz all dem Schmerz und aller Verwirrung war die Freude über dieses kleine Wesen überwältigend, ein Hoffnungsschimmer in meiner noch so jungen Mutterrolle.

»Das ist in der Tat äußerst aufschlussreich«, murmelte Kruse nachdenklich und klappte mit einem leisen Rascheln die rote Pappmappe zu. »Dann wäre dieser verzwickte Fall tatsächlich gelöst«, fügte er leise hinzu, während sein Blick wie zufällig auf seine inzwischen völlig erkaltete Kaffeetasse fiel. Er verzog leicht das Gesicht, nahm aber dennoch einen kleinen, widerwilligen Schluck. Man sah ihm deutlich an, dass das, was einst dampfend und aromatisch gewesen war, sich inzwischen in eine fade Brühe verwandelt hatte.

»Sehen Sie, Herr Kommissar, manchmal muss man tief hinabtauchen – in die verästelten, beinahe vergessenen Schichten der Vergangenheit –, um in der Gegenwart etwas wirklich Entscheidendes zutage zu fördern. Dass mir dieses alte Tagebuch vor ein paar Jahren zufällig in die Hände fiel, war ein echter Glücksfall«, sagte Theda mit einem leichten, beinahe triumphierenden Lächeln und schenkte ihm und sich neuen, heißen Kaffee ein. Der Duft war einladend, fast tröstlich.

»Vielen Dank, Frau Liebknecht«, sagte Kruse hörbar erleichtert. Dann jedoch legte sich ein Schatten über seine Miene. »Doch eine Frage bleibt für mich noch offen – und sie ist nicht unerheblich.« Er tippte mit dem Zeigefinger auf die geschlossene Mappe, sein Blick ernst. »Haben wir denn stichhaltige Beweise, dass die in dem alten Tagebuch erwähnte *'Marie'* tatsächlich Marie Schiller ist? Und der *'August'* – ist das wirklich August Johannson, der Großvater des Mordopfers? Diese Namen waren um die Jahrhundertwende schließlich keine Seltenheit.«

Kruse sah Theda nun forschend an, die Stimme ruhig, aber mit einem kaum hörbaren Zweifel darin. Etwas in seinem Inneren mahnte zur Vorsicht. Könnte es nicht sein, dass die engagierte Heimatforscherin bei ihren Transkriptionen der alten Fundstücke hier und da der Versuchung erlegen war, Fantasie mit Fakten zu verweben?

»Ihre Skepsis ehrt Sie, Herr Kommissar«, erwiderte Theda mit Nachdruck. »Aber dieses Tagebuch stammt zweifelsfrei von Marie Schiller selbst.« Sie erhob sich, verschwand kurz in ihrem überquellenden Arbeitszimmer und kehrte mit einem kleinen, in etwa DIN A5 großen Buch zurück. Es hatte einen festen Einband, der Schutzumschlag bunt gemustert, aber an den Rändern vergilbt und brüchig. Behutsam schlug sie es auf und legte es wie ein wertvolles Relikt vor Kruse auf den Tisch.

»Dieses sind meine innigsten Erinnerungen an meine schönste und unvergesslichste Zeit hier in Osten an der Oste, geschrieben von Marie Schiller«, las Kruse laut. Seine Augen folgten der feinen Sütterlinschrift, und obwohl die Buchstaben altmodisch und fremd wirkten, konnte er sie gerade noch entziffern.

»Sehen Sie jetzt, Herr Kommissar? Daran gibt es nun wirklich keinen Zweifel mehr«, sagte Theda mit spürbarer Erleichterung – beinahe triumphierend.

»Und wie genau sind Sie in den Besitz dieses kostbaren Tagebuchs gelangt, Frau Liebknecht?«, platzte es neugierig aus Kruse heraus.

»Ach, das, mein lieber Herr Kommissar, war ein glücklicher Zufall, wie er im Buche steht. Ein entfernter Neffe von mir, der gute Claus, hat sich vor ein paar Jahren eine renovierungsbedürftige Wohnung in der Altstadt von Stade zugelegt – sehr charmant, aber in die Jahre gekommen. Während der aufwendigen Sanierung stieß er hinter einer alten, unscheinbaren Holzverkleidung auf dieses gut erhaltene Tagebuch – und noch weitere interessante Papiere der weitverzweigten Familie Schiller. Offenbar lagen die Unterlagen dort über Jahrzehnte gut versteckt und vergessen«, erklärte Theda mit ernster Stimme.

»Unfassbar. Da hat also mal wieder der Kollege Zufall ganze Arbeit geleistet«, murmelte Kruse anerkennend. Doch so ganz konnte er seine letzten Zweifel nicht abschütteln. »Sie werden sicher verstehen, Frau Liebknecht, dass ich diese bemerkenswerten Hinweise so gründlich wie möglich prüfen muss, ehe ich jemanden festnehmen lasse.«

»Aber selbstverständlich, Herr Kommissar. Die Unterlagen stehen Ihnen ab sofort uneingeschränkt zur Verfügung«, erwiderte Theda ohne Zögern.

»Und auch das Original des Tagebuchs?«, hakte Kruse weiter nach, nun sichtlich nachdenklich. »Eine Frage noch, Frau Liebknecht: Wissen Sie zufällig, wo genau die Familie Schiller damals hier in Osten gelebt hat?«

Theda zögerte, wich seinem Blick kurz aus und antwortete schließlich ausweichend: »Nun ja, Herr Kommissar, darüber gibt es in meinen Unterlagen leider widersprüchliche Hinweise. Da ist also noch einiges aufzuklären. Aber wenn Sie die Aufzeichnungen der jungen Marie aufmerksam gelesen haben, dürfte Ihnen nicht entgangen sein, dass sie zunächst von einem sogenannten *'Deichhof'* spricht – später dann von einem kleinen Haus direkt auf dem Deich.«

»Ja, das ist mir tatsächlich aufgefallen«, bestätigte Kruse, während er gedankenverloren in den vergilbten

Seiten blätterte. »Aber ich frage mich, welches Haus und welcher Hof genau damit gemeint sind. Der Deich zieht sich hier ja über eine beachtliche Länge. Sehen Sie, hier schreibt sie: '*Als ich endlich allein mit meiner geliebten Mutter in das kleine Haus direkt auf dem hohen Deich einzog'*...«

Er ließ die Finger über die zarten Zeilen gleiten. »Aber wo war ihr Vater zu diesem Zeitpunkt? Ihren früheren Einträgen zufolge lebte die Familie doch zunächst auf einem größeren Hof in der fruchtbaren Börde – dem sogenannten *'Bördehof'*. Wenn das zutrifft, war ihr Vater vermutlich ein einfacher Landwirt.«

Theda blickte ihn überrascht an. Ihre Augen wurden groß. »Das... das ist mir ehrlich gesagt gar nicht aufgefallen, Herr Kommissar«, gestand sie. »Ich war wohl zu sehr in die Tragik dieser alten Geschichte vertieft und habe diesen Punkt schlicht übersehen.«

»Nicht unbedingt, Frau Doktor. Es könnte doch auch sein, dass Maries Mutter später den Bäckergesellen Schiller geheiratet hat. Haben wir eigentlich irgendeinen Hinweis auf ihren Mädchennamen? Wissen wir, wie sie vor ihrer zweiten Ehe hieß?«, sinnierte Kruse laut, während er gedankenverloren an seinem mittlerweile wieder kalten Kaffee nippte.

»Sie meinen...«, begann Theda, ihre Augen wanderten suchend durch den Raum, als würde die Antwort irgendwo zwischen den Schatten liegen. »Aber warum erwähnt Marie dann mit keinem einzigen Wort diese zweite Ehe? Das wirkt… seltsam.«

»Eine berechtigte Frage, Frau Doktor. Sehr berechtigt sogar«, murmelte Kruse und strich mit einer fast zärtlichen Geste über den abgegriffenen Einband des Tagebuchs.

»Und trotzdem sagt mir mein tiefstes Bauchgefühl, dass dieses Tagebuch echt ist, Herr Kommissar. Ganz sicher. Es stammt von Marie Schiller – unserer unglücklichen Marie aus Osten. Daran zweifle ich keine Sekunde«, sagte Theda leise, aber mit einer neu erwachten Überzeugung in der Stimme.

»Schön, Frau Liebknecht. Ich werde dieser interessanten Spur selbstverständlich nachgehen«, sagte Kruse mit ernster Miene. »Aber um ehrlich zu sein – ich bezweifle stark, dass wir in den alten Archiven noch eindeutige Hinweise oder gar belastbare Beweise für ihre wahre Identität oder familiäre Verbindungen finden werden.«

»Aber das Gemeindearchiv in Osten wäre doch eine naheliegende Quelle für solche Informationen, Herr Kommissar!«, warf Theda lebhaft ein. »Mir persönlich hat man den Zugang bisher leider stets verwehrt – aber Sie, als Kriminalbeamter, hätten doch sicherlich andere Möglichkeiten, Einblick zu erhalten.«

Kruse nickte langsam, sein Blick schweifte ins Leere. »Möglich, ja. Aber um ehrlich zu sein – ich hätte momentan nicht die geringste Ahnung, wo ich mit der

Suche beginnen sollte. Die Bestände sind vermutlich riesig. Ich sehe mich jetzt schon unter Bergen von staubigen Akten und vergilbten Urkunden begraben.«

Dann drehte er sich zu ihr und fragte zögerlich, fast bittend: »Würden Sie mich begleiten, Frau Liebknecht? Ihre Ortskenntnis – und Ihr historisches Gespür – könnten dabei von unschätzbarem Wert sein.«

»Ich dachte schon, Sie würden mich nie fragen, Herr Kommissar!«, entgegnete Theda begeistert, ihre Augen funkelten. Endlich durfte sie legal und mit offizieller Unterstützung das sonst so streng unter Verschluss gehaltene Archiv betreten – eine Gelegenheit, die sie sich insgeheim schon lange gewünscht hatte. Wer wusste schon, welche weiteren, womöglich noch brisanteren Entdeckungen dort auf sie warteten? »Und – wann geht's los?«, fragte sie ungeduldig.

Kruse seufzte leise. »Zuerst brauche ich eine richterliche Anordnung. Auch mir sind in dieser Sache vorerst die Hände gebunden. Ich bezweifle stark, dass mir der Bürgermeister Zutritt gewährt, ohne zu wissen, was genau ich suche – vor allem, wenn es um sensible oder gar kompromittierende Unterlagen geht.«

Er hielt kurz inne, sein Blick wurde ernst. »Und bitte – behalten Sie unsere Pläne unbedingt für sich, Frau Liebknecht. Wenn in Osten erst jemand Wind davon bekommt, wird man ganz sicher alles daransetzen, mögliche Beweise rechtzeitig verschwinden zu lassen.«

»Aber natürlich, Herr Kommissar! Oder halten Sie mich etwa für eine Plaudertasche?«, entgegnete Theda empört. Sie verschränkte die Arme vor der Brust, senkte leicht den Kopf und fixierte Kruse mit einem scharfen, beinahe beleidigten Blick.

»Nein, natürlich nicht, Frau Liebknecht«, antwortete er rasch, um die angespannte Stimmung zu entschärfen.

Gerade als er sich zum Aufbruch wandte, erklang plötzlich die Haustürklingel – unerwartet, durchdringend, fast wie ein Einschnitt.

»Entschuldigen Sie mich einen kurzen Moment, Herr Kommissar«, sagte Theda mit leichtem Stirnrunzeln und ging zur Haustür.

Draußen stand der Polizist Heiner Kunz, sichtbar angespannt, obwohl er sich sichtlich Mühe gab, gefasst zu wirken. Als sich die Tür öffnete und Theda ihm gegenüberstand, hellte sich seine Miene ein wenig auf.

»Alles in Ordnung bei dir, Theda?«, fragte er mit einem Anflug von Erleichterung.

»Heiner? Das ist ja eine Überraschung«, erwiderte sie, leicht irritiert über seinen unangekündigten Besuch – und über seine Uniform, die im nachmittäglichen Licht fast fremd wirkte.

»Könnte ich vielleicht ganz kurz mit dir unter vier Augen sprechen? Es ist… wichtig«, flüsterte er, seine Stimme gedämpft, sein Blick ruhelos.

»Heiner, was soll das? Warum so geheimnisvoll? Was ist denn passiert?«, fragte Theda nun deutlich beunruhigt.

»Es geht um den Herrn Kommissar... Kruse. Er ist doch gerade bei dir, oder? Sein Dienstwagen steht direkt vor der Tür.« Heiners Blick huschte unruhig zur Straße und wieder zurück.

»Ja, das stimmt. Er ist hier«, bestätigte sie – und genau in diesem Moment trat Kruse hinter ihr in den Türrahmen, die Hände in den Hosentaschen vergraben, mit einem beinahe jovialen Lächeln.

»Moin, Kollege Kunz! Welch ein erfreuliches Zusammentreffen!«, begrüßte er den jüngeren Polizisten in bestem Ton, den scharfen Blick jedoch nicht ganz verbergend.

»Du wolltest mir also gerade etwas Wichtiges über Herrn Kommissar Kruse erzählen, nicht wahr, Heiner?«, wiederholte Theda trocken und mit einem neugierigen Seitenblick auf Kruse.

Heiner wurde blass, dann rot. Seine Lippen formten einen stummen Fluch, den er nicht aussprach. Er sah aus, als würde er am liebsten im nächsten Maulwurfshügel verschwinden.

»Ah, Sie wissen also etwas über mich, Kollege? Na, dann raus damit! Jetzt interessiert es mich natürlich doppelt«, forderte Kruse – immer noch freundlich, aber mit einem Unterton, der keinen Zweifel daran ließ, dass er keine halben Sachen duldete.

»Ach… Herr Kommissar… das war gar nicht so gemeint… wirklich nichts Wichtiges…«, versuchte sich Heiner mit fahriger Handbewegung zu retten.

»Doch, junger Mann, ist es!«, schoss Kruse nun ungeduldig zurück. Das Spiel mit Andeutungen konnte er nicht ausstehen – erst recht nicht, wenn es ihn selbst betraf.

Heiner schluckte schwer, atmete tief durch und starrte auf seine Schuhe. »Also gut… Sie haben es so gewollt.«

Er hob den Kopf, der Mund öffnete sich – und doch kam nur ein heiseres Stammeln: »Der… der Herr Kommissar…«

»…ist ein einsamer Wolf im dunklen Wald der Verbrechen«, sprang Theda mit einem amüsierten Lächeln ein. »Das wolltest du doch sagen, oder Heiner?«

Heiner rang sich ein schuldbewusstes Lächeln ab, froh über den rettenden Ausweg, den sie ihm reichte. Kruse hingegen hob nur eine Augenbraue – und ließ offen, ob er über den Scherz lachen oder doch weiter nachhaken würde.

»Vornehm ausgedrückt – ja, Theda«, hauchte Heiner erleichtert und ließ hörbar die Luft entweichen, die er zuvor förmlich angehalten hatte.

»Er hat mir übrigens ganz offen erzählt, dass ihm früher mal der Ruf eines unverbesserlichen Weiberhelden angehängt wurde«, sagte Theda mit einem schelmischen Lächeln und einem leichten Funkeln in den Augen. »Aber du kannst beruhigt sein, Heiner – da ist kein Körnchen Wahrheit dran. Ein neidischer Kollege hat ihm das wohl einst angehängt, und seither klebt das dumme Gerücht an ihm wie Pech.«

Heiners Stirn legte sich in Falten. »Das… das hat er dir selber erzählt?«, fragte er mit weit aufgerissenen Augen, fassungslos.

»Ja, das hat er. Ganz offen. Ganz ehrlich. Und ich glaube ihm aufs Wort«, entgegnete Theda mit Nachdruck. Ihr Blick traf Heiners, fest, ruhig, unmissverständlich. Kein Spiel. Kein Wanken.

Heiner schwieg einen Moment, dann schnaubte er leise, drehte sich abrupt um und ging mit energischem Schritt zurück Richtung Straße. »Na schön, Theda – behalt du deinen naiven Glauben. Ich halt mich lieber an meinen gesunden Menschenverstand«, knurrte er über die Schulter.

Kruse beobachtete die Szene mit leisem Amüsement. »Ich glaube, der junge Kollege hat ein Auge auf Sie geworfen, Frau Doktor Liebknecht«, bemerkte er trocken, ein angedeutetes Lächeln zuckte um seine Lippen.

»Das weiß ich schon lange, Herr Kommissar«, entgegnete Theda ruhig, dann wurde ihre Stimme sanft, fast schmeichelnd. »Aber er ist nun wirklich nicht mein Typ. Verstehen Sie? Bei Ihnen… da wäre das vielleicht etwas ganz anderes.«

Sie ließ diesen letzten Satz bewusst in der Luft hängen, schwebend wie eine leise Andeutung. Dann fügte sie leiser hinzu: »Aber ich weiß natürlich, dass Sie ein treu liebender Ehemann sind. Und Ihre Frau über alles lieben.«

Kruse nickte nur. »So ist es, Frau Liebknecht. Ich melde mich, sobald der richterliche Beschluss vorliegt«, sagte er höflich, sachlich – und verabschiedete sich mit einem kurzen Nicken. Doch innerlich klang es ganz anders:

Treu liebender Ehemann. Schön wär's.

Der Ring an seinem Finger – nichts weiter als ein Schild, ein Schutz gegen allzu neugierige Blicke. Eine kleine Lüge, vielleicht, aber eine nützliche.

Der Dienstwagen bog gemächlich aus der Straße, das Licht im Wageninneren flackerte kurz auf, dann war er verschwunden.

Im Schatten des Baums am Straßenrand saß Heiner Kunz im Streifenwagen, unruhig trommelnd mit den Fingern aufs Lenkrad. Erst als Kruses Fahrzeug endgültig außer Sicht war, stieg er aus. Zögerlich. Langsam.

Theda stand noch immer im Türrahmen, reglos, den Blick in eine Richtung gerichtet, in der nichts mehr zu sehen war. Als sie Heiner auf sich zukommen sah, spürte sie ein leises Ziehen in der Brust. Eine leise Stimme in ihrem Inneren, kaum hörbar und doch deutlich vernehmbar, flüsterte: *Zwischen uns ist noch etwas offen. Und es wird nicht schweigend verschwinden.*

»Was wollte dieser alte Mann schon wieder von dir?«, fragte Heiner mit einem Tonfall, der wie ein Riegel in Thedas Brust schlug – besitzergreifend, misstrauisch, eng.

Sie spürte sofort, wie sich in ihr etwas zusammenzog. Diesen Ton, dieses kontrollierende Wesen – sie verabscheute es. Und sie hatte es satt.

»Hör mir jetzt mal ganz genau zu, mein lieber Freund: Ich bin keinem Menschen auf dieser Welt Rechenschaft schuldig. Und dir – schon gar nicht!«, fauchte sie und schlug ihm die Tür mit voller Wucht vor der Nase zu.

Heiner konnte gerade noch rechtzeitig zurückweichen – sonst hätte die schwere Eichentür ihm womöglich mehr als nur den Stolz verletzt. Mit hängenden Schultern und einer glühenden Scham im Gesicht trat er den Rückzug an.

Doch der Stich in seinem Inneren brannte tiefer als gedacht.

Er setzte sich in den Streifenwagen, legte den Gang ein – und lenkte nicht etwa Richtung Dienststelle in Cadenberge, sondern in entgegengesetzter Richtung: dorthin, wo Kruses Dienstwagen verschwunden war.

Als er wenig später die Allee von Basbeck hinabrollte, die sich wie ein grünes Band dem Fähranleger entgegenstreckte, fragte er sich plötzlich selbst, was ihn eigentlich so sehr trieb.

War es wirklich nur Eifersucht? Oder die wachsende Angst, dass dieser Bernhard Kruse alles an sich riss – den Fall, die Aufmerksamkeit, Theda?

Er parkte seinen Streifenwagen diskret neben dem Schuppen von Adeles Gasthaus. Als er den kleinen Platz überblickte, fiel sein Blick sofort auf den dunklen BMW – eindeutig Kruses Wagen.

Ein mulmiges Gefühl kroch ihm den Rücken hoch.

Fast schuldbewusst, als würde er bei einem Einbruch ertappt werden, schlenderte er los.

So unauffällig wie möglich – was in seiner strahlend grünen Mütze und der grellen Uniform ungefähr so gut gelang wie ein Leuchtturm in der Marschlandschaft – näherte er sich dem Wagen.

Er linste vorsichtig durch die Scheiben, als könne er dort Kruses Geheimnisse zwischen die Ledersitze gequetscht entdecken.

Drinnen, im gemütlich-dunklen Schankraum des Gasthauses, hatte Adele die Szene durchs Fenster beobachtet.

Sie stellte die Kaffeetasse ab und trat ans Fenster.

»Herr Kruse, draußen schleicht ein uniformierter Polizist um Ihren Wagen herum. Ich dachte immer, ich kenne hier jeden, aber den jungen Mann habe ich noch nie gesehen. Irgendwie… sieht das verdächtig aus.«

Kruse sah kurz auf, lächelte dann entspannt.

»Ach, Adele – das ist bestimmt der übermotivierte Kollege Kunz aus Cadenberge. In seiner… sagen wir:

überschaubaren Weltsicht bin ich wohl ein Eindringling in sein Revier – und vor allem in das Herz seiner heimlichen Geliebten, der charmanten Frau Doktor Liebknecht.«

Er zwinkerte leicht und stand auf.

Wenig später trat er auf den Parkplatz – und lief direkt Heiner in die Arme, der gerade so tat, als wolle er sich eine besonders interessante Radkappe näher anschauen.

»Oh, Kollege Kunz! Welch ein… sagen wir: überraschender Zufall«, begrüßte Kruse ihn mit einem Lächeln, das irgendwo zwischen Amüsement und Ironie schwebte. »Hat sich Ihr sonst so klar umrissener Zuständigkeitsbereich heute spontan erweitert? Oder suchen Sie zufällig den Weg zurück nach Cadenberge?«

Heiner Kunz zuckte unwillkürlich zurück – das instinktive Zusammenfahren eines Mannes, der sich auf frischer Tat ertappt fühlt.

»Ja… äh… nein, Herr Kommissar«, stammelte er verlegen, während sein schwerer Dienstschuh nervös über den grobkörnigen Kies des Parkplatzes kratzte.

»Was genau treiben Sie hier, Kollege Kunz? Und weshalb haben Sie ohne Rücksprache Ihren klar definierten Zuständigkeitsbereich verlassen – noch dazu mit dem Dienstwagen? Sie kennen doch die möglichen Konsequenzen eines solchen Alleingangs, oder etwa nicht?« Kruses Stimme war ruhig, doch jedes Wort saß wie ein Nadelstich.

Heiner schwieg.

Wortlos wandte er sich ab, schleppte sich mit gesenktem Kopf zu dem grün-weißen VW Käfer und verschwand mit quietschenden Reifen vom Hof – als wolle er das Gesagte hinter sich lassen.

Ein kaum merkliches Lächeln huschte über Kruses Lippen, während sein Blick dem davonrollenden Fahrzeug folgte. Dann wandte er sich gelassen wieder der Gastwirtschaft zu, wo Adele, stets aufmerksam, bereits einen einladenden Teller Kartoffelsalat mit knackigen Würstchen für ihn bereitgestellt hatte.

»Liebe Adele, Sie wissen wirklich, wie man einem gestressten Kriminalkommissar den Tag versüßt«, sagte er anerkennend – sein Blick schweifte jedoch nicht nur über das liebevoll angerichtete Essen, sondern verweilte auch kurz auf der dampfenden Tasse schwarzen Kaffees, die verführerisch danebenstand.

»Verzeihen Sie die vielleicht etwas ungeduldige Frage, Herr Kruse – aber wie lange gedenken Sie denn, meine bescheidene Gastfreundschaft noch in Anspruch zu nehmen?«

Adele hatte sich nun gegenüber an den kleinen Tisch gesetzt. Der Schankraum war an diesem frühen Nachmittag ungewöhnlich leer. Nur zwei ältere Herren hockten schweigend an der Theke, die Biergläser fest in der Hand, die Köpfe tief gesenkt.

»Das hängt ganz davon ab, wie lange sich die Ermittlungen in diesem verzwickten Fall noch hinziehen werden«, erwiderte Kruse ehrlich. Er kannte den Tonfall gut – direkt, aber nicht unfreundlich. Niemand hatte gern die Polizei dauerhaft im Haus, auch wenn er sich Mühe gab, kein Störfaktor zu sein.

»Warum fragen Sie so geradeheraus? Gibt es ein Problem?«

»Nun ja, die Apfelernte steht vor der Tür, und ich habe – wie jedes Jahr – alle Zimmer an meinen Nachbarn für seine Helfer vergeben. Ihm kurzfristig abzusagen, das würde mich in eine unangenehme Lage bringen. Er zählt fest auf mich«, erklärte Adele sichtlich zögernd. Die Worte schienen ihr nicht leichtzufallen. Kruse war ein angenehmer Gast – leise, höflich, pflegeleicht. Ganz anders als die lauten Erntehelfer, die zwar Nerven kosteten, aber gutes Geld einbrachten. Und wenn sie kamen, floss der Alkohol in Strömen – ein Segen für die Kasse.

»Dann bleibt mir wohl nichts anderes übrig, als mich nach einer neuen Bleibe umzusehen, liebe Adele«, sagte Kruse, mit einem Anflug von Bedauern. »Nur Ihren Kartoffelsalat – den werde ich schmerzlich vermissen.«

»Ach, Sie alter Charmeur«, erwiderte Adele mit einem warmen Lächeln, bevor sie sich wieder ihren Aufgaben zuwandte.

»Wann genau erwarten Sie die ersten Helfer?«, fragte Kruse noch.

»Voraussichtlich schon kommende Woche, Herr Kommissar.«

»Dann bleibt mir ja nicht viel Zeit. Bis dahin muss der Fall gelöst sein.«

Seine Stimme klang fest – fast zuversichtlich. Als hätte er es sich selbst gerade eben geschworen.

***

Die abgewetzte Tür zur Gaststube öffnete sich mit einem lang gezogenen Knarren, und für einen Moment durchbrach ein unverkennbarer Hauch von Kuhstall die stickige, abgestandene Luft. Kruse kannte diesen herben, ländlichen Geruch nur zu gut. Ohne Aufsehen zu erregen, hob er den Blick von seinem Tisch.

Oskar Schiller trat ein. Breitschultrig, bodenständig, stand er da wie ein alter Eichenstamm im Wind und steuerte schnurstracks auf den dunklen, massiven Tresen zu. Kruse, halb verborgen im Schatten der Ecke, blieb offenbar unbemerkt. Mit einem kurzen Nicken bestellte Schiller bei der geschäftigen Wirtin Adele ein Bier und einen Schnaps – ein sogenanntes *»Hamburger Gedeck«*, hier in der Gegend auch schlicht *»lütt un lütt«* genannt.

Für Kruse war der Moment gekommen. Er hob dezent die Hand und bedeutete Schiller, zu ihm herüberzukommen.

»Herr Schiller, darf ich Ihnen Ihre Zeche spendieren?«, fragte er mit einem Anflug von Freundlichkeit, der nicht darüber hinwegtäuschte, dass mehr dahintersteckte.

Langsam wandte sich Schiller ihm zu, sichtbar irritiert. »Klar – warum nicht? Ist ja nicht zu meinem Nachteil«, brummte er und erhob sich schwerfällig vom Tresen. Mit einem leichten Ächzen ließ er sich auf jenen Stuhl sinken, auf dem kurz zuvor noch Adele gesessen hatte. »Na dann mal prost!«, sagte er mit rauer Stimme, kippte den Schnaps in einem Zug hinunter und spülte mit einem kräftigen Schluck Bier nach, als sei es seine tägliche Routine. »Wie… wie komm ich denn zu der Ehre, Herr…?«, fragte er schließlich, nun doch von Neugier gepackt.

»Nun, Herr Schiller«, begann Kruse ruhig, mit einem freundlichen, aber bestimmten Ton, »mir brennen da ein paar Fragen auf der Seele. Und ich habe den Eindruck, dass nur ein waschechter Ostener wie Sie mir da weiterhelfen kann.«

Während er sprach, ließ Kruse seinen Blick nicht von Schiller ab. Jede Regung, jede flüchtige Bewegung registrierte er mit der ruhigen, geschulten Wachsamkeit eines Mannes, der gelernt hat, zwischen den Zeilen zu lesen.

»Wenn es um die spannende Geschichte unseres schönen Ostens geht, Herr… äh… dann sind Sie bei mir goldrichtig«, grinste Oskar und entblößte dabei eine Zahnreihe, deren brauner Schimmer eher an jahrelangen Tabakgenuss als an Zahnpflege erinnerte. Die Nachmittagssonne warf ein warmes, staubiges Licht durch das ungeputzte Fenster, das die Szene im Gastraum fast idyllisch erscheinen ließ – wären da nicht die unterschwelligen Spannungen zwischen den beiden Männern gewesen.

Kruse kam ohne Umschweife zur Sache. »Sagen Sie mal ganz ehrlich, Herr Schiller – stammen Sie eigentlich direkt aus Osten?«

Oskar zögerte einen Moment zu lang, als wolle er die Frage erst wiegen, bevor er sie beantwortete. Doch eine überzeugende Antwort wollte ihm offenbar nicht einfallen.

»Aber Ihre Familie stammt doch aus Osten, nicht wahr, Herr Schiller?«, hakte Kruse unbeirrt nach. Es war ein Versuch, Theda Liebknechts interessante These zu überprüfen – und Oskar hatte ihm gerade die erste kleine Vorlage geliefert.

»Nicht ganz, Herr… äh… Kommissar«, antwortete Oskar nun mit spürbarem Widerwillen.

»Meine Familie stammt ursprünglich aus Hechthausen«, fügte er mit einer leicht abweisenden Geste hinzu – als wolle er das Gespräch damit am liebsten beenden.

»Hechthausen, so, so.« Kruse lehnte sich etwas vor. »Nun, hier in Osten gab es einmal eine Familie mit genau Ihrem – seltenen – Nachnamen. Wissen Sie zufällig mehr darüber? Oder sind Sie vielleicht sogar verwandt?«

Oskars Gesicht verlor für einen Moment an Farbe. Er presste die Lippen aufeinander, suchte nach einer passenden Reaktion – und wich erneut aus.

»Nein, Herr Kommissar. Nicht dass ich wüsste«, sagte er schließlich. Seine Stimme klang überraschend gefasst, fast trotzig. »Mir ist auch überhaupt nicht bekannt, dass es hier je Leute namens Schiller gegeben haben soll«, setzte er hastig nach, als wolle er jedes mögliche Missverständnis gleich im Keim ersticken.

Kruse ließ nicht locker.

»Sie wissen aber schon, dass Lügen kurze Beine haben, Herr Schiller?«

Oskars Augen verengten sich, der Blick wurde hart.

»Ich sage Ihnen die reine Wahrheit, Herr Kommissar! Vor meiner Familie sind mir keine Schillers in Osten bekannt – Ehrenwort!«

Kruse sagte nichts.

Er sah Oskar einfach nur an – schweigend, prüfend, mit diesem stillen Blick, der nie nur an der Oberfläche kratzte.

Nun wusste Kruse endgültig Bescheid. Das überflüssige *»ehrlich«* und das hastig angehängte *»Ehrenwort«* hatten Oskar Schiller verraten. Für den erfahrenen Ermittler waren es klassische Signale eines Mannes, der in die Enge getrieben war – und zu lügen begann. Doch Kruse ließ sich nichts anmerken. Er nickte nur langsam, als nähme er Oskars Aussage für bare Münze.

Spätestens jetzt dämmerte es auch Oskar Schiller, dass er durchschaut worden war. Selbst seinem eher schlichten Wesen wurde klar, dass er sich in etwas verrannt hatte – und dass der Mann ihm gegenüber kein einfacher Kneipengeselle war, sondern ein hartnäckiger Kriminalhauptkommissar mit messerscharfem Blick.

Oskar hatte plötzlich nur noch eines im Sinn: weg von hier. Raus aus dieser stickigen Gastwirtschaft, raus aus der Reichweite dieses Mannes, dessen Fragen wie Haken in seinem Fleisch hingen. Er verließ den Gastraum so hastig, dass er nicht einmal sein frisch gezapftes Bier austrank. Mit schnellen, beinahe fluchtartigen Schritten marschierte er hinaus zu seinem in der Sonne glänzenden Mercedes, an dem ein großer, offener Viehanhänger hing. Darin stampften zwei unruhige Rinder hin und her, als spürten sie instinktiv, dass auf der anderen Seite der Oste nichts Gutes auf sie wartete.

Kruse ließ sich von alldem nicht beirren. Er widmete sich wieder seinem Kartoffelsalat, biss genüsslich in ein Stück Würstchen und nahm einen Schluck vom starken, dampfenden Kaffee. Nein, er hatte nicht vor, Oskar jetzt schon zu verfolgen. Ein Mann wie Schiller, so durchsichtig in seiner Nervosität, würde ihm früher oder später ganz von selbst wieder in die Arme laufen.

Und nun, da er wusste, dass er unter Beobachtung stand, würde er übervorsichtig agieren – und genau dabei vermutlich einen entscheidenden Fehler begehen und den fehlenden Beweis liefern.

Darauf setzte Kriminalhauptkommissar Bernhard Kruse. Mit der ruhigen Gewissheit eines Mannes, der weiß, dass Zeit auf seiner Seite ist.

***

»Moin, Hugo! Schon wieder fleißig bei der Arbeit?«, grüßte Kruse freundlich, als er die stählerne Gondel der Schwebefähre betrat.

»Moin, Herr Kommissar. Nützt ja nix, die Fuhre muss gemacht werden«, erwiderte der wettergegerbte Fährmann und schob seine knorrige Pfeife wie ein festes Ritual vom rechten in den linken Mundwinkel. »Na, haben Sie Ihren Mörder denn inzwischen dingfest gemacht?«, fragte er mit einem schelmischen Grinsen, während sich die Fähre gemächlich über die Oste bewegte.

»Wäre ich sonst schon wieder hier in Osten?«, konterte Kruse trocken.

»Da haben Sie natürlich auch wieder recht, Herr Kommissar«, murmelte Hugo, sichtlich zufrieden mit der Antwort, und widmete sich wieder seiner Arbeit. Routiniert kassierte er die Fährgelder der Passagiere, griff mit geübten Händen zu Hebeln und Knöpfen, und brachte das ehrwürdige Gefährt mit leisem Knarren sicher ans andere Ufer.

»Bis später dann, Herr Kommissar!«, rief er Kruse hinterher, als dieser die Gondel verließ.

Kaum hatte Kruse die Deichlücke erreicht, flatterten ihm schon unzählige kleine grüne und weiße Fähnchen entgegen – wie zur Begrüßung im leichten Wind. Er schlenderte gemächlich die Fährstraße entlang, als plötzlich eine laute Fahrradklingel hinter ihm ertönte. Der örtliche Postbote, auf seinem altgedienten, quietschenden Fahrrad, rauschte heran. Sein fröhliches *»Moin!«* hallte wie ein Echo zwischen den gepflegten Hausfassaden wider.

Kruse musste schmunzeln, doch er war nicht nur zum Flanieren hier. Für den Vormittag stand ein wichtiges Gespräch mit Edmund Gronheim an, dem Bürgermeister der kleinen Gemeinde.

Doch kaum war er ein paar Schritte gegangen, runzelte er irritiert die Stirn. »Was ist denn hier los?«, murmelte er vor sich hin. Überall wurde gewerkelt: Blumenbeete penibel vom Unkraut befreit, Rasenflächen frisch gestutzt, die Bürgersteige blitzblank. Fast hätte man vom Pflaster essen können. Und die Leute – alle, denen er begegnete – grüßten überschwänglich, mit einer beinahe unnatürlichen Herzlichkeit.

Kruse blieb kurz stehen, ließ den Blick schweifen. *Was zum Teufel haben die heute Morgen zum Frühstück gegessen?*, dachte er ungläubig. Irgendetwas stimmte hier nicht. Das verschlafene Osten wirkte plötzlich wie aufpoliert – wie ein Theaterdorf kurz vor der Premiere.

Als Kruse die vertraute Steinofenbäckerei passierte und dem sanften Schwung der Fährstraße weiter folgte, kam schon nach wenigen Minuten das schmucke Gemeindebüro in Sicht. Vor dem Eingang standen zwei Männer in angeregtem Gespräch. Der eine, von kräftiger Statur, war unverkennbar Wilhelm Richter, der neugierige Wirt vom Fährkrug. Der kleinere, bebrillte Mann an seiner Seite konnte nur Bürgermeister Edmund Gronheim sein. Je näher Kruse kam, desto klarer bestätigte sich seine Vermutung.

»Moin, die Herren«, grüßte er freundlich, auch wenn ihn insgeheim interessierte, was Wilhelm Richter an diesem frühen Morgen im Rathaus zu suchen hatte.

Die Begrüßung fiel knapp aus. Beide Männer erwiderten ein trockenes, reserviertes *»Moin«*, das mehr Abwehr als Höflichkeit transportierte. Die ablehnende Haltung war mit Händen zu greifen, und Gronheim machte erst gar keinen Versuch, sie zu verbergen.

»Ehrlich gesagt passt es mir gar nicht, dass Sie Ihre Nase in unsere Angelegenheiten stecken, Herr Kommissar. Haben Sie überhaupt einen richterlichen Beschluss?«, fragte der Bürgermeister schneidend, ohne Umschweife.

Kruse ließ sich davon nicht aus der Ruhe bringen. Mit einem nachsichtigen Blick auf den schweigsamen Richter, dann einem festen Blick in Gronheims wachsame Augen, griff er in die Innentasche seines Jacketts. Langsam und mit demonstrativer Ruhe zog er ein gefaltetes Papier hervor und hielt es dem Bürgermeister direkt vor die Nase – nicht ohne ein selbstzufriedenes

Grinsen. »Selbstverständlich, Herr Bürgermeister. Hier ist die Verfügung. Und ganz nebenbei: Auch ohne dieses Dokument sind Sie als Kommune gesetzlich verpflichtet, polizeiliche Ermittlungen zu unterstützen – ob es Ihnen passt oder nicht«, sagte Kruse, die Stimme freundlich im Ton, aber scharf in der Aussage.

Gronheims Gesicht erstarrte.

Der Wind hatte sich gedreht.

»Na schön, wenn es denn unbedingt sein muss, Herr Kommissar – bitte sehr«, knurrte Edmund Gronheim und zog widerwillig einen alten, klirrenden Schlüsselbund aus der Hosentasche. Mit einem unwilligen Ruck öffnete er die schwere Eingangstür zum Gemeindebüro. Sie gab ein lang gezogenes Knarren von sich, als wollte auch sie dem ungeliebten Besucher zu verstehen geben, dass er nicht willkommen war.

Ein modriger, leicht muffiger Geruch schlug den Männern entgegen. Der Flur war dunkel, nur spärlich erhellt vom matten Licht einer flackernden Deckenlampe. Gronheim warf Kruse einen gequälten Blick zu. »Aber machen Sie's bitte kurz, Herr Kommissar. Heute beginnt das Schützenfest. Das halbe Dorf steht kopf.«

Kruse blieb stehen und sah den Bürgermeister fest an. »Es wird so lange dauern, wie es dauert, Herr Gronheim. Bis ich gefunden habe, was ich suche.«

Dann machte er eine Pause. Seine Stimme klang ruhig, fast beiläufig, doch seine Worte waren wie kleine Dolchstiche. »Oder möchten Sie mir die Schlüssel nicht überlassen, weil Sie befürchten, ich könnte in den alten Akten auf etwas stoßen, das Ihnen oder gewissen anderen Herren in diesem Ort... unangenehm werden könnte?«

Gronheim senkte unwillkürlich den Blick. Seine Füße begannen, nervös auf dem knarrenden Boden zu tänzeln. Auch Wilhelm Richter, bislang stumm wie ein Grabstein, kaute nun unruhig an seinem Daumennagel.

»Wenn Sie es wirklich eilig haben«, fuhr Kruse unbeirrt fort, »könnte ich natürlich auch Herrn Dunkelmann als sachkundige Begleitung hinzuziehen. Er gilt ja als loyaler Unterstützer Ihrer Verwaltung. Oder etwa nicht?«

Der ironische Ton in Kruses Stimme war nicht zu überhören. Gronheim zuckte. Wilhelm Richter wurde blass. Kruse ließ seinen Blick noch einmal genüsslich zwischen den beiden Männern wandern.

Dann wandte er sich direkt an Richter. »Sie können dann wohl getrost gehen, Herr Richter. Oder haben Sie inzwischen ein offizielles Amt, das Ihre Anwesenheit im Rathaus rechtfertigt?«

Richters Lippen formten noch ein zögerliches »Ich...«, doch der Satz blieb unvollendet. Wortlos trat er den Rückzug an, die Schultern tief gesenkt, die Schritte schleppend. Der sonst so großspurige Wirt wirkte plötzlich erstaunlich klein.

Gronheim blieb allein zurück.

Sein Gesicht war rot angelaufen, der Hals gezeichnet von pulsierenden Adern. Er sah aus, als stünde er kurz vor dem Bersten.

Kruse hob leicht die Augenbrauen. »Ist Ihnen etwa nicht gut, Herr Bürgermeister? Sie sehen ein wenig… angegriffen aus.«

Er lächelte sanft.

Gronheim sagte nichts.

Edmund ließ sich schwerfällig auf einen staubigen Stuhl sinken, zog ein altmodisches, kariertes Stofftaschentuch aus seiner zerknitterten Hosentasche und wischte sich hastig den kalten Schweiß von der geröteten Stirn. Eine Antwort blieb er Kruse schuldig.

»Ich habe da so ein Gefühl, Herr Bürgermeister«, sagte der Kommissar ruhig und mit vielsagendem Blick, »dass ich mir die mühsame Suche nach der berühmten Nadel im Heuhaufen Ihrer alten Akten wohl getrost sparen kann – nicht wahr?«

Edmund nickte stumm, sichtlich widerwillig.

In diesem Moment öffnete sich die schwere Eingangstür, und Theda Liebknecht trat mit entschlossenen Schritten ins ehrwürdige Gemeindebüro. Für sie ging in diesem Augenblick ein lang gehegter, beinahe kindlicher Wunsch in Erfüllung: Endlich durfte sie hinein – in das streng gehütete Gemeindearchiv, das von den konservativen Ostenern so gewissenhaft bewacht wurde wie andere ihre Goldreserven. Hier, zwischen staubigen Regalen und vergilbten Dokumenten, hoffte sie, Antworten auf all ihre offenen Fragen zur Geschichte dieses kleinen Ortes zu finden.

»Moin, Frau Doktor Liebknecht«, grüßte Kruse sie mit einem freundlichen Lächeln.

»Guten Morgen, Herr Kommissar, und…« Theda stockte, als ihr Blick auf den hochroten Kopf des Mannes fiel, der wie versteinert hinter dem Tresen saß.

»Oh, entschuldigen Sie die etwas unterkühlte Begrüßung«, sagte Kruse mit einem Anflug von Ironie. »Darf ich vorstellen: Das ist der ehrenwerte Bürgermeister der Gemeinde Osten – Herr Edmund Gronheim.«

»Sehr angenehm«, sagte Theda knapp, aber höflich. »Doktor Theda Liebknecht.« In Wahrheit hatte sie längst eine Meinung über diesen Mann. Sie kannte ihn aus der Lokalpresse – ein Name, der selten mit sympathischen Schlagzeilen in Verbindung gebracht wurde, dafür aber umso häufiger mit fragwürdigen Entscheidungen. Für lokale Reporter war Gronheim ein gefundenes Fressen, für sie selbst allerdings kaum mehr als eine unangenehme Figur der Gegenwart.

»Nun, Herr Kommissar«, wandte sie sich wieder Kruse zu, »wo genau beginnen wir am besten mit unserer gemeinsamen Suche?«

Theda hatte kaum ausgesprochen, da war der Bürgermeister schon aufgesprungen, als hätte ihm jemand glühende Kohlen unter den Stuhl geschoben. »Unfassbar!«, schnaubte er und ruderte theatralisch mit den Armen, während sein Blick zwischen Kruse und Theda pendelte wie ein zorniges Metronom. Doch der energische Protest verpuffte ins Leere – Theda Liebknecht hatte sich längst entschlossen, keinen Zentimeter mehr zurückzuweichen.

Kruse beobachtete das Schauspiel mit der ruhigen Gelassenheit eines Mannes, der genau weiß, dass das Spiel längst entschieden ist. »Wissen Sie, Herr Bürgermeister«, sagte er mit leiser Stimme und einem Anflug von Spott, »ich finde es fast schon beruhigend, wie sehr Sie sich über die bloße Idee echauffieren, jemand könnte hier… nachsehen.«

Theda hatte sich derweil bereits einen wackeligen, staubbedeckten Stuhl an einen der wuchtigen Archivschränke gezogen und ein Notizbuch gezückt, das sichtbar von jahrelangem Einsatz gezeichnet war. »Fangen wir doch am besten bei den Grundbüchern an – 19. Jahrhundert. Wenn irgendwo eine alteingesessene Familie Schiller erwähnt wird, dann wohl dort.«

»In der zweiten Kammer links hinten«, murmelte Edmund zähneknirschend, ohne jemanden anzusehen. Die Wellen seiner Wut schienen sich langsam in bitterem Groll aufzulösen.

Kruse warf Theda einen zustimmenden Blick zu.

»Sie hören den Herrn Bürgermeister – zweite Kammer. Und wenn Sie dort auf eine Kiste stoßen, die besonders schwer zugänglich ist, dann könnte genau das die richtige sein.«

Theda grinste – eine Mischung aus Forscherdrang und Widerstandslust blitzte in ihren Augen. »Ich werde darauf achten. Und keine Sorge, Herr Gronheim, ich fasse nichts an, was ich nicht mit spitzen Fingern berühren darf.«

Kruse trat einen Schritt näher an den Bürgermeister heran und sagte beinahe flüsternd, doch mit schneidendem Nachdruck: »Je mehr Sie sich sträuben, desto genauer schauen wir hin. Daran sollten Sie vielleicht denken, wenn Sie das nächste Mal einen vermeintlich neutralen Beschluss im Gemeinderat durchboxen wollen.«

Gronheim schwieg. Seine Lippen zuckten, als wolle er etwas entgegnen – doch es kam nichts. Er schnaubte laut und unwillig – wie ein erschöpfter Wallach nach einem besonders kräftezehrenden Trab. »Na schön! Wenn es denn unbedingt sein muss!«

Mit einem hörbaren Ächzen erhob er sich vom knarrenden Stuhl, griff nach seinem schweren Schlüsselbund und ließ ihn mit einem lauten *»Klack«* auf den hölzernen Tresen krachen – jenem massiven Möbelstück, das wie eine stille Frontlinie zwischen Verwaltung und Besuchern mitten im Raum stand. Dann wuchtete er sich mit mühsamen Schritten davon, schnaufend wie eine in die Jahre gekommene Dampfwalze.

»Das… das wird ganz gewiss ein Nachspiel haben, Herr Kommissar! Merken Sie sich meine Worte!«, schleuderte er Kruse zum Abschied noch zornig entgegen, bevor er die schwere Tür hinter sich krachend ins Schloss warf.

»Was war das denn bitte gerade? Hat der Mann denn überhaupt keinen Anstand?«, fragte Theda fassungslos und schüttelte den Kopf.

Kruse zuckte kaum merklich mit den Schultern. »Ich bin mir ziemlich sicher, Frau Liebknecht, dass wir hier in den staubigen Tiefen des Archivs auf etwas stoßen werden, das für unseren Bürgermeister äußerst… prekär werden dürfte. Vielleicht sogar politisch fatal.«

»Dann lassen Sie uns keine Zeit verlieren. Wo fangen wir an?«, fragte Theda erneut, diesmal mit einem Anflug von gespannter Ungeduld. Während sie sprach, hängte sie sorgfältig ihre elegante Handtasche und ihren hellen Sommermantel an die altmodische Garderobe, rechts neben der Tür.

»Darf ich fragen, wie Sie heute Morgen überhaupt so früh nach Osten gekommen sind, Frau Liebknecht?«, erkundigte sich Kruse beiläufig.

»Ach, der liebe Heiner war so freundlich, mich zu fahren. Er wartet draußen vor der Tür«, antwortete sie.

Kruse nickte nachdenklich. »Vielleicht wäre es gar keine schlechte Idee, wenn uns Kollege Kunz bei der Durchsicht zur Hand ginge. Zwei zusätzliche Augen sehen bekanntlich mehr als wir zwei allein.«

»Wenn Sie das für sinnvoll halten, Herr Kommissar – warum nicht? Heiner hat wirklich ein ausgeprägtes Gespür für Details«, stimmte Theda zu und öffnete die Tür. »Heiner? Komm doch bitte herein.«

Ein Moment später betrat Heiner Kunz etwas zögerlich das Büro. »Moin, Herr Kruse«, sagte er verlegen und streifte sich den Staub von der Jacke.

»Sie sind heute nicht im Dienst, Kollege?«, fragte Kruse überrascht, als er ihn in ziviler Kleidung sah.

»Nein, Herr Kommissar – ich hab heute frei. Aber Theda konnte ich den Gefallen nun mal schlecht abschlagen«, erwiderte Heiner gutmütig und warf der Historikerin einen warmen Blick zu.

»Na schön. Aber was wir hier finden – das bleibt strikt unter uns. Absolute Diskretion, verstanden?«, sagte Kruse mit ernster Miene und durchbohrendem Blick.

»Selbstverständlich, Herr Kommissar«, antwortete Heiner prompt, und auch Theda nickte zustimmend. Was hätten sie auch anderes tun sollen? Kruse machte in solchen Angelegenheiten keine halben Sachen – und beide wussten nur zu gut: Notfalls hätte er das gesamte Archiv auch allein und akribisch durchwühlt.

Daran bestand kein Zweifel.

Und Theda? Die war in dieser Angelegenheit nicht nur aus rein wissenschaftlicher Neugier hier. Ihr Interesse reichte tiefer – persönlicher, vielleicht sogar gefährlicher.

»Ich schlage vor, Sie nehmen sich zuerst die Akten aus dem Jahr 1908 vor, Frau Doktor. Ein Schlüsseljahr, da bin ich mir sicher. Ich selbst werde mir das historische Melderegister ab 1900 vorknöpfen«, sagte Kruse und begann bereits, einen der oberen Ordner aus dem Regal zu ziehen.

Dann wandte er sich an Heiner: »Ach, Herr Kunz – bevor wir uns hier für Stunden zwischen vergilbtem Papier vergraben, hätte ich noch eine kleine, persönliche Bitte. Wären Sie so freundlich, beim Bäcker unten an der Straße ein paar frische Brötchen zu holen? Und lassen Sie sie bei der Fleischerei gegenüber gleich mit gutem Aufschnitt belegen. Ein großer Kaffeekrug dazu wäre ebenfalls nicht zu verachten.«

Mit einem fast schelmischen Lächeln legte Kruse einen zerknitterten Zwanzigmarkschein auf den Tresen.

Heiner, sichtlich widerwillig, nahm das Geld entgegen. Ein leises Seufzen entwich ihm – zwischen Verliebtheit und Frust gefangen –, dann trottete er los.

Kaum war die Tür hinter ihm ins Schloss gefallen, beugte sich Kruse etwas zu Theda hinüber und flüsterte: »Sagen Sie, Frau Liebknecht – können wir diesem jungen Mann wirklich trauen?«

Theda sah Kruse einen Moment lang ruhig, aber durchdringend an. »Er ist ein Kollege von Ihnen, Herr Kommissar. Das sollte doch eigentlich für sich sprechen, oder?«

»Das war allerdings nicht meine eigentliche Frage, Frau Doktor Liebknecht«, entgegnete Kruse mit einem feinen Hauch von Skepsis in der Stimme.

»Ich jedenfalls vertraue Heiner. Er war meiner Arbeit gegenüber stets loyal – und vor allem diskret. Daran habe ich nie gezweifelt«, sagte Theda bestimmt und öffnete mit bedächtiger Bewegung den obersten, leicht vergilbten Ordner.

Kruse nickte nur kurz und wandte sich dem dicken, gebundenen Melderegister zu. Der muffige Geruch des vergilbten Papiers war wie ein stiller Gruß aus längst vergangenen Tagen. Die Einträge waren sorgfältig in alter deutscher Handschrift verfasst, teils verblasst, aber dennoch erstaunlich gut lesbar.

Gezielt suchte er nach den Familiennamen Schiller und Johannson. Der erste Treffer ließ nicht lange auf sich warten. Im Jahr 1887 war ein gewisser Alfred Schiller vermerkt – geboren am 25. Oktober 1873 in Posen, wohnhaft in der Deichstraße 324, Karkspeel Osten, von Beruf Bäcker, eingetragen am 16. April 1902.

Kruse notierte die Details ordentlich auf ein separates Blatt, das er mit der klaren Überschrift »Familie Schiller« versah.

»Frau Liebknecht, schauen Sie sich das hier bitte einmal an«, rief er ihr zu. »Ein Alfred Schiller – hier erstmals erwähnt, aber bislang ohne weitere Angehörige.«

Doch noch bevor Theda antworten konnte, fiel Kruses Blick auf einen späteren Eintrag. Am 6. August 1909 war vermerkt, dass Alfred, seine Ehefrau Edeltraut und Tochter Marie sich offiziell aus Osten abgemeldet hatten. Eine neue Adresse? Fehlanzeige.

»Suchen Sie ruhig weiter, Herr Kommissar. Ich bin mir ziemlich sicher, dass dieser Alfred Schiller Edeltraut hier in Osten geheiratet hat«, meinte Theda, ohne ihren Blick vom staubigen Ordner zu lösen.

Kruse blätterte unbeirrt weiter – doch bis zum Ende des Jahres 1910 tauchte kein weiterer Eintrag unter dem Namen Schiller auf. Auch der Name Johannson fand sich im Melderegister kein einziges Mal. »Das ist doch nicht zu fassen«, murmelte er leise.

Mit festem Griff öffnete er einen anderen Schrank, darin fein säuberlich sortierte Amtsbücher des örtlichen Standesamtes. »Geburten, Eheschließungen, Sterbefälle«, las er laut vor, während seine Finger die Rücken der schweren Bände entlangfuhren. Schließlich zog er ein besonders dickes Buch mit der Aufschrift Eheschließungen 1903–1909 hervor.

Und tatsächlich – unter den Einträgen des Jahres 1904 fand er, was er gesucht hatte.

»Frau Liebknecht, Sie hatten recht!« Seine Stimme verriet leise Begeisterung. »Alfred Schiller hat hier in Osten geheiratet – eine gewisse Edeltraut Lührsen. Laut Eintrag brachte sie ihre leibliche Tochter Marie mit in die Ehe.«

Offenbar hatte Frau Doktor Liebknecht mit ihrer Theorie zur Familie Lührsen und dem mysteriösen Schiff 'Selene' den Nagel auf den Kopf getroffen, überlegte Kruse.

»Bleibt jetzt eigentlich nur noch die entscheidende Frage: Warum hat die Familie Schiller Osten wenige Jahre nach ihrer Ankunft so plötzlich wieder verlassen?«, bemerkte Theda leise, beinahe mehr zu sich selbst sprechend.

»Ja«, murmelte Kruse zustimmend, während er sich Notizen machte. »Diese Frage beantwortet Marie in ihrem Tagebuch.«

Er blätterte weiter, durchsuchte fieberhaft alte Einträge und handschriftliche Randvermerke, suchte nach einem weiteren Beweis auf ihren abrupten Weggang – und nach einem Namen, der bislang wie ein flüchtiger Schatten durch ihre Nachforschungen geisterte:

August Johannson.

Gab es wirklich eine Verbindung zwischen den Familien Schiller und Johannson? Oder handelte es sich bloß um ein loses, historisches Aufeinandertreffen?

In diesem Moment öffnete sich die schwere Tür. Heiner trat ein, die duftenden Brötchen in einer Papiertüte, den heißen Kaffee in einer robusten Thermoskanne.

»Sehr gut, Kollege«, lobte Kruse knapp, aber anerkennend. »Wir sind hier im Archiv immerhin schon ein kleines Stück weitergekommen – allerdings fehlt uns bislang noch der Beweis für die Verbindung zwischen Schiller und Johannson.«

Kruse brachte Heiner rasch auf den neuesten Stand. Der junge Kollege hörte aufmerksam zu, nickte hin und wieder und runzelte dann nachdenklich die Stirn.

»Das klingt doch schon mal vielversprechend«, meinte Heiner schließlich. »Gibt es hier im Archiv eigentlich ein detailliertes Bautagebuch? Die Schwebefähre wurde doch um die Zeit herum gebaut – da müsste doch was dokumentiert sein, oder?«

Kruse blickte überrascht auf. »Ein Bautagebuch?« Er überlegte nur kurz, dann hellte sich seine Miene auf. »Das ist ein sehr interessanter Ansatz, Kollege. Darauf bin ich ehrlich gesagt noch gar nicht gekommen.«

»Vielleicht gibt's da ja einen Vermerk«, sagte Heiner und klang plötzlich fast zu sicher. »Irgendetwas, das sich zeitlich genau mit dem Weggang der Familie Schiller deckt. Und wenn wir Glück haben, stolpern wir über den Namen Johannson – oder über etwas anderes, das uns weiterführt. Wir brauchen Beweise, der Tagebucheintrag allein reicht mir nicht.«

Kruse sah ihn aufmerksam an. Da war es wieder – dieses vage, aber hartnäckige Gefühl, dass Heiner vielleicht mehr wusste, als er zugab. Auch Theda schwieg auffallend. Keine klugen Bemerkungen, keine Zwischenfragen, nicht einmal ein skeptisches Stirnrunzeln. Stattdessen hatte sie sich tief über einen Aktenstapel gebeugt, als ginge sie darin völlig auf.

Kruses Argwohn wuchs.

»Warum werde ich nur das Gefühl nicht los«, sagte er schließlich laut, »dass ihr zwei längst mehr wisst als ich – und mich hier ganz bewusst im Dunkeln tappen lasst?«

»Auf der damaligen Baustelle der Schwebefähre gab es laut diesem alten Bautagebuch tatsächlich einen Maler namens August Johannson«, begann Theda mit fester Stimme. »Er soll im Jahr 1908 angeheuert haben und am frühen Morgen des 5. August 1909 plötzlich nicht zur Arbeit erschienen sein. Hier steht es schwarz auf weiß: *'Maler August Johannson fehlt unentschuldigt. Einer seiner Kollegen gab an, er sei angeblich kurzfristig zurück nach Hamburg gereist'*.«

Behutsam legte sie das vergilbte, schwergewichtige Bautagebuch zur Seite und sah die beiden Männer vielsagend an.

»Der 5. August... und nur wenige Tage später verlässt die Familie Schiller überstürzt Osten. Ein gewisser August Johannson verschwindet spurlos, und die Schillers tauchen nie wieder auf. Zufall?«

»Ich glaube nicht an solche Zufälle, Theda«, sagte Heiner ernst, beinahe trotzig. Auch Kruse nickte langsam, sein Blick war nachdenklich geworden.

»Wir müssen unbedingt herausfinden, wohin die Familie Schiller damals geflüchtet ist. Irgendein Grund muss sie veranlasst haben, über Nacht alles hinter sich zu lassen«, sagte Kruse und begann erneut zu notieren.

»Was wir immerhin wissen: Maries Tagebuch wurde später in Stade gefunden«, ergänzte Theda, ihre Stimme klang plötzlich ein wenig müde, fast resignierend. »Das ist der bislang einzige greifbare Anhaltspunkt.«

Kruse hob den Kopf. Ihm fiel schlagartig die alte Hauschronik der Steinofenbäckerei ein – jene Chronik, von der ihm die freundliche Bäckerin Käthe Dressler kürzlich mit nicht überhörbarem Stolz erzählt hatte.

»Vielleicht weiß Frau Dressler ja doch mehr, als sie bislang preisgegeben hat. Oder besser gesagt: Vielleicht steht in ihrer Bäckerei-Chronik etwas, das uns weiterhilft«, murmelte er, während sein Blick bereits auf die nächste Spur fiel.

Für Kommissar Kruse war es nun an der Zeit, einer anderen, bisher kaum beachteten Fährte mit aller Konsequenz zu folgen. Er wandte sich einem weiteren Archivschrank zu, dessen Beschriftung auf Unterlagen zum geplanten Bau der modernen Straßenbrücke hinwies – ein Projekt, das in der kleinen Gemeinde für viel Gesprächsstoff gesorgt hatte.

Kruse durchsuchte die Mappen mit routinierter Gründlichkeit. In ihm keimte die Hoffnung, dass genau hier, im Kleingedruckten der Bauakten, ein entscheidender Hinweis verborgen lag – einer, der die Verbindung zwischen dem ermordeten Georg Johannson und den heutigen Gemeindevertretern zweifelsfrei herstellen konnte. Allen voran die Herren Richter und Gronheim.

Denn eines war für ihn inzwischen glasklar: Der Bürgermeister und auch dieser windige Wilhelm Richter waren nicht ohne Grund so auffallend nervös und ausweichend gewesen.

»Die beiden verbergen etwas – etwas Brisantes«, murmelte Kruse vor sich hin, und genau in diesem Moment fiel ihm ein schmaler Aktenordner mit der Aufschrift *'Straßenbrücke – interne Notizen 1964–1966'* in die Hände.

Sein Herzschlag beschleunigte sich spürbar, als er das vergilbte Deckblatt aufschlug.

Kruse atmete tief ein und tauchte in die alten, abgegriffenen Akten ein. Der staubige Geruch der vergilbten Seiten war fast erdrückend, und für einen Moment fühlte er sich, als würde er in der Zeit zurückversetzt, in eine Ära, die längst vorbei war, aber in diesen Aufzeichnungen immer noch lebendig schien. Die Blätter waren dicht mit handschriftlichen Notizen, Skizzen und teils unleserlichen Vermerken überzogen, doch Kruse hatte die nötige Geduld und den scharfen Blick, um aus dem Durcheinander zu entschlüsseln, was er brauchte.

Der erste Eintrag, der ihm auffiel, war vom 18. Juni 1964 – der Beginn der Planungen für die neue Straßenbrücke. Unter der Überschrift *'Bauauftrag für die neue Brücke – Genehmigung durch den Gemeinderat'* fand er eine Reihe von Namen, die ihm nicht unbekannt vorkamen. Einer der ersten Unterschriften gehörte, wie erwartet, dem Bürgermeister selbst: Edmund Gronheim. Weiter unten stießen seine Augen auf den Namen von Wilhelm Richter, dem umstrittenen Gastwirt, der für seine zwielichtigen Geschäfte bekannt war.

Doch was Kruse dann entdeckte, ließ ihn innehalten. Zwischen den vielen Skizzen und technischen Details zu den Brückenstützen und den Fundamenten fanden sich plötzlich handschriftliche Anmerkungen, die eindeutig von Richter stammten. Sie hatten einen anderen Klang als die übrigen Akten – sie waren ein wenig zu flüchtig, zu verschwommen, als ob der Verfasser versuchte, etwas zu verbergen.

'Ungeklärte Unstimmigkeiten beim Fundamentbau', las Kruse und blätterte schnell weiter. *'Verborgene Kosten für illegale Entsorgung? Nur vorübergehend aufgeschoben, nicht öffentlich dokumentiert...'*

Kruse runzelte die Stirn.

Das war eindeutig kein gewöhnlicher Vermerk. Hatte Richter absichtlich Informationen zurückgehalten? Und was meinte er mit *'verborgenen Kosten'*?

Ein weiteres Dokument, das an den Eintrag anschloss, war noch beunruhigender. Es war ein Brief, der an die Gemeinde gesendet wurde, vom 22. Juli 1964. Die Unterschrift war nicht eindeutig, doch der Absender schien den Namen Johannson in irgendeiner Form mit der Angelegenheit verbunden zu haben.

Kruse beugte sich vor, um das Papier besser zu lesen.

'...was die Arbeiten zur Brücke betrifft, so möchte ich dringend darauf hinweisen, dass die Sicherheit des gesamten Projekts gefährdet ist, sollten die Unterlagen zu den ursprünglichen Bauverträgen weiterhin geheim gehalten werden. Ich fordere eine sofortige Offenlegung der relevanten Informationen zu den Baumaßnahmen des Jahres 1909.'

Der Absender unterzeichnete mit einem schwungvollen *Georg Johannson*, und Kruse starrte auf den Namen, als ob er aus dem Nichts auftauchte. Georg

Johannson, ein Name, der immer wieder in diesem Fall auftauchte, doch bis jetzt nur eine vage Verbindung zu der Schwebefähre und der Familie Schiller hatte. Warum hatte der Mann im Jahr 1964 plötzlich einen Hinweis auf *»geheime«* Bauverträge gegeben, die fast sechzig Jahre alt waren? Was wusste er, dass die Gemeinde und Richter so verzweifelt verbergen wollten?

Kruse blätterte hastig weiter und fand noch einen letzten Eintrag in den Bauakten, der ihm die Kehle zuschnürte. Es war ein verändertes Planungsdokument vom 5. August 1964, unterzeichnet von – neben Gronheim und Richter – auch einem neuen Namen: August Johannson. Der Name stand unauffällig in der Mitte des Dokuments, doch in Verbindung mit den anderen Entdeckungen schien es fast, als ob Johannson ein integraler Bestandteil des Plans war.

»August Johannson«, murmelte Kruse vor sich hin. »Derselbe Johannson, der 1909 verschwunden ist.«

War es möglich, dass dieser August Johannson es war, der Jahre zuvor auf der Baustelle der Schwebefähre spurlos verschwunden war? Und was hatte er mit der geheimen Brücke zu tun?

Ein Gedanke keimte in Kruse auf: Hatte dieser Johannson vielleicht tatsächlich einen entscheidenden Schlüssel zur Geschichte der Familie Schiller und der mysteriösen Ereignisse rund um ihren plötzlichen Weggang aus Osten?

Das war in der Tat eine entscheidende und ziemlich beunruhigende Entdeckung. Wenn es sich bei dem August Johannson in den Bauakten tatsächlich um denselben Johannson handelte, der 1909 als Maler auf der Baustelle der Schwebefähre verschwunden war, dann konnte er, wenn er zu dieser Zeit Mitte achtzig war, auf eine erstaunlich lange und geheimnisvolle Lebensgeschichte zurückblicken. Was hatte er in all diesen Jahren gemacht? Warum war er, bis zu diesem Zeitpunkt, nie in der Geschichte Ostens aufgetaucht?

Kruse konnte das nicht einfach hinnehmen. Die Zeilen in den Bauakten und die plötzliche Erwähnung von August Johannson im Jahr 1964 führten zu einem entscheidenden Verdacht: Hatte dieser Mann absichtlich seine Vergangenheit verwischt, sich mit den richtigen Leuten verbündet und war möglicherweise in dunkle Geschäfte verwickelt? Der Gedanke, dass dieser alte Mann so lange untergetaucht und dann plötzlich in einem Bauprojekt aufgetaucht war, das die Brücke betraf, machte Kruse misstrauisch.

Und was hatte die Familie Schiller mit diesem geheimen Zusammenhang zu tun? Hatten sie mehr gewusst, als es anfangs den Anschein hatte? Möglicherweise war es kein Zufall, dass sie plötzlich vom Radar verschwanden – und vielleicht hatte Johannson eine größere Rolle in ihrer Geschichte gespielt, als Kruse je vermutet hätte.

Kruse nahm die alten Bauakten und die Vermerke über Johannson und ging mit einem entschlossenen Schritt zum Tisch, wo Theda und Heiner warteten.

»Es gibt noch eine weitere Wendung in dieser Geschichte, die wir nicht ignorieren dürfen«, sagte Kruse mit ernster Miene. »Wenn der Mann in den Akten wirklich derselbe August Johannson ist, der 1909 auf der Baustelle der Schwebefähre verschwand, dann muss es eine Erklärung dafür geben, warum er plötzlich wieder auftauchte – und warum er 1964 in Verbindung mit der Brücke stand.«

Theda starrte ihn an, als würde sie das plötzlich nicht mehr überraschen. Sie kannte Kruses Gründlichkeit und seine Fähigkeit, die Fäden eines Falls miteinander zu verknüpfen. »Vielleicht ist es keine Überraschung, dass sich der Kreis um diese Familie und den geheimen Bauplan schließt«, sagte sie ruhig. »Was denken Sie, Herr Kommissar?«

»Ich denke, dass wir unbedingt herausfinden müssen, wie August Johannson in den letzten Jahrzehnten untergetaucht ist. Und wenn es der Johannson ist, der sich damals von der Baustelle entfernte, müssen wir herausfinden, was er dort wirklich wusste und wer in den Bau der Brücke verwickelt war. Es könnte uns mehr über die Verbindungen von heute und den geheimen Verstrickungen der damaligen Zeit sagen, als wir uns je vorgestellt haben. Es muss mehr geben als eine geschwängerte Bäckerstochter.«

»Ich werde versuchen, mehr über Johannson herauszufinden«, sagte Heiner und warf einen entschlossenen Blick auf Kruse.

»Gut, aber vor allem müssen wir einen Schritt weiter denken«, fügte Kruse hinzu. »Wenn Johannson der Schlüssel ist, dann liegt die Antwort möglicherweise nicht in den offensichtlichen Dokumenten. Wir müssen in die versteckten Details gehen. Vielleicht müssen wir uns auf die Personen konzentrieren, die damals zu dieser Zeit die Fäden in der Hand hatten.«

Kruse spürte, dass sie dem Kern des Rätsels langsam aber sicher näherkamen. Aber er wusste auch, dass jeder Schritt, den sie weitergingen, neue, dunkle Geheimnisse aufwerfen würde, die mit jeder Entdeckung mehr Fragen aufwarfen, als sie beantworteten.

Mit einem entschlossenen Blick legte Kruse die Bauakten beiseite und richtete sich auf. »Ich muss mehr herausfinden. Diese Verbindung zwischen den Johannsons und den Schillers ist kein Zufall. Es gibt noch mehr in dieser Geschichte, dass uns allen entgangen ist. Die Familie Lührsen.«

Heiner und Theda tauschten einen kurzen Blick, bevor sie Kruse aufmerksam ansahen. Die Erwähnung der Familie Lührsen ließ bei beiden ein unbehagliches Gefühl aufsteigen. Lührsen war ein Name, der immer wieder in den alten Legenden auftauchte, meist in Zusammenhang mit windigen Geschäften und einflussreichen Familien, die Osten seit Jahrzehnten beherrschten. Doch nie stand er wirklich im Zentrum der Ermittlungen – bis jetzt.

»Die Lührsens?« Theda schüttelte den Kopf. »Aber was genau verbindet sie mit den Johannsons und den Schillers? Und welche dunkle Rolle spielt die Legende um die *'Selene'*? Bisher habe ich das für ein modernes Märchen gehalten«, gestand Theda. Und dann fiel ihr ein, dass Edeltraut Schiller einmal den Namen *Lührsen* trug.

»Es gibt Spuren, die wir bislang übersehen haben«, sagte Kruse, die Stimme fest und zielgerichtet. »Ich erinnere mich an einen Eintrag im Zusammenhang mit der Schwebefähre – und zwar nicht nur wegen des verschwundenen Johannson. Lührsen hat damals eine entscheidende Rolle gespielt, nicht nur beim Bau der Brücke, sondern auch bei der Finanzierung der damit verbundenen Projekte.«

»Und wenn ich mich richtig erinnere, hatten sie auch einiges an Einfluss auf die Gemeinde, besonders was die wirtschaftlichen Angelegenheiten betraf«, fügte Theda hinzu, ihr Blick plötzlich scharf, als sie die Verbindungen erkannte. »Lührsen könnte also mehr gewusst haben als die meisten.«

Kruse nickte.

»Genau. Und es ist kein Zufall, dass sowohl Johannson als auch die Schillers in diese Projekte verwickelt waren. Sie sind die verbindenden Elemente. Ich glaube, dass Lührsen in etwas Größeres involviert war – etwas, das weit über den Bau dieser Brücke hinausgeht. Vielleicht war es damals ein verborgenes Netzwerk aus Einfluss und Macht, in das auch die Schillers und Johannsons verstrickt waren.«

Heiner, der sich in letzter Zeit immer mehr als wertvoller Partner erwiesen hatte, stand ebenfalls auf und holte tief Luft. »Also sollten wir herausfinden, wie Lührsen mit den beiden Familien in Verbindung stand. Vielleicht gibt es noch mehr Akten, die uns helfen könnten. Und wenn wir Glück haben, finden wir etwas, das uns die Schlüsselperson hinter all dem zeigt.«

»Das ist der Plan«, bestätigte Kruse. »Wir müssen tiefer in die Gemeindearchive eintauchen. Noch gibt es Lücken, die wir füllen müssen, bevor die Wahrheit ans Licht kommt. Ich werde mich morgen mit dem örtlichen Archivverwalter in Verbindung setzen. Aber für heute ist es an der Zeit, die letzten Puzzleteile zu suchen. Die Chronik der alten Steinofenbäckerei könnte uns ein weiteres Indiz geben. Wenn es dort Aufzeichnungen über die Schillers gibt, könnten wir mehr erfahren.«

»Und ich werde einen Blick in die alten Geschäftsbücher werfen«, sagte Heiner nachdenklich. »Vielleicht sind dort weitere Hinweise zu finden, die uns zum Ziel führen.«

»Gut«, sagte Kruse und griff nach seinem Jackett. »Dann treffen wir uns morgen früh hier, und jeder von uns geht seinen eigenen Spuren nach. Aber eines ist sicher: Wir sind auf der richtigen Fährte. Der neue Ball im Spiel, die Familie Lührsen, hat ihre Geheimnisse, und wir werden sie aufdecken.«

Mit einem letzten Blick auf die alten Akten und einer letzten, entschlossenen Geste verließ Kruse das Gemeindearchiv. Theda und Heiner sahen ihm nach, wissend, dass sie sich auf einen schwierigen, aber faszinierenden Tag vorbereiteten, an dem möglicherweise das Geheimnis der Familie Lührsen und ihrer Verstrickungen mit den Schillers und Johannsons ans Licht kommen würde.

Theda schwieg – vorläufig.

10

»Die junge Tochter unseres damaligen Bäckergesellen Schiller war guter Hoffnung – und zwar von einem fremden Bauarbeiter, der hier an der großen Schwebefähre arbeitete«, begann Käthe Dressler mit fester Stimme. »Und nun sagen Sie mir, Herr Kommissar, was glauben Sie wohl, wie so etwas in einem kleinen, konservativen Ort wie unserem aufgenommen wurde? Ein junges Mädchen, ledig und schwanger – das war damals eine Schande. Eine riesengroße Schande für die ganze Familie.«

Sie pochte mit ihrem kräftigen Zeigefinger nachdrücklich auf ein dickes, in braunes Leder gebundenes Buch. Es war die sorgsam geführte Hauschronik der altehrwürdigen Steinofenbäckerei Dressler, randvoll mit Erinnerungen, Klatsch – und handfesten Fakten.

Kruse lehnte sich leicht vor. »Steht in diesem aufschlussreichen Buch vielleicht auch, wohin die Familie Schiller damals gegangen ist?«, fragte er mit wachsender Dringlichkeit.

»Ja, Herr Kommissar, das steht hier tatsächlich… einen kleinen Moment bitte.« Behutsam begann Käthe, die vergilbten Seiten durchzublättern. Die Buchdeckel knarrten leise, als das schwere Werk sich Stück für Stück öffnete, wie eine Truhe voller alter Wahrheiten. Es dauerte ein paar Minuten, bis sie innehielt und mit dem Finger auf eine bestimmte Passage deutete.

»Hier, bitte schön«, sagte sie schließlich. »Sie sind damals nach Hechthausen gezogen.«

Dann wurde ihr Blick plötzlich ernst, beinahe nachdenklich. »Und wissen Sie, was das Seltsame ist, Herr Kommissar?«, fügte sie leise hinzu und sah Kruse direkt in die Augen. »Erst jetzt, wo Sie mich so direkt danach fragen, fällt es mir wieder ein – als wäre es gestern gewesen.«

Kruses kriminalistische Antennen standen nun endgültig auf Empfang. Er legte seinen Kugelschreiber zur Seite, verschränkte die Hände vor sich und sah Käthe Dressler aufmerksam an.

»Als ich noch ein kleines Mädchen war – acht oder neun vielleicht – stellte mein Vater eines Tages einen neuen Bäckergesellen ein«, begann die Bäckerin mit leicht entrücktem Blick. »Und dieser neue Geselle hieß tatsächlich auch Schiller. Zufall? Ich glaube kaum.«

Kruse zog die Stirn kraus. »Ich persönlich halte ebenfalls nicht viel von solchen Zufällen, Frau Dressler. Können Sie sich erinnern – oder steht es vielleicht sogar in Ihrer Hauschronik –, ob es eine direkte Verbindung zu Alfred Schiller gab? Dem Bäckergesellen, von dem wir wissen, dass er mit Frau und Kind nach Hechthausen zog?«

Käthe wiegte leicht den Kopf. »Ehrlich gesagt: nein. Ich weiß es nicht mit Sicherheit. Ich hab natürlich über all die Jahre nicht jede einzelne Zeile in dem Buch gelesen«, gab sie offen zu. »Aber wenn Sie möchten, Herr Kommissar, können Sie es gern mitnehmen. Vielleicht finden Sie ja etwas, das Ihnen weiterhilft.«

Mit beiden Händen schob sie das schwere, in Leder gebundene Werk über den altmodischen Verkaufstresen. Kruse schlug es auf und blätterte eine Weile gedankenverloren durch die eng beschriebenen Seiten. Die altdeutsche Sütterlinschrift flimmerte vor seinen Augen wie ein kryptisches Mosaik – für ihn kaum entzifferbar, wie Hieroglyphen.

»Vielen Dank, Frau Dressler«, sagte er schließlich, schloss das Buch behutsam und verließ die traditionsreiche Steinofenbäckerei mit einem ganzen Bündel neuer, aber auch verwirrender Fragen. Eines jedoch war nun sicher: Hechthausen – dieser Name fiel nun zum zweiten Mal. *Aber warum fiel nicht Stade?*

Zurück im verstaubten Gemeindearchiv warteten Theda und Heiner noch immer geduldig auf seine Rückkehr. Zwischen aufgeklappten Ordnern und vergilbten Dokumenten hatten sie weitergeforscht – und offenbar Interessantes zutage gefördert.

»Herr Kruse, gut, dass Sie wieder da sind!«, begrüßte ihn Theda mit spürbarer Erleichterung. »Wir sind auf einen neuen Eintrag gestoßen, der in diesem Fall entscheidend sein könnte.«

»Sehr schön, Frau Doktor. Ich habe auch einige Puzzleteile eingesammelt – aber erzählen Sie ruhig zuerst, was Sie herausgefunden haben«, entgegnete Kruse, der sich sofort wieder ganz in den Fall vertiefte.

»Im Jahr 1932«, begann Theda, »ließ sich hier in Osten erneut ein Mann mit dem Namen Schiller nieder. Und – das ist der springende Punkt – er war, genau wie Alfred, Bäcker von Beruf.«

Sie deutete auf einen klaren Eintrag im alten Melderegister.

Kruse trat näher, seine Augen wanderten über die sorgsam eingetragenen Daten. Ein zweiter Schiller. Und wieder ein Bäcker.

»Jetzt wird es wirklich interessant«, murmelte er. »Vielleicht ist dieser Schiller zurückgekommen. Oder es war sein Sohn.«

»Das deckt sich ja auf erstaunliche Weise mit dem, was in der Chronik der Bäckerei Dressler steht«, murmelte Kruse und legte das schwere, in Leder gebundene Buch auf den staubigen Tresen des Archivs.

»Das ist ja phänomenal!« Theda beugte sich ehrfürchtig über das alte Werk, ihre Augen glänzten vor Begeisterung. »Sie haben die Hauschronik? Aber warum, zum Kuckuck, hat mir Frau Dressler nur einen kurzen Einblick gewährt, als ich mit ihr sprach? Hatte sie etwa Angst, ich könnte ihre geheimen Backrezepte entwenden?«

Heiner schnaubte verächtlich. »Wer lässt sich schon gern in die Karten schauen? Gerade die alteingesessenen Familien hier haben nicht selten mehr Dreck am Stecken als der Misthaufen hinterm Kuhstall.«

Der Unterton in seiner Stimme war unmissverständlich. Und Theda wusste genau, worauf er hinauswollte: Das sie gelogen hatte. Dass sie die Chronik nur deshalb in Händen hielt, weil Frau Dressler sie Kruse ausgehändigt hatte – und ihr selbst das Vertrauen verweigert hatte.

Theda fuhr ihn plötzlich scharf an: »Du spielst schon wieder auf dieses dunkle Kapitel unserer Geschichte an, nicht wahr? Und ja, wer damals überleben wollte, der tanzte mit dem Wind. Auch wenn es schwerfiel, die eigene Überzeugung zu verraten – das Wohl der Familie stand an erster Stelle. Es wurden Entscheidungen getroffen, für die sich heute keiner mehr rühmt. Aber sie mussten getroffen werden, um durchzukommen.«

Dann senkte sich ein kalter Schatten über ihre Stimme. »Wie war das eigentlich mit deiner Familie, Heiner?«

Die Worte trafen ihn wie ein Stich. Jeder im Raum wusste, dass Theda um die unrühmliche Rolle der Familie Kunz während des Dritten Reiches wusste – ein Thema, das Heiner mit aller Kraft verdrängte.

»Was glaubst du eigentlich, warum sich dein Vater damals geopfert hat? Damit deine Mutter euch Kinder durchbringen konnte!«

»Hör auf!«, brüllte Heiner plötzlich. Seine Stimme war heiser, sein Gesicht aschfahl. Ohne ein weiteres Wort stürmte er aus dem stickigen Archiv. Die schwere Tür fiel mit einem lauten Knall hinter ihm ins Schloss.

Einen Moment lang herrschte vollkommene Stille.

»Wow«, sagte Kruse trocken und ließ den Blick zwischen Theda und der geschlossenen Tür schweifen. »War das wirklich nötig, Frau Liebknecht?«

Theda rang nach Luft, ihre Hände zitterten leicht. »Entschuldigen Sie, Herr Kommissar, das ist mit mir durchgegangen. Es stößt mir sauer auf – verzeihen Sie meine Ausdrucksweise –, dass dieser verdammte Teil unserer Geschichte immer noch so geflissentlich ausgeblendet wird. Auch hier«, sie deutete mit fahriger Hand auf die alten, verstaubten Aktenschränke, »findet sich kaum ein Hinweis auf diese dunkle Zeit. Wurde damals tatsächlich nichts dokumentiert? Oder hat man alles Belastende systematisch verschwinden lassen?«

Kruse kratzte sich nachdenklich am Kinn. »Vielleicht ist das in manchen Fällen besser so, Frau Liebknecht. Vielleicht würden wir viele Menschen – und vieles von dem, was wir für sicher halten – mit ganz anderen Augen sehen, wenn wir alles wüssten. Und nicht unbedingt mit wohlwollenderen.«

Theda sah ihn überrascht an. »So eine… weise Antwort hätte ich Ihnen ehrlich gesagt nicht zugetraut, Herr Kommissar. Mich jedenfalls lässt das nicht los. Ich will diese Spuren finden – koste es, was es wolle. Aber wo ich auch recherchiere, in welcher Ortschaft ich auch frage – überall dasselbe Bild. Schweigen. Leere. Vergessen oder Verdrängen.«

Kruse nickte bummelig.

»Man müsste mit den Alten sprechen. Wenn sie noch bereit sind, zu erzählen. Ihre Erinnerungen aufzeichnen – bevor sie mit ihnen verschwinden. Vielleicht ergibt sich so irgendwann ein vollständigeres Bild. Eines, das unsere Sichtweise verändert. Vielleicht bringt es Verständnis. Vielleicht Abscheu. Vielleicht beides.«

Er schwieg kurz.

Auch in seiner eigenen Familie gab es Lücken, die sich nie hatten füllen lassen. Was sein Vater während des Krieges getan hatte, wusste er bis heute nicht. Er war als unauffälliger Finanzbeamter in den Ruhestand gegangen. Hatte nie an der Front gekämpft, das war sicher. Aber darüber hinaus? Nichts. Seine Mutter war schweigsam gewesen, der Vater verschlossen. Beide hatten ihre Vergangenheit mit ins Grab genommen.

Kruse räusperte sich und brach das bedrückende Schweigen. »Ich denke, ich werde morgen nach Hechthausen fahren. Vielleicht finden sich dort die fehlenden Puzzleteile – irgendetwas, das uns weiterbringt im Fall Marie Schiller.«

Theda hob ruhig, aber mit funkelnden Augen den Kopf. »Das wird sich erübrigen, Herr Kommissar.«

Sie reichte ihm ein dünnes, sorgfältig abgeheftetes Blatt. »Hier – eine Abschrift der Geburtsurkunde von

Gerhard Schiller, dem Bäckergesellen. Geboren in Stade. Die Mutter? Marie. Und beim Vater…« Sie machte eine kurze Pause, dann sprach sie den Namen mit leiser Genugtuung aus: »August Johannson. Schwarz auf weiß.«

»Das… das ist ja… unglaublich!«, entfuhr es Kruse, als seine Augenbrauen sich beinahe bis zum Haaransatz hoben.

»So steht es hier, Herr Kommissar«, bestätigte Theda ruhig und deutete mit einem fast triumphierenden Finger auf die makellose Abschrift, die das offizielle Siegel des Standesamtes der ehrwürdigen Hansestadt Stade zierte.

Kruse starrte auf das Dokument, als könnte er es nicht ganz fassen. »Dann war Hechthausen lediglich eine Zwischenstation oder nur vorgetäuscht. Und wir haben es in diesem vertrackten Fall also tatsächlich mit zwei völlig eigenständigen Motiven zu tun – jedes für sich schon mehr als stichhaltig.«

Er fuhr sich nachdenklich mit der Hand durchs Gesicht. »Und dieser unauffällige Oskar Schiller… gehört der auch zu dieser verzwickten Familie?«, fragte er schließlich, als würde er die Antwort bereits ahnen.

»Aber selbstverständlich, Herr Kommissar. Oskar ist ein direkter Nachfahre, der Sohn von Gerhard Schiller – das belegen diese Unterlagen eindeutig«, antwortete Theda, während sie Kruse mit sichtbarem Stolz ihre sorgfältig zusammengestellten Rechercheergebnisse überreichte.

Kruse nickte anerkennend. »Sehr gute Arbeit, Frau Doktor Liebknecht. Das war echte Detektivarbeit – Sie haben wirklich etwas gut bei mir.«

Theda lächelte verschmitzt.

»Ach was, das ist längst ausgeglichen. Diese faszinierende Familienchronik war Lohn genug.« Ihre Finger strichen sanft über das raue, alte Leder des dicken Buches, beinahe so, als wolle sie sich bei ihm für die gewonnenen Erkenntnisse bedanken.

Kruse schob den Stuhl zurück und erhob sich. »Dann werde ich wohl noch einmal ganz in Ruhe mit unserem Herrn Oskar Schiller sprechen müssen. Und danach…« – er machte eine kurze Pause – »… auch mit dem blitzsauberen Bürgermeister und seinem Strippenzieher im Hintergrund. Die Herren sind mir nach wie vor ein paar Antworten schuldig.«

Sein Blick verriet Entschlossenheit, aber auch Müdigkeit.

Der Tag war lang gewesen.

»Machen wir für heute Schluss, Frau Doktor. Ich lade Sie zum Abendessen ein – in den Fährkrug. Wie wär's?«, schlug Kruse vor, nicht ohne einen Anflug von Charme.

Theda sah ihn überrascht an, dann hellte sich ihr Gesicht auf. »Sehr gern. Ich hätte da sowieso ein paar unbequeme Fragen an Sie, Herr Kommissar – abseits der Dienstordnung.«

***

Wilhelm Richter, der verschmitzte Wirt des Fährkrugs, geleitete seine illustren Gäste mit einer Mischung aus Stolz und professioneller Geschmeidigkeit in den lichtdurchfluteten Speisesaal. Der Raum erinnerte an einen eleganten Wintergarten, durch dessen großzügige Fensterfronten sich ein malerischer Blick auf den gemächlich dahinströmenden Fluss bot – und auf das Wahrzeichen der Region: die ehrwürdige Schwebefähre, die wie ein stählerner Koloss in graziler Bewegung schwebte.

Draußen war Hugo, der geruhsame Fährmann, wie immer bei der Arbeit. Unermüdlich steuerte er die wuchtige Gondel, auf der Menschen, Fahrräder und klapprige Kleinwagen gleichermaßen Platz fanden, sicher von einem Ufer zum anderen. Mit einem sanften, dumpfen Schlag setzte das Gefährt an der Anlegestelle auf. Die knarrende Schranke öffnete sich, die Fähre entließ ihre bunte Ladung, nur um im nächsten Moment neue Passagiere aufzunehmen. Ein endloses Schauspiel – fast meditativ in seiner Gleichmäßigkeit, wie ein Atemzug des Flusses selbst.

»Möchten Sie schon etwas zu trinken bestellen?«, fragte Wilhelm mit seinem geschulten Blick, der jede Regung seiner Gäste registrierte, und riss Kruse damit aus seinen stillen Gedanken.

»Ein frisches Bier, bitte«, murmelte der Kommissar, noch halb versunken in der Szenerie draußen. Doch Wilhelm verstand ihn sofort – sein Gehör war schärfer, als man ihm zutraute. Theda entschied sich für ein Glas vollmundigen Rotwein, während auch Heiner ein kühles Bier orderte. Kruse winkte ab. »Suchen Sie sich ruhig etwas Gutes aus – die Runde geht auf mich.«

Die Getränke ließen nicht lange auf sich warten. Und dann staunte Kruse nicht schlecht, als er die Bedienung erkannte.

»Adele? Sie hier?«

Die Frau lächelte matt, ein wenig gequält, wie jemand, der lieber woanders wäre. »Ach, Herr Kommissar, in Osten ist gerade Schützenfest. Da braucht man jede helfende Hand. Und Sie wissen ja – unter Kollegen hilft man sich. Man kennt sich, man vertraut sich.«

Mit geübter Hand verteilte sie die Getränke auf dem Tisch. Als sie Kruses Bier abstellte, beugte sie sich unauffällig zu ihm hinunter, die Lippen kaum sichtbar bewegt, ihre Stimme kaum hörbar.

»Sie sollten sich vielleicht mal ganz unverbindlich in der Gaststube blicken lassen, Herr Kommissar. Die selbsternannte feine Gesellschaft von Osten hat sich dort versammelt – und prostet sich fröhlich zu. Wer weiß, was Sie dort alles erfahren könnten…«

Kruses Blick blieb für einen Moment an ihr hängen. Dann nickte er kaum merklich.

Der Kommissar ließ sich von der plötzlichen Stille nicht beirren. Im Gegenteil – er genoss diesen Moment der

Spannung, wie ein Schauspieler, der die Bühne betritt und weiß, dass jeder Blick ihm gilt. Gemächlich trat er weiter in die Gaststube hinein, die Tür schloss sich langsam hinter ihm, dumpf klickend. Der Zigarettenqualm hing schwer in der Luft, der Geruch von Alkohol und billigem Rasierwasser vermischte sich zu einer schwülen Wolke, die sich auf Kruses Kleidung legte wie ein nasses Tuch.

Er ließ seinen Blick schweifen.

Alteingesessene Gesichter, rotgesichtig vom Alkohol und belebt von der schieren Lust am Fest, wandten sich unruhig ab, sobald sein Blick sie traf. Andere hingegen hielten seinem Blick stand – abwartend, prüfend, mit einem Unterton von Trotz. Und da war er: Bürgermeister Gronheim. Breitbeinig, selbstzufrieden, mit aufgedunsener Miene und einem abgetragenen Lodenjanker, der den Eindruck von Bodenständigkeit nur notdürftig über die Selbstherrlichkeit kaschierte. Neben ihm – wie ein Schatten – sein Strippenzieher: Gastwirt Wilhelm Richter, fett und aufgedunsen wie eine Schlange nach einem Festmahl.

»Na, das ist ja mal eine illustre Runde«, sagte Kruse mit gespielter Bewunderung und blieb mitten im Raum stehen, die Hände locker in die Seiten gestützt. »Schön zu sehen, dass in Osten noch gefeiert wird wie in alten Zeiten. Vielleicht sogar… ganz alten Zeiten, was?«

Ein paar verhaltene Lacher, doch die Spannung blieb. Gronheim erhob sich langsam, strich sich mit der Hand über das leicht verschwitzte Haar und lächelte dünn. »Herr Kriminalkommissar – was für eine Überraschung. Ich hoffe, Sie wollen uns nicht die Stimmung verderben.«

»Im Gegenteil, Herr Bürgermeister. Ich wollte nur mal sehen, ob die feine Gesellschaft auch so feiert, wie sie sich sonst gibt. Und ich muss sagen, ich bin nicht enttäuscht.«

Wilhelm schob sich vor, als wolle er den Bürgermeister abschirmen. »Haben Sie eine dienstliche Veranlassung für Ihren Besuch, Herr Kommissar?«

Kruse trat einen Schritt näher, bis er direkt vor den beiden stand. »Ach, nichts Konkretes. Noch nicht. Aber Sie wissen ja – man hört hier und da ein Flüstern, manchmal auch ein lautes Lachen. Und gelegentlich, wenn man genau hinschaut, erkennt man zwischen all dem Rauch und dem Bier auch die Risse im Lack.«

Der Bürgermeister schwieg.

Wilhelm schluckte.

Kruse lächelte schmal. »Na dann, feiern Sie schön weiter. Und trinken Sie einen auf mein Wohl.«

Er wandte sich um, ließ sie mit ihren unsichtbaren Sorgen zurück.

Er atmete tief durch.

Wilhelm stand nun wie ein unbeweglicher Fels hinter dem blank polierten Tresen und zapfte mit abgeklärter Ruhe ein Bier nach dem anderen. »Auch eins, Herr

Kommissar?«, fragte er beiläufig, ohne den Blick vom schäumenden Zapfhahn zu lösen.

»Sehr gern«, erwiderte Kruse. Seine Augen begannen bereits leicht zu tränen, und er fragte sich unwillkürlich, wie man es als Wirt oder Kellner in diesem dichten Qualm Tag für Tag aushalten konnte. Doch er wusste nur zu gut, dass bei einem kühlen Bier und einer Zigarette oft Wahrheiten ans Licht kamen, die im nüchternen Zustand niemals ausgesprochen würden.

Wilhelm schob ihm wortlos ein frisch gezapftes Glas entgegen. »Zum Wohl, Herr Kommissar«, sagte er knapp, ehe er mit einem vollen Tablett geschäftig zu einem der lärmenden Tische entschwand. Kruses Blick folgte aufmerksam den routinierten Bewegungen des Wirts. Inzwischen hatte sich das allgemeine Interesse an seiner Person wieder gelegt. Die Gäste waren längst erneut in ihre hitzigen Diskussionen vertieft.

Lautstark wurde spekuliert, wer wohl in diesem Jahr die Ehre haben würde, Schützenkönig von Osten zu werden – und wer die glückliche Dame an seiner Seite als Königin. Am überfüllten Stammtisch entdeckte Kruse seinen Ostener Kollegen Günter Dunkelmann. Neben ihm saß Meinhard Steffen, der angesehene Landarzt des Ortes. Für einen flüchtigen Moment spielte Kruse mit dem Gedanken, den redseligen Doktor nach dem Fest noch einmal diskret aufzusuchen. Er war sich sicher, dass dieser ihm haarklein berichten könnte, was am Stammtisch so alles zur Sprache gekommen war.

Doch ebenso schnell, wie der Gedanke gekommen war, verwarf er ihn wieder.

Der nervöse Apotheker Rupert Möller saß direkt neben dem Arzt und spielte fahrig mit einem feuchten Bierdeckel. Ihm gegenüber thronte der besonnene Pastor Lukas Altmann, der den zappelnden Apotheker mit einem Ausdruck leiser Sorge beobachtete.

Währenddessen war Bürgermeister Edmund Gronheim in eine angespannte, fast schon aggressive Diskussion mit den beiden einflussreichen Altendorfer Großbauern Fritz Fuhrmann und Klemens Ungar verwickelt. Etwas abseits, aber keineswegs unbeteiligt, saß der stille Oskar Schiller. Regungslos, mit versteinertem Gesichtsausdruck, nippte er an seinem beinahe leeren Bierglas. Kruse hätte in diesem Moment nur zu gern in die wirren Gedanken dieses undurchschaubaren Mannes geblickt.

An einem etwas abseits gelegenen Tisch entdeckte Kruse den geschwätzigen Ewald Gruneberg, der sich angeregt mit einem weiteren Schützenbruder unterhielt, den Kruse nicht kannte. Bei jeder ihrer lebhaften Gesten klimperten die glänzenden Orden und bunten Abzeichen an ihren festlichen Schützenjoppen wie ein kleines, aufgeregtes Glockenspiel. Die übrigen feiernden Gäste blieben dem erfahrenen Kriminalbeamten weiterhin fremd. Er wandte seinen Blick zurück zum Stammtisch und nahm einen kräftigeren Schluck aus seinem angenehm kühlen Bierglas.

Plötzlich traf ihn Oskar Schillers Blick – unsicher, beinahe tastend. Für einen Moment, kurz und eigenartig still, verharrten ihre Augen ineinander verschränkt.

Kruse nickte kaum merklich.

Zu seiner Überraschung hob Oskar daraufhin zögerlich den Arm und winkte ihm auffordernd zu.

»Kommen Sie doch rüber, Herr Kommissar, wir rücken ein wenig zusammen!«, rief er unerwartet laut durch den verrauchten Raum.

»Vielen Dank für die freundliche Einladung, Herr Schiller, aber mein bestelltes Essen wartet bereits auf mich«, entgegnete Kruse höflich. Er ahnte, dass sich am Stammtisch vornehmlich über Belanglosigkeiten ausgetauscht wurde – Themen, die seine Ermittlungen kaum voranbringen würden. Zumindest so lange, wie er im Raum war. Mit scharfen Augen ließ er seinen Blick suchend durch den dichten Qualm der Gaststube gleiten, auf der Suche nach dem Wirt. Doch Wilhelm Richter war nirgends zu sehen. Irgendwann musste er sich unbemerkt aus dem Raum geschlichen haben.

Was Kruse in diesem Augenblick nicht wissen konnte: Wilhelm hatte sich längst zu Theda und Heiner in die ruhigere Veranda gesellt. Überraschend stellte sich heraus, dass Theda den schlitzohrigen Wirt noch aus früheren Tagen kannte – aus Zeiten, über die beide offenbar nur selten sprachen. Wilhelm vertraute der Heimatforscherin sichtlich, doch was er von dem aufmerksamen Heiner Kunz halten sollte, war ihm nicht klar. Dessen durchdringender Blick schien direkt in ihn hineinzuleuchten, bis in die hintersten Winkel seiner Seele. Fast so, als wollte der Mann seine verborgensten Gedanken aufdecken – oder seine dunklen Geheimnisse.

Wilhelms Augen zuckten unruhig hin und her, suchten Thedas Blick wie ein Ertrinkender nach einer rettenden Hand.

Sie verstand.

»Heiner, mein Lieber, würdest du uns für einen Moment allein lassen? Ich muss dringend mit Wilhelm sprechen«, bat sie ruhig, aber bestimmt.

Heiner hatte die stummen Signale des nervösen Wirtes natürlich längst bemerkt. Widerwillig und mit einem letzten, prüfenden Blick erhob er sich schließlich und verließ schweigend die Veranda.

»Theda, ich brauche dringend deine aufrichtige Hilfe. Hier in Osten geht etwas vor, das ich weder gutheißen kann, noch länger stillschweigend hinnehmen will«, flüsterte Wilhelm mit belegter Stimme. Seine Hand fuhr fahrig in die Brusttasche seines karierten Hemdes, aus der er einen abgenutzten Kugelschreiber hervorzog. Mit zittrigen Fingern kritzelte er hastig ein paar Zeilen auf einen von Feuchträndern durchweichten Bierdeckel.

»Bitte, Theda – hilf mir. Es ist ernst«, flehte er leise und schob ihr den beschrifteten Deckel unauffällig über den Tisch zu. Dann wandte er sich abrupt ab und verschwand mit schnellen Schritten in Richtung der lärmenden Gaststube.

Beinahe stieß er im Türrahmen mit Kruse zusammen, der gerade im Begriff war, die Gaststube zu verlassen. Wilhelm wich erschrocken einen Schritt zurück und wartete, bis der Kommissar direkt neben ihm stand. Dann drückte er die Tür rasch ins Schloss.

»Herr Kommissar, dürfte ich Sie um ein offenes Wort bitten?«, fragte er mit ungewohnt dringlicher Stimme – eine Dringlichkeit, die Kruse sofort aufhorchen ließ.

»Natürlich, Herr Richter. Wenn Sie etwas wissen, das für meine Ermittlungen von Bedeutung ist, dann raus damit«, erwiderte Kruse ruhig, aber gespannt. Der wortkarge Wirt war sonst nicht eben bekannt für Redseligkeit – umso mehr ließ seine plötzliche Offenheit aufhorchen.

Wilhelm nickte knapp, öffnete eine unscheinbare Tür gegenüber der Gaststube und bedeutete Kruse, ihm zu folgen. Dahinter lag sein kleines Büro – karg möbliert, kaum beleuchtet, mit einem schweren Geruch nach feuchtem Papier und altem Mauerwerk. Die Akten auf dem überladenen Schreibtisch stapelten sich kreuz und quer, als würde das Holz unter ihrer Last stöhnen. Kruse hatte unwillkürlich das Gefühl, als hätten die Mauern hier zu viele Gespräche mitgehört – und sich jedes Wort gemerkt.

Als Wilhelm die Tür leise schloss, wurde es unheimlich still. Kein Laut aus der Gaststube drang mehr herein. Es war, als hätte man die Welt für einen Moment ausgesperrt.

»Bitte, nehmen Sie Platz, Herr Kommissar«, sagte Wilhelm überraschend höflich und deutete auf einen schlichten Holzstuhl, der verlassen in einer dunklen Ecke stand. Mit schnellen, fast fahrigen Bewegungen räumte er einen Stapel vergilbter Papiere vom Sitz und balancierte ihn auf den ohnehin schon überfüllten Schreibtisch. Das alte Möbelstück ächzte unter der Last – hielt aber stand.

Kruse setzte sich und verschränkte die Arme.

»Nun, Herr Richter – was genau haben Sie mir so Dringendes mitzuteilen?«, fragte er ruhig. Sein Schollenfilet war mit Sicherheit inzwischen kalt, das Bier schal – doch sein Instinkt sagte ihm, dass dieses Gespräch weitaus gehaltvoller werden würde.

»Herr Kommissar… Herr Kruse… ich weiß nicht, welches Bild Sie sich von mir gemacht haben, aber glauben Sie mir – das da draußen, das bin nicht ich. Das ist nicht der wahre Wilhelm Richter«, begann der Wirt mit gepresster Stimme. »Diese feinen Pinkel am Stammtisch, diese ehrenwerten Herren – sie haben mich fest in der Hand. Wenn ich nicht nach ihrer verdammten Pfeife tanze, ist der Fährkrug Geschichte. Dann kann ich dichtmachen. Für immer. Verstehen Sie das nicht?« Seine Worte kamen hastig, getrieben von einem fast greifbaren Druck, durchsetzt mit der Verzweiflung eines Mannes, der viel zu lange geschwiegen hatte.

Kruse blieb ruhig.

Nur seine Augen, wachsam wie eh und je, registrierten jedes nervöse Zucken, jedes Ausweichen des Blicks.

»Ehrlich gesagt, Herr Richter – im Moment verstehe ich gar nichts«, sagte er leise, doch seine Stimme war wie ein Haken, der sich langsam tiefer zog. »Was genau haben diese Herren gegen Sie in der Hand? Womit zwingen sie Sie zum Schweigen?«

Wilhelm sackte in sich zusammen, als wolle er im morschen Dielenboden versinken. Der Wirt, der sonst mit fester Stimme und breitem Kreuz durch seine Gaststube schritt, war nur noch ein Schatten seiner selbst – gebeugt, gezeichnet, gebrochen. Für Kruse stand in diesem Moment fest: Dieser Mann war kein Drahtzieher. Auch er war nur eine Marionette. Aber wer, verdammt noch mal, hielt die Fäden?

»Ich… ich hab's gesehen«, stammelte Wilhelm plötzlich, seine Stimme kaum mehr als ein Hauch. »Ich hab gesehen, wie Oskar… wie Oskar Johannson das Genick gebrochen hat.«

Kruses Blick veränderte sich schlagartig – jetzt war er ganz beim Wirt, ganz im Moment.

»Ich war oben… im ersten Stock, wollte gerade das Schlafzimmerfenster schließen… da hab ich's gesehen. Ganz genau«, fuhr Wilhelm fort, nun schneller, gehetzter, als müsste er alles noch herausbringen, bevor ihn der Mut verließ.

Er schilderte die Szene in verstörend präzisen Bildern – jede Bewegung, jedes Knacken, jede brutale Geste, die sich ihm eingebrannt hatte. Worte, die wie rostige Nägel in der Stille des Raumes hallten.

Als er schließlich geendet hatte, atmete Wilhelm hörbar durch. Seine Schultern richteten sich ein wenig auf, als hätte die Last, die er so lange getragen hatte, endlich ein wenig nachgegeben.

»Was… was werden Sie nun tun, Herr Kommissar?«, fragte er mit einem Anflug von Sorge – und vielleicht auch Hoffnung.

Kruse antwortete nicht sofort.

Er lehnte sich zurück, verschränkte die Arme und ließ seinen Blick ruhig auf Wilhelm ruhen. In seinem Kopf arbeiteten die Gedanken wie Zahnräder in einem alten Uhrwerk. Konnte er diesem Mann wirklich glauben?

Wilhelm wirkte ehrlich. Zu ehrlich fast – seine Stimme zitterte nicht gespielt, seine Hände waren feucht, seine Augen mieden den direkten Blickkontakt wie ein Schuljunge beim Geständnis. Aber Kruse hatte im Laufe seiner Dienstjahre schon viele gesehen, die meisterhaft lügen konnten, während sie scheinbar die reine Wahrheit erzählten.

Die Geschichte war schlüssig, passte in das wirre Puzzle, das sich um den Tod von Johannson spannte. Und doch… war sie zu perfekt? Zu dramatisch?

Kruse stand langsam auf, trat ans Fenster und warf einen flüchtigen Blick hinaus in die Dunkelheit, die sich schwer über das Dorf gelegt hatte. Dann drehte er sich wieder zu Wilhelm um.

»Ich weiß nicht, ob ich Ihnen glauben will, Herr Richter«, sagte er schließlich leise, aber mit Nachdruck. »Aber ich werde es prüfen. Und wenn auch nur die Hälfte von dem stimmt, was Sie mir gerade gesagt haben… dann wird es hier bald ungemütlich. Für viele.«

Er trat näher an den Wirt heran, beugte sich leicht vor.

»Sollten Sie mich angelogen haben, sollten Sie mir hier Theater vorgespielt haben – dann sind Sie der Nächste, der Probleme bekommt. Das schwöre ich Ihnen.«

Wilhelm schluckte schwer, aber er nickte. Kein Schauspiel diesmal – Kruse spürte es.

»Bleiben Sie die nächsten Tage besser im Hintergrund. Und reden Sie mit niemandem. Kein Wort, nicht einmal mit ihren Freunden. Haben wir uns verstanden?«

»Ja… Herr Kommissar. Ich verstehe.«

Kruse nickte knapp.

»Mit einer so klaren Anschuldigung, Herr Richter… werde ich Herrn Schiller natürlich festnehmen müssen. Da führt kein Weg dran vorbei.« Seine Stimme war ruhig, fast bedauernd. Dann wurde sie schärfer. »Was ich mich allerdings frage, ist: Warum erst jetzt? Warum dieses lange Schweigen?«

Wilhelms Blick flackerte.

»Weil sie mir gedroht haben. Weil sie mir Angst gemacht haben. Diese Männer… sie haben Macht. Sie sagten, eine Krähe hackt der anderen kein Auge aus. Und falls doch…« – er fuhr sich mit zitterndem Zeigefinger über die Kehle, eine langsame, schneidende Geste – »dann zack. Sie wissen schon.«

»Ich verstehe, Herr Richter. Danke für Ihre Offenheit«, sagte Kruse, während sein prüfender Blick unbeirrt auf dem Wirt ruhte. »Wären Sie bereit, Ihre Aussage auch offiziell zu Protokoll zu geben – und später, vor Gericht, unter Eid zu bezeugen? Das wäre entscheidend für den weiteren Verlauf der Ermittlungen.«

»Als aufrechter, gesetzestreuer Bürger dieses Landes ist es doch meine verdammte Pflicht, zur Wahrheitsfindung beizutragen, Herr Kommissar«, erwiderte Wilhelm mit ungewohnter Entschlossenheit in der Stimme. Etwas von seinem lange verschütteten Selbstbewusstsein schien in diesem Moment zu ihm zurückzukehren.

Kruse nickte kaum merklich.

»Eine letzte Frage hätte ich noch. Wissen Sie etwas über die angeblichen Schmiergelder, die im Vorfeld des Brückenbaus geflossen sein sollen? Es heißt, da seien einige recht dunkle Kanäle im Spiel gewesen…«

Wilhelm zögerte.

Seine Augen flackerten unruhig durch den Raum, als suchten sie nach einer Lücke im Mauerwerk, durch die er sich drücken könnte. »Herr Kommissar… da sind tatsächlich Dinge gelaufen, die… sagen wir mal… sich kein normaler Mensch auch nur im Entferntesten vorstellen kann. Kommen Sie doch morgen Vormittag wieder her. Dann reden wir in Ruhe weiter.«

Mit einem sichtbar erleichterten Seufzer erhob sich Wilhelm von seinem harten Stuhl und verschwand ohne weitere Worte durch die Tür zurück in die lärmende Gaststube.

Kruse blieb noch einen Moment in der Tür stehen und sah Wilhelm nach, wie er sich mit einem angestrengt freundlichen Lächeln unter die lärmende Gesellschaft mischte, als sei nichts geschehen. Für einen kurzen Augenblick bewunderte Kruse die Disziplin, mit der der Wirt seine Rolle weiterspielte. Doch er wusste nun: Hinter dieser Fassade aus Routine und Schweigen brodelte es gewaltig.

Er atmete tief durch, fuhr sich gedankenverloren über das Kinn und kehrte dann mit bedächtigen Schritten zurück zur Veranda. Theda blickte sofort auf, als er näherkam, ihre Augen suchten in seinem Gesicht nach Hinweisen – auf Erfolg, auf Gefahr, auf das, was als Nächstes kam.

Auch Heiner richtete sich auf.

Kruse ließ sich mit einem leisen Knarren auf seinen Stuhl sinken. »Wir machen Fortschritte«, sagte er knapp, kaum lauter als nötig. »Aber wir stehen auf einem wackeligen Seil. Und unter uns ist kein Netz.«

Theda wollte etwas sagen, doch Kruse hob leicht die Hand. »Morgen früh gibt es mehr. Wilhelm ist gesprächsbereit. Sehr sogar. Aber wir müssen vorsichtig sein. Hier läuft ein Spiel, das größer ist, als es auf den ersten Blick scheint. Und ich will nicht, dass einer von uns dazwischen zerquetscht wird.«

Heiner nickte langsam, aber sein Blick blieb wachsam. Theda legte die Hände um ihr Glas, als müsse sie sich an dessen Restwärme festhalten. »Herr Kruse, ich muss Ihnen unbedingt etwas Wichtiges sagen«, begann sie mit einer besorgten Miene und beugte sich leicht über den kleinen Tisch zu ihm hinüber. »Wilhelm… ich meine Herr Richter… er hat furchtbare Angst um sein Leben.« Während sie diese eindringlichen Worte sprach, schob sie dem aufmerksamen Ermittler unauffällig den Bierdeckel zu, den Wilhelm zuvor hastig bekritzelt hatte.

»Hilfe… mein Leben ist in höchster Gefahr… Oskar wird mich umbringen…«, las Kruse die zittrigen Worte im Flüsterton. »Das… das deckt sich ja beinahe wortwörtlich mit dem, was er mir gerade eben im Büro unter vier Augen anvertraut hat«, sagte Kruse nachdenklich.

»Heißt das etwa, der Fall ist endlich gelöst? Können wir diesen brutalen Mörder endlich hinter Gitter bringen?«, mischte sich der ungeduldige Heiner aufgeregt in das vertrauliche Gespräch ein.

»Im Prinzip ja, Kollege. Nur werde ich den Herrn Schiller jetzt ganz sicher nicht mitten in seiner feuchtfröhlichen Schützenfestrunde in der Gaststube verhaften«, meinte Kruse mit einem vielsagenden Lächeln.

»Warum denn nicht, Herr Kommissar?«, wollte der pflichtbewusste Heiner wissen und spitzte neugierig seine Ohren. Er war innerlich bereits in Hab-Acht-Stellung und bereit, seine polizeiliche Pflicht mit vollem Eifer zu erfüllen.

»Weil auch unser lieber Kollege Günter Dunkelmann in diese schmutzige Angelegenheit verwickelt zu sein scheint, und wir beide allein gegen all die feierwütigen und vermutlich nicht ganz nüchternen Männer da drüben in der Gaststube rein gar nichts ausrichten könnten. Nicht einmal mit gezogenen Dienstwaffen wäre das eine kluge Idee.« Kruse deutete mit einem unauffälligen Kopfnicken in Richtung der lärmenden Gesellschaft.

»Verstehe, Herr Kommissar. Sie wollen sich den Herrn Schiller also lieber schnappen, wenn die Gelegenheit etwas… günstiger erscheint«, meinte Heiner einsichtig und nickte zustimmend.

»Genauso ist es, Kollege. Es ist schließlich Schützenfest in Osten, da wird der Herr Schiller mit Sicherheit nicht über Nacht Reißaus nehmen«, erwiderte Kruse mit einem leichten Grinsen.

»Und wenn doch?«, warf Theda besorgt ein.

Kruse zuckte mit den Achseln.

»Dann ist das eben so. Bisher haben wir lediglich die Zeugenaussage von unserem überraschend redseligen Herrn Richter, die zwar durchaus glaubwürdig klingt, aber irgendetwas tief in meinem kriminalistischen Bauchgefühl sagt mir, dass er mich möglicherweise auf eine bewusst falsche Fährte locken will.«

»Mag sein, Herr Kommissar, aber vielleicht hat der Herr Richter ja doch die Wahrheit gesagt«, gab Heiner zu bedenken, seine Blicke waren in die dunklen, geheimnisvollen Tiefen des träge dahinfließenden Flusses gerichtet.

»Gut, gut, Sie haben mich überzeugt, meine lieben Mitstreiter. Dann lassen Sie uns den bulligen Herrn Oskar Schiller nach dem hoffentlich köstlichen Abendessen dingfest machen«, sagte Kruse mit einem verschmitzten Augenzwinkern und freute sich bereits auf das zarte Schollenfilet, das er so sehr liebte.

Als ob die aufmerksame Adele nur auf das erlösende Zeichen von Kruse gewartet hätte, servierte sie in diesem Augenblick das dampfende Abendessen und wünschte ihren Gästen mit einem freundlichen Lächeln einen herzhaften Appetit.

***

Nach dem wahrhaft üppigen Mahl, bei dem Kruse das zarte Schollenfilet in vollen Zügen genossen hatte, machten sich der Kriminalhauptkommissar und sein Kollege Heiner Kunz bereit, den bulligen Oskar Schiller endlich dingfest zu machen. Doch als die beiden entschlossen in die nun deutlich leerer gewordene Gaststube zurückkehrten, fanden sie lediglich Doktor Meinhard Steffen vor – dessen grau melierter Kopf leblos auf der blanken Tischplatte des massiven Stammtisches zwischen Bierpfützen und Ascheresten ruhte.

»Wo sind denn plötzlich alle hin?«, murmelte Kruse, während er den schlafenden Mediziner resolut an der Schulter packte. »Und wo zum Teufel steckt Herr Richter?«

Meinhard öffnete die Augen nur halb, lallte unverständlich: »Wo... wo sollen die denn sein... die sind doch alle... auf dem... Festplatz... da gibt's... hicks... Freibier! Oh... Freibier!« Er versuchte, mit einem Ruck aufzustehen, wurde jedoch von Kruse mit festem Griff auf den Stuhl zurückgedrückt.

»Und Sie, Herr Doktor, schlafen hier in aller Seelenruhe Ihren Rausch aus?«, fragte Kruse spöttisch.

»Ach... dieser alberne Schützenzirkus... das ist doch die überflüssigste Veranstaltung überhaupt. Gleich nach diesem blöden Karneval!«, grummelte der Arzt und versuchte, seine Worte mit Würde zu betonen – ein Unterfangen, das im alkoholisierten Zustand eher scheiterte. »Osten hat, das sollten Sie als Zugereister langsam mal wissen, sechs Jahreszeiten. Und... hicks... Freibier... Freibier ist jedenfalls eine der Besseren davon!«

Er prostete den beiden Polizisten mit seinem leeren Glas zu und fuhr, nun etwas aufrechter, mit seiner Tirade fort: »Neben diesem lächerlichen Schützenfest ist dieser unsägliche Rosenmontag fest im Dorfkalender verankert.

Jahr für Jahr pilgern sie in Scharen hierher – die Feierwütigen, die Ahnungslosen, die Möchtegern-Narren. Und wissen Sie was? Die Gastronomen freuen sich insgeheim wie die Schneekönige. Trotz all der Schäden und trotz des Aufwands, den sie betreiben müssen, um ihr Mobiliar vor dem feuchtfröhlichen Ansturm zu retten, bleibt am Ende mehr übrig als in so manch gutem Sommermonat.«

Er grinste schief, streckte das Glas erneut wie zum Trinkspruch. »Und ich? Ich hab dann Notdienst. Selbst da klingelt die Kasse… unaufhörlich, verstehen Sie?«

Kruse sah den Mann kurz an, dann schob er seinen Stuhl zurück. »Vielen Dank für Ihre… aufschlussreichen Informationen, Herr Doktor«, sagte er trocken, während er und Heiner sich wortlos zur Tür wandten, bereit, die gespenstisch verlassene Gaststube zu verlassen.

»Bitte, Herr Kommissar… seien Sie verdammt vorsichtig da draußen. Diese Leute… sie sind zu allem fähig, wenn sie erst einmal in ihrem Rausch sind«, murmelte Meinhard mit schwerer Zunge. Sein besorgter Blick verlieh der Warnung eine beinahe unheimliche Dringlichkeit. »Ehrlich gesagt – mir ist nicht sonderlich danach, Sie nach einer zünftigen Schlägerei wieder notdürftig zusammenzuflicken – *Hicks*!«

»Lassen Sie uns endlich gehen, Herr Kunz«, drängte Kruse ungeduldig in Richtung seines Kollegen.

»Ich komme mit!«, erklärte Theda plötzlich – ihre Stimme klang überraschend fest, ihre Haltung entschlossen, als sie sich vom Stuhl erhob.

»Nein, Frau Doktor Liebknecht. Sie bleiben bitte hier. Die freundliche Frau Kramer bringt Sie gleich über die Oste nach Basbeck. In ihrem gemütlichen Gasthaus werden Sie auf uns warten – verstanden?«

Kruses Ton ließ keinen Raum für Widerworte.

Jeder Satz war eine klare Ansage. Er meinte es todernst.

Dann schlenderten Kruse und Kunz über den überfüllten Festplatz, der sich inzwischen in ein einziges, lärmendes Durcheinander verwandelt hatte. Immer wieder wurden sie von torkelnden Festgästen angerempelt – Schützenbrüder, deren Gleichgewichtssinn längst dem Freibier zum Opfer gefallen war.

»Morgen früh werden wir wohl aussehen, als hätten wir selbst eine anständige Keilerei hinter uns – übersät mit blauen Flecken«, witzelte Kruse, während seine Augen, scharf wie die eines Raubtiers, das Gedränge absuchten. Oskar und Wilhelm – wie vom Erdboden verschluckt.

»Die können sich doch nicht einfach in Luft auflösen«, murmelte er, mehr zu sich selbst als zu Kunz.

Ein letzter, erfolgloser Blick in die Festhalle, wo die Blasmusik ohrenbetäubend durch das Gedränge donnerte, brachte Gewissheit: Heute war nichts mehr zu holen.

»Das hat keinen Zweck mehr. Schluss für heute. Kommen Sie, wir gehen zu Adele Kramer ins Lokal«, schlug Kruse vor. »Frau Doktor Liebknecht wird dort sicher schon ungeduldig auf uns warten.«

»Und mein Auto, Herr Kommissar?«, fragte Heiner zögerlich.

»Nehmen Sie's mit nach Basbeck – oder lassen Sie's einfach hier stehen. Dann wären wir auf dieser Seite der Oste wenigstens weiterhin mobil«, entgegnete Kruse trocken.

Heiner seufzte und entschied sich mit sichtbarem Widerwillen, seinen Wagen in Osten stehen zu lassen. »Eigentlich«, sagte er leise, fast verträumt, »wäre ich jetzt lieber direkt nach Hause gefahren. Nach Cadenberge.«

»Tun Sie, was Sie für richtig halten – und danke für Ihre bisherige, wirklich wertvolle Hilfe«, sagte Kruse. Er war nicht der Typ für Floskeln, sprach stets aus, was er dachte. »Nur bedenken Sie: Sie sind in diesen brisanten Fall bereits verwickelt. Dienstlich kann ich Sie also verpflichten, mich zu unterstützen – und genau das tue ich hiermit offiziell.«

»Aber ich habe morgen Frühdienst in Cadenberge, Herr Kommissar«, wandte Heiner ein. Der Fall faszinierte ihn, keine Frage. Aber irgendetwas an der Sache roch nach Ärger – und tief in seinem konservativen Herzen hatte er wenig Lust auf ein riskantes Abenteuer mit ungewissem Ausgang.

»Das kläre ich morgen früh mit Ihrem Dienststellenleiter. Kein Grund zur Sorge und denken Sie an Ihre nächste Beförderung«, erwiderte Kruse und machte eine beruhigende Geste.

Wenig später saßen sie in Heiners grauem Opel Kadett, der einsam vor dem inzwischen verlassenen Gemeindebüro parkte. Gemeinsam fuhren sie in Richtung der Schwebefähre, deren Lichter in der Dunkelheit flackerten – die Überfahrt nach Basbeck stand an.

Trotz der späten Stunde herrschte an der Fähre noch reger Betrieb. Doch unter den Wartenden überwogen eindeutig die schwankenden Gestalten der Festbesucher. Der Abend hatte seine Spuren hinterlassen.

»Das Schützenfest in Osten beschert uns vermutlich wieder eine unruhige Nachtschicht«, sagte Karl trocken, als er seinen Kollegen Hugo ablöste. Ein Anflug von Genervtheit lag in seiner Stimme.

Zwischen all den alkoholgetränkten, feiernden Menschen wirkten Kruse und Kunz wie Fremdkörper – nüchtern, wachsam, fehl am Platz. Kruse begegnete dem Trubel mit seinem gewohnten, trockenen Humor. Heiner hingegen fühlte sich sichtlich unwohl, je länger sie warteten.

»Gibt es bei Ihnen in Cadenberge eigentlich kein solches… sagen wir mal… *'lebhaftes'* Treiben?«, wollte Kruse wissen.

»Doch, schon, Herr Kommissar. Aber da geht's doch etwas gesitteter zu«, antwortete Heiner zögerlich.

»Gesitteter?«, hakte Kruse nach. Sein kriminalistischer Spürsinn versuchte herauszufinden, was genau Heiner mit diesem Begriff meinte. Ruhiger? Weniger laut? Oder ganz anders?

»Na ja, man hört ja so einiges über das berühmte Schützenfest hier in Osten«, meinte Heiner mit einem ungläubigen Kopfschütteln. »Zum Beispiel, dass jedes Jahr im Mai der Ausnahmezustand ausgerufen wird – und pünktlich neun Monate später die Geburtenrate sprunghaft ansteigt.«

»Na, das ist doch erfreulich«, meinte Kruse mit einem schelmischen Grinsen, das er kaum verbergen konnte. »Dann ist ja zumindest für ausreichend Schützennachwuchs in den kommenden Jahren gesorgt.«

Kruse und Kunz warteten geduldig, bis die lärmenden Schützenfestgäste nach und nach von der schwankenden Fähre stolperten und sich in der Dunkelheit verloren.

»Bis morgen dann – und lassen sie keine Langeweile aufkommen«, rief Kruse dem verdutzten Fährmann beim Aussteigen noch einmal nach.

»Gute Nacht«, knurrte Karl, ohne sich umzudrehen.

***

Am nächsten Morgen schwebten Theda, Kruse und der grummelige Heiner mit der gemächlich gleitenden Schwebefähre zurück nach Osten. Auch heute war die Fähre dicht gefüllt – mit stolz dreinblickenden Schützen in ihren klimpernden Uniformen. Einige trugen schneeweiße Handschuhe, andere hantierten mit schweren, reich verzierten Standarten, die der kräftige Ostwind ungeduldig flattern ließ.

»Moin, Herr Kapitän«, grüßte Kruse freundlich.

Karl, heute noch wortkarger als sonst, brachte lediglich ein knurriges *»Moin«* hervor. Verlegen, fast wie ein ertappter kleiner Junge, starrte er auf seine abgewetzten Schuhspitzen.

Wortlos schloss er die Schranke, stapfte an Kruse vorbei in seinen kleinen Fahrstand und setzte die ehrwürdige Schwebefähre mit einem leisen Ruck in Bewegung. Das vertraute Quietschen und Rumpeln der alten Konstruktion breitete sich über den dunklen Fluss aus – ein melancholisches Geräusch, das Kruse vermutlich vermissen würde, sobald dieser eigenartige Fall zu Ende ging.

Je näher sie dem belebten Ostener Ufer kamen, desto mehr schien Heiner sich seiner skeptischen Einschätzung zu vergewissern. Über den hohen Deich drang bereits die fröhliche Melodie der Blaskapelle. Marschmusik, die den Schützen in Uniform sofort in die Beine ging.

Kruse ließ seinen Blick schweifen – und beobachtete, wie Heiner sich mit Karl in ein angeregtes Gespräch vertiefte. Zu gern hätte er Mäuschen gespielt, um herauszufinden, was sein Kollege dem widerspenstigen Fährmann entlocken wollte.

Als hätte sie seine Gedanken erraten, sagte Theda beiläufig: »Keine Sorge, Herr Kruse. Er löchert Karl nur nach den besten Angelplätzen.«

»Wirklich?«, fragte Kruse überrascht.

»Aber ja«, bestätigte Theda mit einem leichten Lächeln. Auch sie war nicht ganz immun gegen den mitreißenden Takt der Musik – unbewusst wippte sie mit den Füßen im Takt.

Nur Kruse schien gegen die musikalische Verlockung völlig resistent zu sein.

Inzwischen hatte die Schwebefähre das Ostener Ufer erreicht. Mit routinierter Präzision legte Karl die alte Dame zentimetergenau an die Anlegestelle.

»Vielen Dank, Karl«, sagte Kruse höflich, als sie von Bord gingen.

Karl nickte nur flüchtig und verschwand eilig, kaum dass Kruse ihm gedankt hatte. Als die kleine Gruppe durch die schmale Deichlücke trat, verschlug es ihnen für einen Moment die Sprache: Eine unfassbare Menschenmenge breitete sich vor ihnen aus.

Hugo kam ihnen entgegen, seine Schritte schleppend, der Blick müde – innerlich wohl bereit, aber sichtlich lustlos, seinen Dienst für den Rest des Tages anzutreten. Fast alle Anwesenden trugen stolz ihre schmucken Schützenuniformen. Nur Hugos eigene Uniform hing unangetastet im heimischen Schrank.

Für den erfahrenen Kruse bot sich ein wahrhaft grandioses Bild – so etwas hatte er in all den Jahren seines Dienstes noch nie erlebt.

Sie schlugen sich mühsam durch das fröhliche Getümmel auf die andere Seite des weitläufigen Fährplatzes. Dort versuchte die örtliche Freiwillige Feuerwehr, bewaffnet mit roten Kellen und wachsamen Blicken, den motorisierten Verkehr irgendwie von den feiernden Schützen fernzuhalten. Einer der jungen Feuerwehrmänner tigerte ungeduldig auf und ab, die rote Kelle baumelte lässig an seinem Handgelenk.

In diesem Moment setzte der Spielmannszug erneut an, einen weiteren ohrenbetäubenden Marsch in die stickige Luft zu hämmern.

»Und noch ein verdammter Marsch!«, knurrte der junge Feuerwehrmann leise.

»Spielt doch mit, wie wäre es mit dem berühmten *'Wassermarsch'*«, schlug Kruse im Vorbeigehen trocken vor.

Überrascht drehte sich der Feuerwehrmann um – und ein breites, sonnengegerbtes Grinsen breitete sich auf seinem Gesicht aus. »Verdammt, warum bin ich da nicht selbst draufgekommen?«

Kruse zuckte nur kaum merklich mit den Schultern. Plötzlich blieb er stehen.

Etwas in der Stimmung des Platzes hatte sich verändert.

Er wollte sich dieses eigentümliche Schauspiel keinesfalls entgehen lassen, das hier offenbar in wenigen Minuten seinen Höhepunkt erreichen würde.

Die schmetternde Musik brach abrupt ab, kaum dass ein uniformierter Schütze eine weiß behandschuhte Hand theatralisch in den wolkenlosen Himmel reckte. Auch das Summen und Murmeln der aufgeregten Menge erstarb wie auf ein unsichtbares Kommando.

Ein stattlicher Mann trat aus der dichten Menge hervor, auf dessen Hut eine prächtige, endlos lange Pfauenfeder prangte. Feierlich begann er, mit dröhnender Stimme bedeutungsschwere Grußworte zu verkünden.

Kruse verstand kaum etwas – zu dick war der lokale Akzent, zu pathetisch die Rede. Doch kaum gönnte sich der Redner eine Atempause, brandete tosender Applaus auf, begleitet von begeistertem Johlen und einem Tusch der Kapelle.

Dann, wie aus dem Nichts, rissen drei ohrenbetäubende Kanonenschläge die stickige Luft auseinander.

Alles schien für einen Moment zu vibrieren – die Fähre, der Fluss, selbst der Boden unter ihren Füßen.

Kruse fuhr instinktiv herum, sein geschulter Blick huschte suchend über die Umgebung. Blitzschnell wanderte seine Hand zum Schulterholster unter dem Jackett.

Dauernd gab es neue Meldungen. Anschläge, Drohungen, Bekennerschreiben mit hämmernden Parolen. Auf seiner Dienststelle hingen sie wie Mahnmale: rot umrandete Fahndungsplakate mit den starren Gesichtern jener, die irgendwo im Untergrund lebten, als hätten sie sich von der Welt abgespalten. Kruse kannte ihre Namen, fast schon ihre Biografien. Baader. Ensslin. Meinhof. Ein Katalog des Schreckens.

Seit dem letzten Frühjahr, seit dieser unheimlich präzisen Serie von Bombenanschlägen – Frankfurt, Hamburg, Augsburg, München – hatte sich etwas verändert. Die Luft schien dichter geworden, elektrisch aufgeladen, als müsste man mit allem rechnen. Auch hier, in der Provinz. Selbst der beschauliche Norden war längst nicht mehr sicher. Damals war ein Kollege in Hamburg ums Leben gekommen. Ein junger Mann, kaum älter als Kruses eigener Neffe. Er hatte zur falschen Zeit an der falschen Tür gestanden.

Kruse trug seither eine innere Unruhe mit sich herum, die nie ganz wich. Kein Alarm, aber ein ständiges Flackern im Hinterkopf.

Es war nicht die Angst vor einem konkreten Angriff – es war das Wissen, dass es jederzeit passieren konnte. Dass der nächste Koffer irgendwo unbeachtet stehen könnte. Dass ein falscher Blick genügte, eine Bewegung zu viel.

Er hatte gelernt, still zu beobachten. Hinterfragen. Auf die feinen Risse in der Fassade zu achten. Die größte Gefahr, das wusste er, trug kein Schild um den Hals. Sie lachte mit, prostete zu, reichte einem die Hand – und zündete später die Lunte.

Seit jenem Tag im Mai hatte Kruse es sich endgültig abgewöhnt, an Zufälle zu glauben.

»Keine Sorge, Herr Kommissar! Jetzt ist das alljährliche Schützenfest offiziell eröffnet – mit Pauken, Trompeten und allem Drum und Dran!«, rief der junge Feuerwehrmann mit einem breiten Grinsen. »'*Wassermarsch*' – das ist wirklich gut! Auf so eine simple Idee wäre ich im Leben nicht gekommen!«, fügte er begeistert hinzu. In seinem Gesicht spiegelte sich die Vorstellung, eine riesige Wasserfontäne über den staubigen Platz zu schicken, mit geradezu kindlicher Vorfreude. Es funkelte verschmitzt in seinen Augen, als würde allein der Gedanke ihn schon mit wachsender Energie erfüllen.

Die festlich gekleideten Schützen setzten sich nun langsam in Bewegung. Der Mann mit den makellos weißen Handschuhen marschierte stolz vorneweg, seine Haltung so steif wie seine Uniform frisch gebügelt. Dahinter reihte sich der Zug wie an einer unsichtbaren Perlenkette auf – Schritt für Schritt, Marsch für Marsch, diszipliniert und beinahe feierlich grotesk.

Kruse beobachtete das Geschehen mit kühler Aufmerksamkeit. In ihm regte sich eine Erinnerung – ein leiser Schauder, wie aus einer anderen Zeit: Der Zug der Kinder, der Legende nach dem Rattenfänger von Hameln folgend. Auch jetzt schien es, als wären sie alle einer fremden Melodie erlegen.

»Jetzt werden die amtierenden Könige des letzten Festes feierlich eingesammelt«, erklärte der Feuerwehrmann trocken. »Das zieht sich – und endet wie jedes Jahr ziemlich feuchtfröhlich.« Er zwinkerte verschwörerisch.

Kruse sagte nichts.

Er ließ den Festumzug an sich vorbeiziehen, langsam, fast hypnotisch in seiner Gleichförmigkeit. Doch sein Blick war scharf, geschult, auf jedes Detail fixiert. Immer wieder wandte er sich kurz zu Theda und Heiner, die neben ihm standen. »Haltet die Augen offen. Nach Oskar Schiller und Wilhelm Richter. Keiner von beiden ist bislang aufgetaucht.«

Sein eigener Blick glitt wieder durch die Reihen. Uniformierte Männer, stechender Blick, aufrechte Haltung, stechender Blick. Einer wie der andere.

Und doch: Kein Oskar. Kein Wilhelm. Mit jeder Minute wuchs in Kruse das Gefühl, dass sie längst nicht mehr Teil dieses Zuges waren – vielleicht nie dazugehörten.

»Das gibt es doch nicht!«, fauchte Kruse leise und sah in die ebenso ratlosen Gesichter von Theda und Heiner. »Ich habe ein verdammt ungutes Gefühl bei der ganzen Sache«, murmelte er, seine Stimme rau vor wachsender Unruhe.

»Mir geht es ehrlich gesagt ganz ähnlich, Herr Kommissar«, gab Heiner zögerlich zu, der sonst für seine besonnene Pflichterfüllung bekannt war. »Was machen wir jetzt am besten?«

»Wir sehen uns unauffällig auf dem gesamten Festgelände um – in der großen Schützenhalle und auch in der Festhalle«, entschied Kruse, bemüht, seine Ungeduld unter Kontrolle zu halten.

»Unauffällig ist gut gesagt, Herr Kommissar«, bemerkte Theda trocken. »Wir werden vermutlich die Einzigen sein, die in Zivil unterwegs sind – und auffallen wie bunte Hunde.«

»Wo sie recht hat, hat sie nun mal recht«, pflichtete Heiner prompt bei.

Kruse zuckte nur mit den Schultern. »Ist mir im Grunde egal. Wir müssen einen von beiden finden – oder besser noch: beide«, sagte er mit Nachdruck und schlug entschlossen den Weg in Richtung Festplatz ein.

Von Weitem drang die unermüdliche Marschmusik wie ein endloses, fast hypnotisches Echo durch die malerischen Gassen des kleinen Schwebefährendorfes.

Auf dem weitläufigen Festplatz herrschte noch eine gewisse, fast trügerische Ruhe. Die Schausteller werkelten geschäftig an ihren Buden, der würzige Duft von frisch angeheiztem Bratwurstgrill lag bereits in der Luft, und die spiegelblank gewienerte Fläche des Autoscooters wurde sorgfältig vom letzten Staub befreit.

»Und jetzt, Herr Kommissar?«, fragte Theda, deren leichte Ungeduld inzwischen unverkennbar war.

»Wie wäre es mit einer stärkenden Tasse Kaffee in der Gerichtsklause? Vielleicht stoßen wir dort ja auf ein paar interessante Gerüchte – oder neugierige Beobachtungen«, schlug Kruse vor, dessen kriminalistischer Instinkt ihn nur selten täuschte.

»Warum ausgerechnet diese… sagen wir mal… rustikale Dorfkneipe?«, wollte Theda wissen, ihre Nase unwillkürlich rümpfend, als sähe sie bereits klebrige Stühle und speckige Tische vor ihrem inneren Auge.

Kruse musste schmunzeln.

Er kannte Theda gut genug, um genau zu ahnen, welche Bilder gerade in ihrem kultivierten Kopf spukten. »Bei Benno herrschen Ordnung und eine überraschende Sauberkeit, Frau Liebknecht«, beruhigte er sie. »Und außerdem liegt Bennos Gerichtsklause nur einen Steinwurf vom Festplatz entfernt. Praktisch, wenn wir schnell reagieren müssen.«

Als sie schließlich vor der unscheinbaren Tür der Kneipe standen, baumelte im trüben Glas ein schlichtes Schild *»Heute geschlossen«*, in trauriger Entschlossenheit.

»Und wo bekommen wir jetzt unseren dringend benötigten Kaffee her, Herr Kommissar?«, fragte Heiner mit leicht unterzuckertem Gesichtsausdruck.

»Zurück zum Fährkrug«, schlug Theda vor, sichtbar erleichtert, dass dieses zwielichtige Etablissement heute keine Gäste empfing.

»Nein, das ist jetzt zu weit, Frau Doktor«, widersprach Kruse bestimmt. »Wir sollten uns möglichst in der Nähe des Festplatzes aufhalten – falls Oskar oder Wilhelm plötzlich auftauchen.«

»Ach, kommen Sie doch mit, Herr Kommissar. Vielleicht sitzt der Herr Richter ja daheim und brüht gerade frischen Kaffee«, konterte Theda schlagfertig – ein Argument, dem Kruse nichts entgegensetzen konnte.

Also schlenderten sie zurück in Richtung des nun menschenleeren Fährplatzes. Auf dem gesamten Weg begegnete ihnen keine einzige Menschenseele. Das Dorf wirkte wie ausgestorben. Selbst an der sonst belebten Schwebefähre gab es heute Vormittag keine Warteschlange.

Sie überquerten den Platz, dessen unebenes Pflaster aus verschiedenfarbigen, dunklen Steinen bestand. Die glatten Blaubasaltsteine erwiesen sich dabei als tückisch rutschig – Theda hakte sich kurzerhand bei dem stämmigen Heiner ein.

Im altertümlichen Fährkrug kündigte das freundliche Läuten eines altmodischen Türglöckchens ihre Ankunft an. Adele kam nur wenige Augenblicke später aus der Küche, ein herzliches Lächeln auf den Lippen und den Duft von frisch gebratenem Fisch in ihrer Schürze gefangen.

»Moin«, begrüßte sie sie gut gelaunt. »Schon wieder Hunger? Darf es diesmal etwas Deftiges zum Mittagessen sein?«

»Nein, vielen Dank, Adele, wir hätten nur gern drei Tassen Kaffee«, erwiderte Kruse.

Ohne Zögern führte Adele die kleine Gruppe in die helle Veranda, an denselben sonnigen Platz am Fenster, an dem sie bereits am Abend zuvor gegessen hatten.

Kruse ließ seinen Blick nachdenklich zur Schwebefähre hinuntergleiten. Fährmann Hugo hatte seinen Dienst aufgenommen und lief gelangweilt vor der stählernen Gondel auf und ab, als könne er allein durch Willenskraft neue Fahrgäste herbeizaubern. Seine knorrige Pfeife baumelte locker zwischen den Lippen.

Als Adele wenig später die dampfenden Tassen brachte, nutzte Kruse die Gelegenheit: »Adele, haben Sie Herrn Richter heute schon gesehen?«

»Wenn ich ehrlich sein soll, Herr Kommissar – nein. Ich habe ihn heute noch nicht gesehen, und gehört habe ich ihn auch nicht«, erwiderte Adele bereitwillig. »Wollen Sie ihn denn noch einmal sprechen?«

»Ja, es wäre äußerst wichtig. Geben Sie mir bitte sofort Bescheid, falls er doch noch hier auftaucht«, bat Kruse mit Nachdruck.

Adele beugte sich daraufhin verschwörerisch zu ihm hinunter und flüsterte leise: »Herr Kommissar, Wilhelm ist heute früh, noch vor Sonnenaufgang, zusammen mit diesem Herrn Schiller rüber nach Basbeck gefahren. Ich habe die beiden selbst gesehen, als ich auf dem Weg hierher war.«

»Ach, das ist ja eine höchst interessante Information. Vielen Dank, Adele«, sagte Kruse ruhig, obwohl ihn diese Neuigkeit innerlich weit mehr beunruhigte, als er sich anmerken ließ.

»Was ist los, Herr Kommissar?«, platzte es aus Heiner heraus und sprach damit auch Thedas offensichtliche Neugier an. »Was hat sie Ihnen da eben zugeflüstert?«

»Der Herr Schiller ist heute Morgen in aller Frühe mit unserem Herrn Richter nach Basbeck übergesetzt«, erklärte Kruse knapp. »Das erklärt wohl auch, warum der sonst so gesprächige Karl heute früh so auffallend abweisend war.« Er bedankte sich noch einmal ausdrücklich bei der aufmerksamen Adele.

»Und was machen wir jetzt?«, fragte Heiner, der zu Recht anmerkte: »Die beiden könnten ja mittlerweile überall sein.«

»Das stimmt leider«, nickte Kruse. »Ich schlage vor, wir teilen uns auf: Herr Kunz, Sie nehmen unauffällig Posten auf dem Schützenplatz. Frau Doktor Liebknecht, Sie bleiben hier im Fährkrug zusammen mit Frau Kramer und halten die Augen offen. Ich selbst werde mich auf der Schwebefähre positionieren.«

Kruse und Heiner verließen gemeinsam das Lokal. Vor dem Haus trennten sich ihre Wege. Sie wünschten sich ein knappes *»Waidmannsheil«* – und stiefelten entschlossen in entgegengesetzte Richtungen davon.

Hugo wollte gerade die knarrende Schranke schließen, als er Kruse eilig auf die Fähre zukommen sah.

»Auch noch mit, Herr Kommissar?«, brummte er.

»Ja, bitte«, rief Kruse zurück, und der pflichtbewusste Fährmann ließ ihn gewähren. »Ich werde Sie heute vermutlich etwas länger auf Ihren Überfahrten begleiten müssen«, fügte Kruse mit einem leicht entschuldigenden Unterton hinzu.

»Nicht mein Geld, Herr Kommissar«, erwiderte Hugo kurz angebunden.

»Heute ist es dienstlich. Streng genommen müssen Sie mich kostenlos mitnehmen«, erklärte Kruse und versuchte, dem sturen Fährmann die Rechtslage in freundlichem Ton nahezubringen.

»Und wer soll das Ihrer Meinung nach bezahlen?«, grummelte Hugo und runzelte die Stirn, bis seine wettergegerbten Falten noch tiefer wurden.

»Niemand, Hugo. Sie, als braver und gesetzestreuer Bürger, sind verpflichtet, die Polizei bei ihrer Arbeit zu unterstützen. Das gehört zu Ihrer Bürgerpflicht.«

»Na schön, wenn Sie das sagen, Herr Kommissar«, schnaubte Hugo widerwillig, dem die Aussicht, den ganzen Tag mit dem scharfsinnigen Beamten auf seiner geliebten Fähre zu verbringen, sichtlich missfiel.

Das vertraute Quietschen und Rumpeln der alten Schwebefähre übertönte fast die fröhliche Marschmusik, die von dem fernen Festplatz wie ein leiser Widerhall herüberwehte.

»Das Leben ist manchmal verdammt ungerecht«, maulte Hugo und stapfte missmutig an Kruse vorbei.

»Wieso denn das, Hugo?«, fragte Kruse, obwohl er die Antwort bereits ahnte.

»Ich, der so gern mitfeiern würde, hänge hier fest wie ein Fisch am Haken. Und der Karl, dem das ganze Brimborium völlig schnuppe ist, der hat heute frei und kann sich die Hucke vollsaufen! Und tauschen wollte der feine Herr natürlich auch nicht. Ein schöner Kollege, pfui Deibel!« Hugo spuckte demonstrativ über die eiserne Reling ins träge dahinziehende Wasser der Oste.

»Wie lange müssen Sie denn heute noch Dienst schieben?«, erkundigte sich Kruse, in der Hoffnung, den mürrischen Fährmann etwas aufzuheitern.

»Viel zu lange, Herr Kommissar, viel zu lange!«, schnaufte Hugo. »Bis tief in die Nacht! Und dann kann ich mich noch mit all den übermütigen Besoffenen herumschlagen und aufpassen, dass mir keiner ins Wasser plumpst und jämmerlich absäuft.« Mit einer knappen Bewegung schob er seinen speckigen Elbsegler zurecht, der ihm tief in die Stirn gerutscht war.

Nach einem Moment des Schweigens warf Hugo einen schiefen Blick zu Kruse hinüber.

»Warum eigentlich begleiten Sie mich heute den ganzen Tag? Haben Sie etwa Angst, ich schmuggel heimlich Freibier über den Fluss?«, fragte er schließlich doch neugierig.

»Wir suchen jemanden, Hugo«, antwortete Kruse ausweichend. Namen wollte er keinesfalls nennen. Er wusste schließlich nicht, ob Hugo – wie so viele andere hier – vielleicht selbst unter dieser dörflichen Decke steckte.

»Und wen genau, wenn ich so unverschämt fragen darf, Herr Kommissar?«, hakte Hugo nach.

»Fragen dürfen Sie selbstverständlich, Hugo. Aber eine konkrete Antwort werden Sie von mir leider nicht bekommen«, entgegnete Kruse diplomatisch. Im selben Moment fragte er sich jedoch, ob dies wirklich die klügste Antwort gewesen war.

»Na schön, dann werde ich eben meine eigenen Schlüsse ziehen«, brummte Hugo, warf Kruse einen leicht verächtlichen Blick zu und ließ ihn stehen.

»Manche hier sind aber verdammt nah am Wasser gebaut – im wahrsten Sinne des Wortes«, murmelte Kruse leise vor sich hin und ließ seinen Blick nachdenklich zur Baustelle der neuen Brücke schweifen. Über Nacht hatte dort ein mächtiger Schwimmkran festgemacht, der nun drohend gegen den Himmel ragte.

»Nächste Woche werden endlich die großen, vorgefertigten Stahlsegmente eingesetzt«, bemerkte plötzlich eine raue Stimme neben ihm.

Ein älterer Mann mit zerknitterter Schiffermütze hatte sich unbemerkt an Kruses Seite an die Reling gestellt.

»Nächste Woche schon?«, wiederholte Kruse und heuchelte höfliches Interesse.

»Jawohl, nächste Woche!«, bestätigte der Alte mit Nachdruck. »Und wenn alles nach Plan läuft, rollt Anfang des nächsten Jahres endlich der verdammte Verkehr ungehindert über die neue Brücke. Dann ist Schluss mit der Warterei und dieser elend langsamen, altertümlichen Überfahrt. Ich bin es so leid, das können Sie mir glauben, Herr… äh…«

Er suchte vergeblich nach Kruses Namen.

Doch Kruse verspürte keinerlei Lust, sich weiter mit diesem offenbaren Technikfeind auseinanderzusetzen, der für die traditionsreiche Schwebefähre nur Verachtung übrig hatte. Er schwieg.

»Ich hoffe, dass dieses verdammte Mistding bald abgerissen wird!«, fauchte der Mann, schlug mit der flachen Hand wütend gegen die eiserne Reling und stapfte dann mit grimmiger Miene zurück zu seinem glänzenden Mercedes.

»Das war der mürrische Werner Kuhlmann. Ihm gehört dieser riesige Hühnermastbetrieb in Bentwisch, direkt an der Grenze zu Isensee«, erklärte Hugo beiläufig. »Der ist eigentlich immer so drauf – ständig am Nörgeln und Herummaulen, ein unzufriedener Griesgram.«

»Hühnermast eben«, witzelte Kruse trocken und konnte sich ein spöttisches Schmunzeln nicht verkneifen.

»Mag sein, Herr Kommissar«, bestätigte Hugo und grinste für einen kurzen Moment sogar.

Kruse hatte längst aufgehört, die endlosen Überfahrten mit der trägen Schwebefähre zu zählen. Weder Oskar Schiller noch Wilhelm Richter waren während seiner

Wache an Bord aufgetaucht. Schließlich beschloss er, die Oste noch drei weitere Male zu queren und dann für heute Schluss zu machen.

Mit jeder Überfahrt wuchs in ihm widerwillig das Interesse an diesem berühmten Ostener Schützenfest, von dem hier jeder in den höchsten Tönen schwärmte.

Er setzte seinen Plan in die Tat um, verabschiedete sich von dem sichtlich erleichterten Fährmann, sammelte die wartende Theda ein und machte sich mit ihr auf zum bunten Festplatz. Dort patrouillierte Heiner Kunz sichtlich unmotiviert zwischen den zahlreichen Buden auf und ab.

Keiner der drei konnte an diesem Tag einen nennenswerten Erfolg verbuchen.

Diesmal war es der spendable Heiner, der seine beiden Begleiter auf eine deftige Bratwurst einlud.

»Ah, die ehrenwerten Gesetzeshüter! Was darf's denn für Sie sein?«, fragte die beleibte Frau hinter dem Bratwurststand, deren winzige Bude kaum Platz für ihren stattlichen Körper zu bieten schien. Kruse empfand unwillkürlich einen Anflug von Mitleid mit ihr.

Die schmetternde Marschmusik kam unaufhaltsam näher, getragen vom Wind wie eine bunte Welle aus Lachen, Gesang und Poltern. Schließlich trudelte der gesamte, farbenprächtige Festumzug auf dem Platz ein, lautstark singend und schwankend:

»Und Schützenbröder sünd wi, hebbt jümmer goden Moot,

und döstig sünd wi jümmer, dat liggt uns so im Bloot!«, grölten die Teilnehmer mit fröhlich heiseren Stimmen. Zwischendurch wurden mehr oder minder verständliche Bestellungen an der Bratwurstbude aufgegeben.

»Gut Schuß, gut Schuß, gut Schuß!«, ertönte es über dem Festplatz, gefolgt von einem *»Schwarz ist das Eisen, weiß glüht der Stahl, rot ist die Liebe,*

drum singt wi noch ein Mol,

ein Prosit, ein Prosit, ein Prosit!«[1]

Die resolute Frau hinter dem Grill jedoch ließ sich nicht beirren und arbeitete mit bewundernswerter Routine eine Bestellung nach der anderen ab, bis auch der letzte Schütze endlich seine Bratwurst in Händen hielt.

Kruse nickte anerkennend.

»Ich glaube ehrlich gesagt nicht, dass wir heute noch etwas reißen werden, Herr Kommissar«, meinte Heiner und schlug vor, allmählich an die Heimreise zu denken.

»Wie, jetzt schon? Wo es doch gerade erst anfängt, richtig lustig zu werden!«, protestierte Theda, die augenscheinlich Gefallen an der urigen Atmosphäre des Schützenfestes gefunden hatte.

Kruse war nicht entgangen, dass der nervöse Apotheker Rupert Möller mehr als einmal verstohlen und mit wachsendem Interesse zu der charmanten Heimat-

---

1 Hadler Schützenlied, Verfasser unbekannt

forscherin hinüberblickte – und dass Theda diese Blicke keineswegs unbeeindruckt ließ.

»Lassen Sie mal, Herr Kunz«, sagte Kruse und zog seinen Kollegen unauffällig beiseite. »Wenn Sie möchten, können wir unsere heutige, wenig erfolgreiche Zusammenarbeit an dieser Stelle beenden. Ich bezweifle stark, dass heute Abend noch eine Festnahme zu erwarten ist. Frau Doktor Liebknecht können Sie getrost hierlassen – es scheint, als wolle sie den Abend noch genießen und vielleicht auch am Festball teilnehmen.«

Heiner nickte überraschend bereitwillig, nachdem ihm nun auch die vielsagenden Blicke des Apothekers nicht mehr entgangen waren.

»Ich... ich bleibe noch ein wenig hier«, erklärte er schließlich – allerdings nicht ganz uneigennützig, denn seine beharrlichen Versuche, Theda den Hof zu machen, wollte er so schnell nicht aufgeben.

***

Die Sonne war längst hinter dem fernen Horizont versunken, und eine kühle Frische kroch an diesem lauen Augustabend über den Festplatz. Theda schwang ausgelassen das Tanzbein, charmant geführt von Rupert Möller, während der frustrierte Heiner mit verschränkten Armen und versteinerter Miene am Rand der Tanzfläche stand und dem fröhlichen Treiben zähneknirschend zusah.

»Wenn Sie bei Frau Doktor landen wollen, Kollege, sollten Sie vielleicht endlich aktiv werden und nicht länger nur sehnsüchtig zusehen«, bemerkte Kruse mit einem spöttischen Unterton.

»Ha, ha, sehr witzig«, brummte Heiner, dessen Alkoholisierungsgrad mittlerweile unübersehbar war. »Sie wissen doch genau, dass ich nicht ihr Typ bin. Ich bin einfach zu… normal für so eine außergewöhnliche Frau.«

»Ach, Herr Kunz, andere Mütter haben auch schöne Töchter. Und mal ehrlich unter uns – ist eine tiefe Freundschaft mit dieser Koryphäe der Heimatgeschichte nicht auch etwas ungemein Wertvolles? Was, zum Kuckuck, täten wir arme Ermittler denn ohne ihr unschätzbares Wissen?« Kruse legte seinem niedergeschlagenen Kollegen aufmunternd eine Hand auf die Schulter.

»Vielleicht… vielleicht haben Sie ja recht, Herr Kommissar«, murmelte Heiner schließlich, während seine Augenlider schwerer wurden – der steigende Alkoholpegel zeigte deutlich Wirkung.

»Wir sollten langsam zusehen, dass wir in die Koje kommen«, schlug Kruse vor. »Ich sage nur noch kurz Frau Doktor Liebknecht Bescheid, damit sie sich keine unnötigen Sorgen macht.«

Er ließ den Blick über die inzwischen dicht gefüllte Tanzfläche schweifen – doch Theda war spurlos verschwunden.

»Auch gut«, murmelte Kruse vor sich hin, »sie ist schließlich eine erwachsene und kluge Frau.«

Genau in diesem Moment wurde er von zwei aufgeregten Damen gleichzeitig um eine flotte Tanzeinlage gebeten. Nur mit Mühe und einer Reihe höflicher Ausflüchte konnte er sich ihren charmanten Avancen entziehen.

»Kommen Sie, Herr Kunz. Lassen Sie uns verschwinden, bevor auch wir diesem Dorfkult noch verfallen!«

Mittlerweile hatte Karl den Dienst auf der Schwebefähre übernommen. Unbeirrt brachte er die zunehmend angeheiterten Festbesucher sicher hinüber nach Basbeck und die noch immer feierwütigen Nachtschwärmer zurück nach Osten. Er wirkte erschöpft; ein langes, arbeitsreiches Leben hatte tiefe Furchen in sein wettergegerbtes Gesicht gezeichnet.

Als die kleine Polizeigruppe schließlich das dunkle Basbecker Ufer erreichte, traute Kruse seinen müden Augen kaum: Direkt vor der Anlegestelle stand tatsächlich Oskar Schiller – als wäre nichts gewesen. In aller Seelenruhe steckte er sich eine selbst gedrehte Zigarette an und blies den bläulichen Qualm genüsslich in den sternenlosen Nachthimmel. Die beiden unauffälligen Polizisten hatte er in seiner gelassenen Haltung offenbar noch nicht bemerkt.

Kruse stupste den neben ihm stehenden Heiner vorsichtig an der Schulter an. »Herr Kunz, sehen Sie mal…

Oskar Schiller. Er steht direkt vor der Fähre«, flüsterte er seinem angeschlagenen Kollegen zu.

Wie auf Knopfdruck war Heiner plötzlich wieder hellwach. Aus den Augenwinkeln heraus fixierte er konzentriert die Zielperson. »Soll ich ihn mir jetzt schnappen, Herr Kommissar? Er kennt mich doch überhaupt nicht«, schlug er aufgeregt vor – Müdigkeit und Alkohol wie weggeblasen.

»Ausgezeichnete Idee, Kollege«, lobte Kruse ihn leise und hielt sich unauffällig im schützenden Dunkel des Hintergrunds bereit, jederzeit einzugreifen – falls der bullige Oskar doch noch auf die Idee kommen sollte, die Flucht zu ergreifen.

Mit entschlossenen Schritten ging Heiner auf Oskar zu, der noch immer nichts ahnend und in trügerischer Gelassenheit auf ihn zukam. Der Plan schien aufzugehen. Oskar schnippte seine glimmende Zigarette achtlos ins trockene Schilf am Ufer – ein fahrlässiges, fast gleichgültiges Zeichen – genau in dem Moment, als Heiner zuschlug.

Im Vorübergehen packte Heiner ihn, doch Oskar reagierte blitzschnell. Mit der Wucht eines gehetzten Tieres riss er sich los und schlug Heiner mit voller Faust ins Gesicht. Der Polizist taumelte, konnte sich jedoch mit Mühe auf den Beinen halten.

Kruse, der das Geschehen keine Sekunde aus den Augen gelassen hatte, handelte instinktiv. In einer fließenden Bewegung zog er seine Dienstwaffe, trat aus dem schützenden Schatten und richtete die Mündung direkt auf Oskar.

»Keinen Schritt weiter, Herr Schiller!«, rief er scharf. Die Worte hallten drohend über das dunkle Wasser.

Oskar erstarrte.

Langsam hob er die Hände, der dunkle Himmel über ihm wirkte bedrohlich nah. Heiner, das Blut in den Adern kochend, trat vor und drückte dem Widerstandslosen die Handschellen auf die Handgelenke. Das kalte Metall schnappte erbarmungslos zu.

»Oskar Schiller, Sie sind hiermit vorläufig festgenommen«, erklärte Kruse ruhig, fast beiläufig – eine Stimme wie ein Urteil.

»Was soll der Blödsinn? Was hab ich denn gemacht?«, versuchte Oskar noch, seine Rolle zu retten, doch die Unsicherheit in seinen Augen war nicht zu übersehen.

»Wegen dringenden Tatverdachts des heimtückischen Mordes an Georg Johannson«, sagte Kruse, ohne die Waffe zu senken.

Oskar lachte auf – ein raues, falsches Lachen, das im feuchten Nachtwind hängen blieb.

»Das ist doch ein schlechter Witz! Ihr habt nichts gegen mich in der Hand, rein gar nichts!«

»Das wird sich zeigen«, entgegnete Heiner mit neuer Härte in der Stimme. Trotz der Schwellung unter seinem Auge stand er weiterhin aufrecht.

Oskar fauchte vor Wut, zerrte an den Handschellen, doch der Stahl hielt unbarmherzig, grub sich tiefer in seine Haut. Für Flucht war es längst zu spät.

»Wo zum Teufel steckt Wilhelm Richter? Wissen Sie vielleicht, wo er sich gerade herumtreibt?«, wollte Kruse schließlich von dem Festgenommenen wissen.

»Woher soll ich das wissen, Herr Kommissar?«, entgegnete Oskar höhnisch. »Der säuft sich doch bestimmt auf diesem blöden Schützenfest die Hucke voll, der alte Trunkenbold!« Sein dreckiges Lachen hallte unheilvoll durch die dunkle Deichlücke.

»Sind Sie nicht heute Morgen gemeinsam mit Herrn Richter auf der frühen Fähre nach Basbeck gefahren?«, bohrte Kruse weiter, ohne sich von Oskars Gespött beirren zu lassen.

»Ach so, darauf wollen Sie hinaus«, sagte Oskar und zuckte mit den Schultern. »Ja, wir sind zusammen zum Bahnhof gefahren. Hatten ein paar dringende Geschäfte in Stade zu erledigen.« Seine Stimme klang gelassen, doch Kruse erkannte das Zögern hinter der Fassade. Oskar war sich keineswegs so sicher, wie er vorgab.

»Nur sind von dieser kleinen Geschäftsreise lediglich Sie allein zurückgekommen – nicht wahr, Herr Schiller?«, stellte Kruse messerscharf fest.

»Na und?«, knurrte Oskar. »Wilhelm wollte eben noch ein bisschen bleiben. Ist doch sein gutes Recht, sich zu amüsieren. Er ist ein freier Mann.«

»Ist das wirklich alles, was Sie uns dazu sagen können?«, hakte Kruse unnachgiebig nach.

Oskar fauchte aufgebracht. »Verdammt, ja! Mehr gibt's dazu nicht zu sagen!«

Ungeduldig zerrte er an seinen Handschellen. »Und jetzt machen Sie endlich diese Dinger ab! Ich muss zum Schützenfest! Meine Freunde warten auf mich!«

»Das wird heute wohl nichts mehr, Herr Schiller«, erwiderte Heiner ruhig und packte den bulligen Mann entschlossen am Arm, um ihn Richtung der hell erleuchteten Gastwirtschaft von Adele Kramer zu führen.

Oskar bäumte sich noch einmal auf. »Was zum Teufel wollen Sie überhaupt von mir? Ich hab nichts getan! Sie verwechseln da etwas!«, fauchte er die beiden Polizisten an, während er weiter an den Handschellen zerrte.

»Georg Johannson«, sagte Kruse ruhig und ließ den Namen wie ein Gewicht zwischen ihnen fallen. »Dieser Name sagt Ihnen doch etwas, nicht wahr? Ihr… sagen wir mal… Geschäftspartner.«

Oskar fixierte den Ermittler mit einem verächtlichen Blick. Doch seine Lippen blieben stumm. Eiskalt und unbeweglich wie ein Stein.

»Und was ist eigentlich mit Alfons?«, fragte Kruse mit dieser merkwürdigen Ruhe, die wie ein kalter Strom durch die Nacht zog. »Meinen Sie wirklich, der ist freiwillig in die Oste gesprungen?«

Oskar schwieg.

Was sollte er sagen? Was konnte er sagen?

Er spürte die Blicke der Polizisten auf seiner Haut wie Nadeln. Spürte die Handschellen an seinen Gelenken, kalt und unerbittlich, wie eine Mahnung. Noch immer hielt er den Kopf hoch. Noch immer klammerte er sich an den Gedanken, dass bald jemand kommen würde. Gronheim vielleicht. Oder Dunkelmann. Irgendwer. Irgendwer musste doch kommen.

Sie würden ihn hier nicht einfach so stehen lassen. Ihn nicht fallen lassen wie einen lästigen Stein im Fluss.

Nicht ihn.

Er hatte es doch für sie getan. Für das Dorf. Für alle.

Gegen die da oben. Gegen die Arroganz der Städte, gegen das vergiftete Lächeln eines Mannes wie Johannson.

Er erinnerte sich genau: Wie der Wind an jenem Morgen über die Fähre gepeitscht war. Wie Johannson ihm gegenübergesessen hatte, in seinem feinen Mantel, mit diesem selbstzufriedenen Grinsen. So wie damals, dachte Oskar. So wie sie schon immer auf uns heruntergeschaut haben.

Da hatte es ihn einfach übermannt. Die Wut. Die Scham. Die alte, tief eingepflanzte Angst, nicht gesehen zu werden.

Nicht ernst genommen zu werden.

Wieder ausgeliefert zu sein.

Er hatte Johannson gestoßen. Nicht einmal besonders fest. Er war wütend. Es war einfach passiert. Einfach so. Johannson hatte sich nicht mal verletzt. Und dann kam

Alfons, meinte, er hätte alles gesehen. Würde zur Polizei gehen, damit das Gerede über ihn aufhört. Oskar konnte es nicht länger ertragen. Sie stritten und Alfons rutsche vom Anleger hinein ins kalte Wasser der Oste. Alfons sah nur zu. Hilflos.

Und jetzt stand er hier.

Allein.

Niemand kam.

Die Nacht war kalt geworden. Und die Stille ringsum dehnte sich aus wie ein lebendiges Wesen, das ihn langsam, aber sicher verschlingen wollte.

***

Oskar Schiller saß hinter Gittern.

Endlich.

Und doch nagte ein Gefühl an Kruse, dumpf und kalt, wie das Wasser der Oste bei Nacht: War die Sache wirklich abgeschlossen? Oskar hatte gestanden – zumindest, was Alfons betraf.

Ein tragisches Missverständnis, ein Moment der Wut, der schwache, kleine Mann, der ins Wasser gestürzt war.

Oskar bereute es, das spürte Kruse. Jede Geste, jede gebrochene Silbe sprach davon. Aber Georg Johannson?

Nein.

Oskar hatte nichts gebrochen. Keine Wirbel, kein Genick. *»Er war putzmunter, als ich ihn verließ«*, hatte er gesagt, mit einer Eindringlichkeit, die selbst Kruse nicht ignorieren konnte. Er starrte auf die Notizen vor sich, die Worte darauf verschwammen im Dämmerlicht der Wache.

Was übersehe ich? Was spielt sich hier wirklich ab?

Dann plötzlich schoss ihm dieser Name wie aus dem Nichts in den Sinn.

Eine Randnotiz.

Wie ein Splitter unter der Haut: Ewald Gruneberg.

Ein Schatten. Ein Flüstern.

Immer unterm Radar, immer knapp außerhalb des Blickfelds. Der blassgelbe Opel Rekord. An der Fähre. In der Deichreihe. In der Wingst. Im Lokal. Wie oft hatten sich ihre Wege gekreuzt?

Zu oft, um Zufall zu sein.

Kruse lehnte sich zurück, ließ die Gedanken treiben, dunkle Strömungen, die ihn tiefer zogen: Gruneberg war auf der Fähre gewesen. Gruneberg hatte die Gelegenheit.

Aber warum?

***

Kruse spürte es jetzt wie einen kalten Luftzug im Nacken: Dies war nie bloß ein Mord. Dies war eine Geschichte, die tief in den morastigen Grund der alten Dorfseelen reichte. Vergiftete Wurzeln, weit verzweigt und gefährlich. In einer letzten, verbissenen Vernehmung brach Ewald Gruneberg schließlich ein.

Nicht mit einem Schrei, nicht mit einer Entschuldigung. Nur ein Seufzen, tief und rau, als wälze sich ein jahrzehntealter Schatten von seiner Brust.

Er hatte es getan.

Nicht aus Eifersucht. Nicht aus Gier. Sondern aus einer alten, brennenden Gerechtigkeit, die längst vergessen schien – und an jenem Abend, auf der träge schleichenden Schwebefähre, in einer einzigen, unaufhaltsamen Bewegung tödliche Wirklichkeit wurde.

Nun fielen die Mosaiksteine an ihren Platz: Gertrud Gruneberg. Annegret Dunkelmann. Beide Schwestern des Toten. Beide um ihr Erbe gebracht – von Georg, der einst die Güter seiner Familie rücksichtslos an sich gerissen hatte. Jahrzehntealter Groll. Wut, versteinert in den Herzen derer, die lächeln mussten, während sie innerlich zerbrachen.

Georg Johannson hatte sein Ende gefunden, mitten auf dem Fluss, unter dunklem Himmel, während die Welt im Dorf noch lachte.

Es roch nach Regen und altem Staub.

In der engen Stube der Dorfwache knarrte das Holz unter jedem Schritt. Kruse stand mit verschränkten Armen vor Ewald Gruneberg, der auf dem schiefen Stuhl kauerte wie ein Tier, das in die Ecke gedrängt worden war.

»Ewald Gruneberg«, begann Kruse ruhig, fast beiläufig, während er die spärliche Akte auf dem Tisch aufschlug, »vielleicht erzählen Sie mir noch einmal, wie Sie den Abend verbracht haben. Von Anfang an.«

Gruneberg wich dem Blick aus, nestelte nervös an seinen groben Händen. Sein Gesicht war eine Maske – starr, versteinert –, aber seine Finger verrieten ihn.

Zitterten leicht.

Unkontrolliert.

»Ich war mit meiner Frau unterwegs, wir wollen Annegret besuchen«, murmelte er, die Stimme kaum hörbar.

»Alle haben uns auf der Fähre gesehen.«

»Ja«, sagte Kruse leise.

Er trat einen Schritt näher.

»Aber wer hat gesehen, wo Sie waren, kurz bevor Georg Johannson starb?«

Stille.

Nur das Ticken der altmodischen Wanduhr schnitt durch den Raum.

Kruse ließ sich Zeit.

Holte langsam das Foto von der Fähre hervor – Johannson, noch lebendig, an der Reling lehnend, zufällig aufgenommen von einem Reporter. Und darauf im Hintergrund, verschwommen im Nebel: der blassgelbe Opel Rekord.

»Sie waren auf der Fähre, Gruneberg. Zur selben Zeit wie ihr Schwager Georg Johannson, das wissen wir.«

Ewalds Kiefer mahlte. Er sagte nichts.

»Sie sind nicht nur auf der Fähre gewesen.« Kruses Stimme war jetzt ein Flüstern, eindringlicher als jeder Schrei. »Sie haben ihn verfolgt. Beobachtet. Sie haben gewartet, bis der richtige Moment kam.«

Gruneberg schnappte nach Luft wie ein Fisch auf dem Trockenen. »Es war keine Affekthandlung. Sie haben es geplant, nicht wahr? Über Monate. Jahre. Immer wieder diese Geschichten von Ungerechtigkeit. Vom gestohlenen Erbe. Vom verlorenen Stolz der Familie.«

Die Luft war dick, fast greifbar.

Kruse spürte, wie sich etwas veränderte.

Ein letzter Widerstand, der langsam, unaufhaltsam bröckelte.

Ewald Gruneberg hob den Kopf. Seine Augen, blass und matt, sahen durch Kruse hindurch, weit in eine Vergangenheit, die schwer wie Blei auf ihm lastete.

»Er hat alles genommen«, flüsterte er heiser. »Alles. Und dann kam er hierher zurück… als wäre nichts gewesen… und lachte…«

Die Worte brachen aus ihm hervor wie Wasser aus einem geborstenen Damm.

»Ich… ich wollte es beenden. Für meine Frau. Für alle, die er zerstört hat. Für Annegret. Es sollte schnell gehen. Kein Leiden. Nur ein einziger Griff…«

Kruse schloss langsam die Akte.

Es war vollbracht.

Die Wahrheit lag nackt und blutleer vor ihnen.

»Ewald Gruneberg«, sagte er mit fester, ruhiger Stimme, »Sie sind hiermit wegen des Verdachts auf heimtückischen Mord an Georg Johannson vorläufig festgenommen.«

Gruneberg ließ den Kopf sinken.

Kein Widerstand mehr.

Nur die schwere, erdrückende Stille eines Mannes, der wusste, dass es für ihn keinen Weg zurück mehr gab.

Draußen begann es zu regnen. Feine Tropfen peitschten gegen das trübe Fenster der kleinen Wache von Günter Dunkelmann, als Kruse ihm in aller Stille die Handschellen anlegte.

Draußen am Ufer der dunklen Oste stand Kruse reglos im Nieselregen. Die Schwebefähre zog unbeeindruckt ihre Bahn. Das Wasser floss ruhig und schwer dahin, als hätte es die Geschichten, die Schreie, das Schweigen längst verschluckt.

Feine Nebelschleier zogen über das Flussbett und ließen die Nacht mit der Erde verschwimmen.

Kruse zog den Kragen seiner Jacke hoch, doch die feuchte Kälte kroch trotzdem unaufhaltsam unter die Haut.

Sein Blick verlor sich auf der schwarzen Wasseroberfläche, wo irgendwo dort draußen alles begonnen und geendet hatte. Er musste an die Geschichte mit der *'Selene'* denken.

Jetzt verstand er.

Verstand endlich, warum die Menschen hier so lange geschwiegen hatten.

Warum keiner wirklich etwas gesehen, keiner wirklich etwas gewusst haben wollte. Es war nicht nur Angst gewesen. Nicht nur Misstrauen gegen die Obrigkeit. Es war Loyalität gewesen. Eine uralte, schwerfällige Loyalität gegenüber einem der Ihren.

Ein Schutzwall aus Schweigen und Zusammenhalt, der jeden Angriff von außen abprallen ließ. In dieser abgeschiedenen Welt zwischen Moor und Deich, wo die Familiengeschichten in die Erde gewoben waren wie die Adern der Felder, galt noch ein anderes Gesetz. Das Gesetz der Blutsbande. Der Ehre. Des ungeschriebenen Kodex, dass man die Seinen nicht verriet, nicht fallen ließ, ganz gleich, welche Schuld auf ihnen lastete.

Kruse seufzte leise.

Nicht aus Resignation, nicht einmal aus Zorn. Sondern aus einer seltsamen Mischung aus Traurigkeit und Verständnis. Er war ein Fremder geblieben in diesem Dorf, und tief in seinem Inneren wusste er, dass das auch so bleiben würde.

Über die Oste trieb der Klang einer fernen Trommel herüber – irgendwo feierten sie noch immer, irgendwo tanzte das Leben weiter, als wäre nichts geschehen.

Und doch würde nichts jemals wieder ganz so sein wie zuvor.

Kruse wischte sich den Regen aus dem Gesicht, drehte sich um und ging langsam zurück ins Dorf, die Hände tief in den Taschen vergraben.

Die Wahrheit hatte ihren Preis gefordert.

Für alle.

Am Rand des Festplatzes, wo die letzten bunten Lichter matt im Nebel glommen, lehnte Theda Liebknecht an der Mauer der Festhalle. Ein dünnes Tuch lag um ihre Schultern, und sie wirkte fast ein wenig verloren in dieser flirrenden Zwischenwelt aus Fest und Erschöpfung.

Kruse sah sie schon von Weitem.

Er zögerte einen Moment, strich sich fahrig durch die feuchten Haare, dann ging er auf sie zu. Seine Schritte waren schwer, als würde jeder Meter ihn tiefer in die Erkenntnis sinken lassen, dass hier vieles zu Ende gegangen war.

Theda lächelte, ein leises, trauriges Lächeln, als sie ihn kommen sah. In ihren Augen lag die stille Klarheit von jemandem, der mehr wusste, als sie jemals offen aussprechen würde.

»Schwierige Nacht, Herr Kommissar?«, fragte sie leise, als er vor ihr stehen blieb.

Kruse nickte nur. Er konnte sich nicht dazu aufraffen, all die schweren Worte zu formen, die ihm auf der Zunge brannten.

Über das Schweigen des Dorfes.

Über das, was er nicht hatte verhindern können.

Über das, was bleiben würde.

Theda musterte ihn eine Weile, dann zog sie eine kleine Flasche Apfelkorn aus ihrer Tasche, schraubte sie auf und reichte sie ihm wortlos.

Kruse nahm einen Schluck.

Der Alkohol brannte heiß und schwer den Hals hinunter.

»Manche Dinge«, sagte Theda schließlich und blickte hinauf zum dunklen Himmel, »kann man nicht mit Gesetzen und Regeln fassen. Manche Dinge… sind älter als alles, was wir verstehen.«

Kruse spürte, dass sie nicht nur von Ewald Gruneberg sprach.

Nicht nur von Mord und Schuld.

Sondern von einer Welt, die sich ihre eigenen Gesetze gemacht hatte, lange bevor jemand von außerhalb sie zu verstehen versucht hatte.

»Ich weiß«, sagte Kruse rau.

Und in diesem Moment verstanden sich die beiden besser als in all den Tagen zuvor.

Ein letzter Windstoß trug den Klang einer einsamen Trompete vom Festplatz herüber. Es klang nach Abschied. Nach einem Kapitel, das sich nun für immer schließen würde.

Theda zog ihr Tuch fester um sich und sah ihn lange an. Dann nickte sie langsam, fast wie eine stumme Verbeugung vor der Wahrheit, die sie beide trugen.

Kruse setzte sich seine Mütze auf, nickte zurück – und verschwand schweigend in der Nacht.

Hinter ihm löste sich der Nebel langsam auf, aber die Schatten blieben.

Der Morgen graute bleiern über der Oste.

Ein fahles Licht legte sich über die Wiesen und ließ den Fluss aussehen wie eine silberne, schläfrige Schlange, die sich durch das flache Land wand.

In der Gastwirtschaft von Adele Kramer kehrte allmählich Stille ein. Die letzten Festgäste hatten sich längst aufgelöst, zurück blieben nur noch zerknüllte Papierfahnen, ausgetretene Tanzflächen und der scharfe Geruch nach kaltem Bier und schweren Erinnerungen.

Kruse stand am Fenster seines kleinen Zimmers im Obergeschoss und blickte hinaus.

In seiner Hand drehte er gedankenverloren eine Tasse mit kaltem Kaffee.

Sein Blick verlor sich in der fernen Linie, wo Nebel und Erde miteinander verschwammen.

Jetzt verstand er es endlich: warum hier niemand gesprochen hatte, warum sie gemauert hatten, zusammenhielten, selbst auf Kosten der Wahrheit.

Einer von ihnen, ein Kind des Dorfes, hatte den Arm gehoben, als er glaubte, das Richtige zu tun.

Und das Dorf hatte ihn, ungeachtet seiner Tat, weiter als einen der ihren gesehen.

Blut war hier nicht dicker als Wasser – es war der

Boden selbst, der sie miteinander verband.

Kruse seufzte leise, stellte die Tasse ab und griff nach seiner Jacke.

Er würde bald weiterziehen, das wusste er.

Die Akten würden geschlossen, die Schlagzeilen kleiner werden, die Welt sich weiterdrehen.

Aber irgendetwas – ein leises, dunkles Wispern vielleicht – würde für immer hier in der feuchten Luft zwischen den alten Bäumen hängen bleiben.

Ein Geheimnis, das sich nicht in Berichte und Paragrafen fassen ließ.

Noch einmal sah er über die Felder, über die friedliche, trügerische Stille.

Dann ging er hinaus in den neuen Tag.

Und hinter ihm schloss sich die Tür mit einem leisen, endgültigen Klicken.

ENDE

Zu guter Letzt, Sie wissen ja...

... und still fließt die Oste vor sich hin – mal hierhin, mal dorthin. Macht sich nix draus, was einer will. Genau wie die Menschen am Fluss: eigensinnig, wetterfest und gelegentlich anderer Meinung als gestern. Ein echtes norddeutsches Naturgesetz.

Die Schauplätze in diesem Buch? Die gab es 1973 wirklich. Die konnten da auch nichts für.

Und die Figuren? Puh, die sind reine Erfindung. Sollten Sie sich oder jemand anderen wiedererkennen – nun, dann schauen Sie vielleicht einfach ein bisschen zu genau hin. Der Autor jedenfalls hat niemanden gemeint. Ganz ehrlich. Behauptet er zumindest felsenfest.

Die Geschichte aus Marie Schillers Tagebuch? Locker angelehnt an die Erinnerungen einer verdammt klugen, jungen Frau namens Anna Marie.

Was daraus geworden ist, liegt irgendwo zwischen Tatsachen, Seemannsgarn und einer ordentlichen Portion Herz.

Kurz und knapp: Alles nur ausgedacht.

Aber eben norddeutsch echt.

Der Autor

'Der Oestinger' Karl-Heinz Brinkmann, ein nordkehdinger Jung und im Sternzeichen Krebs geboren, war schon als Kind ein wahres Fantasiebündel, geprägt vom stetigen, vom Meer kommenden Wind. Sein Charakter ist rau, aber herzlich, und seine Lippen tragen stets einen humorvollen Spruch. Man spürt förmlich den Kehdinger in ihm. Beruflich blieb er dem geschriebenen Wort treu und begann bei der Post eine Beamtenausbildung, wobei sich das Schreiben wie ein roter Faden durch sein Leben zog. Zunächst verfasste er Vereinswebseiten und Pressetexte, später bereicherte er als freier Journalist die Lokalzeitung und andere Redaktionen mit seinen Artikeln. Heute füllt der leidenschaftliche und erfahrene Fotograf und Videoblogger seine eigenen Kanäle mit Inhalten, während er als stolzer Vater von vier Kindern kostbare Zeit zu schätzen weiß. Trotzdem findet er in seiner knappen Freizeit Raum, sich ehrenamtlich in seinem Wohnort zu engagieren. Um neue Energie zu tanken, begibt sich der abenteuerlustige Autor gerne auf Radtouren, Wanderungen oder wagt sogar sein Glück beim Bogenschießen. Denn seine Inspiration findet er in der Natur und spannenden Hobbys.

Quellen:

- Über die Oste - Geschichten aus 100 Jahren
  Schwebefähre Osten-Hemmoor,
  von Jochen Bölsche und Gisela Tiedemann-Wingst
  MCE-Verlag Drochtersen

- Chronik der Gemeinde Osten, Richard Rüsch

- Warum der Ostener Diedrich Rusch
  nie die Schwebefähre malte
  Vortrag von Jochen Bölsche (Osten) beim
  Matthäi-Mahl am 29. 9. 2008 in Neuhaus

- Archiv der Fördergesellschaft zur Erhaltung der
  Schwebefähre Osten-Hemmoor e.V.

- Das Hadler Schützenlied
  Verfasser unbekannt

Weitere Bücher des Autors

Drei Räder im Zweitakt
Taschenbuch, 324 Seiten, Softcover,
ISBN: 9783756542260, Preis: 14,99 Euro
E-Book: ISBN: 9783758401534, Preis: 5,99 Euro

Verschollen im Nordmeer
Taschenbuch, 360 Seiten, Softcover,
ISBN: 9783758476334, Preis: 16,99 Euro
E-Book: ISBN: 9783758476280, Preis: 5,99 Euro

Hinter den Deichen, da liegen die Leichen
Taschenbuch, 216 Seiten, Softcover,
ISBN: 9783757561512. Preis: 12,80 Euro
E-Book: ISBN: 9783757561529, Preis: 5,99 Euro

Das Geheimnis der Hexenbuch
Taschenbuch, 328 Seiten, Softcover,
ISBN: 978-3-818710-89-7, Preis: 14,99 Euro
E-Book: ISBN: 978-3-818710-92-7, Preis: 6,99 Euro

Aus der FRIESMOOR-Reihe

sind bisher erschienen:

Die dunkle Seite des Paradieses
Taschenbuch, 316 Seiten, Softcover,
ISBN: 9783757539429, Preis: 14,99 Euro
E-Book: ISBN: 9783757539436, Preis: 5,99 Euro

Mittagsflut
Taschenbuch, 304 Seiten, Softcover,
ISBN: 9783758425356, Preis: 14,99 Euro
E-Book: ISBN: 9783758425370, Preis: 5,99 Euro

Landfluch
Taschenbuch, Softcover, 308 Seiten
ISBN: 978-3-759813-59-6, Preis: 14,99 Euro
E-Book: ISBN 978-3-759813-60-2, Preis: 5,99 Euro

Pfeiltod
Taschenbuch, Softcover, 336 Seiten
ISBN: 978-3-819096-38-9, Preis: 14,99 Euro
E-Book: ISBN: 978-3-819096-12-9, Preis: 5,99 Euro

Mehr über die Bücher und den Autor unter
https://der-oestinger.de

ISBN 978-3-565-03650-9
9 783565 036509 00017
www.epubli.com